海南省重点（扶持）学科中国现当代文学学科资助
海南师范大学博士学位授予权立项建设文学学科资助

批评的支点

—— 当代文学与文学教育

毕光明　姜岚　著

天津出版传媒集团

天津人民出版社

图书在版编目（CIP）数据

批评的支点：当代文学与文学教育 / 毕光明, 姜岚
著. -- 天津：天津人民出版社, 2013.8
ISBN 978-7-201-08388-9

Ⅰ.①批… Ⅱ.①毕… ②姜… Ⅲ.①中国文学–当
代文学–文学评论–文集 Ⅳ.①I206.7-53

中国版本图书馆 CIP 数据核字(2013)第 223810 号

天津人民出版社出版

出版人：黄　沛

（天津市西康路 35 号　邮政编码：300051）

邮购部电话：（022）23332469

网址：http://www.tjrmcbs.com.cn

电子信箱：tjrmcbs@126.com

天津市永源印刷有限公司印刷　　新华书店经销

2013 年 8 月第 1 版　2013 年 8 月第 1 次印刷

880×1230 毫米　32 开本　12 印张　2 插页

字数：300 千字

定　价：25.00 元

文学批评之道
——序《批评的支点》

程光炜

毕光明教授是我多年的老朋友,也是我研究当代文学的同行。他约我为他和夫人姜岚女士合作的新著《批评的支点》作序,我实在没有这个资格。但作为老朋友总要前来助兴,所以我勉强写点不中用的东西。

作者在短文《批评的支点》中,对文学批评的意义,以及文学批评与文学研究的关系多有精彩的意见。比如:"每一个从事文学批评的人,都有自己的抱负和理由。"又说:"做一个好的批评家比做一个有成就的学者更难。这就好比舞者在舞台上把舞蹈跳好,比一个行路人把一段长长的路走完要难得多。确然,要是研究相当于走路,那么批评就是跳舞。研究靠的是肯花力气和时间,而跳舞除了下工夫,还要靠悟性、灵气和先天条件。"这些看法我都同意。在许多文章里,我都尝试着对什么是"文学批评"、它包含着哪些内容、它与文学史研究的异同点是什么等等问题作过一些初步讨论。我的看法,有一些是在韦勒克、沃伦的《文学理论》中受到的启发,有一些则是根据我多年研究当代文学的经验,有针对性地提出来的。最近几年,我读到的毕光明教授和姜岚女士的当代文学文章,虽有"文学批评"的面目,但研究的色彩比较浓厚,如《〈组织部新来的青年人〉新解》、《难以突破的禁区:〈红豆〉的爱情书写及其阐释的再考察》、《〈生死疲劳〉:对历史的深度把握》、《〈人面桃花〉:关于时间的小说》、《文明落差间的心灵风景——〈哦,香雪〉重读》和《文学面对现实的两种姿态——以"底层叙事"为例》等等。这些内涵沉稳、文本意识自觉的文章,在我看来就是以"研究"为视野的"文学批评"。因为它们不像很多当代文学批评那样,纯粹从艺术感性出发,最后又落实到感性化的发现和结论上面,而是注意为它们找到相当结实的历史根据。例如,我发现他们对这些作品的讨论和分析,一直放在具体的历史语境之中来进行,不是简单地把作品看成是"作家的创造",而是同时又兼顾到这种"创造"与当时社会思潮和文学思想的关系。这样的"解释",当然会比浮泛的文学批评更具洞察力和深刻的见解。

我不赞成研究当代文学的都去当所谓的学问家,因为文学批评从来都带给研究者一种新鲜的冲击力,他们对"新作家"、"新作品"的发现和阐释,往往会使我们改变自己的看法,即使再做历史研究和分析,也会受到这种批评的暗示和影响。不过,我也认为,盲目的、一般性的时评性的文学批评的意义是值得怀疑的。在当代文学界,这样的人和文章确实不少,很多其实都没有什么存在的意义。若干年后,它们被堆放在"文学史"的周边,占用着有效的研究空间,即使有些还可以拿来作一些次要的材料,但有价值的东西仍然不多。我理解的"文学批评",是那种不跟着作家、思潮、时尚跑的,敢于对作品文本提出质疑,并与它展开更大空间和意义上的对话的文学批评文字。我非常喜欢李长之的《鲁迅批判》和李健吾的《咀华·一集二集》,原因就在于,他们在从事文学批评时,并没有把自己当做作家和作品的附庸,而是站在作品之外,同时又深入作品文本之中,以"设身处地"的批评方式,与那些杰出的文学文本进行耐心的对话,同时也提出大胆的批评。如李长之对鲁迅缺乏长篇小说写作能力的深入分析,就是一个相当有说服力和出色的例子。《批评的支点》一书中,也有不少这样的例子。比如在《关于时间的小说——格非的〈人面桃花〉》一文中,作者发现:"站在属于自己的时间的末端,秀米能回望自己的人生。站在另一个时间层面,秀米能看到很多人的生命情景。"又比如在《文明落差间的心灵风景——〈哦,香雪〉重读》中,作者分析道:"铅笔盒这个象征性的实物,是这篇小说的纽结所在,自始至终也是主人公的情结。小说所描绘的,主要就是这个铅笔盒所引起的内心波澜。铅笔盒作为一个文具,自然可以看成知识的象征。对知识的追求,正是80年代初现代化运动兴起的时代背景上最响亮的话语,乡村中学生香雪的铅笔盒故事,不能说没有呼应关于现代化的历史诉求,故事的讲述多多少少也就带有叙事性。但是铅笔盒故事里的道具意义，它所不断暗示的，还是人性的魅力。"这显然是那种"历史的理解和同情"式的文学批评。它有意味的地方是，作者不光把自己当成批评家，也把自己当成和我们一样的读者，去"设身处地"地替香雪着想；但与此同时，它又无意识地带着我们和读者，站在与香雪有一段距离的地方看她"人生的风景"，把她和描写她的小说"历史化"了。在这个意义上说，铁凝的《哦，香雪》既是"80年代的小说"，也是"80年代的问题"，也就是作者试图要揭示的80年代的"现代化问题"：这个国家的发展方案如何被落实到这座小山村的，它是如何通过这群乡村女孩子与火车的关系被带到小说中去的。如此处理，就把小说的"重读"进一步"问题化"了，它极大地丰富了小说当时未被文学批评注意到，而现在却被文学史研究充分扩容了的那些极其复杂而丰富的社会内涵。

如果从这个角度看，我并不排斥"文学研究"。相反，我倒怀疑"纯粹"的"文学批评"是否能够超越"感性"层面，给读者更多更丰富的启发。所以，我认为文学批评的一个主要职责是把读者带到文学作品之中去，帮助读者去分辨什么是好作品，什么是不好的作品。但更重要的，是他们应该同时带着读者走出作品，告诉他们这些作品中"发生"了什么，这些在过去和现在正在"发生"的故事对我们的历史和未来意味着什么。只把读者带进文学作品，而不把他们带出来的文学批评家，是我不那么欣赏的文学批评家，他们只是一些文学作品的鉴定家。当然，我所希望看到的那种"理想"的文学批评确实是有很大难度的批评性的工作，是我一直希望尝试、但至今仍感到困难重重、甚至没有办法的一份事业。《批评的支点》是一个值得注意的进展，我也愿意它成为我批评的对象。文学批评，只有通过不断的对话才能产生真正的意义。

2009年4月14日于北京森林大第

目 录

辑一　小说杰作抽样解读

辑二　诗与散文的艺术观照

辑三　人文立场与文学批评

辑四　文学教育与学术传播

辑五　语文美育

后记/371

辑一

小说杰作抽样解读

《组织部新来的青年人》新解 *

　　1956 年到 1957 年上半年,在"双百"方针的鼓舞和苏联"解冻"文学思潮的影响下,中国文坛出现了一批"写真实"、"干预生活"的作品,王蒙的《组织部新来的青年人》就是其中影响最大的一篇。这篇小说一发表, 很快在全国范围内引起强烈反响和争论。《文艺学习》从 1956 年 12 月起,组织了关于这篇小说的专题讨论,连续 4 期共发表了 25 篇具有代表性的争论文章。《人民日报》、《文汇报》、《光明日报》、《中国青年报》和《延河》等报刊也载文开展讨论。讨论开始时,意见分歧很大,后来逐渐趋于统一,但是在 1957 年末,在"反右"斗争的背景下,这篇小说遭到了批判,而作者也被错划为"右派分子"。当时围绕这一作品展开争论的焦点问题主要有三个方面:(1)这样的组织部真实、典型吗? (2)怎样看待林震和刘世吾? (3)作品的社会效果是积极的,还是消极的?在这些问题上,论者们有过很不相同的看法。例如,就有无这样的组织部这一问题,有人认为小说真实地反映了我们党委机关里的现实生活,人物和环境描写都具有典型性;有人则认为作品把党委机关写得一团糟,严重歪曲了现实生活。又如,在分析刘世吾这一人物时, 有人认为刘世吾是一个真实而深刻的官僚主义形象, 有人却认为作者塑造的这个形象是不存在的, 是对老干部的丑

　　* 本文发表于《中文自学指导》2005 年第 5 期。人大复印资料《中国现代、当代文学研究》2006 年第 2 期全文转载。收入《21 世纪年度文学评论选·2005 文学评论》,人民文学出版社 2006 年 1 月出版。

化。①用今天的眼光看,处在 50 年代中期意识形态语境中的评论者,无论持肯定态度的还是持否定意见的,大多不能摆脱政治功利或社会功利的实用主义文艺观。当他们以"真实"作为评价文学创作的标准时,实际上较少顾及作品本身和作品的实际,因为一种先验的社会历史观或人文信念造成了他们对文学创作审美机能的盲视。80 年代以来,文学批评观念发生了根本性变化,王蒙本人创作有很大发展,变得十分丰富,为我们返视当代文学经典提供了新的视角,重读《组织部新来的青年人》,就是回到文本以发现意义的一个尝试。

从题目看主题与结构

小说原题为《组织部来了个年轻人》(以下简称《组织部》),1956 年 9 月号《人民文学》发表时,编辑部将题目改为《组织部新来的青年人》,后来收入 1956 年《短篇小说选》及其他集子时,作者又将其改为原题。粉碎"四人帮"后出版的《王蒙小说报告文学选》里也用的是原题。可见王蒙用这个题目有他的用意。

两个题目的逻辑重音不同,作者的题目放在"年轻人"上,而改题是"新来的"。这样就牵涉到小说的视角问题。前者是内部视角(尽管是第三人称,但小说的基点是在林震身上,叙述是以林震为视角的),在审美品格上标明了小说的表现性,而主要不是生活写实。后者成了外部视角,从外面来看小说,不是小说自身生成的题目。如果说作者的题目是小说的眼睛(内部精神的窗口),那么改换后的题目就有点像贴上去的标签。

更重要的是,改换后的题目与小说的"意向性"不合。在王蒙小说创作中,有一个贯穿到后来的冲突模式,即自我意识趋向与外部现实

----

① 关于 50 年代中期该作品论争观点的整理,参见于可训、吴济时、陈美兰主编的《文学风雨四十年——中国当代文学作品争鸣述评》,武汉大学出版社 1989 年 6 月版,第 1~12 页。

的冲突,同时也是某种人格类型与一种文化规则的冲突。在《组织部》这篇小说中,是一个年轻人的人生实现愿望,同以政治形式反映出来的传统文化规范(对个体人格的选择模式)的冲突和摩擦。这种似乎是个人理想和外部现实的冲突,贯穿了王蒙后来的很多小说,这也是王蒙小说为当代文学提供的一个解读中国社会冲突的重要的主题线索。

"年轻人"作为题目的中心词,这种自我定性在表层上有一点谦称的味道。但从真实语义看,它在王蒙小说中是一种人格类型、人格主体的代名词。以林震作为最先出场者,王蒙小说里有这样一个人物系列:《布礼》中的钟亦成,《杂色》中的曹千里,《名医梁有志传奇》中的梁有志,《活动变人形》里的倪藻、倪吾诚……

在《组织部》里,"年轻人"——林震,是这个小说的原发点,这篇小说是由他的感受、体验而产生的,或者说,小说的动机与意向性,都产生于林震的内心体验。这篇小说,如果说有事件,那么它是有一个心理事件;如果说存在心理冲突,也是一种心理和精神上的冲突。

小说的意向性决定了它的内在结构。小说以林震的心灵为端点,形成一个扇形结构。它有两极:一极是与韩常新、刘世吾的冲突,这是与机械力量的摩擦;另一极是人的纠葛,即与赵慧文的心灵感应,两者相遇引发的情绪波流。介于中间的是小说的表面的故事纽结,即麻袋厂事件。

小说的两极在深层上是主人公欲念——生命原力的放射。冲突与纠葛都由他的内在世界外扩而发生。与韩、刘为代表的组织力量的冲撞,反映的是主人公的"功名欲",同赵慧文的情感纠葛触及的是"爱欲"。最后,在外部压力下,功名欲战胜爱欲:革命工作战胜了朦胧的爱情,爱情让位于党的工作。

错读、误读及其必然性

错读是指当时首先不是把它当小说来读,很少从小说艺术、审美的角度去读小说,对小说(文本)缺乏"审美的注意"。或者说注意的不是"意味",而是"意义"。评论者多从严肃的社会学和政治角度去挖掘它的含义、作用,考察它的社会效果,很少谈及小说的机智、谐趣、抒情性和戏剧化手法。今天看来,王蒙在那时就天才地运用了反讽手法造成小说的艺术张力。

错读的另一表现是把小说的虚构当成了新闻报道,用生活的真实性去要求小说的真实,给人物和事件坐实。而另一方面却又把对生活的实裁诬指为"影射"。

错读在当时是必然的。1942年以来,文艺已被赋予了特殊的使命。1949年后,当代文学便被明确地规定只能以延安文学所代表的文学方向为唯一正确的方向。对那个时代的人们(读者和评论工作者)来说,小说不仅仅是小说,甚至首先不是小说。人们要求小说的,是像《不能走那条路》①那样的作用和效果。

那个时代,人们不可能从文学艺术的角度去讨论小说,就是用"典型理论"来分析(这应该是属于艺术范畴的操作)时,用的也是一种教条化的、被扭曲了的变质的典型观念(这也是当时的文学本质的观念,即文学通过塑造反映阶级本质的典型形象,以揭示历史发展规律)去规范小说,得出牛头不对马嘴的结论。而像唐挚等人那样反对用社会学的一般法则去代替文学艺术的独特规律的声音,显得非常微弱。②

误读,是指对人物从社会学和政治学的角度作二值的价值判断,加以正反定性,简单地把刘世吾视为官僚主义者的形象、代表甚至是典型。很少注意到作品对韩常新的批评。其实,更深一层的误读,是误

---

① 李准的这个短篇,发表于1953年11月的《河南日报》,反映农村分得土地后的"翻身农民"面临的"两极分化",宣扬农业集体化道路是唯一正确的道路。小说因及时配合了当时农村开展的改革运动并体现了既定政策且形象可感,而受到广泛重视,《人民日报》等全国各地报刊纷纷转载,还被印发给农村工作队员作为参考与指导。

② 唐挚:《谈刘世吾性格及其他》,《文艺学习》1957年第2期。

以为小说的目的是刻画刘世吾的形象,达到反映问题、揭示现实生活矛盾的目的,而忽视了林震的心理感受,忽视了林震对生活的诗意要求。这跟当时人们注重客观而忌讳主观是有关系的。在客观论的片面认识论的时代思潮中,人们不可能把这篇小说看成是体验小说、感受小说、心念小说。

这篇小说确实可视为问题小说,然而对"问题"的理解,当时不是从个人观察和感受出发,而是从概念出发,即有一个先定的前提——党是没有错误的,不可批评的。这从当时人们批评小说是一种"影射"就可以看出来(其实王蒙后来不必辩解,而应为之庆幸,如果小说揭示的是更高也是更深层次的问题的话)。50年代中期,文学批评已变得往往从概念出发("主流论"即是表现之一,衡量作品的标准是所谓以"正确"的态度对待现实还是"歪曲"了现实),而不能从作品营造的象征性艺术世界出发。甚至不能从生活出发,更不能从个人感受出发。而这篇小说恰恰是重在个人感受。小说着重写的是生活有时候带来的"某种情绪的波流"。

被组织:刘世吾的悲剧

刘世吾作为革命主体,在革命成功后,存在一个功能转换问题。刘世吾的被动性和悲剧就在这里。他对这一点不一定完全意识到了,即使意识到了,出于自我肯定的本能他也不承认。试想从打天下到坐天下,从旧政权的颠覆者到新政权的维护者,刘世吾能干什么?该怎么干?

刘世吾有两个口头语:"就那么回事","党工作者"。这两个口头语反映了刘非常现实也非常聪明的选择,当然也出于一种惯性和无意识。这两个口头语说明了刘世吾懂得孰轻孰重,懂得替谁负责,它们是革命经验赋予刘世吾的政治理性。"就那么回事"针对的是实际事务。"党工作者",则体现了一种角色意识。是"党工作者",而不是"党的工作者"。"党工作者"这个同位语,意味着个人与党的一体化、同在,是党的具体化的存在物。说"角色意识"是指他把这一点内化了。

刘世吾是以革命经历和胜利者、新生活的缔造者的身份自矜的。小说中多有表现。例如,当他看到刚报到的林震口袋里装的书是《拖拉机站站长和总农艺师》时,问道:"这是他们团中央推荐给他们青年看的吧?"两个"他们"用得很有意思,这表明了他的心态,也预示在同新来的年轻人的冲突中的先验正确性。又如,他在批评林震时说:"至于林震同志的思想情况,我愿意直爽地提出一个推测:年轻人容易把生活理想化,他以为生活应该怎样,便要求生活这样,作为一个党工作者要多考虑的却是客观现实。"刘世吾完全是以过来人的资格居高临下地否定林震的。

刘世吾本能地依附一种力量,如在针对林震的批评时,他说过这样的话:"……不过,自上而下的批评须有领导地去开展……"还有一段话:"作为领导,必须掌握一种把个别问题与一般问题结合起来,把上级分配的任务与基层存在的问题结合起来的艺术。""领导"、"上级"这些字眼成了刘世吾职业意识中最敏感的弦,最重要的音符。

刘世吾有值得骄傲的革命经历,也有在革命斗争中磨练出来的工作经验和领导艺术。在这种领导艺术里,反映了刘的本能的上本位观念。他工作时有一个值得注意的地方:"某些传阅文件刘世吾拿过来看看题目和结尾就签上名送走,也有的不到三千字的指示他看上一下午,密密麻麻地划上各种符号。"这里,"指示"不同于"传阅文件",后者是一般性的,无关大局,而前者来自于"上面",是从权力中心那里递贯下来的,它决定着政体中枢神经的脉动。这种直觉反应,既是刘的工作经验的体现,也是被组织的结果,对于他来说,既是主动的,又是被动的。

在某种意义上,刘世吾是一个机器上的构件。"他熟练地驾驭那些林震觉得是相当深奥的概念,像拨弄算盘子一样的灵活。"这固然反映了刘的理论修养,但同时也意味着他的被"异化",被理论(一种革命话语)异化。

他的时机成熟论,以及在王清泉事发后的一反常态(《北京日报》发表读者来信后他把报纸仔细地看了几遍,然后抖一抖报纸,客观地说:"好,开刀了!"),都说明党不允许在名誉上受损。这是她的看护人所要共同维护的。革命阶级成为统治阶级后,工作重心发生重大转移。在这种权力的自我保护中,作为机器上的关键部件,很自然地要行使它的职能。作为"组织部"(这是具有特殊职能即心脏功能的机构)的领导,需要懂得什么时候行使"医生"的职责(先前的延宕并非不负责任的拖沓,乃在于医生的功能是割除痈疮而非预防痈疮)。

林震评断刘世吾:"他不像韩常新那样浅薄,但是他的那些独到见解,精辟的分析,好像包含着一种可怕的冷漠。"——为什么"冷漠"?敏感而易于冲动的年轻人林震在当时未必能找到这一答案:"坐天下"不同于"打天下",巩固政权不同于夺取政权,守成不同于变革,它不需要热情,相反忌讳、害怕热情。①这里所说的"冷漠",不能仅仅理解为对客观事物的态度(如处理"麻袋厂事件"),它所失去的还包括主体自身作为人的热情、青春活力,那种未经打磨的毛茸茸、热乎乎的鲜活状态,勃发的生命冲动等。实际上,在中国的人治文化里,人一旦被组织就意味着丧失生命的本原状态而走向"冷漠"。

赵慧文也有一段批评刘世吾的话,说他:"……什么都知道,什么都见过——党的工作给人的经验本来很多……他满有把握地应付一切,再也不需要虔诚地学习什么……一旦他认为条件成熟需要干一气,他一把把事件抓在手里,教育这个,处理那个,俨然是一切人的上司,凭他的经验和智慧,他当然可以做好一些事,于是他更加自信。"分析得可谓透辟,但我们还应看到刘的被动性,除了个体原因,刘世吾首

---

① 这似乎是一种规律性的症候。70 年代末复出的王蒙,在小说里经常触及这一领导者易患的心理情态。例如,《蝴蝶》中的张思远就一再警告自己早已不是热情和想象的年纪:"你担负着党政要职,热情、想象和任性对于你不但是不必要的,而且是一种不可原谅的罪过。"在《风息浪止》里,需要退下来的地委书记苏正之,"在由谁接班的问题上他和地委的其他几个书记存在着严重的分歧,他本能地对头脑敏捷、口齿伶俐、敢想敢干的人抱一种怀疑态度"。

先是"组织意志"(后演化为国家意志)的体现者。作者借赵慧文之口说的这段话,可以说是对刘世吾代表的革命领导者(包括比他地位更高的革命领导者)的模态化的准确诊断。

刘世吾身上并非不流露"人"的一面。比如他跟林震谈小说时,很入迷,"他笑了,从来没这样笑过,不是用机智,而是用心。"他在处理完"麻袋厂事件"后与林震在小铺子里吃馄饨、喝酒,有对自己的一番检视和反省。当林震问到他"现在难道就不年青,不热情了么",他答:"当然不,……可是我真忙啊!忙得什么都习惯了,疲倦了。解放以来从来没睡够过八小时觉。我处理这个人和那个人,却没有时间处理自己。"然后小说写道,"他托着腮,用最质朴的人的态度看着林震",还说,"是啊,一个布尔什维克,经验要丰富,但是心要单纯……"刘世吾偶尔才流露"最质朴的人"的一面,那才是本来的真正的他。但在一个本真的人和社会角色当中,刘世吾不得不选择后者,被"事务"所包围,变得面目"世故"。

刘世吾不同于韩常新。韩投机,"懂行",金玉其外,善于玩弄教条,会做官样文章。他因圆滑而亨通,虽然浅薄然而得志。刘世吾看不起他,对林震说:"你这个干部好,比韩常新强。"可见刘世吾在质地上与韩有区别,他看人看事的敏锐(包括对赵慧文、林震感情苗头的洞幽烛微)基于他的革命经历,而他的"冷漠"则应由历史的宿命来负责。他有一段自我质询的话发人深省:"我们党工作者,我们创造了新生活,结果,生活倒不能激动我们……"这样的精神迷惘,使我们不能简单地把刘世吾斥为"革命意志衰退"。

林震是个个人主义者

这里所说的个人主义,是肯定意义上的,至少是中性的,而非贬义。可以理解为从"人文主义"中派生出来的一个词,跟"个性主义"相近义。含义为肯定个体存在的价值,个人的积极发展在集体中应得重视和认可。林震是一种人格类型的代表,聪敏而有灵性,热情而又单纯,有强烈的自我求证愿望,自我关注,追求人生实现,不是以索取而是以创造为最高人生价值,有强烈的表现欲,始终处于焦躁、亢奋状态。这种人格特质就带有个人主义色彩。这类人格主体在等级制、超稳定的中国社会里常常是被遏抑和防范的对象,只有在革命时代和社会变动期才如鱼得水。个人主义同集体主义时代必然构成冲突,林震的戏剧性遭遇也由此决定。

林震有很强的功名欲。小说写:"他已经二十二岁了,记得在初中一年级时作过一篇文,题目是'当我××岁的时候',他写成'当我二十二岁的时候,我要……'现在二十二岁,他的生命史上好像还是白纸,没有功勋,没有创造,没有冒险,也没有爱情……他订计划,学这学那,做这做那,他要一日千里!"所以,当他二十二岁成为"党工作者"时,他感到是实现人生目标(即他说的"真正的生活")的开始,所以"带着一种节日的兴奋心情"提前去区委会报了到。在那个时代,林震把他的个人实现愿望附丽、归属于宏大的历史性的革命事业,以革命崇拜和对党的宗教虔诚来表现他的文化价值选择。(小说写"组织部"、"党工作者",就体现了作者少共心态的逻辑扩展,是一种自我肯定。)

这种人格主体往往理想化地看待外部现实,更多地想着"我应该怎么做",而不是"我可以怎么做",因而不免碰壁、受挫。小说点道:"对于党工作者 (他是根据电影里全能的党委书记的形象来猜测他们的)生活,充满了神圣的憧憬。"林震出于一种道德激情把一切理想化,用应然来要求已然。例如,他告诉赵慧文:"你应该把你刚才说的对区委书记谈,或者写成材料给《人民日报》";他用"党章上的规定"要求机关工作;还义愤地呼喊:"党是人民的、阶级的心脏,我们不允许心脏上有灰尘,就不允许党的机关有缺点!"

可以说,林震是个以理想主义为特征的个人主义者,或者说是带有个人主义色彩的理想主义者。

这种理想化、幻想型的人格,要求人生的质量,追求生活的诗化。

幻想是诗的特质。一方面楔入现实,另一方面又希望超越现实。既焦灼于现世的实现,又看重永恒的生命形式。林震对文学和音乐的喜爱,就是这种内心生活的表现。小说是这样写他在赵慧文卧室里听音乐的:"收音机亮了,一种梦幻的柔美的旋律从远处飘来,慢慢变得热情激荡。提琴奏出的诗一样的主题立即揪住了林震的心。他托着腮,屏住了气。他的青春,他的追求,他的碰壁,似乎都与乐曲相通。"要求完美是青春的幻想,然而也因此难以见容于现实,因为那是一个要求人们投入斗争,以吃苦为乐,以牺牲为荣的普遍自虐的时代。

赵慧文对林震的性格特征观察入微,并预见到这种性格与环境相冲突:"你常常把眼睛盯在一个地方不动,老是在想,像个爱幻想的孩子。你又挺容易兴奋起来,动不动就红脸。于是你又天不怕地不怕,敢于和一切坏现象作斗争,于是我有一种婆婆妈妈的预感:你……一场风波要起来了。"——林震的行为不合集体主义的"语法",也不合时宜:巩固政权需要的不是激情冲动与革命性。在一个按自己意志按部就班运转的组织机器中,林震充满个人想象、带有个人意向的积极表现,不仅显得滑稽,而且势必会四面碰壁。

入世型的个人主义者需要投入革命来实现自我,而革命的集体主义本质与个人主义相矛盾:这就是"年轻人"林震的悲喜剧。王蒙后来的小说贯穿了这一冲突形式,不同的是有了"故国八千里,风云三十年"经历后的小说,多了相对主义而淡化了理想主义。

林震后来"意识到自己和他们力量的悬殊"。"自己"和"他们",乃是个人与组织的对立关系。革命作家王蒙当然不可能像卡夫卡和约瑟夫·海勒那样深刻地揭示个体在一体化的社会机器中的悲剧,尽管林震进入的"无物之阵"(相对于他的愤激,刘世吾和韩常新像不曾发生过争执一样约他去散步)也颇有悲剧意味。

应该肯定林震的个人追求都是合理的。小说结尾赵慧文的抒发很动情,很人性:"我们希望过一种真正的生活……"然而集体主义时代容易把人简化(林震在受挫后终于明白"人是多么复杂啊")。连细腻多情的赵慧文,在她和林震的心灵感应被刘世吾点破,一对有共同志趣的男女的纯真感情被掐灭后,她也只能用"革命话语"来掩盖她个人愿望被阻后的尴尬和痛苦——她居然拿出意见草稿和跟自我竞赛的办法给林震看,将自己从挫伤中解救出来。林震不知道他因为崇拜革命、为维护自我革命人格形象而多么严重地伤害了一个美好的女性,这时候的林震,他的个人主义中才真正包裹有不光彩的成分了。

> 1995 年 9 月 30 日初稿于北京大学
> 2002 年 10 月 26 日略改于海南师院

难以突破的禁区 *

——《红豆》的爱情书写及其阐释的再考察

作为"百花文学"的代表作,宗璞的短篇小说《红豆》在后来的文学史叙述中,与丰村的《美丽》、邓友梅的《在悬崖上》、陆文夫的《小巷深处》、阿章的《寒夜的别离》等一起,被称为"写爱情生活的作品"[①],其首要的文学史意义一般认为在于突破了"爱情"这一题材禁区,写了人性和人情。然而,无论在当时还是后来,多数论者都没有把《红豆》的主旨看成是写男女爱情,而认为它"叙述了一个革命与爱情冲突的故事"[②],揭示的是"祖国高于一切、革命高于一切的主题"[③]。近十年来,随着文化研究方法的普遍采用,《红豆》的研究视域被打开,在运用不同方法进行文本解读的过程中,作品所蕴涵的丰富的思想文化意义与独特的文学史价值不断被发掘出来,"再解读"的过程本身也在生产着新的文学或文化观念,创造着新的文学环境和人文空间。但是,即使在最见深度的研究成果里,《红豆》的对象主体,仍然不是纯粹的爱情,而是"以爱情寓言的形式来投射政治","是将爱情故事与宏大历史主题结合得

---

* 本文发于《名作欣赏》,2010 年第 4 期。

① 张钟、洪子诚等主编:《中国当代文学概观》(修订本),北京大学出版社,2002 年 4 月版,第 229 页。

② 赵晓芳:《爱,是不能忘记的——试析宗璞〈红豆〉的叙述"裂缝"》,《名作欣赏》,2007 年第 4 期。

③ 王庆生主编:《中国当代文学》(修订本)(上卷),华中师范大学出版社 1999 年 9 月版,第 175 页。

最佳的一个案例"①。若是回到小说发表和遭到批判的年代,更是发现,批评者一致关心的是小说主人公女大学生江玫在革命和爱情之间应该作何抉择、走上革命道路后心中还应不应该保留爱情的位置,而不是爱情本身对一个人——一个女性是不是重要。就连作者宗璞自己在解释小说创作动机时也说:"当初确实想写一个小资产阶级知识分子怎样在斗争中成长,而且她所经历的不只是思想的变化,还有尖锐的感情上的斗争。是有意要着重描写江玫的感情的深厚,觉得愈是这样从难于自拔的境地中拔出来, 也就愈能说明拯救她的党的力量之伟大。"②从这一简略的作品评价便可以看出,《红豆》被划到爱情题材里,却没有被当成典型的爱情小说,尽管它确实写了爱情,并且写得真实而细腻,故事中的爱之人爱得迷醉痴狂,爱之情扎进了生命的深处,任何力量都不能将它拔走。

《红豆》是爱情小说,题目就已标明,这无庸置疑,但对它的阐释却将爱情放在次要的或衬托的位置。这种矛盾的现象,值得进一步考察。造成这种现象的原因,在近些年的研究成果中,从不同的侧面已基本上得到揭示。特定时代的阅读者、批评者所持有的价值观和文学观决定着对于作品的理解意向③是一方面,作品本身存在主观意图与客观叙述的背离④也是另一方面。重要的是,被称为突破题材禁区的虚构性小说,为何名不副实,而它又是产生在文学"解冻"的时代背景下。答案都在小说文本之中。通过文本分析,许多论者都发现了《红豆》在叙述上的分裂。洪子诚在 1999 年出版的《中国当代文学史》里

① 孙先科:《爱情、道德、政治——对"百花"文学中爱情婚姻题材小说"深度模式"的话语分析》,《文艺理论研究》,2004 年第 1 期。

② 赵晓芳:《爱,是不能忘记的——试析宗璞〈红豆〉的叙述"裂缝"》。

③ 李悦的《泛政治化语境中的爱情悲歌——宗璞〈红豆〉之再解读》(《湖北广播电视大学学报》2008 年第 1 期)已注意到这个问题。

④ 汪婷:《红豆不堪看,满眼相思泪——试析宗璞〈红豆〉主观与客观的背离》,《安徽文学》,2008 年第 12 期。

就指出,《红豆》"包含着复杂的成分,存在着叙事的内部矛盾",并具体分析了"投身革命与个人情感生活,在小说中没有被处理成完全一致"这种"叙述上的分裂"①。小说在叙述上的矛盾与分裂被发现,对于作品本身来说,其意义首先是正面的。因为正是这样的矛盾或分裂,小说更多地保留了在当时的文化语境里不被认可的思想、感情、真实的生活内容以及文学惯例等因素,这些都是人类文学史上一向被珍视的用艺术方式表达的人文诉求,它们是人类的生命本能、自由精神和想象力的不可复制的结晶,用今天的话说,它表达的是人类生活应该遵循的"普世价值"。《红豆》的珍贵,就在于它饱含着这样的思想和情感的汁液,尽管它更多地潜含在叙述"缝隙"里,需要通过解析作品的深层结构才能把握得到。但是,换个角度看,"作家的主观意图与文本的客观叙述之间的一种矛盾悖逆"②,又何尝没有负面的作用,它不仅表明作品在艺术上可能不完善,甚至留有瑕疵,也显示出作者的精神世界里可能存有影响艺术创造的障碍。如果这样的看法成立,那么,《红豆》的写作和它的遭遇表明,即使在"百花时代",爱情这一题材禁区也并没有被完全突破。"十七年文学"中的"鲜花",始终散发着冬天的气息。

回到《红豆》创作和发表的年代,那的确是知识分子的早春天气。不然的话,像江玫这样的"生活就像那粉红色的夹竹桃一样与世隔绝"的小资阶级知识分子,不可能成为文学的描写对象、小说的主人公。在这之前,萧也牧的《我们夫妇之间》由于带有所谓小资产阶级的情调已经受到严厉的批判,"第一次文代会"确立的服务工农兵、写重大题材、塑造英雄人物、表现民族风格的社会主义文学规范,早就给作家划定了文学创作可以涉足的领域、可供演绎的观念和适宜采用的形式。十七年间歇性出现的宽松环境,如"双百方针"的提出带来的文学"解

---

① 洪子诚:《中国当代文学史》,北京大学出版社,1999 年 8 月版,第 143 页。

② 赵晓芳:《爱,是不能忘记的——试析宗璞〈红豆〉的叙述"裂缝"》。

冻"，对于 1956 到 1957 年间出现的"写真实"、"干预生活"和写人性、人情、婚姻爱情的作品来说，是难得的机遇而又带有戏剧性。1957 年 7 月《人民文学》的"革新特大号"奉命推出来时，中共发动的整风运动已改变了风向①，思想解放的形势发生了根本性逆转。"百花文学"的作家和发表他们作品的刊物，犹如掉入了陷阱，"鲜花"一夜间变成了"毒草"②。这样的不可捉摸的文坛形势，正可以帮助我们理解《红豆》这批爱情题材作品为何没有真正突破文学禁区。经过短暂的开放，文学创作得以灵光乍现，1949 年后，文学作品里从未见过的"风花雪月"——大学校园里的青春之恋——得到缠绵悱恻的书写。但这并不意味着跟高等学府有不解之缘的宗璞，可以按照她个人的情感经历、思想兴趣和审美理想来编织爱情故事。根据不断接受政治规训得来的经验，属于私人生活的爱情也必须与宏大叙事发生关联才能进入公共话语体系，而宏大叙事的核心价值就是革命之于人生的意义。并不是除了革命就没有少男少女的动人心弦的爱情，而是在 50 年代，不写与革命有关的爱情就没有合法性。它与经典左翼文学中的"革命+爱情"不同，对于后者，爱情与革命往往互为动力，而在《红豆》时代，二者之间只能有唯一的选择。

《红豆》的可贵之处在于，虽然它不得不套用"知识分子在党的引

---

① 5 月 15 日，毛泽东撰写了《事情正在起变化》一文，其中指出要认清阶级斗争形势，注意右派的进攻。6 月 8 日，中共中央发出了《关于组织力量准备反击右派分子进攻的指示》，同日，《人民日报》发表题为《这是为什么?》的社论，以此为标志，此后在全国范围内陆续开展了大规模的反右派斗争运动。——参见吴俊：《组稿：文学书写的无形之手——以〈人民文学〉(1949—1966)为中心的考察》，《华东师范大学学报》，2006 年第 3 期。

② 据涂光群回忆："革新特大号出来后，作协一位领导人曾打电话对其表示祝贺。但随后反右扩大化，李希凡、姚文元带头发表短文和长文批评《人民文学》代表了修正主义创作逆流，革新特大号变成了'毒草'专号。中国作家协会很快编印出来供内部阅读的一本厚厚的《人民文学》毒草集……"——见涂光群：《五十年文坛亲历记》，辽宁教育出版社，2005 年 5 月版，第 132~133 页。

导下,走上了革命道路,获得了有价值的人生"这一知识分子题材的叙事模式,但它并没有用革命来否定爱情对于生命的本体价值。作者通过叙事的精心设计,采用"间离"法,模糊了对小说主人公的人生选择——去与留——的价值判断,把对爱情悲剧的遗憾长久地留在了读者的心中。关于《红豆》的主题,说"革命战胜了爱情"可以,说"爱情被革命战胜"也可以:小说并无明确的思想倾向性,因为真正的作家更容易陷入人生的迷惘,文学不可能给人生提供确定的答案。所以说,在革命威权不断祛除知识分子人文性的文化环境里,《红豆》用大胆而不无诡异的叙事,再现了精英文学的人文魅力。但是,这并不意味着,革命历史主义的世界观和社会主义文学规范的无形之手,没有支配小说的情节设计和爱情结局的安排。一见钟情的大学生江玫和齐虹,他俩痴心相恋,既是少男少女自然而然的爱情,又是有着共同精神志趣的知识人特有的带有文化色彩的爱情,称得上是灵肉一致的爱情。他俩的爱情,不管是写成历尽磨难终成眷属,还是写成痛苦分手天各一方,都会给男女之爱的神奇增加一条有力的注解。按照宗璞的审美心理类型,她更喜欢咀嚼人生的遗憾,所以其笔下的爱情故事,会选择悲剧结局的形式。从文学生成的角度看,革命作为一个巨大的障碍横在这两个恋人之间,倒是成全了缠绵和痛苦交织的爱情——爱情的本义就是情的长在。问题是,如果照此立意去叙述故事,在社会理性上会与主流意识形态相龃龉。于是作家不得不作出让步,在情节设计和性格刻画上,靠拢主流文学形态,作品也就变成了有裂痕的双声系统。

进入文本我们会发现,基于女性经验,江玫在爱情历程中的心理活动写得十分真切,哪怕是十分细微的心理反应都符合性格逻辑和女性特点。例如,江玫两次为齐虹没有注意她而感到遗憾。又如,她背着齐虹到城里参加了游行,回校后担心齐虹生她的气,回到房间里有人敲门,"她心中一紧,感到一场风暴就要发生了"。对于心中的恋人,她可以经常因言语不合而与之争吵,但她容不得任何人去贬损他,哪怕是她最尊重的人。比如她跟萧素谈心时,她说:"我和齐虹,照我看,有很多地方,是永远也不会一致的。"但是当萧素接着她的话对齐虹进行否定性评价,竟然引起她十分强烈的反应:

> "你怎么能这样说他!我爱他!我告诉你我爱他!"江玫早忘了她和齐虹之间的分歧,觉得有一团火在胸中烧,她斩钉截铁地说,砰的一声关上房门,到走廊里去了。

这表明她对齐虹爱得很深,也说明恋爱中的女性更看重自我的尊严。小说对齐虹形象的刻画就比较简单,不仅不丰满,还有人为丑化之嫌。虽然这种丑化主要是通过第三者的评价来完成的,可能是有意用不同叙事视角的对照,来暗示爱情悲剧的外在原因和必然性,但是从叙事后果看,作者似在迎合某种具有威慑力的、左翼文学成规背后的政治观念,这种观念实际上就是阶级出身决定论。齐虹出身于银行家家庭,属于剥削阶级,因此尽管他还是个年轻学生,但小说一定要赋予他与革命阶级相反动的世界观和人生态度:悲观,厌世,极端自私,憎恨他人,追求个人自由,害怕革命,向科学和艺术世界逃避,为爱情疯狂,最后终于叛离自己的祖国……对于他的外貌,小说用两种笔墨加以描画:在爱人的眼中,他是一个白马王子的形象,"他身材修长","有着一张清秀的象牙色的脸,轮廓分明,长长的眼睛,有一种迷惘的做梦的神气";在革命者萧素和劳动人民眼里,他简直是恶魔,面目狰狞,这实际上是对资产阶级和知识分子的妖魔化。阶级话语支配的写作,损害了爱情的美感,也影响了写作的真实性。试想,齐虹的面目和性格若果是畸形的、丑恶的,一尘不染的江玫,对他的恋情怎能那样刻骨铭心。但在客观上,这样的描写却达到了主题实现的目的,促使江玫一步步远离所爱的人。"在江玫充满爱情的心灵里,本来有着一个奇怪的空隙,这是任何在恋爱中的女孩子所不会感到的。而在江玫,这空隙是那样尖锐,那样明显,使她在夜里痛苦得睡不着"。失去父亲的江玫,需要爱、美、温柔、善良、可靠与平等来填补内心的空缺,但来自亲友的对心中恋人的形象损害,使得这一空缺无法填满。

受阶级论这一革命文学元话语的规约,《红豆》让江玫选择革命的一个不可缺少的程序,是身份认同。江玫本来出身于书香人家,父亲是大学教授,还当过官,所以她不属于需要通过革命来改变社会底层地位的大多数人的行列。但是,她后来从母亲那里得知,不明不白失踪的父亲原来是被国民党所害,这就一下子明确了她与统治阶级的对立关系。而社会失序、时局混乱,造成银行倒闭,靠吃积蓄相依为命的母女陷于生存窘境,而衰弱的母亲病倒无钱救治,一下子拉近了她们同底层社会的距离,她也"渴望着新的生活,新的社会秩序",加上革命者萧素的引导和感召,她的身份和心理的转变最终完成,皈依于"大家",通过参加几次革命实践活动成长为党的工作者。在成长过程中,江玫还经历了从血缘伦理走向阶级伦理的人际关系拓展过程。血缘伦理一是指父亲的血迹给她发出的指令, 一是指革命者萧素卖血为她母亲治病,"手臂上的一点针孔,建立了死生不渝的感情",让她怀着感恩的心听从先觉者的引导。阶级伦理就是从"懂得了大伙儿在一起的意思,那就是大家有一样的认识,一样的希望,爱同样的东西,也恨同样的东西",到"渴望着把青春贡献给为了整个人类解放的事业"。这里难免让人产生疑问,如果亲情是真实的话,那么,利用骨肉亲情来践履一种宏大社会理想,也是真实的吗?小说里,在解放军排山倒海般向北平压过来、局势越来越紧张的情况下,齐虹被先行飞到美国的家人一再催促,不得不买好机票,浑身上下滴着水跑到江玫家,要她一同飞去美国。江玫的母亲不肯明确表态,只是提醒,"玫儿,记住你的父亲",意思是希望女儿放弃去美国,留下来继承父亲的遗志,改造这个不应当再存在下去的社会,似乎女儿的前程和安全都不如革命重要。这样的做法,如果不是母亲有别的考虑,总让人觉得不太可信。尽管小说这样描写对两位恋人的最终分手作了大量的铺垫,但刻骨铭心的爱情被革命和亲情轻易打败,爱情的真实性又变得可疑起来。可见,在阶级论和唯物史观作为核心的主流意识形态的压抑下,《红豆》对爱情的书写始终未走出困境,并没有完全做到以潜在的基于生命意识的女性立场"消解了意识形态的阶级论"①,相反,爱情故事身上还是留下了不少被主流价值观和文学范式规整的痕迹。

① 郭力:《经典解读:革命叙事中的女性生命风景线》,《学习与探索》,2007年第1期。

对历史的深度把握 *

——莫言的《生死疲劳》

如美国犹太裔作家李比英雄先生所说,莫言笔下的高密东北乡是一个"巨大的文学地理"①。自 20 世纪 80 年代以来,莫言以旺盛的、无与伦比的创造力, 在这一文学地理上建造起气象恢弘的小说艺术群落。而 2006 年年初问世的近 50 万字的长篇小说《生死疲劳》,被作者自己看作是高密东北乡版图上的"标志性的建筑"②。从中可以窥见作家在这部小说里倾注的艺术追求,以及作者从创作效果中获得的自信和这一创造所达到的艺术高度。著名评论家吴义勤在评论《生死疲劳》的文章里说他始终认为 "莫言的小说是中国当代文学中难得的 '极品'",并评价《生死疲劳》无疑代表着小说写作的一种难能可贵的境界———一种完全没有任何束缚和拘束的、随心所欲的自由境界。这是一种能让作家的想象力和创造力发挥到极致的境界,环顾中国文坛,能达此境界者,大概唯莫言一人耳"③。联系张清华将莫言在 90 年代创作的《丰乳肥臀》列为"新文学诞生以来迄今出现的最伟大的汉语

---

* 本文发表于《小说评论》,2006 年第 5 期。

① 收入香港浸会大学文学院编《红楼梦奖 2008 得奖作品专辑·论莫言〈生死疲劳〉》,香港天地图书有限公司 2010 年出版。《文学·民族·世界——莫言、李比英雄对话录》,《博览群书》,2006 年第 8 期。

② 2006 年 3 月 15 日,莫言做客新浪读书名人堂谈新作《生死疲劳》时说:"如果说我的作品都是高密东北乡版图上的建筑,那《生死疲劳》应该是标志性的建筑。"

③ 吴义勤、刘进军:《"自由"的小说——评莫言的长篇小说〈生死疲劳〉》,《山花》,2006 年第 5 期。

小说之一"①来看,莫言以高密东北乡为版图的"新历史主义"写作,在以"诗学"的方式叙述"历史"方面又找到了新的结构形式,为新世纪的汉语小说矗立起了一座高峰。

在借用佛教的六道轮回说作为小说结构的堪称奇书的《生死疲劳》里,莫言再一次对高密东北乡的历史戏剧进行了惊心动魄的艺术呈现。这的确是一部关于农民和土地的恋歌与悲歌,但小说首尾相衔的作为叙事起点的一个时间提示——"我的故事,从1950年1月1日讲起"——表明了作者一贯的历史意识。莫言又一次选择一个完整的"历史段落"来加以"重述",是他的文学抱负的再一次实现,也是作为这一"历史段落"的亲历者而又具有强烈的人文精神的小说家不能不倾吐的历史诘问。与《丰乳肥臀》选择了整个20世纪来进行宏伟书写相比,《生死疲劳》选取的是20世纪的后半个世纪作为讲述对象。1950年1月1日到2001年1月1日,这个公元纪年里承载的正是新中国的历史。高密东北乡作为乡土中国的缩影,对它的艺术重构,也就是对新中国历史的文学形式的重写。这一段跟我们十分贴近但正在时间里被渐渐遗忘、变得陌生起来的社会史和人的命运史,在它的后果变成了严重现实的当下,对它的书写显得如此重要而紧迫。所以,与其说是莫言为了他的文学抱负的最大实现而不断建构他的风格独特的"历史诗学",不如说历史冤孽压在这一代人心上的沉重债务,在一个偶然的机缘中得到了偿还的机会。②在人文学界,对20世纪50年代以来的历史进行重述的大有人在,其中包括了一批小说家,历史记忆成为重要

---

① 张清华:《境外谈文·莫言的新历史叙事》,花山文艺出版社,2004年3月版,第151页。2004年10月在大连召开的"中国当代文学研究会第十三届年会"的大会发言中,张清华再一次公开表达这一论断:"《丰乳肥臀》是20世纪最伟大的汉语小说之一。"

② 莫言半开玩笑地说他创作《生死疲劳》看起来只写了43天,但实际上酝酿了43年。而为它找到表现形式是在承德参观一个庙宇,看到了有关六道轮回的一组雕塑才得到触发,产生回忆。——参见《文学·民族·世界——莫言、李比英雄对话录》,〔日〕小园晃司译,《博览群书》,2006年第8期。

的思想资源,通过不同形式的书写为一个价值混乱、思想贫乏的时代提供着微弱而宝贵的精神灯火。在这一批历史的打捞者当中,小说家莫言的收获无疑最有分量。因为他的历史叙事是形象化了的历史哲学,既宏伟又细腻,既磅礴又诡谲,既深刻又生动,特别是,既是对主流历史叙事的反拨与解构,又确实是高度个人化的对历史的各种异变因素的最有力的揭露。莫言的历史书写和拷问的最大特点,是他挥洒才华、浓墨重彩描绘的波谲云诡的历史图像,其中心位置始终是人,是处在民间的、享有自然生命伦理庇护的人民。《生死疲劳》正是在对人与历史关系的艺术阐释上,达到了对历史的深度把握。

历史与人生

莫言这一代人,是"革命历史主义"的受害者。革命运动从对历史的阐释中寻找动力、依据与合法性,当历史经过进化论、阶级论"打扮"过以后,处在历史活动中的人和人的生活就被高度简化并失真。这一被装进了某种政治理论模型的历史图像,又在线性历史观下变成了现实斗争生活的蓝本。现实因而被规定在通往终极目标的一个特定历史段落里按照理论的预设去完成每一个规定动作,于是现实生活与生活主体亦即历史主体——人,完全离开它/他的自在性与自为性,成为一个历史戏剧脚本和这个脚本中的一个远离自我本性和欲望的"角色"。人生就这样被历史所导演。在这个以"革命"为剧名的历史戏剧里,现实的历史与观念的历史不能不被割裂,现实的人生与被派定的阶级角色不能不发生分裂。处在这样一种二重世界里的"人",因失去固定的位置和姿势而只有等待无法预知的"错位"的冲击,领受的是比毁灭更可怕的恐惧,就像张贤亮小说《习惯死亡》里所描述的那种革命历史时期才有的心理。莫言出生于农村,家庭成分不好,在以"阶级斗争"为主要冲突的历史戏剧的一幕里,作为一个次要角色,也刻骨铭心地感受过这种生存之痛。70年代后期,戏台在"地震"中坍塌,莫言和同代人从荒诞剧的梦魇中醒过来,在80年代的文化启蒙中获得了对历史的反省能力,更产生强烈的撕破假面还原历史本性的愿望。《红高粱家族》就是他用小说来拆解和颠覆"革命历史主义"(以及由它决定的红色历史叙事)的力作。

但是《红高粱家族》的意义主要在于为莫言亲历过的将人生固化导致民族生命力衰退的当代历史,构造与之相对的复杂化了且富于自然性的、驳杂而勃郁的历史图景,它虽然酣畅淋漓地表现了莫言的人生本位和民间本位的历史想象,痛快地宣泄了一回莫言长期被压抑的生命欲望,然而并没有释放其在当代生活经验中积累起来的历史体验和历史认知相交混的精神与思想力量。应该说《丰乳肥臀》的当代史部分的书写,是莫言对直接历史经验的一次诗性表述。但小说中选作历史主体的来自现代史的主人公的象征意指,限制了更多的当代史的承受者的出场。以这两部重构现代中国历史的小说所表现出来的艺术雄心,莫言一定对当代中国历史的深层结构未找到对应的形象体系耿耿于怀。《生死疲劳》终于让莫言完成了为当代历史画像的夙愿,让一个被消灭在"新社会"——历史的新阶段——门槛之外的悲剧主人公通过"六道轮回"的方式进入被替换了的历史现场,充当演员、观众和讲述者的多重角色,这一想象历史和再造历史的结构方法的确是神来之笔。小说让按照社会进化理论铸造出来的历史开除了的"地主"西门闹作主角,并让其在冥界复活,开始它的生命/灵魂之旅,不仅意味着当代历史是一个真正的主角缺席的虚假演出,也暗示了人生被历史拨弄的可悲现实。

靠劳动发家致富、本性善良的庄稼人西门闹,在闹土改的暴风骤雨中被扣上莫须有的罪名遭斗争、被枪毙,这个生世为人问心无愧的当事人,对这从天而降的毁灭性剥夺百思不得其解,到了阴曹地府也无法不大声鸣冤叫屈,哪怕受尽人间难以想象的酷刑。西门闹的不解正是历史的玄奥、诡秘之处。历史本由人的活动构成,但历史一旦形成,便有了自己的生命,绵长而巨大,有自我意志,凌驾于任何一个段落的社会活动之上,任何短促而渺小的个体生命都无法与它的意志和力量抗衡。它的任何一个乖戾的动作或表情,都会使它脚下的社会发生扭曲,人生出现颠倒。从宏观上看,每一次社会运动都是历史自体的一次痉挛,而进入微观,历史的每一次痉挛都会造成无数个体生命的人生悲喜剧。历史和社会都不会有什么收获或损失,而生命个体的人生轨迹则因此被改变。西门闹从一个经营多年的有钱人,变成穷人的斗争对象,并且斗争转瞬升级,他被五花大绑着,推到桥头上,枪毙了,他的田产、房屋和积蓄,都被瓜分,连他的女人也成了"胜利果实"转移到了穷人——一个是得过他的大恩惠的他的长工,一个是对他恩将仇报的下三滥——的手里,这令人惊愕的残暴剥夺,在"土改"运动的名义下,竟显得那样合理,那样自然,从未遭到质疑。要不是《生死疲劳》掀开这尘封已久的、似乎已成定论的历史的一页,西门闹们的冤屈永难得到昭雪。但莫言显然不是要为那些在社会变故中的受害者讨一个公道,而是对历史导演人生的合法性提出质疑。西门闹对好人遭恶报且不容申辩至死不解,只能在阎罗殿里悲壮凄切地喊冤叫屈,身受酷刑而绝不改悔,难道不是对以"土改"为开端的历史实践提出的严正的质问?我们何曾直面过当代中国历史这大有问题的一幕?若不是依靠文学的想象,我们又如何能看到这践踏人生的悲惨凄切的一幕?!

人生被历史拨弄,几乎是"从来如此"。所以西门闹并非没有朦胧地意识到他遭受劫难的不可避免。他对自己无辜罹祸这样感叹:"这是一个劫数,天旋地转,日月运行,在劫难逃……"这无奈的喟叹,触及到有长度的历史与瞬间性的人生发生偶然碰撞的必然性,也表达了承受历史报应的悲剧感。但是莫言对当代历史的反省首先还是突出了这个历史段落的特殊性,即这段历史是"历史主义"的产物,人按照一种历史理论去创造历史,因而打断了作为历史漂浮物的人生的漂流路线——西门闹的困惑不解其实来自这里。历史与人类生活史的自然依赖关系被人为割裂开来,才造成了历史主体(人)的人生悲剧、喜剧或悲喜剧,如西门闹、西门金龙、黄瞳、洪泰岳等人那样。这是一段人生被历史观、历史意识和历史理论强暴的历史。20世纪70年代重返文坛的作家,如王蒙、张贤亮等,有过这方面的历史反思,但由于要刻画的历史

26

主体有些暧昧,因此其对进化论、阶级论的二元对立模式的历史观念的艺术清算,就不如莫言的《生死疲劳》来得振聋发聩。

时势与人性

《生死疲劳》并未停留于"反思文学"的控诉性写作的水平。小说按照佛教的世界图像,虚拟出西门闹这个被革命历史观虚构出来的敌人在另一个世界里为巨大的屈辱所煎熬的惨痛情景,固然表现了人本主义作家对生灵固有的同情,也同莫言以前的"新历史"写作一样,对他所经验到的政治化历史以"进步"的名义随意践踏个体生命表示了抗议。但是按人的情感逻辑复制出生命的痛苦情状,在这部小说里将在生命的转换过程即时间中得到化解,这体现出小说家对人和历史的关系、对历史本质的另一种理解。生命轮回在《生死疲劳》中不只是形式结构和艺术创新的需要,它也是作家对历史和人生的关系以及生命价值有了新的角度和更深层次的理解的体现。西门闹带着杀身之仇夺妻之辱下地狱,又怀着满腔仇恨要求回到人间问个明白,结果被掌管生死的阎王爷(造物)一次次欺骗、戏弄,让他一遍遍在畜生道里轮回。而这恰恰是造物有意的安排,为的是消解他的仇恨,以减轻人世间的生存冲突。事实上在轮回过程中,西门闹的仇恨情绪大大缓解,最终平息(对小说描写这一结果,可以做多重理解)。这固然是时间和遗忘在起作用,但也是注定要承受人间苦的生人应对"生死疲劳"最好的态度和方法。在轮回的生命图景中,生与死是同一的,荣辱贵贱也互相转换,那么,现实世界里为了利害得失而进行的殊死争斗,其意义又何在呢?从失望于当代人被政治去势而丧失复仇的勇气和能力[①],到对社会仇恨心态持保留态度,这仿佛是从历史批判立场上的后退,但何尝不可

①莫言的小说《复仇记》、《月光斩》都表现了这类主题,沿袭了《红高粱家族》的关于"种的退化"即当代人遭政治阉割以致生命力衰退的当代民族生命批判思想。

以将其看做是作家在历史戏剧的人性表演中看到了复杂的情形,从而对历史本体和历史统制人生的有限性有了新的发现呢?

高密东北乡以西门屯为主场上演的一场又一场惨剧和闹剧,固然是历史被利用、被导演的结果,但历史在导演人生时并没有真正实现它的目的,因为人性每每从细节上改变了历史导演者的构思。1950年到2000年的社会主义革命多幕剧,并不是所有的人都成为了它的演员。长工出身的蓝脸,就拒绝进入集体化的舞台。他固执地站在场外,尽管受到要挟、挤兑,几乎每一次运动到来,他都要受到冲击,但他凭着十分简单的信念,维护了一个土地主人的基本权利,保持了真正的农民本色,得以寿终正寝,从土地来,又回归土地。他见证了西门屯的闹腾史,在曲终人散时,他一一安顿了与他的生命发生关联的不幸者的灵魂,收获了平凡人生的价值。蓝脸并不比他目睹的悲剧中的任何一个角色高明,更不比悲剧的导演高明,但他能最后胜出,完全基于人的本性,用他的话说,"……我就是想图个清净,想自己做自己的主,不愿意被别人管着!"是人的自由本性和善良的天性成全了他。这既是对妄图"创造历史"的僭越宇宙法则的政治臆症的一剂良药,也是对历史漩涡中的人性投机的有力针砭。遗传了父亲朴实本性的蓝解放,以另一种方式,获得了生命的价值,在权力和爱情之间,毅然背弃世俗,选择了爱情,虽历遭磨难,但他无比幸福地尝到了生命的芳醇,也得到了亲人的理解和承认,真正实现了人生价值。在他回归凡俗的人生历程中,闪现的是挚爱生命的人性光辉。

与之形成对照,人性之丑在时势面前出卖灵魂的投机者身上得到了表演。在西门闹遭遇到难以逃脱的劫难时,他的三姨太太吴秋香在斗争会上编造了被主人欺侮的故事,以受害者的控诉和女性的眼泪开脱了自己,却不惜将自己的男人推进地狱,暴露了人性中的怯懦、自私、狡诈、卑劣和无耻。这丑恶人性没让抱了穷腿进入新社会准主人翁行列的吴秋香少付出代价,连动物都不放过对她的惩罚。西门闹之子西门金龙,在父亲被镇压、母亲改嫁的极其恶劣的人生情势中,选择了改姓,利用对自己可以起到保护作用的新的亲伦名分,以夸张的姿态,在合作化、人民公社运动中投靠政治强势,不惜与继父决裂,与兄弟阋墙,对家牛(那其实是他生父的化身)大施暴虐,表现出病态的政治积极性。一旦政治形势变化,非阶级时代到来,他马上将姓氏改回西门,利用对自己有利的政治资源,大肆钻营,获得政治权力,并报复性地进行经济掠夺,聚敛财富,找补式地、毫无顾忌地挥霍生命,贪婪到几近邪恶,最后落得粉身碎骨的可悲结局,真可谓聪明反被聪明误。

在历史的构撰中植入对人性的悲悯,是莫言的历史批判走向丰富和富于弹性的标志。这是对文学现实批判的自我救赎。曾经被简单化为政治编码的历史主体,并不全是历史的受害者。将人生的不幸全然归咎于历史,有可能一样堕入新的历史决定论,那样反而自我消解了历史批判的力量。《生死疲劳》对当代小说和莫言自我创作的超越,在于它把人性摆到了历史自我实现的关键之处。这是小说,特别是长篇小说,可以成为历史诗学的重要理由,不然小说就只有历史而没有诗。就像创造历史不是人生的目的一样,书写历史也不是文学的目的。深谙文学真谛的莫言,用《生死疲劳》表现了当今文学理论批评界相当欠缺的文化自觉。

欲望与疲劳

有人把《生死疲劳》看做"后现代消费主义的一个典范性文本",认为"很难从中读出批判性的意味"[1]。这不免低估了这部"混声型"[2]长篇小说的艺术价值。这种让人不敢苟同的来自"70后"批评家的批评意见,可能跟批评者自己受了"消费主义的语境"的影响,因而只从《生死

---

[1] 邵燕君、师力斌等:《直言〈生死疲劳〉》,《海南师范学院学报》(社会科学版),2006年第2期。

[2] 张清华在《境外谈文——中国当代文学中的历史叙事》一书中对莫言小说的叙事艺术和诗学特征有十分精彩、非常到位的分析。

疲劳》里看到了"大量的消费符号",眼球停留于这些符号,却忘记了用心眼还原历史生活图像有关系。《生死疲劳》的确有后现代意味,这是由当代历史本身的闹剧性决定的。20世纪50年代以来一场接一场的运动,土改,合作化,大炼钢铁,人民公社,四清,"文革"……过后看,有哪一场不是异想天开的穷折腾、瞎折腾?除了闹剧形式,还有哪一种叙述方式更能表现那个历史时代的喜剧本质?更应该注意的是,构成《生死疲劳》的历史连续剧基调的,不是喜剧而是悲剧。闹是现象,悲是本质。有哪一次闹,不付出血的代价!"文革"游行中高音喇叭震落了天上的飞雁,引起广场人群的自相践踏,是典型的悲惨的闹剧。闹中有悲,闹极更有大悲。经过二三十年的折腾,一个个饱经磨难的人生,好像熬出了头,要得到生活的补偿,却又一个个堕进了欲望的深渊,走向了毁灭,西门金龙,庞抗美……就连年轻一代也不能幸免,历史报应毫不留情地落到了他们的头上,西门欢,庞凤凰,蓝开放……他们美丽的青春,在时代的混乱中,浸到了血泊之中,让人顿生噬心之痛,让人难抑伤情之泪。一度沸腾的乡村,顷刻间落了个"白茫茫大地一片真干净"。一曲土地和人生的悲歌在闹剧之后接踵升起,在头顶盘旋,真个"悲凉之雾,遍被华林",西门家族彻底沦落!不绝如缕的是诞生于新千年元旦的"世纪婴儿",以他游丝般的、靠姨祖母的渗血的头发丝来维持(真个命悬一线啊)的脆弱生命,以近亲繁殖而来的先天畸形之躯承续着西门(东方?)家族复兴的梦想。

高密东北乡最严重的悲剧是在"历史主义"的笼罩下,在"红色历史叙事"①的假象里,人变成了实现历史目的的符号,个人消失在"人民"这个空洞的能指里,生命在政治权力的驱使下失去了自主性和原始活力。从20世纪50年代到70年代,虽然全民性的运动不断,但运动主体是历史观念和社会理想,群众只是被运动。所谓闹,并没有生命的狂欢。狂欢是在传统农民西门闹转世的"西门驴"、"西门牛"、"西

---

① 张清华:《境外谈文——中国当代文学中的历史叙事》。

门猪"……等家畜身上生动地展现出来的。人畜生命情态的对比，显出人的可悲。自80年代开始的"后革命"年代里，革命理念总算失效，人似乎获得了"解放"，但此际真正获得解放的是欲望而不是人，出现价值真空的人很快堕入了物欲的囚笼，物欲的囚徒成了"时代英雄"。由欲望主体造出的狂欢必然通向悲剧。走出了"革命历史主义"的人们，走进了永恒的"生死疲劳"。"生死疲劳，从贪欲起"，对历史的解释，还是落到了一个"欲"字上。20年前解读莫言的《红高粱家族》，我曾指出，在莫言小说里，"原欲既是人的本质，也是历史的本质"[1]。那时的莫言，针对当代历史造成人的普遍孱弱，呼唤"既是英雄好汉又是乌龟王八蛋，最能喝酒最能爱"式的已失传的人生。但是没料到历史很快又走向了另一极端。改革开放推动人性解放欲望的潘多拉盒子被打开，受伤的还是人自身，社会也因为物欲的失控变得十分可怕。80年代的现实，让莫言从历史中让具有野性生命力、美丑杂陈于一身的英雄复活；90年代的现实，让莫言对生命欲望的膨胀感到惊讶。同样是"既是英雄好汉又是乌龟王八蛋，最能喝酒最能爱"这句话，放在已经成为企业家、遭到权力与金钱的双重腐蚀，在官场、商场、情场都游刃有余的昔日有志青年西门金龙身上，顿然变了味。西门金龙被他的儿子——少年西门欢视为时代英雄，无疑是一种讽刺。

可见无论是社会主义革命历史，还是改革开放历史，都可能被物欲所利用。"文革"中天上掉大雁立马造成人们互相践踏的惨剧，隐喻历史踩踏人生的悲剧根源乃在于个体生命的欲望（与其说祸从天降，不如说祸从己出）。同样，改革的现实越来越让人忧虑，也是因为"欲望"二字在作怪。欲望无论是潜于历史的暗流，还是浮在现实的水面，都对人生之舟的航行带来威胁，给生命带来烦恼。或曰：没有哪一种历史可以让人摆脱生存之苦，除非"少欲无为"。

---

[1] 毕光明、姜岚：《虚构的力量——中国当代纯文学研究》，社会科学文献出版社，2005年10月版，第177页。

关于时间的小说 *

——格非的《人面桃花》

革命与人面桃花有什么关系呢？

格非的一部写革命的小说干吗要用"人面桃花"做书名呢？

兴许是因为那个也算轰轰烈烈革了一场命的主角是个女性，那个叫做秀米的江南女子。

人面桃花该同那首诗有关系吧，那是一首广为传诵的唐诗：

> 去年今日此门中，人面桃花相映红。
>
> 人面不知何处去，桃花依旧笑春风。

一次春天的邂逅，一个少女的顾盼多情，一种无处抵达的表白。多美啊！一种散发着春的芬芳、春的气息和书卷香的美，一种遗憾的美。遗憾的美是叫人更加难以释怀的美。

是谁造成了这样的遗憾？是时间。桃花还是去年的桃花，人面却已杳然，错过了的就不可复得。走出这首诗，走出那两个人的故事，就无人没有这样的怅惘：年年岁岁花相似，岁岁年年人不同。

于是人面与桃花，人与花，就成了人与自然的对比，生命被抛进了时间的河流：人生短暂，宇宙永恒。就像曹植吟咏的"天地无终极，人命若朝霜"（《送应式》）；就像阮籍感慨的"人生若尘露，天道邈悠悠"（《咏怀诗》）；就像苏东坡吁叹的"羡宇宙之无穷，哀吾生之须臾"

---

* 本文发表于《海南师范学院学报》（社会科学版），2005 年第 3 期。

(《前赤壁赋》)。

格非想是在这样的意义上借用了人面桃花的意象吧。人面是女性的代称,也指代人的生命,进而指代人生、人的命运遭际;桃花象征春天,象征时间,象征美好,象征人力所无法改变的自然:桃花源的梦想无不在时间的冲刷下破碎。格非的这部小说,确然是关于革命与乌托邦的小说,关于历史与个人欲望的小说,但也是关于时间的小说。

桃花不是没有象征空间。陆侃得到的桃源图,王观澄经营的花家舍,张季元们构想的大同世界,秀米建造的普济学堂,是性质相同的乌托邦,都是人的执念的空间化。但他们都需要在时间中被显现,而又在时间中被否定,因而在时间中永存。乌托邦永远不可能真正企及(因为人的欲望无止境),它也因此被时间化。桃源常在——桃花依旧笑春风,而生命不长在——人面不知何处去,这是一代又一代人的遭遇,它形成历史的循环和轮回。所谓"光阴流转,幻影再生。一波未平,一波又起"。

秀米在临终前,从陆家的宝物——忘忧釜里看到的,就是这种循环和轮回。她看到了一朝出走、渺不知所终的父亲(那是她的过去),也看到了她早已失散、无法认识的儿子(那是她的未来)。时间在收获秀米的生命时,把历史和人生的真相骤然出示给她,就那么短暂的一瞬,让她明白,人生如冰花般脆弱,而人不经历一趟人生又不知道满足;临了方才徒然明白哪些是真,哪些是幻。

在格非的小说里,我们看到了两种时间。一种是宇宙的时间,一种是人类历史的时间。这两种时间很不相同,前者无始无终无穷无尽,后者只是其中极其有限的一段。前一种时间因为悠长而缓慢得多(就像大齿轮套小齿轮,小的转了几圈,大的像是没动)。《述异记》里说,晋时有个叫王质的人到山中伐木,见有几个童子在下棋,一边还唱着歌。王质就在那儿听歌看棋,童子还给了他一个枣核样的东西让他含在嘴里。就那么一小会儿,待童子催他走时,他起身一看他的斧头,柄竟烂得没有了。他回到村里,跟他同时代的人,也都死得一个没有了。王质是误入了仙界,踏进了宇宙时间。仙家一刻,世上百年。秀米从瓦釜的

33

冰花里，看到的也是发生在宇宙时间里的事情——他父亲在与人下棋。小说结尾写若干年后，她的当了县长的儿子从车窗中偶然看见两个老人盘腿坐在一棵大松树下对弈，暗示着每一代人的人生都将在宇宙时空里被观照。

感悟到时间的相对性，用心眼看见了相对性的时间，才能换一个位置来看看我们干了什么、在干什么，才能对历史、人生、社会和自我进行反省，才能超越迷惑我们、让我们苦恼的现实。秀米的父亲是在囚于阁楼的孤独的日子里，对时间产生了细微的感受，感到生命真正无法挣脱的是时间，最后才选择了对尘世时间之网的逃离。秀米革命落败，回到凡俗的日常生活，开始悔恨自己"错认陶潜作阮郎"，也是在踩完了历史时间划给她的那一段钢丝之后才有了觉悟。而让她悲哀的是，"当她意识到自己的生命可以在记忆深处重新开始的时候，这个生命实际上已经结束了。"本来，"她不是革命家，不是那个梦想中寻找桃花源的父亲的替身，也不是在横滨的木屋前眺望大海的少女，而是行走在黎明的村舍间，在摇篮里熟睡的婴儿。"然而，人面不知何处去——秀米不复是那个尚未展开的秀米，她不可能再获得一次人生。

站在属于自己的时间的末端，秀米能回望自己的人生。站在另一个时间层面，秀米能看到很多人的生命情景。但设若让秀米重新选择，面对一个对她守住了一切秘密的世界，面对那些偶然闯到她面前的人和事，秀米能像彻悟后那般清醒，就可以不出错了吗？秀米自己这样问过自己："假如一只跳水虫被遍地的落英挡住了去路，那么，它会不会像武陵源的渔户一样，误入桃源？"秀米没有把握。我们遇到了，我们也没有把握。与生俱来的欲望会背叛我们，身体会背叛意志。像秀米，桃花般艳丽的容颜，也给她带来过灾难，可见并不是什么都由自己来把握。在生命的旅程中，人经常很盲目，"她觉得自己就是一只花间迷路的蚂蚁。生命中的一切都是卑微的，琐碎的，没有意义，却不可漠视，也无法忘却"。秀米的反思，透着生命的无奈。而我们大家，还在人类历史的时间之中……

文明落差间的心灵风景 *

——《哦,香雪》重读

1982 年发表的短篇小说《哦,香雪》无论对于作者铁凝还是对于当代文学史,都有重要意义:铁凝因为这篇作品获得全国优秀短篇小说奖及首届"青年文学奖"而成为知名作家,她的文学抱负得到了初步的实现,创作生涯展现出诱人的前景;小说在评奖过程中得到犹豫的肯定①,获奖后迅速产生广泛而强烈的反响,表明当代文学在 20 世纪80 年代初从创作主体那里自发地开始了由社会性向文学性的重心转移,作家与读者的审美意识一起觉醒。虽然铁凝后来的创作日益丰富,审美品格也随着作家创作思想的成熟和文学环境的变化而有较大的改变,但这篇风格纯净的抒情小说从未减损它独有的魅力和独特的价

---

* 本文发表于《名作欣赏》,2008 年第 10 期。

① 据担任评委的著名短篇小说专家崔道怡先生介绍,1982 年度的全国优秀短篇小说评奖,在第一批提供评委参考的备选篇目中,没有《哦,香雪》,第一次评委会(1983 年 1 月 29日)也没有提到这篇小说。第二批的备选篇目中有《哦,香雪》,第二次评委会(1983 年 2 月 26日)的最后才被提名,沙汀、冯牧、唐弢、王蒙等几位评委各自表示了对这篇小说的喜欢和偏爱,并建议在排名上靠前,小说终以第五名的名次获奖。评奖活动进行中,老作家孙犁写信给铁凝,对《哦,香雪》表示激赏,为《小说选刊》转载,对这篇小说的获奖也起了积极作用。崔道怡说他在一篇文章里对这一情况作过评说:"《香雪》之美能被感知,感知之后敢于表达,存在一个暂短过程。这个过程表明,在评价作品文学性和社会性的含量与交融上,有些人还有些被动与波动。当社会强调对文学的政治需求时,社会性更受重视;当形势宽松了对文学的制约时,艺术的美感才得更好地焕发其魅力。"——参见崔道怡的《从头到尾都是诗的小说——铁凝的〈哦,香雪〉》,http://www.gmw.cn/content/2007-01/19/content_539269.htm。

值，这是经得起时间淘洗的纯文学所固有的魅力和价值。《哦，香雪》与它同时代的汪曾祺的《受戒》、王蒙的《海的梦》等作品一起，复兴了中国现代文学史上诗化、散文化的抒情小说传统。纵然作品同它的主人公一样，身上保留着稚嫩的痕迹，小说的故事叙述中也存在着人性表现对时代话语的迎就①，但正是这些或显或隐的问题，使得《哦，香雪》以"清水出芙蓉"般的自然，映现着变动的时代在人的心灵中搅起的波澜。抒情小说的特质是主观化，人物的情感世界代替故事情节而成为主要的表现对象，作品在表现这一情感世界时也灌注了作者的主观感情，这样的表现赋予小说以诗性气质，具有直接的感染力。《哦，香雪》的文学价值能够与它的文学史价值并存，就在于它从作者的审美经验世界里复制出了淳朴天然的女儿心灵图景，这是比任何生活形态都有美感的精神风景。

《哦，香雪》所描绘的心灵风景，镶嵌在古老中国的传统农业文明遭遇到现代工业文明冲击这一历史背景上。大山深处的台儿沟，一个只有十几户人家的与世隔绝的小山村，仅仅因为地理的原因，被人类文明进程抛在了后边，在20世纪的后半叶，仍然固置在日出而作、日落而息的简单的生存方式里。当"现代化"汹涌来袭，台儿沟的宁静被打破了。两根顽强延伸的纤细、闪亮的铁轨从山外延伸过来，引来"绿色的长龙"——火车，用它威猛的气势和窗口内的风景震撼、吸引了台儿沟的生存主体，开始改变他们的生活。不过，年青女作者铁凝，并没有附和"80年代"初的反思文学潮流，去讲述一个文明与愚昧相冲突的故事，而是基于自我感兴，将审美的关照，聚焦于农业文明孕育出来的白璧无瑕的处子们——一群单纯淳朴的山村姑娘，满怀善意地观察这些敏感的姑娘对新鲜事物所表现出的心理反应。如同她的文学宗师沈从文、孙犁等人，铁凝更关心的不是生活形态，而是生命形态。也许是受孙犁影响的缘故，也许是自身审美个性所致，初涉文坛的铁凝，钟

---

① 蒋军：《重读铁凝的〈哦，香雪〉》，《文学教育》，2007年第11期。

爱的是具有纯净美的生命形态。这种生命形态的典型代表,自然是尚未被现代文明惊扰和污染的偏僻山野里的年轻姑娘。以主人公香雪和凤娇为代表的台儿沟的姑娘们,就代表了这样的生命形态。她们的美,不只在于外表,更在于心灵——还没有学会势利和算计,保留着善良天性的心灵。这种在现代文明世界里所见无多的生命形态,对于现代人来说,具有极高的审美价值。铁凝塑造香雪这样的艺术形象,其动机超越了对社会改革的思考,以满足审美需要为文学创作的主要目的,这体现出她创作的个性化,《哦,香雪》产生巨大的反响和持久的艺术魅力,正源于作家和作品的这种纯文学品质。

铁路修到了偏僻闭塞的台儿沟,从首都开往山西的火车,每晚都在这里停留一分钟。这意味着呼啸而来的现代文明,以它的速度与力量打破了山乡的宁静与停滞,以它的丰富与神奇向贫穷落后显示了它的无可抗拒的优越性和吸引力。火车经过这里时,已经在享用现代文明的人们,从车上"发现台儿沟有一群十七八岁的漂亮姑娘,每逢列车疾驶而过,她们就成帮搭伙地站在村口,翘起下巴,贪婪、专注地仰望着火车。有人朝车厢指点,不时能听见她们由于互相捶打而发出的一两声娇嗔的尖叫"。这样的情景,反映的不是文明的冲突,恰恰是文明的落差带来的有意味的生活现象。车上与车下的人,虽处于同一个时代,但他们实际上却生存于不同的文明史阶段,他们生活在两个世界。现在行驶的火车,把他们的空间界限打破了:通过火车这个工业文明的象征物本身,以及列车窗口里的山外城市人的饰物与用品(妇女头上的金圈圈和她腕上比指甲盖还要小的手表,人造革学生书包,能自动开关的铅笔盒等),台儿沟的姑娘看到了一个对于她们来说陌生而新奇的世界。她们本能地对这个世界感到好奇,并产生了解的愿望,满怀羡慕和憧憬。文明的落差在低处溅起了兴奋的水花。这水花就是没见过世面的山村姑娘窥见到新世界后引起的内心的情感激荡。从前她们跟大人们一样,吃过晚饭就钻被窝,有火车开来后,"台儿沟的姑娘们刚把晚饭端上桌就慌了神,她们心不在焉地胡乱吃几口,扔下碗就开始梳妆打扮。她们洗净蒙受了一天的黄土、风尘,露出粗糙、红润的面色,把头发梳得乌亮,然后就比赛着穿出最好的衣裳。有人换上过年时才穿的新鞋,有人还悄悄往脸上涂点胭脂,尽管火车到站时已经天黑,她们还是按照自己的心思,刻意斟酌着服饰和容貌。然后,她们就朝村口,朝火车经过的地方跑去。"与其说火车进山改变了山村人的生活节奏,不如说现代文明的冲击,在静止的农业文明主体身上引发了一场心理事件。也许对于处在不同进化阶段的两种文明作价值判断过于冒险,也有困难,但可以肯定,因文明的冲击而引起的积极向上的心理——何况是花季女孩纯净澄明的心灵世界,体现的是生命的价值,故而对它进行艺术表现是纯文学作家本能的选择。

台儿沟的姑娘们是一个群体,她们有着山村姑娘共有的纯真、朴实和善良,以及对美的热爱和隐秘的梦想。她们的性格与心灵,在对火车与火车带来的山外的事物与人表现出强烈兴趣,以及在用土产从车上的旅客那里换回日常生活用品和用于打扮自己的饰物等行为上,得到了淋漓尽致的展现。哪怕是类似"(火车)开到没路的地方怎么办?""你们城市里一天吃几顿饭?"这样的真诚而幼稚的发问,都能让读者看到她们美不胜收的心灵世界,不由得到一种精神的澡雪和享受。然而,小说对台儿沟姑娘集体性格的描写,似乎是对主要刻画对象的必要的铺垫与烘托,或者说,台儿沟姑娘美丽的心灵世界,在主要角色香雪身上得到了集中的体现。在对现代文明的追慕上,香雪是台儿沟姑娘的领头人,因为看火车"香雪总是第一个出门"。尽管在陌生的事物面前,香雪表现得更胆小,比如当火车停住时,"姑娘们心跳着涌上前去,像看电影一样,挨着窗口观望。只有香雪躲在后边,双手紧紧捂着耳朵",但是对火车所载来的新的世界,香雪比以好友凤娇为代表的其他同村姑娘有更执著的追求。更重要的是,她们所追求的对象很不相同。凭着青春期的敏锐,同样是从五彩缤纷的车上世界里捕捉到自己的喜爱之物,凤娇们一眼看见的是"妇女头上的金圈圈和她腕上比指甲盖还要小的手表",香雪发现的却是"人造革学生书包",都是山里人不曾享用的先进的工业产品,但前者是用于美化自己的外表,满足人对物的需求,后者则用于对知识的学习,帮助人在文化上提升自我。不同的发现,透露了她们精神世界原有的差异,这是自然和文化、感性与理性的差异。这差异来自于香雪受过更高的学校教育,是台儿沟唯一的女初中生。受教育的程度不同,意味着她们的生命品质存在看不见的差异。所以对于每天晚上七点那宝贵的一分钟,她们有不同的期待,对于火车带来的山外之物,她们有不同的愿望对象。凤娇很快暗恋上的,是第三节车厢上的那个"身材高大,头发乌黑,说一口漂亮的北京话","两条长腿灵巧地向上一跨就上了车"的"白白净净的年轻乘务员",从第一次接触到后来的无功利目的的交往,凤娇从中得到了难以言传的情感和心理的满足。这种连巨大的城乡差别都阻挡不了的坚决而美好的一厢情愿式的爱恋,本质上是一种不需要学习的与生俱来的爱欲。而香雪呢,强烈渴望于火车的,是帮助她得到一个朝思暮想的铅笔盒——能够自动开关的铅笔盒。香雪心里一直装着这种铅笔盒和它的价值:"这是一个宝盒子,谁用上它,就能一切顺心如意,就能上大学、坐上火车到处跑,就能要什么有什么,就再也不会叫人瞧不起。"可见,铅笔盒能够满足的是比爱的需求更高一个层次的自我实现需求。是这样的深层需求,驱使着香雪为向车上的旅客打听能自动开关的铅笔盒和问它的价钱而追赶火车,当终于从火车上发现了这种铅笔盒,便想都没想来不来得及,毫不犹豫地冲上车去,用一篮子鸡蛋与铅笔盒的主人大学生交换,以致被火车带走……香雪为了打听铅笔盒而去追火车,被凤娇们认为"是一件值不当的事",香雪不同意她们的看法,说明她的精神世界比她们要广阔。"姑娘们对香雪的发现总是不感兴趣",她们更喜爱的是发卡、纱布、花色繁多的尼龙袜,而香雪总是利用做买卖的机会向旅客"打听外面的事,打听北京的大学要不要台儿沟人,打听什么叫'配乐诗朗诵'"。这表明,火车停站的短暂的一分钟带给姑娘们的喜怒哀乐,是有着不同的内容的。小说通过这样的对照,把香雪心灵世界的内涵渲染了出来。

　　铅笔盒这个象征性的实物,是这篇小说的纽结所在,也是主人公自始至终的情结。小说所描绘的,主要就是这个铅笔盒所引起的内心波澜。铅笔盒作为一个文具,自然可以看成知识的象征。对知识的追求,正是80年代初现代化运动兴起的时代背景上最响亮的话语,乡村中学生香雪的铅笔盒故事,不能说没有呼应关于现代化的历史诉求,故事的讲述多多少少也就带有叙事性。但是铅笔盒故事里的道具的意义,它所不断暗示的,还是人性的魅力。对山村姑娘香雪来说,铅笔盒留给她的,是创伤的记忆。在公社中学里,她使用的父亲亲手做给她的木头铅笔盒,遭到了同学们的取笑,心地单纯的她,自尊心受到了严重的伤害。造成这种伤害的力量,主要不是同学,而是现代文明:城市里才有的机器制造的可以自己关上的塑料铅笔盒,把她的手工制作的木铅笔盒比得那样寒碜。让她受到伤害的,不只是铅笔盒,也包括闭塞的台儿沟所保留的一天只吃两顿饭的落后的生存方式。当老实善良的香雪终于明白她和她的台儿沟是被人耻笑的对象时,她的内心也就埋下了对现代文明的向往。香雪那个时代的现代文明,也就是由铅笔盒所代表的工业文明。只要能拥有这种铅笔盒,她就能理直气壮地生活在同一种文明里,失去的尊严就能找回,再也不会被人看不起。所以得到新型铅笔盒,首先是香雪的个人需要,是获得尊严、实现自我的需要,即使叙事主体受制于改革开放时期的国家话语,但对人物的刻画只能遵循人性的逻辑。香雪的情结就是要洗雪文明的落差带给她的屈辱。从首都开来的火车给她带来了机会,她不惜代价地从女大学生手中换来了自动铅笔盒。这个铅笔盒将改变她的身份,使她进入先进文明的行列,与山外的同学平起平坐。这是未曾遭到文明撞击带来的屈辱的凤娇们所难以理解的。铅笔盒不仅给了香雪巨大的力量,帮助一向胆子小的她战胜了走夜路的恐惧,还改变了香雪对这个世界的感受:

　　　　她站了起来,忽然感到心里很满,风也柔和了许多。

她发现月亮是这样明净，群山被月光笼罩着，像母亲庄严、神圣的胸脯；那秋风吹干的一树树核桃叶，卷起来像一树树金铃铛，她第一次听清它们在夜晚，在风的怂恿下"豁啷啷"地歌唱。她不再害怕了，在枕木上跨着大步，一直朝前走去。大山原来是这样的！月亮原来是这样的！核桃树原来是这样的！香雪走着，就像第一次认出养育她成人的山谷。

借着自然风景的描写，香雪获得了自我的心理感觉得到了生动的抒发。自然风景皆"著我之色彩"，也就变成美丽的心灵风景。小说出现大量的拟人化描写，无不是成长中的主人公内在世界外化的需要。当然，它也是铁凝艺术才华的显现。铁凝用诗的笔墨，给80年代耽于历史反思而过于沉重紧张的文学①吹进了一股清新的风。

对香雪精神世界的表现，来自于作者的生活经验与文学追求的契合②所引起的创作冲动，在深层上也是作者的心性、品格和审美理想的艺术外化。铁凝的文学写作是一种很本真的写作。香雪这个北方山村女孩儿美好的形象与美丽的心灵，难道不是铁凝这个钟情文学、有才华的北方女子的内在世界的投射？台儿沟和香雪的故事，固然是作家对生活的发现，对历史足音的感应，也自然地透露了涉足文学世界的铁凝对人的一种由衷期待。正是这种期待，使得她发现了香雪这

---

① 洪子诚先生在他的《中国当代文学史》里，根据黄子平对新时期文学特征的评价，指出："作家的意识和题材的状况，影响了80年代文学的内部结构和美感基调。在相当多的作品中，可以感受到一种沉重、紧张的基调。"——见洪子诚：《中国当代文学史》，北京大学出版社，1999年8月版，第250页。

② 铁凝从小就表现出过人的写作天赋，学生时代就立志当一名作家。为实现这一理想，高中毕业后曾放弃留城和进二炮文工团当演员的机会，主动到农村插队四年以体验她所听说的作为创作基础的生活。参加工作后，又有过一次短暂的山区生活经历，房东的女儿伙同女伴晚上梳洗打扮看火车给她留下了深刻印象，这些是《哦，香雪》创作的远因和触发点。——参见铁凝：《从梦想出发》，《护心之心——〈铁凝散文选〉》，新华出版社，2005年1月版。

样的美好的生命,从而充满深情地唱出了一曲理想的生命之歌。铁凝笔下的香雪让我们想起沈从文《边城》中的翠翠。火车的呼啸,居然"叫她像只受惊的小鹿那样不知所措",这个香雪,多像"边城"的那个"小兽物",秉有自然赋予的单纯、质朴和灵敏。所不同的是,对于生活和生活的世界,读书的香雪远比没读过书的翠翠主动。香雪的美与可爱,既在外表,更在心灵,是一个只有在远离城市文明才能找到的晶莹剔透的女孩儿。她不仅像她的同伴夸羡的那样"天生一副好皮子",心地也十分单纯美好,待人格外真诚。这从她跟车上的旅客做买卖就看得出来:

> 香雪平时话不多,胆子又小,但做起买卖却是姑娘中最顺利的一个,旅客们爱买她的货,因为她是那么信任地瞧着你,那洁如水晶的眼睛告诉你,站在车窗下的这个女孩子还不知道什么叫受骗。她还不知道怎么讲价钱,只说:"你看着给吧。"你望着她那洁净得仿佛一分钟前才诞生的面孔,望着她那柔软得宛若红缎子似的嘴唇,心中会升起一种美好的感情。你不忍心跟这样的小姑娘要滑头,在她面前,再爱计较的人也会变得慷慨大度。

香雪不知道什么叫受骗,也从来不做骗人的事。一个例子是,"小时候有一回和凤娇在河边的洗衣裳,碰见一个换芝麻糖的老头。凤娇劝香雪拿一件汗衫换几块糖吃,还教她对娘说,那件衣裳不小心叫河水给冲走了。香雪很想吃芝麻糖,可她到底没换"。灵魂也如此一尘不染,称得上从里到外洁净、温润如玉。由台儿沟的姑娘们烘托出的香雪是一个"这个"。这一几近圣洁的形象,在80年代萦绕着历史沧桑的文学人物画廊里,显得格外清新宜人,因而在美学形态上为"新时期"文学拓出了新生面,这篇小说因此成为近三十年来给人印象最深刻的作品之一。香雪这一形象的真实性和美质,来自于特殊年龄阶段和没有污染的农业文明环境里的年轻姑娘身上才有的不会长存的"女儿性"①。我们从后来铁凝塑造的超过了这一年龄段而进入物欲对象化的人生期的女性（如《玫瑰门》里的司猗纹），显露出女性生命中卑琐丑陋的一面，就可以感受到香雪的生命情态其实是一种难以挽留的本真美。《哦，香雪》的不可替代，就在于它的作者以审美的态度观照了两种文明撞击时闪现出来的生命与人性之美，以及工业文明的到来带给人的现代化焦虑。

由于相对自由的创作环境促进了作家主体性的发挥，小说的叙事焦点始终在主人公找回自我的努力，和这一寻找过程中的心理活动上。小说通过主观化的叙写，特别是通过香雪发现了渴望已久的自动铅笔盒而跳上火车以致被火车带走，和如愿得到铅笔盒之后一个人走夜路回家的情景的刻画，生动地展现了新世界的出现在一个富有自然美的山村女儿身上引发的精神事件，表达了青年女作家铁凝对人性美的审美取向，为新时期文学提供了新的审美范型。这是新时期文学中较早出现的诗性叙事②，它以人格成长的人文内涵和主观化的表现方式，加入了"文学回到自身"的努力，呼应了再度奏响的20世纪中国文学"人的觉醒"和"文的自觉"的主旋律。这就是重读《哦，香雪》可以感受到的这篇小说在新时期文学中的结构性意义。

----

① 诗人顾城曾与斯洛伐克学者高利克讨论过"女儿性"，将"女儿"与"女人"、"女儿性"与"女儿"相区别，认为女儿性"是通过女儿表现出来的，或者说是女儿固有的那种微妙的天性"，"最重要的一个特点就是净，那么干净"。——见《墓床——顾城谢烨海外代表作品集》，作家出版社，1993年11月版，第151~160页。顾城对女儿性的理解有很强的佛教色彩，这里借用这一概念强调女儿身上天生的纯净美。

② 老作家孙犁读到《哦，香雪》，被深深打动，沉浸在"优美"的享受中。在给铁凝的信中，称这篇小说"从头到尾都是诗，它是一泻千里的，是始终如一的。这是一首纯净的诗，是清泉。它所经过的地方，也都是纯净的境界"（转见崔道怡：《从头到尾都是诗的小说——铁凝的〈哦，香雪〉》），可见这篇小说对"女儿性"的成功表现（主客融合的心灵化抒写，包括以细节表现心理以及象征、隐喻、拟人、对比等手法的运用）所产生的审美效应。

文学面对现实的两种姿态 *

——以"底层叙事"为例

　　"底层叙述"是不是当前文学的"主流性叙述"还有待考察,但近两年来,"底层"问题的确已"成为当代文学最大的主题"①。王晓明断言:"最近一年半的文学杂志上,差不多有一半小说,都是将'弱势群体'的艰难生活选作基本素材的。"②这句话说得可能有点言过其实,但却点明了"弱势群体"的艰难生活与"底层叙述"的关系,也就是文学思潮与社会现实之间的关系。"弱势群体"、"沉默的大多数"这些概念在散文随笔、社会评论和报刊用语中被高频运用了一段时间之后,"底层"作为一个问题在小说创作和评论中凸显出来,说明现实中存在的问题已到了文学不能不关注的地步。文学和文学家(包括评论家)从来就对被侮辱和被损害者寄以特别的同情,倾注富有感情色彩的笔墨,因此以"弱势群体"的艰难生活选作基本素材也就本无特别之处,然而当"底层"成为一种"叙事",也就是一些人文学者需要借"底层"和"底层叙述"来说事,那就说明文学已经形成一股思潮,而这在实质上是惯以社会良心自命的人文知识分子正被迫对他们生存其中的严重现实作出了反应。王晓明就点破了作家(不如说是作为文学评论家的知识分子)借文学以自赎的玄机:

----

　　* 本文发表于《天津师范大学学报》2006年第5期,人大复印资料《中国现代、当代文学研究》(北京)2007年第1期全文转载。

　　① 邵燕君:《"底层"如何文学》,《小说选刊》,2006年第3期。

　　② 王晓明:《对现实伸出尖锐的笔》,《上海文学》,2006年第1期。

眼前的这个全世界人都没有领教过的巨大而艰难的现实。正是这个现实的压迫和挑战，给了文学取之不竭的活力，刺激我们的作家瞪大眼睛直面人世，用自己的笔狠狠地戳破这现实。①

什么是"巨大而艰难的现实"？这正是要由文学（主要是小说）描绘和呈现给我们的。虽然自 20 世纪 90 年代以来伴随社会"发展"而出现了各种各样的社会问题，其昏乱怪诞程度愈发超出人们的理解能力，甚至超过了作家的艺术虚构与想象，但是要想对令人惊诧或喟叹的社会和个人的生存景况有真切的了解，对各种让人匪夷所思的生存事件进行品味与审视，还得依赖文学叙事去重构充满因果关系的生活戏剧，也就是提供一个经验化了的事序结构，以象征实存世界里真实而坚硬的逻辑关系。

然而，当"底层叙述"升级为"底层叙事"，即文学写作的话语性加强以后，文学的分化也就产生了，或者说在文学（小说）的身上，寄予了不同的愿望主体。套用莫言的话来说，就是有人着意"为老百姓写作"，有人甘心于"作为老百姓的写作"。②这两种写作，体现了不同的写作伦理，自然也表现为不同的文学姿态，反映出在复杂而沉重的现实面前，文学家选择了不同的角色自认。

"为老百姓写作"，就是为"沉默的大多数"代言。没有人代言，"沉默的大多数"就会永远失语，他们的生存利益就难以得到保障，而在掌控社会命脉的权力得不到有效监督的情况下，处在社会底层的沉默者，他们的痛楚无法表达，社会车轮给予他们的将是更沉重的碾压。弱者的生死不被顾及，受伤害的就不仅仅是这些不幸的人，社会严重失去公正既久，谁也难以保证路基已经沉陷的历史列车不会倾覆。畸形

---

① 王晓明：《对现实伸出尖锐的笔》，《上海文学》，2006 年第 1 期。

② 莫言：《文学创作的民间资源——在苏州大学"小说家论坛"上的演讲》，《当代作家评论》，2002 年第 1 期。

的社会层构为社会自身带来了危机,底层的挣扎与僵硬的车轮发生摩擦的事故前兆让人揪心。这时,处在特殊位置上、最富有人道意识和理性精神的知识分子就不能不挺身而出,为底层人呼喊,向公众发出警告。在专制制度延续最久的中国社会,历代都有文学家坚持为生民歌哭,这并不是传统自身可贵、有效、值得骄傲,而实在是知识人绕不过现实的苦苦呼唤。一方面是同情怜悯的人之本性使然,一方面是现实危机的促逼,知识分子爱管闲事,且不改悔,只能说明知识分子无论在什么样的社会情境里,都更多地保留着人性,更为理智。所谓担当,原义就是这个行当应该挑的担子。在社会分工里,知识分子从事的是言论、思考、质疑和批判的职业,这一职业决定了其对为弱势群体表达集体诉求以维护社会公正和社会的平衡稳定的职责义不容辞。

在这个问题上,知识分子并没有太多的选择,否则他就会丧失在人类社会中被历史造就的知识分子职能。可以有所选择的,仅仅是为弱势群体代言时的表诉方式。文学是与政论相区别的一种更有感染力、更容易被人接受的表诉方式。但对于以文学为手段来表达某种社会意愿的公共知识分子来说,文学极有可能成为一种陷阱,它会诱使你从关注、思考并急欲解决现实社会问题的紧张焦虑中缓解出来,心态、看法与意向都可能发生变化,比如,从社会批评聚焦于当下,到从历史轮回中接受教训;从注意阶级冲突,到发现矛盾双方的关联与同一性;从急于解决问题,到寻找问题的根源特别是文化和人性的根源;从坚持护佑群体的伦理立场,到笃信个人本位和热爱生命姿态;从批评纯文学,到欣赏语言和想象创造世界的神奇;从拯救苦难,到拯救灵魂等等。如果这种诱惑被抵制,那就显示了进入文学领域的人的人格力量与道德修养,因为人生情态越真实、越是具有超越品格的文学,越能消磨人的与现实抗争的意志。自然,也存在另一种情况,那就是继续充任代言人,无关乎人格。在特定文化情势中,话语主体依靠审度后选择的姿态收取话语效益。不管由哪一种冲动决定为老百姓写作,都可以说,这样的写作主体应得的和他愿意得的名分,是"知识分子",而不是"作家"。"知识分子"

与"作家"并不存在等级关系——尽管有包容关系(作家是知识分子的一类),他们从不同的方面为社会和文化作出贡献,两者不必互相排斥。但实际情况却是,新世纪文学在现实关怀上,不仅现出了两类写作主体的分野,并且让人不明就里地出现以另一方为对立面甚至否定对方的现象,思想文化的多元性在知识分子内部遭到轻视。

正是针对这一现象,在创作上具有很强的历史批判精神的小说家莫言,才公开表白自己信奉"作为老百姓的写作",表现出另外一种写作姿态,一种丝毫不减损其小说的现实批判力量的低姿态。其实莫言并没有能够、也没有必要做到以一个普通老百姓、弱者、社会底层人的身份去进行文学创作。正如张清华很有见地地指出的,"真正的老百姓是不会写作的,他们根本没有可能和条件去写作",他解释"莫言的说法的潜台词是要知识分子去掉自己的身份优越感,把自己降解到和老百姓同样的处境、心态、情感方式等等,这样才能最大限度地接近他们,并且倾听到他们的心声",所以他"在事实上仍然愿意将其看作是知识分子写作的另一种形式"①。在我看来,莫言清醒、自然而执著地保持着知识分子中的一类——作家的角色,这是中国当代文学在付出了沉重的历史代价,社会改革开放后经过二三十年的艺术实践在思想上真正走向成熟的标志。惟其成熟,才不需要端着姿势,因为已经熟谙文学批判现实、持护人生的门径,懂得了语言艺术的力量及有限性。评论家也有不少人对这一文学态度给以肯定和认同。陈晓明对"小叙事"②

① 张清华:《"底层生存写作"与我们时代的写作伦理》,《文艺争鸣》,2005年第3期,第51页。

② 其特点是"都是小人物,小故事,小感觉,小悲剧,小趣味……这些小人物小故事不再依赖高深的现代思想氛围,它仅仅凭借文学叙述、修辞与故事本身来吸引人,来打动我们对生活的特殊体验"。称其为"小叙事"是与现代性的宏大历史叙事相对而言的。"小叙事"是后历史时代新的文学需要催生的文学品质,它"是历史事件的剩余物,也是宏大文学史的剩余物"。这些小叙事或剩余的文学想象,"更接近文学性的本质,更具有文学的真实性"。——见陈晓明的《小叙事与剩余的文学性——对当下文学叙事特征的理解》,《文艺争鸣》2005年第1期。

的意义作了充分揭示,其独到见解建立于对文学的特有存在方式及其特殊的精神价值,以及由这种价值决定的在现今文化语境和社会意识结构中的特殊地位的把握之上。孙郁十分冷静地看到了"作为老百姓的写作"这一文学姿态的积极效果,说,"大凡在写作中盛气凌人地教训别人者,文本都有点做作。倒是以普通人的视角进入创作的,给人留下了真切的印象。""这一些人的写作姿态是自然的,非道德说教者的宣言。"①"作者们作为百姓的一员的叙述口吻,它拉近文本与读者的距离,人们接近于它们,是感到了亲缘力量的。"②之所以有这样的做法和效果,首先是作者并不把自己看成是可以解决社会问题而可以自信而无愧地为人代言,相反他认识到作家和文学的力量是有限的,这样反而使创作收效更大。"一个作者敢于正视自我的有限性时,文本的张力就自然呈现出来。""消解自己和低调地看待自己,至少把叙述者的精神和对象世界拉开了距离,那是有着重要的不同的。"③以近两年的"底层叙事"来说,同样是现实关怀的写作,高昂的代言人的宏大写作与低调的贴近普通人的"小叙事"意义互见。

近几年的"底层叙事"最富有"为老百姓写作"色彩,并且作为一个涌浪复活了"现实主义"的,莫过于曹征路发表于《当代》杂志 2004 年第 5 期的中篇小说《那儿》。这是一篇在艺术性上被许多人质疑的小说。但它在文学界乃至整个知识界引起的反响,与文学整体上在市场经济和大众文化兴起的背景上的边缘状况显得不太协调。小说发表后的两年里,囊括了当代最有影响的批评家的专题研讨会开了就不止一次,《文艺理论与批评》、《当代作家评论》、《海南师范学院学报》(社会科学版)等在现当代文学界有影响的刊物,都开辟了研究专栏。对这部直接描写国有企业改制过程中工人阶级的不幸命运的小说,提倡人文

---

① 孙郁:《写作的姿态》,《文艺研究》,2005 年第 2 期,第 22 页。

② 同上,第 23 页。

③ 同上,第 25,26 页。

精神的中年学者和带有新左派特色的青年学者反应最热烈，这说明"底层"被书写并作为一个"问题"已经引起强烈关注，它既是小说正在调整自己和现实的焦距的一种文学现象，同时又大大超出了文学的一般审美范畴。《那儿》的写作、发表与对它的讨论，倾注进了当代人文知识分子的高度的社会责任感、丰沛的现实批判激情和溢于言表的忧患意识，它满足了文学对"现实主义"回归的呼唤，更展演了一批未被名利收买和未犬儒主义化的思想者抵抗现实的激越文学姿态。

曾经作为领导阶级的产业工人群体，一夜之间沦为失去了起码的生存保障的社会弃儿(有些命不好的下岗女工还要靠卖淫维生)，并且在历史进步的名义下一再被欺骗、被玩弄、被剥削，每一次试图维权的挣扎都不过是落入权力阶层和资本勾结设下的圈套。作为他们的真正代表的工会负责人尽管经过悲壮的努力，却终于在权力机器的威逼利诱和工人兄弟的误解的夹击下一塌糊涂地溃败，终至无路可走，只有带着巨大的困惑、茫然、无奈和悲愤，用自己的生命殉了那个远去了的辉煌理想——他是用自制的气锤去砸自己的脑袋的，死前还打了一大堆镰刀斧头。最后他的自杀成了一个筹码，稍稍改变了一场生意的结局。这就是《那儿》给我们讲述的令人震惊的底层现实。这触目惊心的现实，对读者的同情心、正义感、良知和道德感都构成了挑战，使那些与底层相隔绝的人一下子严肃起来，去认真关注这种现实并思考它的前因后果。作家的创作目的非常明显，虚构一个惨烈的故事，不是为赚取泪水，而是要让大家正视、思索，拨开市场意识形态的迷障，看清与被概念化的现实完全不同的严酷的生活真实，从习惯和麻木中警醒起来，共同抵抗和改变现今社会已经非常不合理的现实。也由于创作目的过于明显，表达对另一阶层的伦理态度的心情过于急切，《那儿》在实现思想主题时留下了生硬的痕迹。为了掩盖这些痕迹，作家不惜在各种场合对作品以及自己的创作追求进行阐释。一些与曹征路持同样的现实批判态度的批评家，也对小说进行了过度阐释。"为老百姓写作"的问题——阐释大于创作，在这里暴露了出来。对这一现象加以考察,有助于认识知识分子的伦理立场和担当意识的可靠性及其在文学活动中的限度。不处理好创作意图与文学表现之间的关系,思考与写作都可能成为一种僭越,既无助于激起道德愤慨的现实问题的解决,也不能实现文学独特社会作用的发挥。

曹征路明确表达过自己的文学创作意图:"写小说是表达我个人对时代生活的理解和感慨。"他把自己的创作定位在"真实地记录下我能感受到的时代变迁"。[①]在他的文学选择中,知识分子的责任意识占据着中心和主导位置,他说:"我认为文学是人类进步事业的一部分,一个作家倘若对社会进步不感兴趣,对人类苦难无动于衷,是可耻的。"[②]有这样的角色自认和文学选择,势必排斥过分专业化的、与底层人民隔绝的知识分子和突出审美价值的纯文学。他知道"知识分子在这个时代总体上是得益群体,这就决定了他们的立场,他们对底层人民的苦痛是很难感同身受的,至多也就是居高临下的同情而已"[③],作为知识分子的一员,他不能满足于"退回书斋从事更加专业的活动",因为那是知识分子整体科层化以后精神上溃败的表现。对于纯文学,他也有看法,指出:"八十年代一些学者提倡纯文学,主张心灵叙事是对的,但九十年代以后把它推到极端,说文学担当了社会责任就不叫艺术则离谱了。"[④]出于对现实批判功能的确认,他质疑"文学回到自身"这一文学史判断。这种由"巨大而艰难的现实"激起的愤怒情绪左右(曹征路说他写底层就是为了愤怒一回,在写《那儿》时写着写着就被愤怒左右了)的不无褊狭的文学观,被他带进了小说创作。小说的叙述者"我"在为"小舅"的悲剧撼动后,央求"写苦难的高手"西门庆写一写"小舅",已经被"小舅"的遭遇修改了文学观的西门庆,在

---

①《文艺理论与批评》特约记者李云雷:《曹征路访谈:关于〈那儿〉》,《文艺理论与批评》,2005年第2期,第17页。

②同上,第18页。

③同上,第22页。

④同上,第20页。

拒绝请求后，一边撒尿一边不无恶意地调侃、揶揄、讽刺了现代派主题的纯文学。作者写道："他甩着他的家伙笑起来，说你呀你呀你呀，你小子太现实主义了，太当下了。现在说的苦难都是没有历史内容的苦难，是抽象的人类苦难。你怎么连这个都不懂？那还搞什么纯文学？再说你小舅都那么大岁数了，他还有性能力吗？没有精彩的性狂欢，苦难怎么能被超越呢？不能超越的苦难还能叫苦难吗？"这是一段带有侮辱性的很不雅的文字，是小说作品的硬伤，可见非文学的情绪对作家和文学都会产生伤害。

为表达"对时代生活的理解和感慨"去写"底层"，不见得就已经消除了跟"底层"的隔阂。为写底层而写底层，小说就可能成为愿望和概念的产物。事实上，小说以《那儿》为题，就是对一个象征一种已逝理想的概念的诠释，它试图传达作者的一个理念，即工人阶级的命运与共产主义理想相依存。工人阶级从领导阶级一下子堕入社会底层，意味着共产主义理想被抛弃；理想被抛弃，工人阶级才无处存身。这一概念的循环在逻辑上就有悖谬。在小说的故事里，自杀并不是"为民请命敢于担当"的工会主席朱卫国的唯一结局，即使因为一次次好心办坏事无以做人，自杀方式的选择也不符合这位并无太多政治关怀的工人的思想行为逻辑。作者明明知道"在我国说'无产阶级的主体性'也许只是一个幻觉"，还硬要让在社会改革的乱石滚落中看清了自己和所属阶级的能耐，仅仅挂着工会主席头衔的干粗活出身的一个工人，"真诚地迷失在概念里"[①]，是不是有欠真实？如果说，"小舅"朱卫国以死抗争时被强加进那么多的政治想象，那么是否可以说，是作者为了制造骇人的悲剧效果，把这个工人利益的维护者推上了断头台？从小说的理念化命名，到主人公悲剧结局的创新，这个作品确实达到了预期的效果。它很快被一批洞察以企改为代表的经济体制改革背后的政治黑幕

[①]《文艺理论与批评》本刊特约记者李云雷：《曹征路访谈：关于〈那儿〉》，《文艺理论与批评》，2005 年第 2 期，第 22 页。

的人文学者看中,作为他们表达社会判断的契机和依据,因为不管作品怎样呈现不足、叙述有余,但比起类似汪晖的谈企业改制的有理有据、逻辑严密的论文表述来,小说无疑是批评者更好的思想容器。看一看韩毓海、旷新年等思想型学者对《那儿》的精彩阐发①,我们感到,《那儿》的备受关注,引起热评,主要不是小说为文学把握现实提供了多少新经验,而是它成功地促成了一次思想者的集会。《那儿》思想大于形象的特点,跟兴盛于 20 世纪 30 年代的"左翼文学"有相似之处。其实它们本来有血缘关系,有人把这类创作称为"新左翼文学"并非没有道理。概念化、公式化、以性爱为人物行为的内驱力(《那儿》也不例外,旧日恋人杜月梅是朱卫国性格爆炸的火药引子),是左翼文学的通病,原因很复杂。从一个方面看,文学是载离愁装别恨的舴艋舟,塞不进攻城略地的兵马,硬要把乌托邦的秩序强加给人情欲望撞击的世界,文学的自然风景也就变成了打仗才用的沙盘,目标明确,路线清楚,中用不中看。

倒是"作为老百姓的写作"提供了"底层叙述"的理想形态。这类写作,作者不高高在上,不摆出悲天悯人和拯救者的姿态,不为别人的生活和世界作什么设计,不为改变现实改良社会提什么方案,而是站在底层社会的同一地面上,邻居般地关心涉入他的小说世界里的主人公的命运遭际,跟他们一起体味生活的苦乐悲欢,对不幸者的悲哀即使掬一把同情的眼泪,也娓娓道完那仿佛命运安排的人生故事,决不用自己的好恶打断它、扭转它。例如排在 2005 年中国小说排行榜前三名的两个短篇,方格子的《锦衣玉食的生活》和黄咏梅的《负一层》。

《负一层》明显是底层叙事,作者把视点放到了比楼房底层更低的地下车库,追摄一个无人肯予听取的"失语者"的生命的低弱声音。因为无人倾听,她才"失语"。因为无处诉说,她才一次次在暗夜里升上楼

---

① 请参见韩毓海的论文《狂飙为我从天落——为〈那儿〉而作》,吴正义、旷新年的论文《〈那儿〉:工人阶级的伤痕文学》,均载于《文艺理论与批评》,2005 年第 2 期。

顶,把一个个问号——那是无人肯为解答的生的疑问和困惑——挂在天上,这是沉默者的无言的"天问"。她并不是没有沟通能力,是社会没有给她沟通的机会。在地下看车场,有车的有钱人,谁也没把她看成是能说话、有感情、需要沟通的人。在无人可与沟通的情况下,她只能听车子与车子交谈。车子与车子都需要交谈、沟通,何况是人。这个不屑于与她沟通的社会,跟她早已没有共同的语码。一次仓促间偶尔的沟通,出了致命的错,她因语言的误会得罪了老板,被辞了工,失去了生存的基础,只有最后一次升上楼顶,从三十多层的楼顶上飞了下来……作者始终不为她代言,所以她至死沉默,无人知道她的心愿和委屈。连她的父亲也不理解她,导致在她冤死后连赔偿的权利也被剥夺掉。小说不是没有一点观念性,但作者就是不把叙事意图说出来,而让读者去领悟。《锦衣玉食的生活》的主人公艾芸,也是个不幸的女子。她本来有丈夫,有儿子,有工作,生活中不乏指靠和欢乐,她向来自尊自爱,有上进心,不虚掷生命。但不知为什么——其实是为了生计,那些属于她的东西一样一样地倒多米诺骨牌似的失去了。因为生存压力加大,她失去了性趣。由于不能满足丈夫的需要,导致丈夫偷情,她与丈夫离婚,丈夫走了,儿子也被带走了。在说不清来头的商业交易中,单位散伙,她丢了工作。当所有的挣扎都失效后,她把希望交给了来世。但残酷的是,生命被夺去后连在来世过锦衣玉食生活的卑微愿望也被打破。作者没有出面指责现实,但从一个弱女子只能以虚妄为希望,不是可以窥见现实是多么令人绝望吗?笔者在为这篇小说写短评时,认为《锦衣玉食的生活》在当下十分引人关注的底层叙事中,提供了新鲜的创作经验:

> 小说没有直接反映转型期经济调整、社会分层过程中存在的严重的社会不公,而是聚焦于特定的生命个体,逼真地刻画社会政治与经济运作给处于弱势地位的人们造成的严重后果。小说虽然也涉及弱肉强食的无理与蛮

横等社会现象,写到职工不仅经济上受到盘剥,而且人身受到伤害,但是,作品更多的是写艾芸这样一个女子在遭遇到命运的不公时产生的情感反应,突出她的生活意志不断被外部权力所否定而产生的尴尬、无奈和悲伤,以及人生愿望被嘲弄后自我突围的迷惑与疼痛。小说多次写到艾芸为自我、为亲人流泪伤心的细节,尤其写到她深夜里准备孤身离开这个世界之前忍不住打电话与已离婚的丈夫凄然告别的情景(其实对原本属于她的那些多么不舍)。这种弱者在历史过渡期的混乱脚步踩踏下的无声辗转,远比叙述者站出来愤然抗议有艺术感染力,因为它不事张扬地表达了对现实的拒绝与批评,它引起我们思考是什么改变了艾芸们的生活。这是一种纯文学的写法,一种更有艺术生命力的表现方式,一种相信读者的悟性和判断力的文学态度。

2006 年 8 月 15 日

阳光下的剥夺 *

——《两位富阳姑娘》的深层意蕴

麦家的短篇小说《两位富阳姑娘》,是新世纪文学中不可多得的杰作。小说发表于 2004 年,在中国小说学会主办的中国小说年度排行榜上,这篇作品被列为短篇小说第一名,①可见它得到了权威性的认可。《中国现代小说史》的作者夏志清说:"文学史家的首要任务是发掘、品评杰作。"②《两位富阳姑娘》的被发现,正显示出文学研究的重要目的和意义,而对它的品评,则可以不断呈现真正的小说杰作所包含的丰富的思想与美学的意蕴。

悲剧的力量

《两位富阳姑娘》讲述的是一个美被无辜毁灭的悲剧故事。故事的背景是"全国人民学习解放军"③,"一人参军,全家光荣"④,穿军装戴领

---

* 本文发表于《海南师范学院学报》(社会科学版),2006 年第 6 期,人大复印资料《中国现代、当代文学研究》2007 年第 4 期全文转载。

① 中国小说学会、齐鲁晚报社主编:《2004 中国小说排行榜》,作家出版社,2005 年 10 月出版。

② 夏志清:《中国现代小说史》,复旦大学出版社,2005 年版。

③ 除了批判、斗争,"文革"也是一个全民学习的社会。当时的口号是"工业学大庆,农业学大寨,全国人民学习解放军"。

④ 征兵时使用的极有影响力的标语口号。1949 年后以文学艺术为主的意识形态领域里的革命叙事,形成了当代社会的军旅崇拜,至"文革"时期,对解放军的崇拜达到高潮,这一口号更是常用常新,具有极强的号召力。

章帽徽最被人艳羡、追慕与景仰，青年人"几乎都满怀当兵的理想"的"文革"时期，具体时间是1971年冬天。被毁灭的这位富阳姑娘本来有着无比美好的人生前景，命运已经眷顾于她：作为一个美丽纯洁但普普通通的农村姑娘，她被招了兵，穿上军装，到了部队，即将戴上领章帽徽成为无尚光荣的女兵。但是灾难却在她毫无知觉的情况下遽然降临。在到部队后的复审体检中，由于她的同乡、跟她一起入伍的另一位富阳姑娘的嫁祸与军医的失职，她被错当成"作风不好"、"有问题"的人而被遣送回家，回家后又被盛怒的父亲毒打和严逼，蒙受巨大冤屈、遭到沉重打击的她，无奈之下只有以死洗冤，喝农药自杀。她死后才真相大白，她是那样清白无辜！她的死因而让人无比痛惜。在清楚了她蒙冤受屈的原因，目睹了她在横祸飞来却蒙在鼓里，冤枉受到残酷的打击，无法反抗更不知道应该反抗什么，无以申诉更不知道什么需要申诉，面对伴随着暴力的道德与伦理的巨大压力和必须作出的生死回答，她只能无助地自己结束自己的生命的过程，这时，故事内外的每一个活着的人，都无法不产生巨大的惋惜与伤痛，也难以不受到良心和道义的谴责。这位富阳姑娘的遭遇，让每一个有良知、有爱美之心、有恻隐之心的人不忍面对，不敢面对。这样的悲剧故事，使《两位富阳姑娘》成为新世纪文学，也是当代文学中最有悲剧艺术力量的小说。

亚里士多德说："悲剧是对于比一般人好的人的摹仿。"又说："喜剧总是摹仿比我们今天的人坏的人，悲剧总是摹仿比我们今天的人好的人。"[1]写好人而产生悲剧效果，即引人产生怜悯与恐惧之情，是因为这里所写的是一个人遭受不应遭受的厄运，[2]也就是"好人受困难的折磨"[3]。《两位富阳姑娘》的悲剧力量就来自于"比我们今天的人好的人"

---

①亚里士多德：《诗学》，人民文学出版社，1962年版，第37页，第8页。

②亚里士多德说："怜悯是由一个人遭受不应遭受的厄运而引起的，恐惧是由这个这样遭受厄运的人与我们相似而引起的。"（亚里士多德：《诗学》，人民文学出版社，1962年12月版，第38页）

③杨辛、甘霖：《美学原理》（第三版），北京大学出版社，2003年版，第239页。

遭受不应遭受的厄运。故事的主人公是个 19 岁的纯洁的姑娘,皮肤白嫩,胆小听话,"'就像一只小绵羊一样',性格内向,懦弱,自小到大对父母亲的话都言听计从",不会也不敢做出任何出格的事情,尤其在男女关系方面,事后也证明她还是个处女。但就是这样一个清清白白的姑娘,受到天大的冤枉,被当成最为人不齿的"破鞋",不仅有"作风问题",而且有"欺骗组织的问题",因而受到十分严重的处置,遭到劈头盖脸的打击,在当时的境况下,除了死没有什么能证明她的清白,洗雪她的冤屈。无辜而被加害,清白受到玷污,弱者遭受暴力,真正是"一个人遭受不应遭受的厄运"。这个人越是美好,越是无辜,她所遭受的厄运就越有悲剧力量。美好、无辜的人遭受的厄运后果越严重,悲剧故事的感染力就越强。《两位富阳姑娘》就具有这些基本的悲剧要素。在这个悲剧故事里,不仅主人公是美好而无辜的,她遭受厄运的结果也让人惨不忍睹。但它的艺术震撼力,还来自于更重要的悲剧因素,那就是富阳姑娘这个十分美好的生命,是被迫自己结束自己的生命的,并且是至亲的人(他的父亲)在误会和误解中致使她结束自己的生命的。悲剧冲突的双方都是好人,而且是至亲的人,这种在亲人的误会中造成的好人的悲剧,是悲剧中的悲剧。它引起的情感反应不是一般的怜悯和恐惧,而是巨大的憾痛与惋惜。对于悲剧的当事人来讲,更难承受这种悲剧结局的是施加毁灭性力量的一方,因为真相大白后,他需要在悲剧无可挽回中承受无尽的悔恨。一个人在有生之年承受这样的心灵折磨是比失去生命更可怕的厄运,因为失去生命等于磨难已经终止。只有在这个意义上,《两位富阳姑娘》的悲剧效果中才带有让人恐惧的成分,它缘于"这个这样遭受厄运的人与我们相似"。

艺术作品所创造的悲剧性,来自于悲剧叙事。麦家是个叙事意识很强且善于叙事的作家,《两位富阳姑娘》这个故事,其强烈的悲剧审美效果,是从逼真而生动的场面、人物动作与心理的刻画,形象和细节的描绘,以及事件经过与原因的叙述——也就是从叙事行为与过程中——产生出来的。小说用十分富有匠心的结构一步步展现了悲剧事件的发生及其前因后果。铺垫、蓄势、悬念、突转等手法的运用,让故事在层层剥笋后显露出它惨白的悲剧内核,使得故事内外的人心灵不由得不剧烈震颤。作品一开头用陌生化的手法交代了事件的起因:一位富阳姑娘在部队新兵复审体检中被查出不是处女,于是按"老规矩"被退回原籍。接着就推出了它的后果:这位被遣送回来的姑娘服毒自尽了。出人意料的死的结局,是故事讲述兀然出现的一个高峰。因为小说描述给我们的是痛苦而惨烈的死:她是喝了半瓶剧毒农药敌敌畏七窍流血而死的。一个鲜活的生命,转眼间变成了一具冰凉的尸体。这具尸体的姿态和颜色是那样怪异,骇人,"让人感到瘆人",连"在战场上什么样的尸体都见过"的军人都"倒抽了一口冷气"。小说这样写她死后的身体姿势:

> 说她是平躺着的,其实头和脚都没着地,两只手还紧紧握着拳头,有力地前伸着,几乎要碰到大腿。总之,她的身体像一张弓,不像一具尸体,看上去她似乎是正在做仰卧起坐,又似乎在顽强地做挣扎,不愿像死人一样躺下去,想坐起来,拔腿而去。

可见她死得多么不情愿,多么不得已,多么惨烈。小说还这样写她服毒而死后身体的颜色:

> 她脸上、手上、脖子、脚踝等裸露的地方,绵绵地透出一种阴森森的乌色,乌青乌青,而且以此可以想象整个人都是乌青的。……她本来是很白嫩的(这一带的姑娘皮肤都是白嫩的,也许是富春江的水养人吧),想不到一夜之间,生变成了死,连白嫩的皮肉也变成了乌青,像这一夜她一直在用文火烤着,现在已经煮得烂熟,连颜色都变了,吃进了当归、黑豆等佐料的颜色,变成了一种乌骨鸡

的颜色。

这是一种多么可怕的死。不仅白嫩的身体变得乌青,"她的嘴角、鼻孔、耳朵等处都有成行的蜿蜒的污迹"——"这是血迹"。可以想见这是多么痛苦的死。就算她有道德问题,不够资格当兵,难道应该接受这样的惩处,领受这样痛苦而可怖的死亡?在死亡,而且是自杀带来的死亡面前,生命的尊严和价值陡然凸显出来,原有的是非观念被质疑,悲剧性事件通过情感的冲击唤醒了人们对死者的同情心,同时也就瓦解了小说开始时设置的道德评判。而这种情感的冲击是由小说叙事所创造的强烈视觉冲击力带来的。

自杀是生命对无法承受的存在困境的彻底逃避,是一个人留给世界的最后的语言。对于陷于罪错压迫的个体而言,消极的自杀是对蒙受冤屈的最有力的申辩。根据小说叙述的暗示,这个富阳姑娘的死就可能属于这种情况,它意味着这一悲剧事件另有隐情。它引起读者新的阅读期待。随后的叙述和交代,就证实这个姑娘的死是被逼的,她在死前留下了遗言,告诉她的亲人,她是冤枉的。既然是被逼死的,自然需要回答是谁逼死了她。又一次让人感到意外和吃惊的是,作出回答的是她的父亲,父亲说:"是我把女儿逼死的。"小说叙事把事件过程引向了悲剧的内核,即悲剧冲突发生在亲人(在这里是"父亲"和"女儿")之间,并且是强者对弱者施加不应施加的暴力招致悲惨的结果。小说通过人物动作的描写来制造悲剧效果。还沉浸在女儿参军的荣耀里的当村长的父亲,突然遭遇到让他发懵的变故——她刚参军的女儿被部队退了回来,由人武部的同志送到家里,还"白纸黑字告诉她女儿犯了什么错"。女儿当兵未成,反有辱家门,这巨大的打击使他又羞愧又恼怒,于是有了根本不问情由、完全丧失理智的思想和行为。据叙述人描述:

> 他不知道说什么好,也不想说什么,只想打死这个畜

生。他这么想着,上去就给女儿一个大巴掌。后来,在场的人武部同志告诉我,那个巴掌打得比拳头还重,女儿当场闷倒在地,满嘴的血,半张脸看着就肿了。但父亲还是不罢手,冲上去要用脚踢她,幸亏有人及时上前抱住他。

父亲的暴行还不只如此。慑于人武部的警告,他一时不敢再打女儿,而是盘问女儿"是哪个狗东西睡了她"。女儿一再否认并说是冤枉的,这样他愈加认定错在女儿,忍无可忍,再一次对女儿暴力相加:

> 当时一家人刚吃过夜饭,桌上的碗筷还没收完。父亲抓起一只碗朝她掷过去。女儿躲开了。父亲又操起一根抬水杠,追着,嘴里嚷着要打她。开始女儿还跑,从灶屋里跑到堂屋里,从堂屋里跑到猪圈里,又从猪圈里跑回堂屋,跑得鸡飞狗跳,家什纷纷倒地。回到堂屋里,父亲已经追上她,但没有用手里的家伙打她,而是甩掉家伙,用手又扇了她一耳光。还是下午那么严重,她也像下午一样倒在地上,一脸的血,不知是嘴巴里出来的,还是鼻子。

如果说前面描写的这个姑娘死后的样子让人惨不忍睹,那么在这里,懦弱、听话的女儿在不知道自己到底闯了什么祸犯了什么错的情况下,只能毫不反抗、连躲避也不可能地承受盛怒的父亲的痛打,被最应怜爱自己疼惜自己的人打得那么严重,这样的情景令人更加不忍。

人伦中最可宝贵的父女亲情,被野蛮惩罚的暴行所替代,实是人心中最美好神圣的感情遭到了残酷的践踏,这也是一个人可以舍弃这个世界的最大理由。突然而至的悲剧冲突要以死亡来平息了,于是故事讲述出现了最富悲情的一幕。当狂怒的父亲高喊着"打死这个畜生",被母亲奋力挡住,母亲喊女儿快跑时,"女儿爬起身,却没有跑,反而扬起一张血脸朝父亲迎上来,用一种谁也想不到的平静的语调,劝父亲不要打她,说她自己会去死的,不用他打。"无辜受辱被逼,她只有以死维护自己的尊严,也让受累的亲人得到解脱,何况不明真相的父亲暴怒若狂,没有留给她活路,父亲要她做的选择是:"你要么报出那条狗的名,要么死给我看。"她无法再用语言为自己辩护,只有选择死才能证明自己的清白(她不知道是什么说明她不清白,因而不知有简单的办法可以证明她十分清白)。她做出死的决定,意味着她与父亲的悲剧冲突宣告结束,因此她说出这一决定是那样冷静,冷静得"让在场的人都吃了一惊"。急管繁弦的叙述突然出现一个静场,视觉冲击被内在的悲情替换,悲剧故事向人们的良知发出了呼唤,悲剧本来有了回旋的余地。但可惜没有人听懂这样的呼唤,因为"误会"这只制造悲剧的魔掌使人们闭目塞听,没人能够抓住改变事情结局的机会。悲剧不可逆转,悲剧冲突的双方都受着蒙蔽。直到人死后对尸体进行检查,才发现是把人弄错了。经过几经起伏的铺垫和峰峦迭起的蓄势,叙事用一个突转,解开了悬念,暴露出事件的悲剧实质,让人大惊诧,大悔恨,大遗憾。小说叙事这样揭示事件形成的过程与真相,使悲剧效果更强烈,它的确是"将人生有价值的东西毁灭给人看"[1],唤起人们对悲剧主角的大同情。在知道真相后再回头看这个不明不白受冤枉而死的姑娘,原来是一个多么纯洁美好的生命,真正是一个"比一般人好的人"。她被部队弄错检查结果后,是在亲人的逼迫下,在亲人抛下她之后,一个人死在自己的家里的——不,不是家里,而是在她家的猪圈里。她不愿意她的死玷污亲人的房屋,就是死,她也为活着的亲人着想,可见她一点儿也不埋怨(她自杀前一个人在堂屋里呜呜哭了半夜,那是委屈和伤心以及对亲人挽留的等待)误解她和为了自己的名声而不惜伤害她的亲人。特别是父亲对她那样凶神恶煞,把她往死里逼,她不但不反抗,甚至不怨恨,而甘愿遵从父亲的意志,以死作答,仅给她的严父留下令人心痛的遗言:爸爸,我是冤枉的,我死了,你要找部队证明,我是

---

① 鲁迅:《鲁迅全集》(第一卷),人民文学出版社 1981 年版,第 279 页。

冤枉的。事实证明,她的确是冤枉的。好人受冤枉得到悲惨的结果,这是人类最恐惧的悲剧。作者在进行这样的悲剧叙事时,故意采用不介入的态度和冷静的语调,与他的当事人身份和故事的离奇、悲惨形成反差,造成悲剧叙事的方法与悲剧事件的视觉的和心灵的冲击力之间的艺术张力,强化了悲剧效果。《两位富阳姑娘》的悲剧力量大概来自于这些方面吧。

谁是加害者

中国小说学会的小说年度排行榜评委会自称有"学会的标准",即"兼容历史内涵、人性深度和艺术水准"①。《两位富阳姑娘》能以第一名进入 2004 年度中国小说排行榜,想必符合中国小说学会的这一评审标准。除了上面所谈到的艺术魅力之外,《两位富阳姑娘》这篇小说应该有丰富的历史内涵和一定的人性深度。

有价值的东西被毁灭的悲剧,往往由人性与历史的合谋造成。《两位富阳姑娘》这个悲剧,又是由哪些因素导致的呢?或者说,是谁加害于那位清白无辜的富阳姑娘,使她断送了鲜花般美好的人生呢?

从小说向我们讲述的事情经过来看,我们似乎不难找出把这位富阳姑娘推上绝路的几个人。一是她的父亲。如果不是她的父亲得知她有作风问题而被部队退回,恼羞成怒,发狂般地对她施以暴行和威逼,她最多是蒙羞而活,断不至于丢掉性命。设若她的父亲珍视女儿的生命胜过珍视自家的名声,理智地对待和处理这件事情,说不定还可以查清问题,还女儿清白,女儿重返部队也不是不可能。是父亲的不理智和狂暴将她逼上了死路。父亲是最直接的加害者,也唯有他的加害使这个故事最富有悲剧性。二是跟她一同参军的同乡,另一位富阳姑娘。

---

① 陈骏涛:《兼容历史内涵、人性深度和艺术水准——写在中国小说学会〈2004 中国小说排行榜〉前面》,见《2004 中国小说排行榜》,作家出版社 2005 年版,第 1 页。

她才是失去贞操、有作风问题、且不老实、应该给遣返回家的人。她在部队对新入伍的女兵进行例行复检时，被查出已不是处女。由于心虚、感到丢脸和害怕，她在体检军医的询问下，谎报了她老乡的姓名（刚刚入伍，在女兵中她只知道她最熟悉的老乡的名字），借以逃脱肯定有的歧视和可能有的处罚。是她的嫁祸，使自己的同乡蒙受冤屈，不明真情，无法回答父亲的责问，以致更加激怒了父亲，无端与父亲形成悲剧冲突，最后在道德、伦理和暴力的多重压迫与打击下悲惨死去。这个富阳姑娘犯了女性当兵的禁忌而又不敢承担责任，是这场悲剧的起因，所以她是真正的肇事者。不管是否出于故意，都是她害死了自己的同乡。所以，"用军医的话说，即使把'她'枪毙都够罪！"三是曾经诊断死者"有问题"的那位军医，一个牛高马大的胶东人，军区某部长的夫人。是她的粗心大意、简单从事，以致张冠李戴，让好人受冤领罪。悲剧发生后，她被派到死者的家乡再度查体，发现弄错了人，一脸惊恐，说明她不是没意识到自己充当了悲剧制造者的同谋。事实上，对于姑娘的冤死，她犯有不可推脱的过失。她在夸大别人的罪错时，其实是在掩盖自己的草菅人命。四是作为悲剧事件的见证人，负责遣返姑娘回乡的司令部军务科长。他是被动地卷入这个悲剧事件的。为执行公务，他经手了这件事，经历了他先前没有料到的变故，美差变成恶梦，也因此了解了悲剧的全部过程以及悲剧产生的原因。本来姑娘的死跟他没什么干系，尽管人是他送回的，人死后是他处理的善后。但当真相查清后，他开始震惊紧张，继而厌倦恐惧，最后反思自己，不由忏悔起他也加入了制造悲剧的行列。在送这位姑娘回富阳的火车上，不明何故遭到遣返、十分畏惧的姑娘，曾恳求他告诉她犯了什么错误，他也完全可以告诉她，然而在一念之间他却打了官腔，致使这个姑娘失去了洗清冤屈、纠正错误处置的最好的也是唯一的一次机会，才堕入本来可以避免的命运的深渊。

我们似乎有理由认定这几个人就是悲剧主人公富阳姑娘的不同性质的加害者，他们在不同程度上对好人遭受厄运负有责任。虽然他们并不是恶的化身,他们并未料到自我开脱、自我保护、对荣誉的顾惜、对耻辱的规避等等这些情有可原的做法,会致他人于死地,但是他们身上存在的人性的弱点,也就是人的自私本性,吊诡地趋善行恶,合伙制造了悲剧。然而,麦家讲述这个发生在特定年代里的悲剧故事,肯定还带有拷问历史的意向。从叙述的设计就可以看出,故事在引导我们追索悲剧的真正导演。这个故事的起点,是一种反讽表达。作为语言多义性的一种形态,反讽是"语境对于一个陈述语的明显的歪曲"①,它"表示的是所说的话与所要表示的意思恰恰相反"②。在小说的反讽式叙述中,文字与意义并不相配。"反讽可以毫不动情地拉开距离,保持一种奥林匹斯神祇式的平静,注视着也许还同情着人类的弱点;它也可能是凶残的、毁灭性的,甚至将反讽作者也一并淹没在它的余波之中。"③《两位富阳姑娘》的故事之所以成为悲剧,它的逻辑起点今天看来十分荒诞,女兵到了部队首先要接受检查,看处女膜是否完好。这个荒谬的做法,在小说叙述中并没有受到质疑,相反它是作为一个真理在故事中被所有的人所维护,不管是制造悲剧,还是承受悲剧,或是制造悲剧同时又承受悲剧的人,都丝毫不怀疑它是否合理。叙述者正是毫不动情地拉开距离,平静地、克制地讲述这个以处女膜为轴心的故事的,处女膜好像一面镜子,照出了人性的弱点。处女膜问题是一个叙事前提,从这个轴心开始,展开了惊心动魄、伤心惨目的悲剧,但它自己却安然无恙地注视因为它所发生的一切。这就是这篇小说的高妙之处。只有真正理解小说的特点与功能的人,才会这样处理有价值的题材,这样讲故事。只要我们感受到叙事的反讽意味,就能领悟这篇小说真正的思想意蕴。就是说,只要逆着悲剧展开的方向,回到故事的轴心

---

① 〔美〕布鲁克斯:《反讽——一种结构原则》,《新批评文集》,中国社会科学出版社,1988年版,第335页。

② 朱立元主编:《当代西方文艺理论》,华东师范大学出版社,1997年6月版,第111页。

③ 〔美〕华莱士·马丁:《当代叙事学》,北京大学出版社,1990年版,第227页。

上去,制造悲剧的黑手就能被我们捉住。处女膜是故事的纽结。处女膜竟决定一个人的生死祸福,它也就成了祸源,成了悲剧的诱因。

小说的历史批判意识,也在这里得到显露。姑娘处女膜完好才有资格当兵,这不是军人职业的需要(鸭板脚不能当兵才是,因为鸭板脚影响行军),而是道德需要。处女崇拜反映的是一种道德观念。女性参军需接受处女膜检查,体现了部队对入伍者严格的道德要求。这样的要求发生在"在灵魂深处闹革命"的"文化大革命"时期不足为怪,它表明革命队伍追求人的高度纯粹化。这一道德要求来自于毛泽东思想,是毛泽东号召中国人做"一个高尚的人,一个纯粹的人,一个有道德的人,一个脱离了低级趣味的人,一个有益于人民的人"①。解放军一度被视为革命的大熔炉,毛泽东思想的大学校,就是革命道德的建设被置于崇高位置而产生的价值观。然而革命化和道德至上的结果又是什么呢?《两位富阳姑娘》以个案形式作出了回答。由于处女膜检查的失误,害得一位姑娘自杀,凶手不就是杀死过无数中国妇女的贞操观念吗?原来,革命的政治道德里,掺杂的竟是极为腐朽的封建旧观念。是观念假人之手杀死了这个本该有着美好人生的姑娘。革命追求纯粹化,却在戕害生命,它的泛道德化的本质是反人道。这就是小说貌似平淡的故事讲述中隐含的革命的悖论。《两位富阳姑娘》从一个全新的角度,以独特的方式检讨了 20 世纪的革命历史。

处女崇拜又是一种权力崇拜。道德标准说到底是权力意志的体现。"新兵入伍后,部队要对他们作一次身体和政治面貌的复审。"复审合格,才能戴上领章和帽徽,真正成为部队的人,领章和帽徽象征着一种政治荣誉和权利。所以在新中国的很长一段时间里,当兵不是公民的义务,而是一种政治权利的享受。部队无形中演变为一个利益团体,它实行严格的准入制。身体和政治面貌就是两个基本尺度,也是绝对尺度。作为男权社会的遗存,女性进入这一团体,还有贞操这个附加条

---

① 毛泽东:《毛泽东选集》(第二卷),人民出版社,1991 年版,第 653~654 页。

件。失去了贞操,就失去了当兵的资格;失去了当兵的资格,也就失去了一种政治权利。这种政治权利具有巨大的诱惑力,在反复的强化中,它的重要性和价值可以超过人的生命自身。那位女儿被部队遣送回家的父亲,在得知女儿是因为有作风问题而被退回,立即羞愧难当,恼怒至极,其原因一方面是新旧合一的道德感使他蒙受耻辱,更重要的是已经获得的政治利益的丧失使他发急、感到绝望。所以,在逼死女儿,醒悟到女儿受了冤枉,经过坚持,为女儿洗清了不白之冤后,他向部队提出的唯一要求竟是让部队带走他的才 15 岁、不够参军年龄的小女儿。这样的顶替,既可以挽回家族的荣誉,又能够获得失去的权利。只要达到这个目的,就算已经知道部队对女儿的死负有主要责任也无需提出赔偿要求了。

对权利的趋附是人类的本性,但富有悲剧色彩的是,追求权利,必为权利所役。况且在道德化的权利分配背后,往往隐藏着君临一切的权力意志。《两位富阳姑娘》最有价值的地方,就在于展示了权力意志通过道德召唤来实现对人的思想控制。八名女兵中的一位富阳姑娘被查出处女膜是破的,这就说明有作风问题了。不仅有作风问题,还有更大的问题,由于她只有 19 岁,自己说连男朋友都没有谈过,说明她表上填的和嘴上说的都有问题,这是欺骗组织的问题,比作风问题更大。"欺骗组织,就是对组织、对党、对人民不忠诚",所以她的问题被看得比那个查出是鸭板脚的男兵的要大得多,"大得到了简直吓人的地步"。就是说,道德缺陷比生理缺陷更严重,因为生理止于身体,看得见,道德关乎思想,不好控制。这里的反讽泄露了革命时代的秘密:加入革命(队伍)的首要条件是"忠诚",所谓"忠诚"就是交出自己的灵魂。在这样的要求下,人的隐私自然是不能保留的,女兵检查处女膜于是天经地义。政治荣誉和权利的获得,是以隐私权的被剥夺为代价的,其后果是人的生存权利被扭曲。小说里自杀而死的富阳姑娘的被痛苦扭曲变形的身体,极富象征性,那是道德化的统治意志对生命的扭曲与戕害,也是生命对非人道德的控诉与抗议。死者是被扭曲的,活着的人也无不被扭曲。死者扭曲的身体,折射出加害于她的人灵魂的扭曲。"父亲"是最突出的例子。女儿遭人所害遇到危难,最能给予安慰、保护和解救的是父亲,但恰恰是父亲给了女儿致命的打击,万万不该地亲手掐灭了女儿生的希望,也表明道德观和利欲早就泼熄了他人性中爱与善良的火焰,这是追求人民解放的革命权力意志对人实行普遍剥夺带来的结果。

禁语:权力对人生的败坏 *

——《说话》解读

新进女作家陈蔚文的短篇小说《说话》,讲述的是一个知识女性因为说话的欲望遭到压抑,满肚子的语言找不到出口,而感到憋闷、难受,以致身体出轨、家庭生活遭到严重败坏的故事。

这是一个充满了强烈的感性色彩的普通人的生活故事,真实得叫人觉察不出一丝虚构的痕迹。女主人公在崩溃前,有过漫长的挣扎,这挣扎是心灵的,也是肉体的,是生命的自然需求被遏抑和扭曲而发生量变的过程。小说的感性化,来自于造成伦理悲剧的生命能量的积聚与生活的压强成正比地增长。它的一朝爆发是对生活的报复,而报复的结果当然是两败俱伤,原本有的幸福和幸福感在不正当的补偿行为中被一并毁坏。小说结尾主人公的逃避,意味着曾经有过的希冀彻底破灭,因为纯洁的感情已经在生存压力造成的生命迷乱中被玷污,就如同本该完美的诗篇中出现了无可删除的败笔。

《说话》让人惊叹于女性感受的细腻与持久。叙述者与小说人物在身份上的同构,使文字所表达的女性内在感觉有如水一般丰盈、温暖而柔韧,同时又十分尖锐有力。陈蔚文的小说,并不停留于一般女性作家常犯的沉溺于感性经验,她喜欢探讨人生纠葛中的一些命定的因素,常感叹于生活悲剧背后的那种无可规避的冥冥中的力量。《说话》的女主人公,无论生活赋予她怎样的境遇,似乎都无法改变她将要遭

---

* 本文发表于《海南师范学院学报》(社会科学版),2007 年第 3 期。

遇的陷落。不过，在这一次的男女故事里，陈蔚文给了生活悲剧以更多的现实解释，是现实社会的力量左右了人生，败坏了生活，作品因此增强了现实批判力量，更具有典型性。故事的冲突，建立于"说话"这一逻辑起点上，表现了作家独到的艺术发现。

说话，是一种再普通不过的生命行为。只要是一个健全、正常的人，就需要说话。说话是运用语言与人、与外界进行交流。能运用语言，是人之为人的最基本的也是最重要的标志。就是说，运用语言——说话，是人的本质的体现。正因为是人就应当能够说话，说话也就是人的一种权力。人不仅可以而且应该说话，还应该而且可以自由地说话，正所谓"人生而自由"。然而在陈蔚文这个故事里，人并没有获得这个权力。主人公应碧，是个大学毕业生，而且是学文科的，并且是在宣传部门里工作，做的就是说话的事情。可她居然没有得到说话的权力。不仅没有一般的政治话语权，甚至连日常聊天的自由都要遭到干涉。小说里所写的说话，基本上是一种日常生活语言，聊天，拉家常，一些无关他人更无关大局的私人性的生活语言。谁知连这样的日常聊天在单位里也犯了忌。这让她不可思议，感到愤激。但愤激归愤激，她生活中的一份不可缺少的快乐，更重要的是她作为一个公民的起码的权力，都生生地被剥夺了。

对于出身于乡村、大学毕业后留城、在人际关系并不能让她适应的单位里工作的应碧来说，谈天说话不仅是释放女性生命能量的天性中的需要，也是缓解环境压力、排解现代都市带给人的孤独感的不可或缺的生存需要：

> 从县中考进省城大学，应碧一直是个愿说话的女孩。她不喜欢闷着，一闷久她就觉得像溺水，呼吸一点点被堵严实了，心里一点点暗下去。话越说心里才越亮，这是母亲说的。应碧母亲是个对着石头也能说话的女人，无论点秧种菜还是喂鸡采瓜，她嘴巴从没闲着，她说你爸跟个闷

罐子一样我再不说说话不就憋屈死了！①

从这段话里，几乎可以看出说话聊天对于一个落入城市单位生活中的乡村女子所具有的生命哲学和文化反抗的意义。应碧的爱说话与其说是得了母亲的遗传，不如说在悠久的男权文化历史下，通常被冷落、悬搁的女性，唯有说话是对灵肉寂寞的最方便最有效果的自我慰抚：

> 谈天，哦，这是多么温暖放松的事啊，比美容院的SPA更令人放松，它像一双温柔按摩减压的手，将积在胸口的话一点点释放出来，然后人就畅亮了，松快了，像海绵浸润在水中那样，每个细胞都吸足了水分，摇曳着，舒展着。(109页)

并无实际的话语意义的聊天，竟是如此富有诗意，它带给生命无与伦比的快感。它也说明，生活本身可能太欠缺诗意。岂止欠缺诗意，它还给人带来难以承受的精神压力，不然何以有那么多"积在胸口的话"！胸有郁积，就需要排遣释放，谈天说话就是释放的重要方式，它会带来心理和生理的双重享受。沉闷而无趣的人生，会因了这样的一点快适而变得可以承受。从这个意义上说，说话关乎应碧们生存，至少可以提高她们的生存质量。要是连这样的说话也被禁止，那么现实对于她们就未免太过残酷了。

我们很难把知识女性应碧的内心积郁完全看成是本体性的，因为在她的自述里，我们看到了环境如何一次次冷落或灼伤了试图舒展的自我。应碧的自我是自然、纯朴而鲜润的，但生存环境并没有给她太多

---

① 陈蔚文：《说话》，《天涯》2006年第1期，第111页。以下出自同一作品的引文，只在文中标注页码。

的阳光和水分。她的主要的生存与活动空间——家庭和单位,没有给她应有的(也是一个像她这个年龄的女性特别需要的)欣赏、照拂与友爱。在家庭生活中,应碧本当处在最甜蜜最幸福的人生季节。一对大学毕业的年轻夫妻,在省城里有了稳定的工作,这已经很理想,多少人为之梦寐以求。有了这样的生存基础,青春还握在手中的二人世界,该如何充满勃发的生机与烂漫的色彩!用生命准备着爱的琼浆玉液的少妇,只等着爱人扎进怀抱。然而实际上,小公务员的家庭生活是黯淡而无声的,让人十分失望。好不容易钻营上物资局办公室副主任的丈夫赵群,为了生存也为了男人的面子,一心扑在仕途前程和"以柔克刚"的政治抱负上,被"水库中转站"式的角色搞得疲惫不堪,回到家里,连话都不想说,要说也是言简意赅,发展到后来,"回了家嘴巴就闭得死紧,像打死我也不说的革命党人,应碧如果显示出准备跟他谈些什么的姿态,他的神色就像要就义一般"(110页)。除了吃饭、睡觉,他下班在家的时间全都投到电脑桌前,用上网下围棋来消释工作的疲累和内心的压力,忘记了他的另一半需要关爱,需要交流。应碧不仅从丈夫那里得不到交谈的机会,得不到精神上的抚慰,甚至得不到身体上的爱抚。卷入行政机器、被仕途梦压扁的赵群,"白天玩的是世界上最庸俗的一种游戏……才三十三岁的人,两鬓就有星点的白了。他的身体像在沙尘里走了半日的人,或是一条使用过度的麻袋,流露着早衰的疲惫迹象"(110页)。与年龄不相称,他过早地出现对夫妻生活的淡漠,"他一上床便蒙头大睡,偶有那事也通常省略掉前戏,亦无话,像协同对手完成任务"(115页)。这不能不让应碧感到失落。在十分逼仄的生存空间里,最贴近的人在心灵和身体上反而疏离开来,生命欲望无法对象化,必然加剧内在能量的膨胀。天生柔弱的女性生命,最难承受的就是这种内外关系的失调。

家庭生活不能给植物般的生命以正常的吐纳循环,对单位就更别作什么指望了。事实上,单位是沉闷的,由于存在利害冲突,人际关系就很虚伪、很不正常,"同事间虽有说有笑,私下你踩我压相互编派都上紧着呢,科室间倾轧也厉害"(113页),农村出身、生性怕事的应碧在这种环境里,几乎没有说话机会,只觉得孤独无比。正因为这样,她说话的欲望、交谈的欲望就变得异常强烈。所以,当她终于得到了伍师傅这个交谈对象,两人可以母女般一无顾忌地尽兴交谈,在无人可与交流的环境里闷得难受的应碧,就好比溺水的人抓住了拯救者伸来的竹竿,犹如沙漠中焦渴的旅者发现了甘泉。每到下班,"办公室人差不多走尽了,伍师傅就会到她办公室坐坐聊聊,这是应碧一天中最畅快的时候"(112页)。不正常的人际关系带给人的失望和对人生造成的缺憾,在这里得到了弥补。与伍师傅互为对象,促膝谈心,让应碧感到放松,觉得温暖。日常交谈聊天也就是说话的人文意义在这里凸现了出来:它具有人情味,它意味着人与人之间的信任友善关爱,而生命,尤其是女性生命,多么需要这种人情味和友善关爱:

> 应碧不会太恣肆地光顾自己说,她也听伍师傅说,并时常提出一些问题,以使伍师傅聊的谈兴更加盎然。就像冬天坐在火炉旁边,为保持火焰的温度,应碧常会不自觉地拨动一下盆里的燃料。在语言燃起的温度里,应碧清晰地看到自己的渴望,是的,她渴望说话,渴望交谈,这渴望像气流鼓荡在她胸口,她一张嘴气流就涌了出来,它们几乎是跳着跑着向前行进,像活泼的水珠,水珠越滚越大,在空中如一个透明晶体般向前跑去,她追赶着它们,和它们一道奔跑,浑身发热,起初有些僵硬的四肢越来越暖,血液汩汩流动,身体里寒气全都一点点呼出来了,一直暖到指尖。(114页)

这是语言对于生命的最真切、最诗性、最令人感动的表达!而对于女主人公这一个案来说,交谈愿望的达成竟然产生如此强烈的身体感受,只能说明她的现有生活中存在的匮缺已经对她的生命造成了无形的摧残,要是没有伍师傅这个交谈对象的出现,她的生活危机将无可避免。有了这一铺垫,作为小说的中心事件的禁语,就合乎逻辑地将危机变成了现实。它呈现了高度体制化社会里人的悲剧性存在,也暴露出体制力量粗暴干涉私人生活的反人文性质。

小说中禁语事件的发生,看上去匪夷所思,但它在我们的生活中又无处不会遭遇。毋宁说,它是体制逼使所有人丧失自我的一个缩影。透过这一事件,我们不仅真切地看到了体制如何通过单位和人际关系对个人实行了全面的控制,而且也看到了这种控制给生命个体带来的严重后果。这是《说话》这个短篇对生活进行截取的最成功之处。它在艺术创造上富有力度的地方,又在于始终不无渲染地精心刻画女性自我的强烈感受。僵化的体制与感性的生命构成冲突,前者的非法性就显露无遗。更为深刻的是,小说通过生动描述感性存在的艰难困顿,揭示了权力处处败坏人生的社会真相。

要不是权力借助体制对个人的日常言语交流横加干涉,应碧的说话欲在同伍师傅的交谈中得到一定的满足,她的沉闷的生活还是有清新的气流日日贯通,敏感的女性生命就不至于感到窒息。让应碧意料不到的是,她好不容易获得的抒发积郁的聊天机会,竟然遭到剥夺,因为两个女性的不怀任何现实功利目的的谈天拉家常,无意间卷入了单位的权力之争。就在应碧还沉浸在与伍师傅的亲切交往中,科里的程科长显然奉上面的意思,代表组织,郑重其事地找应碧谈话,表情严肃地用社会主义体制特有的行政语言跟她打招呼,分析了她和伍师傅"过从甚密"的危害,并以影响个人前途相威胁,提醒应碧注意身份,提防对方的不良用心。两个女人下了班的家常聊天,被上升到大是大非的"立场"问题,而程科长在谈话中道出的真实的逻辑关系和问题实质是:"伍师傅是通过办公室主任介绍来的,她和孙主任原是老邻居,孙主任呢,又和张副局长关系好,张副局长素来和刘局长面和心不和,一直搞帮派斗争,最近较劲更频。这么一推呢,应碧和伍师傅走得太近,就是有加入张副局派系的倾向,就是和刘局不一条心,就是脱离了大多群众的意愿,这样下去,能有个好吗?"(116页)原来,是复杂的权力关系把简单的人际关系搞复杂了!在这里,权力之争以组织的名义出现,所谓"立场端正",所谓"政治敏感性",都是掌权者为了巩固自己的权力巧妙利用组织,对个人施行政治威胁,哪怕个人是完全无辜的。应碧就这样成了权力斗争的牺牲品。尽管她对于张科长谈话中的荒唐推理感到吃惊,难以置信也无法接受,清楚地知道"什么是立场?权力就是立场!刘局就是立场"(116页)。因此下定决心,不管什么"立场",哪怕为此组织上对她前途不看好,但是,她与伍师傅温暖的言谈关系,还是被冷冰冰的政治权力切断了。就等于生命呼吸的唯一通道被强行堵塞,从此她完全被了无生趣的家庭生活和没有呼应者的孤独所包围,窒息得"难受",终于发生身体的"病变"。

从《说话》可以看到,权力的作用是依赖体制的公务员、小市民灰色生活的根源。特殊的社会体制为权力的滥用提供了便利,其结果是公共权力不但不能保障,反而危害了公众的生存,破坏了正常的人际关系,直接影响到社会成员的个人生活。应碧之所以未能在家庭生活里得到关心与爱,原因是她的丈夫赵群身不由己地为权力所异化,为了地位的改变不能不竭尽全力,以致忽视了妻子的感受。其实赵群也是政治斗争的牺牲品。他深知机关里权利之争充满了玄机,为了可以看得见而且可望接近的目标,他把一个男人的全部心眼和精力都赌了进去,但因押错了棋局落得全盘皆输——由于顶头上司的临时更换让他所有的努力付之东流,这与其说是如戏的人生戏弄了他,莫如说在特殊的体制设计里,根本不会有真正的赢家,因为所有的入局者都不过是体制的奴隶。这个体制以权力为诱饵,叫上钩者付出丧失人格的代价。不甘于做一个小科员的赵群,在局套中全力挣扎,还是输掉了他指望得到的办公室主任的位置,输掉了两居室的住房,更重要的是,他输掉了本来拥有的幸福——由于耽于仕途而疏淡了夫妻之爱,导致被别的男人钻了空子,使人生蒙上了永难洗雪的耻辱。是谁败坏了他的人生?还是神龙见首不见尾的权力。

如果说,明知世事如局的赵群,作为一个棋子硬要往里钻,招致失败固然可悲但也是咎由自取的话,那么,不脱乡村本色的应碧在毫无戒备中遭到组织的粗暴对待,因与人聊家常而被谈话、打招呼,受到威胁,使心灵受创,身体越轨,就该由缺乏人情味、不尊重人的基本权利的现实社会负主要责任了。在这个意义上,《说话》是对权力失控的社会的一份指控书。它最有力的证据就是人的正当生活愿望遭到无理扼制后,美好的生命被孤独和虚无所蹂躏。当最基本的存在方式——用语言同外界交流受到干涉和制止,人就被逼到了一个无声的世界。感性化的、天性爱说话的应碧,在单位里被禁语后,回到家里面对的是更加冷漠、麻木、丝毫不顾及她的感受的丈夫,完全掉进了一片死寂里,可以想象,无边的孤独怎样攫住了她:

> 一个人找不到可说话的人,没有呼应,什么都吞咽在肚子里,像被床厚棉被死死捂着,或者被缚上石头沉入最深的暗无天日的海底,那是要让人疯掉的窒息。应碧想起以前大学时看的茨威格的《象棋的故事》,里头那个男人被长期隔绝在一间小囚室里,这比起几十人挤在一间肮脏的小屋或者是干最重的苦力还可怕!因为,这是种"更加精致的、险恶的酷刑"——世上没什么东西比虚无更能对人的心灵产生迫害!(118页)

这里给人的心灵以严重迫害的虚无,不是存在主义的本体性的虚无,而是感性生命实实在在感受到的虚无。它是现实中的某种社会力量对人的言语权力加以剥夺的结果。在宗法制、官本位的社会里,这种剥夺是普遍性的,因为权力(实质上是对社会资源的控制)的集中、维护与再分配,需要以无数个体自我的自由本性的丧失为代价,禁语与失声就是剥夺与丧失的一种方式和结果。它的严重后果便是对无意于权力游戏规则的感性生命个体施加了"更加精致的、险恶的酷刑",使之不堪忍受而发生身体的病变。应碧是小说中提供的活生生的例子，失去交谈对象后，她在心理上感到孤独、虚无，生理上也开始失调，发生间歇性晕眩，还有些恶心（让人联想到存在主义大师萨特的小说名），随着无声的生活的延续，她的病情也在加剧，最后到医院检查，被诊断为患上了美尼尔综合征———一种内耳疾病，是一种疑难病症。医生说"病因目前还不明确，可能内淋巴回流受阻或吸收障碍，或者内分泌紊乱导致……"（120页）这正是人为地限制生命的听说功能所引发的症候，它寓意置人于孤独这种"酷刑"下，是对人的本质的残忍否定。由禁语而引起"内分泌紊乱"的应碧，失去自控能力，终于在强烈的说话欲望的冲击下灵肉分裂，失身于人，被权力破坏个人生活的病态社会烙下了抹不去的伤疤。

让魂灵经历 *

——读莫言的《生死疲劳》

农民是土地的主人。土地的主人也就是地主。西门闹就是一个地主,莫言的小说《生死疲劳》里的一个地主,一个拥有八十亩良田、家财万贯而热爱劳动、勤俭持家、修桥补路、乐善好施的地主。这应该说得上是一个称职的土地的主人,一个好地主。可就是这样一个地主,在一场穷人被领导翻身闹革命的历史风暴——土改中突然失去了他的土地。不,岂止是土地。在轰轰烈烈的斗地主、砸狗头、砍高草、拔大毛的土改运动中,西门闹被不容争辩地扣上莫须有的罪名,拖到村头的小石桥下枪毙:轰隆一声巨响,一杆装满火药的土枪,在离他的额头只有半尺远的地方开了火,把他的脑袋崩掉了,他的脑浆涂抹在桥底冬瓜般的乱石上……

在那个改天换地的时代,有这样遭遇的地主,普天之下千百万数。"这是一个劫数,天旋地转,日月运行,在劫难逃……"李锐在小说《旧址》里曾描绘了发生在 1951 年的更让人惊悚的一幕:108 个生命被看做穷人革命的对立面遭一次性屠戮。革命伴随着暴力但并不显得残暴,因为革命表达的是多数人的意志。以多数人获得解放的名义,剥夺少数人的一切,其正当性似乎不容怀疑。当平均被看成公平,公平被视为正义,任何过火的社会行为都难以闻到它的血腥气。地主西门闹被穷人的枪管崩得脑浆四溅,其血腥仅仅是污染了一片空气,它很快被历史进步的鲜红色彩所掩盖。全中国的西门闹们,他们的生

* 本文发表于《海南师范学院学报》(社会科学版),2006 年第 2 期。

命和财富的丢失,是历史前进付出的一点微小的代价。有谁能抗拒历史?西门闹在遭到斗争时,就意识到:"这是时代,是有钱人的厄运势。"原来贫富的悬殊造成了历史车轮的转动。西门闹无法逃脱失控的历史车轮的毁灭性碾压。西门闹被剥夺个人财富和生命的悲惨瞬间,也是中国社会历史的一个酣畅而惨烈的瞬间。它的报复性后果,只有在历史的轮回中得到显现。

西门闹生命的终结,也是中国农民同土地的传统关系的终结。从合作化到人民公社,农民在土改中分得的土地得而复失。除了小说中的一个例外——长工出身的蓝脸,始终不肯交出他的一亩六分地,高密东北乡的农民在 20 世纪下半叶,不再是土地的真正的主人。农民农民,务农的人(民者,人也)而已。土地属于无主名的集体财产,没有真正的责任人,也就失去了它的主人。农民失去了土地,土地失却了主人,一个农业社会的危机开始了。西门闹生命的丧失,是中国农民和土地的双重丧失。死去的不只是西门闹,所有活在土改运动以后的农民,除了一个蓝脸,也都集体死亡,因为他们失去了农民的本质——拥有自己的土地,做土地的主人。失去了本质就是失去了灵魂,20 世纪是中国农民失魂的世纪。失去了灵魂等于失去了生命,中国农民在 20 世纪里,虽生犹死。

要有人为中国的农民寻找魂灵。农民的魂灵也是土地的灵魂。只有伟大的小说家才能担当找寻中国农民和土地的灵魂之重任。

20 世纪初,鲁迅试图画出国人的沉默灵魂。21 世纪初,莫言热切呼唤中国农民历尽劫难的坚韧灵魂。

西门闹有幸,蓝脸有幸。中国的农民有幸,中国的土地有幸。《生死疲劳》战胜了遗忘,穿过迷蒙的历史烟云,穿越生死阴阳的界限,再现了 20 世纪下半叶高密东北乡——中国大地上以革命的名义上演的一连串闹剧和惨剧,喊出了土地的主人在那场被回避的社会灾变中蒙受的惊天动地的冤屈,展示了中国土地被糟蹋的命运,用奇诡的想象力,复活了中国农民苦难而倔强的灵魂。

　　以闹土改为起点的中国农民的两种形式的死亡,一种是被强行剥夺——没收财产、枪毙处死,一种属于自我放弃——缺乏自主、自由的意志,顺从颟顸的政治,依赖于庞然的集体,随大流,贪小利,沦为政治的工具和精神的奴隶,心理变态,一无所有。后一种原因造成的死亡是真正的、彻底的死亡,而前一种由外力造成的身死,不影响灵魂的继续行走。灵魂是看不见的,只有小说这种语言形式能让它在我们的意识中复活、行动。小说艺术不可替代的叙述与思想功能,就在于把被时间冲淡了的历史记忆用细节和场景鲜明生动地再现,赫然于在现实中迷失的公众的眼前,使他们警醒;在于将超验世界里的虚幻景象变成可以在意识经验里真切感知的生活事实,让它对比出现实世界的缺陷与谬误,教我们明智。

　　莫言就是这么做的。他从冥冥中获得灵感,将佛教的生死轮回说演义为一个地主的灵魂之旅,让土改中无辜丧生的西门闹往返于地狱与阳间,在由人而畜,又由畜而人的过程里,六道轮回,经历了西门闹——驴——牛——猪——狗——猴的尘世生活,再转世为大头儿蓝千岁。从1950年1月1日到2001年1月1日,整整半个世纪,土地的主人西门闹失去了做人的资格,只能以供人役使的畜的形态,与他的人世的亲仇一起经历1949年后新中国的生活:互助组,合作化,大炼钢铁,人民公社,社教四清,"文革",毛泽东去世,改革开放……一次次异想天开的折腾,一场场滑稽而庄严的闹剧,各种掩藏着真相的冲突,许多由欲望和时势合谋导致的惨剧。与其说是经历,不如说是见证。轮回在畜道里的西门闹,用动物的眼睛见证了高密东北乡——中国的农民失去土地之后的坎坷命运,见证了人被政治和欲望共同役使的可悲现实。动物与人形成了对照,一个是身体的变形,一个是灵魂的扭曲。正统农民西门闹虽然生命的形体被改变,但高傲、高贵、自由的人的灵魂从不被左右,以动物的形态——"驴的潇洒与放荡、牛的憨直与倔强、猪的贪婪与暴烈、狗的忠诚与谄媚、猴的机警与调皮",表现着人应该有的勤劳、善良、忠诚、尽责、坚韧不拔、见义勇为、酷爱自由、大胆追求爱情、富有生命活力的精神品质。而被集体化裹挟的原本贫困的农民,在各种胁迫和诱惑下,可悲地失去了自主选择的权利和自由意志,心灵也极度贫困。所以,人道主义的作家不得不将西门闹的魂灵附着在全国唯一的单干户蓝脸身上,让民族生命力微弱的一脉,通过近亲繁殖的方式,得到令人忧虑的遗传。

人世温度的一次测试 *
——评苏童的《拾婴记》

苏童的《拾婴记》实际上讲的是一个弃婴的遭遇，一个被生身父母抛弃的女婴在人世旅行的故事。尽管弃婴的事经常发生，但是我们仍然会把《拾婴记》看成是小说家的虚构，这不仅仅因为这个故事的结局太过离奇（弃婴无人收留不假，可断不会因无人肯养而变成一只小羊），还在于它的叙事过程在彰显我们的日常生活经验时，带有明显的拷问意图。然而，这个虚构的故事所暴露的我们这个社会的本质性缺陷，却是无法掩盖的真实。

"一个柳条筐趁着夜色降落在罗文礼家的羊圈。"故事在一种神秘的气氛里开头。柳条筐出现在羊圈里不稀奇，稀奇的是筐里装的竟是一个婴儿，一个穿着灯心绒面料上印着葵花的棉袄的女婴。有人在夜色的掩护下，把这个女婴抛在了羊圈里，羊圈里出现了弃婴，着实让人感到离奇。细心的人才会发现，抛婴者用心良苦，怕孩子在冬夜里冻坏，就把她放进了温度高的羊圈，而且羊温顺，伤不了孩子。这样，这个苦命的孩子在被抛弃之后，就从羊圈里开始了她苍凉的人世之旅。天亮之后，她被人发现，然后一次次转手，除了一个老太太为她呼吁奔走，除了两个学龄儿童发现她被丢在街上无人顾管而尖叫，除了疯子女人把她错当成自己的被淹死的女儿抢走，此外没有一个有收养能力的人愿意接受这个孩子。最后，更神秘而离奇的事情发生了，在白天里旅行了一圈的装着婴儿的柳条筐，再一次"趁着夜色降落在罗文礼家

的羊圈",当天亮后,柳条筐又一次被羊圈的主人发现,筐里的孩子不见了,自家的羊圈里却多出了一只流泪的小羊,羊圈主人家的儿子认为这只小羊就是那个没人愿要的婴儿变的。

故事的结局扑朔迷离得近乎魔幻。虽然小说并没有给出柳条筐里的弃婴的确切去向,因而也就无法确定那只多出来的小羊就是这个女婴变的,但是,按照她被抛弃后的遭遇,除了这个温暖的羊圈,还有哪里是她能够继续活下去的地方呢?所以这个魔幻化的故事结局,不仅符合小说叙事的情节推进的逻辑,同样也符合作为艺术虚构的基础的生活的实际。在艺术真实的意义上,它要告诉我们的不是"女婴变成小羊了,有人养了",而是"女婴除非变成小羊,才有人养它"。这一冷酷而荒谬的逻辑,在弃婴短暂的人世之旅的第一站就露出了端倪。羊圈女主人卢杏仙在急欲甩掉陌生人丢在她家的这个"包袱"时,情急之中说的就是:"她要是一头羊,我还就留下她了!"故事的结尾,不过是这一逻辑的活生生的兑现。女主人的儿子悟出了他家羊圈出现异事的原因,告诉他妈:"你昨天说那孩子要是一头羊,你就能养,你说错话了!"人变羊不符合物理,但却合乎故事发生的环境——枫杨树乡的人情。女婴变羊服从的正是"宁养羊,不养人"这一现实原则。

"宁养羊,不养人"这一现实原则体现了一种特定的生存环境里的社会伦理。《拾婴记》的尖锐而深刻的思想主题,就是在这一社会伦理的展现中得到揭示的。通过这个当代"志异",作家要告诉我们他的一个发现:有这样一个时代,以枫杨树乡为缩影的乡村中国社会对"人"表现出可怕的冷漠。为此,故事的讲述不追问女婴为何被抛弃,而重在描述她被抛到社会之后,人们对待她的态度。随着叙事的展开,我们吃惊地看到,这个不幸的女婴再一次被抛弃,被社会所抛弃。她的生身父母一定是出于无奈才抛弃了她,对她的抛弃意味着寄希望于社会。然而这个穿着葵花棉袄的幼小生命,并没有得到社会赐予的阳光。作为自然之子,她在羊圈里和政府大楼外跟装她的柳条筐一起,接纳过大自然的阳光,而作为一个来到社会里的人,她却没有得到人世的温情。

她是一个健康而标致的女婴,生身父母出于来自社会的——或者是道德的,或者是文化的,或者是经济的压力——不得不抛弃了她,想不到应该对每一个生命负起责任的社会,对待她竟是那般冷漠。不管是村民个人,还是幼儿园和政府等公共机构,都一致推诿,一齐逃避,不顾她也是一个人,而且是一个更需要他人关爱的小生命。社会的冷漠就是人心的冷漠,难怪唯一对孩子的归宿至为关切的李奶奶愤激地说:"谁说人心是肉长的?有的人的人心呀,是冰凌子长的","现在的人心比煤还黑呀。"

所以可以说,小说设计这个弃婴从羊圈到村民中,再到幼儿园,到镇政府,最后落到疯女人手里,从疯女人手里又似真似幻地回到羊圈,这一圈旅行,实是对世道人心的一次测试,它测出了这个社会人的观念的极度淡漠。面对急需救助的弃婴,幼儿园的阿姨强词夺理地予以推脱,镇政府的干部蛮横凶狠地进行拒绝,都让人觉得不可理解。看上去是社会救助机制还不健全,更深层的问题恐怕是人们普遍地缺乏把人当人的意识。女婴被抛在罗文礼家的羊圈里,女主人卢杏仙压根就没想过这是生命的重托,应该考虑收留这个孩子,而是急着将她送出去。她这样做,根本的原因不是家穷养不起,而是人的分量在她的心里太轻太轻,只要看看她对待自家的羊的态度就知道了:"我们家对羊有多好,你们是看在眼里的,我们家人吃得半饥半饱,羊肚子从来就吃得鼓鼓的。"至于那些又想看热闹,又怕虱子拈到头上的村妇们,跟她一样眼里有物,心中无人,是故她们才一起加入对女婴的二次遗弃。对人的冷漠,在这里是一个社会现象。残存的人性,或许只有在已经走到社会边缘的老太太和尚未完全社会化的小学生身上可以找到一些。

问题的严重性就在这里,社会普遍忽视人的价值,且陈陈相因,世情就如同冬天般寒冷,浸之既久,人因习惯而麻木,可那些弱小的生命就容易被黑夜所吞噬。《拾婴记》没有突出故事的时代背景,但从小说中写到码头上排练一种舞的人齐声高喊"毛主席万岁,万万岁",就可知事情发生在"文革"时期。也许正是这样的"革命"摧毁了社会的价值根基,人世便失去了它应有的温度。"文革"过去了很多年,但人本主义在我们这个社会才刚刚得到提倡,就是革命后遗症的表征。苏童这篇匠心独运的小说,直击人心,拷问社会,启迪我们面对社会的根本性缺陷,面对无法绕开的启蒙话题,具有很高的思想和艺术价值。

传统乡村文化孤魂的祭奠与礼赞 *

——评韩少功的《怒目金刚》

在当代作家里,像韩少功这样始终关切乡村文化命运,着意从民间寻找传统道德人格来救赎时弊的并不多见。因此《怒目金刚》这篇思想者的小说出现在 2009 年,就显得弥足珍贵。

《怒目金刚》讲述的是乡村文化人吴玉和想要讨还个人尊严的故事。在乡村里备受尊重的玉和,一次开会迟到,遭到乡书记老邱当众骂娘,人格受到十分严重的侮辱与伤害,会后就要求书记道歉,书记窘迫地逃开。自此以后,较真的玉和开始了漫长的等待,但到死也没有等到。后来仕途沉浮,因为没有得到由乡书记当上了副县长的老邱的一句当面亲口认错赔礼的话,竟然死不瞑目,令人震骇,终于赢得了加害者连夜赶来在灵前推金山倒玉柱的一跪。由一句当权者的行伍京骂,引起一场人格保卫战,受害的一方不惜以生命为代价,直至在死后取得胜利,不仅让人惊叹,也催人觉悟,原来即使一介平民,自我的人格尊严也至为神圣,不然,一个温文尔雅的乡村文化人,何以变成了死不罢休的怒目金刚!小说的形象刻画与思想表达卓然不凡,非大家不能为。玉和与老邱这一对冤家,个性鲜明,跃然纸上,给人留下十分深刻的印象。《怒目金刚》的确是一篇思想与艺术价值相当高的短篇小说精品。

一篇好小说,它的思想意蕴不会浮现在故事情节和形象描绘的表层,《怒目金刚》也不例外。玉和与老邱的纠葛,因人格受伤而起,导致

---

* 本文发表于《小说评论》,2010 年第 6 期。

一句话成为玉和的心结，也成了故事的纽结，由于那句话迟迟不来，故事的推进也就一再延宕，在延宕中"尊严"二字变得越来越有分量，弱者的人格也越来越兀然。但是，这篇作品的思想意向似乎没有停留在对失去的个人尊严的讨要上，而是在遥望玉和这个人物所象征的一种正在远去的文化。玉和这个性格，其实是一种文化性格，一个今天已经失传的中国传统乡村文化性格。玉和是个农村人，但他绝不是普通的农民，而是乡村士人。小说写他"读过两三年私塾，他能够办文书，写对联，唱丧歌，算是知书识礼之士，有时候还被尊为'吴先生'，吃酒席总是入上座，祭先人总是跪前排，遇到左邻右舍有事便得出头拿主意"，并且他"在同姓宗亲辈分居高，被好几位白发老人前一个'叔'后一个'伯'地叫着，一直享受着破格的尊荣"。知书识礼又辈分高，在讲究礼义和尊卑的传统乡村中国里，玉和自然会享受到一般人没有的尊荣。从玉和的年龄看，他是从旧中国过来的人，在传统的乡村文化还没有被革命的社会主义文化取代的时代里，玉和已经形成了自己的文化人格和身份认同，在进入新的文化场景以后，仍然以乡村士人自居，自觉承担着维护乡村文化秩序和价值观的责任。他心目中的文化秩序和价值观就是讲规矩，遵礼教；尊贤敬长，以孝为先；既讲公道又爱私德；君子固穷，有人格尊严，不受嗟来之食，富贵不能淫，威武不能屈……我们所看到的玉和的所作所为，无不遵循这一整套乡村文化规则，它是农业中国千年存续的稳固基础，是千年中华文明官方与民间奇妙交合的精神地带。只要把玉和还原为这样的文化角色，他在同权力发生冲突后的反应——近乎迂执的等待与纠缠，他在待人处世上的不合时宜，就不会不好理解。"活阎王"邱书记，不问情由，在大年初六"当着上下百多号人指着鼻子骂娘"，使有身份的乡村文化人玉和斯文扫地，丢尽面子，觉得无法做人，但同时使他获得道德优势的是，骂人的书记触犯了乡村传统道德的大忌。《孝经》曰："夫孝者，天之经也，地之义也，人之本也。""孝"在传统道德中的地位决定了骂娘是不可容忍的行为，对骂人者的清算也就天经地义。玉和被骂娘，受伤害之深，莫此为甚，所以当场要书记道歉,这既是讨回自己的尊严,因为"士可杀不可辱",同时也为了维护孝道这一做人之本,没有商量的余地。伤害他的是骂人的话,话要话还,老邱必须说出那句认错的话。玉和从头到尾,从生到死,始终坚持着他所认同的文化规则,不因任何困难或诱惑所动摇。对这种规则,他丝毫不马虎。仇人落难,他出于大义,上门抚慰;但对方升官为副县长后,他反而避而远之,且拒绝接受主动示好,不肯勾销对方欠下的道德债务,公道与私德分得清清楚楚。再大的利益诱惑都不能让他放弃做人的原则,例如儿子烧伤住院要钱救治,他宁愿卖血也不接受权势的施舍,以致后来为还债吃尽苦头,甚至丢掉了性命。玉和不愧是一个用生命来践履中国文化道德准则的乡村士人。

可见,《怒目金刚》的确"是韩少功'乡村'思考之延续。它承续的是自《爸爸爸》、《马桥词典》、《山南水北》一路而来的主题,即'乡村'和它所代表的传统文化在当代中国的意义"①。饶有新意的是,《怒目金刚》通过一个传统文化人格形象的塑造,展现了乡村传统文化被强暴而走向溃败的命运。文化人玉和与书记老邱之间的冲突,并不是因私人恩怨而起。玉和是为了做好事而在政治学习会上无端受辱,而老邱是由于主持马克思主义哲学的学习受挫而借机发火。这些看似偶然,又是必然。到故事发生的六七十年代(抗美援越时期),中国的乡村早已更换了文化场景。已经集体化的新农村,不仅生产方式改变了,人与人之间的权力关系改变了,文化形态与道德体系也都被置换。阳刚的革命文化取代了阴性的传统文化。玉和与老邱,就是这两种文化的代表人物。玉和善良文雅,外柔内刚;老邱威猛雄壮,简单粗暴。老邱出身行伍,口白粗俗,说话动辄砸粪团,缺文少墨,连批个条子都错字连篇,一家人都不懂礼数。他之能够当官掌权,靠的不是文化,而是强力。他身手不凡,因而专制霸道,如小说写的:"这位书记霸气太大,门框都容不

① 季亚娅:《这一声迟来的道歉——韩少功新作〈怒目金刚〉的一种读法》,《北京文学》,2009 年第 11 期。

下;也太重,椅子也顶不住,全乡的门框和椅子都遭了殃。"这一寓言化的描写,象征性地揭示了社会主义时代乡村文化的本质,这是一种由本土强力和外来话语生硬结合起来政治文化,它是20世纪暴力革命的产物。在这样的文化强权下,玉和所代表的阴性文化难免不遭到强暴。事实是,原先在乡村里享受尊荣的堂堂君子吴先生,到了革命政治说一不二的年代,在邱书记的脚下,他就"成了茅厕板子说踩就踩","成了床下夜壶说尿就尿",人格尊严遭到随意践踏。玉和在受辱后坚持要讨得一句话,无异于弱者被施暴后需要得到精神上的补偿,这就是传统文化在当代乡村中国的命运与处境。惟其如此,作为个体文化人格,玉和的孤独反抗、以文峙野就显得可悲而壮烈。玉和是跨在两个乡村中国上的,一个是以礼义廉耻忠信孝悌为核心价值的传统文化主导人生的乡村中国,一个是以马克思主义为基本话语的现代政治主宰的乡村中国,这样的文化错位决定了他与权力发生冲突的悲剧性质,但是它的悲壮也就在这里。玉和是延伸了的"寻根文学"为我们奉献的又一个具有典型意义的"最后一个"形象,这是传统乡村文化溃败时代的最后一个文化斗士。他的等待,既是守护,又是抵抗。他的虽死犹战,战之能胜,正说明了坚持是有意义的和传统文化是有感召力的。玉和死后得到的仇人那感天动地的一跪,未尝不是作家韩少功对这个寄托着他文化理想传统乡村文化孤魂的深情祭奠与由衷礼赞。

权力欲与大学病 *
——读汤吉夫的《大学纪事》

　　大学病了。什么病？浮肿病。

　　贪大求全，好像在校生不上万人就够不上大学的格，没有硕士点博士点就培养不出人才，于是抛开大学精神和教育的客观规律，大张旗鼓搞合并，背着钱袋跑博点，热火朝天地大干快上，高喊争创世界一流，还号称"跨越式发展"，以致急功近利，搞形式主义，做表面文章，弄虚作假成风，浮躁凌厉成性，教师静不下心来做学问，论文掺水，更有甚者靠剽窃当教授，学生无心向学，考试作弊，人际关系恶劣……教育质量以人的素质的下降为标志不断下降，大学在表面的繁荣下存在严重的危机。——这就是汤吉夫最近出版的长篇小说《大学纪事》向我们披露的高等教育的病相。

　　《大学纪事》集中地反映了我国高等教育近些年出现的种种问题。小说描写的 H 大，是中国高校的一个缩影。这所大学在院校合并那一年以历史不长的师范学院为主体吃掉了两所学院和三所专科学校摇身一变，短短时间内发展到四万人的规模。在高校大跃进的风潮中，它在一个有特殊人格的校长何季洲的带领下，正谋求着超常规的发展。事实上，靠着教育形势和社会风气的推动，靠着铁腕校长何季洲的卓有成效的努力，H 大以惊人的速度往前迈进：何季洲上任头一年，三番五次地跑省，结果争来了教授审批权，两年之内，H 大的教授从五十人猛增到三百人。然后用了一年时间，花了一百万，以何季洲为首席导师的政治学博士点又拿了下来。接着，更宏伟的规划开始实施。这就是按

---

* 本文发表于《海南师范学院学报》(社会科学版)，2007 年第 1 期。

五星级标准建中国仅有的教学楼,盖三万平方米学生宿舍楼以满足扩招六千人的需要,从而赢得一年将近三亿元的收入。而重中之重则是采取各种措施,调动各方面关系和力量,申报中共党史、西方思想史、地球物理学、计算机和中国古代文学五个专业的博士点。最后,这些建设与发展计划——实现,教学楼和学生宿舍如期建成,博士点也一举拿下了四个。好戏连台,学校还花了一千万,买下两列客车的命名权,扩大学校的知名度,H 大俨然成为中国大学格局里一颗最耀眼的明星。策划并领导了这种跨越式发展的校长何季洲,在取得振奋人心的胜利后,在校园临海的草坪上盛情宴请中层以上的干部,骄傲而自信地宣布 H 大的更辉煌的未来——五至十年进入国内一流,十至二十年进入国际一流。然而鲜花和掌声,掩盖的却是有识之士对大学理念和科学精神丧失殆尽的忧虑和疼痛……

对 H 大式的发展我们当然不能简单地一概予以否定,比起同样利用公共资源搞其他类型的政绩工程,搞好大学的基础设施和学科的基本建设,牵拉的还是百年大计的这根弦,长远受益的还是国家、民族与老百姓。问题是,建了大楼却坏了风气,有了博导但没了大师,大学的本质如何体现?失去了灵魂的大学还算不算是大学?那么多的大学徒有虚名,它损害的难道仅仅是高等教育自身,而不是给国家民族带来了深重的危机?正是着眼于大学的独特功能,我们才看到了 H 大闹剧式发展的悲剧色彩,才感受到《大学纪事》传达给我们的深广的忧愤。《大学纪事》的确是当今中国高等教育畸形发展的一部备忘录。它引起我们思考的是,最应当具有科学精神、理性精神的大学,为什么那么容易地被 1958 式的狂热裹挟而去?真正的原因或许谁都明白,因为从 H 大这面镜子里,我们已经看到了权力的狰狞面目。它唤起我们太多已经习惯了的不快的记忆。它让我们在震惊中终于产生疑问:难道大学应该落到何季洲这样的人手里?

何季洲不愧是当代英雄:有心计,有智谋,有魄力,也有眼光。目标明确,意志坚定。独特的人生经历造就了他非凡的个性,他渴望一个实现人生理想的舞台，而时代又恰好给了他一个让他扮演主角的舞台。在这个舞台上，他一手高举"事业"，一手玩弄权术，挥洒自如，游刃有余，淋漓尽致，最后收了个大满贯，在一阵又一阵的欢呼声中谢幕。从个人人生实现来看，何季洲是一步步成功了，从胜利走向新的胜利。但奥秘也就在这里。H大的发展，其实是何季洲个人的发展。H大跨越式发展的辉煌成就，已经成为何季洲登上更高的权力宝座的资本。集校长、书记大权于一身的何季洲，一面稳扎稳打，推进他制定的H大发展的各项计划，一面频频飞往北京，为个人的升迁跑关系。原来驱动H大前进的，不是人类整体的人文信念和科学信念，而是个人的权力欲。我们遭遇的是一个公权私用的时代。作为大学校长的何季洲，开口"事业"，闭口"发展"，其实并不懂得(跟他在当代中国学政治学这种专业有关吧)，或者懂得也不愿意按人类社会已经公认的大学理念来办大学，这从他对待一丝不苟、严谨求实、恪守科学准则的外籍教授海伦娜的态度就可以看出来：何宁愿拿一千万去火车上做广告为学校扬名，也不肯拿五百万支持海伦娜建地球物理系实验室，表明他对办一所真正的大学没有半点诚意。这位校长以极端功利的态度处置公共资源，制造虚假的繁荣，把探讨真知和真理、培养思想者和科学家的大学，变成了一个名利场和行政机构，变成了他个人权利攀升的垫脚石，实在是时代的悲哀。难怪近些年学界不断地追怀蔡元培、梅贻琦、张伯苓、竺可桢时代的大学教育。

何季洲式的校长或许只是一个个案，并不是所有的大学行政领导都像他那样，身上流着爷爷传给他的一心当官做爷的血液，能发狠拒绝危害仕途的财色诱惑，直奔既定的人生目标。然而，让何季洲的发展梦得以实现的教育和行政环境却是普遍性的。"从他上任以后，H大就不断地刮起飓风，一波一波地向前滚动。"在何季洲时代，高校合并，求大求全，是一种风气，何季洲不过是野心更大一点，能力更强一点，也就把声响搞得更大一些罢了。小说写到在海南召开的高校发展战略研讨会上，"天南地北的大学校长都是一种思路，并且都用同一种腔调说

91

话"，"个个都要创建'国际一流'，那手段，比如不惜重金从外单位挖人啊，从国外引进人才啊，比如，申博或争一级学科啊，比如三年积累、五年跨越、八年赶超国内一流，十年进入世界五百强啊，怎么听怎么像……何季洲"，确然是"全国各地到处都在刮'大'风"，足见高校的"浮肿"是一种通病，一种由"官本位"、"等级制"遗传下来的文化病，其症结也在高校的行政化、官场化———一窝蜂、赶时髦的背后，是"政绩"对"权力欲"的召唤。

难以告别的革命 *

——评蒋韵的短篇小说《红色娘子军》

　　蒋韵的短篇小说《红色娘子军》的确是一部关于青春岁月的革命记忆的小说。小说中的革命,发生在20世纪的50—70年代,那是一个红色的年代,与一代人的青春相连。在今天这个消费主义时代,那一场革命早已成了被主流意识形态所抛弃的历史谬误,与革命相关联的青春人生也自然被人讳莫如深。也许受这种后革命文化语境的压抑,作者讨巧地将这个与红色年代相关的故事,放到了异国他乡,这样既避开了与当下的文化禁忌正面争辩,又与近些年在民间事实上存在的在革命历史的评价上的思想分歧进行了暗中的对话。更富于匠心的是,小说借红色年代的亲历者来讲述一个在革命中发生的哀婉动人的爱情故事,从而增强了故事的真实性,同时增强了叙事的复杂性,使故事的阐释空间具有开放性,从而实现了作者的叙事意图。

　　故事发生在新加坡,主人公是"学长"。在20世纪那个红色年代里,"学长"的生命风采天然地对女性具有魔力。他怀有左翼的革命的理想,天生要做领袖,自然不可抗拒地被革命所裹挟,并且做了"洪常青"式的指路人。的确,"在那个风起云涌的年代,革命,似乎是所有热爱自由、仇视不公的热血青年的宿命。"游行,集会,抗争,被捕,身陷囹圄……学长和追随他的热血青年,在那个历史时代不可规避地拥有了"血火的酷烈青春"。如果没有与这样的革命相伴随的、甚至超越了革命的生死不渝的爱情,学长的革命青春说得上是壮丽而悲慨、

* 本文发表于《名作欣赏》,2009年第4期。

值得骄傲的。然而有了爱情,有了与严峻而酷烈的革命完全不相容的青春的恋情。作品对学长的故事倾注了更多笔墨、呈现得更真实生动的正是他的爱情,与"胆小,娇柔,不关心大世界大事情"的安静的姑娘唐美玉的生死恋情。这是人世间罕见的悲剧性的爱情。美玉无瑕的姑娘,把她全部的生命献给了爱情。她沉浸于对学长的爱,又惧怕"黑夜"将爱人夺走。爱人的果然失踪,让她精神失常。当苦苦的等待和寻找变成绝望,她把自己投进了大海,以身殉情——爱情是她生命的全部,生命只能随爱情而去。这样的爱情,是否给了学长真正的、终生的疼痛?是的,学长对美玉爱得也很深切。在那个出事的晚上被军警察带走时,他没忘了向身边的人交待:"告诉美玉,让她忘掉我。"在孤岛上被监禁多年,任漆黑的海浪一浪一浪耐心地淘卷着他的青春和生命,在几千个日夜里他无时不思念美玉。后来因为担心耽误了她,他给她捎去写在撕下来的一块衬衫布上的血书,告诉她:"美玉,好姑娘,把我忘掉吧,好好生活!"出狱后当他终于从朋友那里得知美玉为他蹈海的结局时,"一夜之间,他像文昭关前的伍子胥一样彻底地白了头。"以后虽然结了婚,成了家,但他"再也不吃芋头糕",怕触动对往事的回忆。在醉酒后,他还做出"荒唐的醉事":从卧房的窗口吊下想象中的竹篮,"向另一个世界传递消息"。在学长身上,有时候似乎分不清爱情与革命孰轻孰重,但又分明让人看到他在革命与爱情之间,首先选择了革命,为革命而牺牲了爱情。爱情也因此更具有悲剧性,给予他更加刻骨铭心的感受,仿佛让人思忖革命让个体人生付出的代价有多高昂。可见,正是这种对位式描写,使小说的复调叙述产生丰富的思想意蕴和多种理解的可能性。

让爱情与革命对位,也许是为了反思革命之于个体人生到底意义何在。但是仅有这样的描写,还不能说明个人在特定时代的选择不可挣脱的两难性。为此,小说将革命放在不同的历史时空中加以考量,显示它的有限性和对个体人生的影响。小说让"学长"和他那代人的故事穿越了革命时代和后革命时代,也就是让主人公在两个不同的历史场景中处理自我与外界的关系。在红色年代，为了理想、自由和公正，"学长"那代人不顾人生道路的崎岖险恶，奋斗抗争，叱咤风云，充满了为信仰和社会做牺牲的豪情。而在一个物质发达、社会繁荣、似乎没有什么需要用斗争去换取的消费主义时代，当年的热血青年都成了边缘化的畸形人，苍老，落魄，淡漠世事，借酒浇愁，寂寞地写作，在写作中寂寞。历史仿佛给他们这代人开了一个玩笑。当初他们不怕罹难，不惜牺牲青春和爱情，而现在，"汉语不再是禁忌，甚至，变成了学校里必修的语言，它不再需要谁去为它牺牲和献身了。它变成了堂皇的困难，让如今的年轻人望而生畏和头疼。"在两种现实境遇的对比中，革命和革命者的人生与历史发生错位，显得尴尬。况且，一切都变成了消费对象，连学生模样的青年都成了观光客，革命的作用何曾留下什么标记。"生活在继续着"，那么历史真的是革命可以创造和改变的吗？——似乎不是革命者，倒是革命本身成了悲剧性的，是值得反省的了。事实上，小说的复调讲述就在《红色娘子军》这一主旋律就要响亮起来时，插进了另一种革命记忆的表述，这是发生在相同的时代却不同的空间里的故事："葛华"的故事和"我"的故事。前者复现了革命对人的可怕的扭曲，后者说明了革命时代给人留下的耻辱。这些以第一人称讲述的发生在本土的与革命相关的故事，跟"学长"的故事构成什么样的关系呢？

其实，当初"学长"在选择革命时不是没有受到质疑。他的恋人唐美玉问他："你怎么能不敬畏黑夜？"恰恰说明这些富于激情和理想的唯物主义者不懂得敬畏强大的、不可知的力量的原因，在于轻忽了历史（即时间）本身是有限的人生和渺小的生命不可穿透和战胜的。在这个意义上说，学长的自觉选择其实是不自觉的，革命的思想行为里总是包含着将世界刚性化和简单化的成分。这从学长在同娇小的唐美玉恋爱时，"仿佛是借着她的眼睛看见了从前常常被他忽略的事物，比如流云的美丽，比如露珠的晶莹，比如花的千姿百态"，就看得出来。花的世界是"另一个世界，他从前无暇顾及的，琐碎、细微，却另有一番辽阔和幽深",而唐美玉是"花朵般娇嫩的女孩儿",都值得看取和珍惜,然而为了革命,学长舍弃了这样的美,并从舍弃的痛苦中获得一点"英雄的豪情,牺牲的豪情"。这似乎是革命给予革命者的诱惑与慰藉,他帮助革命者从两难的境地解脱出来。如果是这样的话,像20世纪六七十年代在本土所发生的那种革命,真的也应当告别了。

　　然而,这篇小说让我们看到,革命是难以告别的,因为革命已经是历史的一部分,革命更浸入到亲历者的人生经验和生命记忆之中,只要有一个触媒,现实的人生与过去的经历在猝然相撞时就会爆发出惊人的火焰,照亮晦黯的生存,闪露出存在那迷人的一角。革命芭蕾舞剧《红色娘子军》就是这样的触媒。对于消费时代的多数人来说,《红色娘子军》这个红色经典,只是个文化消费品——革命通过艺术变成了消费品,给他们带来声色之娱。但是对于学长这种曾经有过热血青春、担当过"常青指路"角色的革命过来人来说,《红色娘子军》就是引爆他青春("激昂珍贵却又无比脆弱"的"不能被触碰的东西")记忆和革命记忆的火药。洪常青在烈火中英勇就义的崇高场面,足以唤醒曾经奔涌在他青春生命中的牺牲的激情,那是他人生中最壮丽的一幕。但是,这个辉煌的红色经典,也一定让他看清了为信仰而牺牲所付出的全部代价,那是他这一生里无可弥补的损失,是无法重写的人生中最大的憾痛。谁能说得清这位"入狱、出狱、十一年监禁的岁月,四千多个被海浪吞噬的黑夜,甚至,听到鲜花般的唐美玉蹈海的死讯,他都没有哭过,人人都以为,他骨硬如铁"的学长,疾步走出剧场,控制不住,在路灯下发出"撕心裂肺的、泣血的长嚎",包含的是怎样复杂的感情,他"蹲在地上,号啕痛哭",宣泄的是多么深重的隐痛。每一个时代,都有不同的人生选择,而无论哪一种选择最后都必须由时间来转化成精神价值。艺术往往是某种精神取价的象征。《红色娘子军》这个革命舞剧,就这样打通了革命时代的遗民回到另一个历史空间,与革命生涯重逢并重审它的价值的通道。而对于革命时代的受害者,这个被时代改写了的时尚化的艺术文本,也引起她("我")的强烈反应,则说明革命历史变成艺术后,具有的只是审美作用,革命的本来面目变得暧昧了,真实的历史也就更加难以窥见。

　　小说《红色娘子军》从头到尾存在着两种以上的声音。小说的核心故事,被置于多重视角之下,这些视角包括讲述者"小黄先生",直接的听者"我丈夫",还有转述故事的即小说的叙述者"我"。他们以各自的历史经验和现实态度,在一个特定的话语环境中与这个故事相逢。"我"有意退隐到"我丈夫"的身后,似乎想做一个局外人,但又不断借机讲述另一种青春记忆,实际想表达关于革命、人生和历史的另一种声音。在"我"的背后,其实还隐含了一个对于红色时代的群体视角,即后革命时代的乐于摆"POSE"、"做出时尚画报中那些经典的小资的动作、手势和表情"的"观光客"(消费者)。如果说"我丈夫"、"小黄先生"包括"学长",与"观光客"处在对立位置的话,那么,"我"则有意超越于两者之上,在历史和现实中找到人文主义的结合点。小说有意将拟作者与叙述者合一,正是为了使不同的声部在对立的行进中达成具有统一性的生命关怀和生存追问的旋律。

当活着失去理由 *

——评方格子的《锦衣玉食的生活》

人活着是需要理由的。只是当我们还没有失去活着的理由时，我们并不觉得活着居然需要理由，自然也就不觉得拥有活着的理由有多么可贵，就像当我们没有失去自由所以不知道自由多么重要一样。

要是一个人无辜地失去了活着的理由，那该是怎样的悲哀。要是一个对生活十分认真的弱女子由于她不知道的原因而竟至失去了活着的理由，让我们看着她一步步堕入绝望，一样一样地失去原本属于她的一切，直至丧失她美好的生命，那么，我们感受到的又是怎样的人世的悲哀。

在方格子的《锦衣玉食的生活》里，我们目睹的就是一个勤勉于生活的有家少妇，在当下这个社会转型期，不明不白逐渐失去生活的支撑，再也找不到活下去的理由，最终连对来生的一点卑微愿望也被残酷地碾碎的过程。看着这个女子无端地丧失她钟爱的一切，那么凄惶、孤苦、无助，我们感到的是几乎无法承受的噬心之痛。

故事的主人公艾芸，原本有工作——在工艺美术公司画屏风，有家庭——有丈夫、有儿子，"有过一段安逸的生活"。但不知何故变得沉重起来的生计，使得她从家庭和社会里双重下了岗，先是"在丈夫曹木那里下了岗"——因满足不了丈夫的需要，丈夫偷情而导致离婚，她一下子失去了丈夫和儿子；后是因为工艺美术公司被城东砖瓦厂买了去，她"终于像一片黄了的菜叶，被掰下，丢了"。从此她一个人东奔西

---

* 本文发表于《名作欣赏》，2007 年第 3 期。

走,"每天出门就是找口吃的"。生活无情地改变了她。"艾芸以前多么积极向上,走路挺起胸膛来精神很好,看到别人搓麻将,常常是目不斜视",还说"人没有了意志就是废物了"。而现在的她,"整个人像一只被掐了头的苍蝇,旋来旋去没有目标"。

如果只是没有工作而不是失去了家庭,像艾芸这样的追求人的尊严、要求生活有些质量的女子,断不会走上后来那样的绝路。从丈夫那里"下岗"似乎是艾芸人生悲剧的开始。但造成悲剧的真正原因是什么呢?是日益艰难的生计。"艾芸以前是离不了曹木的,每到晚上,只要她的身子骨一挨着曹木,整个人都活起来了,那张脸呀,粉红粉红,桃花一样。"而后来"却好像变了一个人"——"整日为生计皱眉的艾芸,好像身上的某个器官也下了岗,床上的事对她来说,是忍无可忍和痛苦不堪,难得有回把房事,艾芸那眉头就像被扭了一把,整个耸起来,欲哭无泪的样子。"生计问题竟至让"艾芸连自己最喜欢的一口都戒了",她自己都觉得"好像为了过得像个日子,连最基本的男女之欢也丢弃了"。多么可怕的力量啊:它从根本上摧毁了一些人的生活的兴趣,它残忍地捉弄那些虽然贫贱但一样有着渴求幸福权利的生命。

艾芸的人生变故,起因于经济秩序的变动导致的下层劳动者生计上的艰难。生计的压力使她失去了性趣,因而失去了丈夫和儿子,并失去了维持起码生活的工作机会,她也就失去了活着的理由。对于芸芸众生来说,活着的理由其实是那么简单。然则一旦连最简单的活着的理由都难以找到,一个无依无靠的弱女子又到哪里去寻找希望呢?令人感到既悲哀又震撼的是,女主人公将她卑微的愿望寄托给了缥缈的来生:"既然这辈子什么盼头都没有了,就盼着来生好了。"小说让走投无路、陷入人生绝境的主人公绝处逢生:一本从美国来的废纸里偶尔翻到的宣扬人生轮回的旧杂志拯救了她,让"她忽然觉得自己的生活有了新的目标"、"一个伟大的目标"——锦衣玉食地死去,以求下辈子过上锦衣玉食的生活。

绝处逢生实则生而求死。以虚妄为希望,更见现实之让人绝望。主人公为锦衣玉食地死去而举债缝制镶有珍珠的织锦锻寿衣，买回软底绣花鞋，做得越是认真，越说明她在现实世界里已经失去了生存的根据，小说叙事的现实批判性也就越强烈而又越有隐蔽性。在故事的编织中，对人物大白天灵魂出窍、独自活动的描写越是栩然如生，作品的文化意味便越是浓郁。小说似乎假装认同了一个荒谬的逻辑，用反讽的语言呈现着主人公的意向误置，但实际上，悲剧主人公的确从反向的生命活动中获得了欣喜，因为只有宗教的幻型世界能够帮助她逃避现世的生存窘境。这实际上也是佛教在苦难的底层世界作为不幸人生精神调节的普遍性的历史图景。这样，小说不仅披露了当下生活的令人震惊的严酷，对弱者表达了深厚的人道主义关怀，同时也揭示了由文化的惰性决定的社会结构中人本观念匮乏造成弱者自弱的悲哀。小说结局写到艾芸对来生的希望也遭到破灭，不能不让人体味到宿命难以逃脱的永恒的哀伤。

在当下十分引人关注的底层叙事中，《锦衣玉食的生活》提供了新鲜的创作经验。小说没有直接反映转型期经济调整、社会分层过程中存在的严重的社会不公，而是聚焦于特定的生命个体，逼真地刻画社会政治与经济运作给处于弱势地位的人们造成的严重后果。小说虽然也涉及弱肉强食的无理与蛮横等社会现象，写到职工不仅经济上受到盘剥，而且人身受到伤害，但是，作品更多的是写艾芸这一个女子在遭遇到命运的不公时产生的情感反应，突出她的生活意志不断被外部权力所否定产生的尴尬、无奈和悲伤，以及人生愿望被嘲弄后自我突围的虚热与疼痛。小说多次写到艾芸为自我、为亲人流泪伤心的细节，尤其写到她深夜里准备孤身离开这个世界之前忍不住打电话与已离婚的丈夫凄然告别的情景（其实对原本属于她的那些多么不舍）。这种弱者在历史过渡期的混乱脚步踩踏下的无声辗转，远比叙述者站出来愤然抗议有艺术感染力，因为它不事张扬地表达了对现实的拒绝与批评。它引起我们思考是什么改变了艾芸们的生活。这是一种纯文学的写法，一种更有艺术生命力的表现方式，一种相信读者的悟性和判断力的文学态度。

触摸最柔软的部位 *

——评王手的《软肋》

　　《软肋》讲述的是一个回头的浪子帮人改邪归正的故事。故事的主人公都与江湖有染,虽然现在同处在一个正常的社会空间——国营工厂里,但他们之间发生的碰撞和解决冲突的方式,都带有很强的江湖色彩。故事的焦点人物龙海生,犹如一个害群之马,闹得炼乳厂上上下下不得安生,从工友、车间主任到厂长,几乎没人不怕他。龙海生能够威胁到工厂这个社会,不光由于他天生一副凶相、敢横、遇事蛮不讲理,还因为他在厂里有盟兄弟,形成了一股势力,这正是江湖的力量。制服以至彻底改造龙海生的"我",更是脱胎于江湖。虽然在遇到龙海生时他已金盆洗手,浪子回头,但在肩负众望,阻止龙海生使横作恶,解除龙海生的为所欲为对工厂正常生产秩序的干扰,帮助这个劣迹斑斑的人弃恶从善时,"我"不得不重操故技,一再使用在江湖上练就的内力,但也始终不忘运用江湖的规则,在关键问题的解决上总要启动江湖上的一套程序。一个短篇,尺幅之内波澜迭起,让人感到新鲜、刺激,煞是好看,就因为它展现给我们的是与我们有距离的江湖世界。面对这个江湖世界,我们有先天的优越感,同时有很强的观看欲。故事的情节设置,颇有点江湖斗法的意味,紧张曲折,又谐趣横生,一个接一个喜剧性的场景,给我们带来一阵一阵的快感。而故事的结局,格调陡转,喜剧性格升华为正剧人格,我们从中得到一次集体的精神澡雪。掩卷沉思,始觉江湖值得我们重新打量。

---

* 本文收入《2006 中国小说排行榜》,山东大学出版社,2007 年 10 月版。

《软肋》确实让我们看到了江湖的力量。一个工厂和社会都奈何不得的"恶棍",被一个已淡出江湖的旧日的老大轻易制服,竟至"像重新投了一次胎,换了一个人"。那么,这位江湖故人"我"又是运用了什么样的江湖规则,成功地改造了蛮横无赖、形象恶劣的龙海生的呢?不用说,首先是江湖服膺的强力震慑了龙海生。"我"的力,就在"我"的手上。那是一只让工会主席惊叹的化骨为绵、内功强劲的手。龙海生带着一帮盟友,大闹厂部,吓跑了厂长,局面不可收拾,"我"不得不出马,就是用这只手,在众目睽睽之下,将十分嚣张的龙海生乖乖地赶出了厂长室。从龙海生的反应可以看出这只手的威力。这手只需在他肩上一搭,平日在厂里作威作福的龙海生,马上变得老老实实。龙海生的确被点中了穴道——人的共同弱点:对强力的恐惧与服从。"我"就这样一次次用这只奇异的手,一把在江湖上练就的杀手锏,威慑着龙海生,帮厂里解围。

然而,用强力进行威慑,更像是我们所熟知的江湖的显规则,即以恶制恶,以暴抑暴,它的结果并不是取得真正的胜利。事实上,"我"的手固然让龙海生生畏,但它并没有从根本上改变龙海生。在大闹厂部遭到制止之后,龙海生仍然劣行不断:擅自跑去牧场,强拿半级工资,并且每次都耍无赖。那么,是什么最终使龙海生发生脱胎换骨的变化呢?是情义,是关爱,是理解,是尊重,是给人以荣誉感,是帮人获得做人的尊严。这大概就是江湖的潜规则吧。江湖之所以有一定的凝聚力,主要不是靠强力,而是靠这些软的东西起作用。当厂里的人奈何不了"血债累累"的龙海生,希望"我"动手惩罚龙海生揍他一顿时,"我"基于江湖经验,并不同意,表示"我还是那个意思,打不是办法,打必定结怨,冤怨相报何时了,而且我知道江湖,没有一个人是打服的"。主人公知道,很多事情按社会的规章和制度是办不好的,所以宁愿采用江湖的规矩办事和待人。"我"对龙海生不仅不计私仇,还比厂里的任何人都理解龙海生,能看到龙海生的优点,知道他本质不坏,在龙海生女儿面前极力维护一个父亲的形象,还深入了解龙海生的家庭境况,尽其所能帮助他。与别人都只看表面现象，误解了龙海生，把他看成拖后腿、劣迹斑斑的人不同，"我"掌握了龙海生的真实情况，知道他闹事和违规的背后都有生活方面的原因，"我"还发现了龙海生假公济私行为里包含的浓郁的亲情，见到了龙海生对女儿的深沉的父爱。"我"看到的才是真正的龙海生，粗硬的外表下有柔软的情感，丑陋的形象掩盖着人的美德。在如何对待龙海生上，"我"的"逆向思维"就来自于能把龙海生当人看，看到了龙海生跟所有人一样崇尚亲情、热爱荣誉、希望在社会上得到证明（哪怕只能通过子女）的品质。正是基于对人的深层需求的理解，"我"才一反对龙海生的羞辱，而想出开庆功会的绝招缓解龙海生和大家的紧张关系，结果彻底触动了龙海生的内心，促成他发生惊人的变化。如果硬要说这是江湖规则的胜利的话，那也只能说，是江湖中人的大义和情分融化了社会排斥结成的人际关系的坚冰。人最需要的是社会的肯定，这也是人身上的一块软肋。当我们触摸到一个人最柔软的部位，他（她）也就无可抗拒地只能按我们的预期成型了。

《软肋》因而给了我们这样的启示，改造一个人的力量就存在于人的内心。人需要善待，被善待的人才会发现自己的良知。可惜我们的正统社会或曰主流社会常常用规章、制度、道德说教和不合理的利益分配，遮蔽了对人的普遍的关注，或者诱发了人的坏行为。而那些被社会的排斥机制推到边缘地位的人群，反而能在自救自利中维系一个更有人情味的生存规则，即江湖规矩。不过，与其称作江湖，不如叫做民间社会或底层社会。王手的江湖叙事，实为改换了头面的底层叙事。他这种以邪拟正、庄谐并作的新视角叙事，讽刺了正统社会的僵化、虚弱和冷酷，传递了民间社会的价值观，曲折地表达了来自边缘社会的人文诉求。小说明写改邪归正，暗写浪子回头，以连环叙述增强故事的戏剧性和传奇色彩，同时也丰富了人性觉醒的动人景观。

疗救沉疴赖"青皮"*

——评杜光辉的《陈皮理气》

现实主义这个在 20 世纪 80 年代一度遭到鄙薄的文学创作原则，在新世纪又时新起来，实乃现实社会出现了严重的问题，呼唤文学对它做出反应。现实主义小说往往是问题小说。当下写问题小说，已不需要什么虚构和想象能力，因为现实中层出不穷的种种不正常与怪异之处，已经大大超乎我们的想象。小说家无需煞费心思去凭空虚构，而只要善于编织，把你看到、听到、经历过的真实事例编织进故事里就有足够的吸引力了。杜光辉的《陈皮理气》就是这样一篇具有写实性的现实批判小说，作品的情节乃至人物，几乎都来源于真人真事，作家似乎不费什么剪裁就完成了一部诙谐而庄严、幽默而沉重的新世说。

小说中的两个难以俯仰世俗的文化人——中医陈皮和教授章之含，毋宁是"说话人"杜光辉的一体两面。也就是进入当下叙事语境的"拟作者"，化身为对社会负有批判职能的两个知识分子，让他俩像演双簧似的一个唱红脸一个唱花脸，对疾患深重的当今社会进行了毫不客气的挪揄和鞭挞，表达了知识人对社会问题的严重关注和对社会危机的深切忧思。

作品颇有匠心地设计了一个中医诊所，借这个诊所，将社会各色人等汇集到一起，使当今世相百态在此呈现无遗。先后来诊所"报到"的病人，都要靠诊所的主人，出身中医世家的杏林高手陈皮观容切脉，断病疗疾。奇怪的是，来此求医的几位病人，他们的疾患轻重有

---

* 本文发表于《小说评论》，2009 年第 5 期。

别,但病的性质却相同,即都不是自身的器质性病变,而是精神受伤引起情志变化,"导致肝气不畅,血气郁结"。这种病的病源也相同,那就是败坏了风气的社会,这种社会侵犯了人的正当权益,使受害者愤怒,因动气而伤身。无需深究,人的病是由社会病引起的,病态的社会使一个个好人成了病人。人病了,所以来找中医陈皮;患的病是肝气郁结,就需要中药陈皮来梳理。真是巧妙,陈皮一名两用,突出了这个时代已经身患沉疴,亟需医生和药石。不管哪个意义上的陈皮,在作品里都有象征意味。这种象征,正是鲁迅当年开辟的新文学艺术传统的延续。"揭出病苦,引起疗救的注意",鲁迅把自己当作诊断和医治国人精神疾患的医生。杜光辉化身陈皮,也是要当这样的医生。鲁迅揭示人的精神病态,是为了揭示造成精神病态的社会。杜光辉通过陈皮做的,正是同样的工作。从陈皮和杜光辉的身上,我们看到了中国现代启蒙知识分子的精神谱系。

陈皮医道精深,忠于职守,有传统士人的人文风范、入世精神和悲悯情怀,更有现代知识分子的科学精神和责任感。他关心病人,为他们解除病痛,化解危机,同时关注社会,对官场腐败、世风日下深怀忧虑,可以说是自觉担当救人与济世的双重责任。与对待病人怀有高度的职业自信不同,在日益腐坏的社会面前,他不能不愤世嫉俗,焦虑痛苦,有时还情绪失控。小说中多次写到在社会乱象面前陈皮的嫉恶表情:面对诊所窗户下面的街道上发生的抢劫事件,"陈皮转过脸,长叹口气,脸色一派肃然";农村中学教师雷欣的悲剧发生后,"陈皮痛苦到了极点,整整一天除了诊病必须的问话,多一句都不说";目睹造纸厂的开办危及水源地的森林,"陈皮望着砍光树木的山坡,神情肃然,过了很长工夫才长叹口气,说:'罪过,罪过'";店家老板对客人介绍"革命菜",借机以调侃的方式宣传生意,"众人听完哈哈一笑,唯有陈皮沉默不语,眉头不展";在饭桌上,一个科级的卫生局长对名贵洋酒竟如数家珍,"陈皮脸色更黑沉了";在清晨的北圣河边,发完整治河水污染的议论,"章之含再看陈皮,见他满脸忧郁愁苦,怎么也见不到往日的洒脱和飘逸"……

　　小说在描写这位带有几分传奇色彩的中医时，展现出一种矛盾现象：每当面对世事的不平和世情的龌龊，懂得养身之道、洒脱飘逸、颇有仙风道骨的陈皮，看上去就跟他要求他的病人敛心忍性、用逃避的方式缓解同社会的矛盾冲突以保护自我为要的态度很不一致。对待病人的陈皮，与对待社会的陈皮，判若两人。不过细想起来，这两种表现恰恰是统一的。人文知识分子，其核心价值就是以人为本。正是从人文关怀出发，他不仅关心和帮助他的病人，就是对溺入官场权色交易的孙局长，也是首先把他当人来对待。局长不听劝告，陈皮料定他要遭到性命之危，连忙私下里精心安排，在关键时刻出手相救，体现了这个社会少有的人道主义情怀。当社会使人受害时，医生的天职让他救死扶伤，同时由于了然于致病原因而对伤害了人的社会毒素不能不愤恨而痛恶。陈皮明明知道，"医生悬壶，只能治病，岂能济世，充其量救人一命，于天道世事无补"，但他的所作所为，都让人看出他内心深处的补天热忱。因此，与其说他是个医术高超的医生，不如说他是个强烈关注社会现实并积极介入的知识分子。

　　小说中的另一位知识分子章之含，是"杜光辉"用分身法创造出来，同陈皮一起与现实构成紧张关系的社会角色。文学教授章之含，是社会的受害者（高校行政化，党政权力在大学里扩张造成知识贬值，业务冒尖的教授被慢待、欺骗和愚弄），因而成为医生陈皮的病人。在求医治病的过程中，章之含这个受到社会伤害但尚未遭到社会污染的知识人，在陈皮的身边由病人变成了医疗助手，实际上充当了社会的书记员——陈皮让他记录病人的就诊经过，即医患对话，事实是他所记录的是通过病人的讲述反映出来的当今社会的种种病态。章之含不仅是个书记员，他首先是个观察者——观察病人和致病于他的社会，也观察帮病人祛除病痛的医生对待病人和社会的态度。在这样的观察过程中，陈皮渐渐走进了章之含的精神世界，但又与之作反向的精神运动。从初试医术，陈皮在章之含的眼里"简直不是医生，是比神仙都灵的家伙",到历经几个病例和外出游旅,陈皮愤世嫉俗的性格和种种济世之举同他原有做人风范的矛盾让章之含感到迷惑,知识人在当今社会里的位置、遭遇和应对态度得到了互补式的体现。陈皮开给病人的祛病良方是从狭隘的利益纷争中超脱出去,在广袤的宇宙空间中重新体认人类生存的意义与生活的真谛,也就是用规避物欲冲突的方法达到"疏肝理气"的目的,但他自己却在造成病人"肝气郁积"的社会腐败现象的刺激下越来越痛苦。同他相反,应该很有涵养的大学教授章之含竟因单位的酬金分配不公,"和系领导发生矛盾,把身体气垮了",到最后"突然觉得自己如醍醐灌顶大彻大悟了,对陈皮说我明天到系里,给他们做个检查,要求继续代课!"——实际是向权力社会妥协。两个人的精神历程,呈现了在今天这个社会上淑世知识分子与学院派知识分子在社会认同上的差异,但首先共同反映了社会溃败的严重性。正因为愤激不能济世,甚至不能救人,妥协既是顿悟也是无奈,所以,真正清醒的是寻找另外的救世之道,那就是挖出社会腐败的根源,给社会顽症下猛药,就像要把污染的河水整治干净,"必须把河底的淤泥清除,还要把排放污物的源头堵死"一样。——此谓疏肝理气靠的是"青皮",而不是"陈皮"。

《人生》的魅力：悲剧美 *

路遥的《人生》是新时期文学中少有的持续拥有大量读者的小说作品之一。当然，路遥小说的读者有一大部分是青年。也许获得这一特殊的阅读群体，可能会削弱路遥小说的艺术普遍性和思想深度，因为青年群体阅世经验的不足和情感反应的直接化，可以反射出作家的艺术创造对期待视野的迁就，而这种迁就会导致作家有意摒弃时代的一部分最有探险性的思想资源，也无意提高艺术创新的难度。《人生》创作于 20 世纪 80 年代的文学变革时代，但它没有被归入当时最有冲击力的新潮文学当中，多少反映了路遥艺术选择的局限性。但从另一方面看，路遥独立不倚，不赶潮流，完全从自我生活经验和生命体验出发，满怀对现实主义文学的虔诚，深情地讲述发生在陕北黄土高原上的人生故事，正表明了他对占有了小说创作成功的最重要的元素（人的命运与人生纠葛）的自信。事实上，路遥的小说用真实的力量证明了写实型文学的美学价值。二十几年过去了，文学潮起潮落，但《人生》没有被读者遗忘，而是水落石出般地从不同的文学思潮中凸显出来，以典型形象的悲剧美继续征服着今天的读者。

《人生》着力塑造并达到"典型"这一艺术高度的，是农村知识青年高加林。路遥怀着复杂的心情，刻画了他的性格，并展现了他的人生轨迹。与这一人物密切相关，且同样富有典型意义的小说主人公，是农村

---

* 本文发表于《海南师范学院学报》（社会科学版），2009 年第 1 期。人大复印资料《中国现代、当代文学研究》2009 年第 9 期全文转载。

女青年刘巧珍。路遥在这部小说里展开人生思考的创作主旨,并不是想通过这一人物的性格命运来体现的,但这一形象的成功描绘,给小说带来了强烈的艺术魅力。作者的本意可能是借这个人物的追求爱情的不幸,对造成她人生不幸的人进行道德谴责,以表达自己对人生价值实现的原则①的理解。然而,由于作者在塑造这一形象时,倾注了极大的同情,对乡村青年女性的性情、心理和人生追求有深透的了解,并进行了逼真的描绘,巧珍因此成了《人生》世界里的又一个主角。整个《人生》故事,就是以她和高加林的戏剧性情爱纠葛展开情节,并以各自人生理想的破灭产生悲剧效果的。

有抱负、有才华的回乡知青高加林,与外貌和心灵都异常美好的乡村女子巧珍,一个追求事业,一个追求爱情,是那样专注而炽烈,然而在一个并不能由他们自己把握的历史命运的左右下,他们对理想的追求都遭到挫败,他俩都成为悲剧的承受者。二者不同的是,高加林自己参与了对他的人生悲剧的制造,他的悲剧结局,给人以咎由自取的感觉;而巧珍却好像是无辜的,她的悲剧就更让人同情、怜悯和惋惜。也就是说,在读者的心灵里,巧珍的不幸更能引发悲剧的美感。《人生》正是通过这两个主人公,写了两类悲剧,一类是在高加林身上体现的人生奋斗的悲剧,一类是巧珍身上体现的爱情悲剧。两者都带有宿命色彩,但前者更带有社会性,而后者更富有人情味,它们从不同的方面表现了出身农民的作家路遥对于生活的悲剧感,同时满足了读者特别是青年读者或有底层生活经验的读者对悲情艺术的期待。

先看高加林的悲剧。高加林的悲剧是农村知识青年个人奋斗的悲剧,确切地说,是当代中国城乡分治的二元社会结构下的农村青年才俊的人生悲剧。高加林生在农村,父母是老实巴交、胆小怕事、认命吃苦的农民,但他自己不甘于走父母的路,而一心想逃离农村,逃离祖祖辈辈的农民身份和务农生涯。高加林背弃乡村与父辈,是因为他有了

①路遥在作品《人生》里称之为"生活的原则"。

比窝在农村当农民要好得多的人生目标,那就是做一个城里人,靠知识来谋取生存的位置,实现人生的价值。高加林从农村考进县城念书,就注定了他不可能安心于父辈的生存方式。进城和读书,让他看到了跟农村完全不同的世界和跟当农民完全不同的生存方式。落后而贫困的乡村与现代化的城市, 劳苦而贫穷的农村人与快活而富足的城里人,对比是如此强烈,差别是如此之大,更何况现代教育为高加林拓开的视野,哪里仅仅局限于一座县城,而是寰球世界!(用他的话说,"我联合国都想去!")高加林不仅不是他父亲那样的农民,甚至不是一般的城市市民,由于有读书写作的爱好和拥有人文和科学知识,他是比普通市民甚至某些国家干部合格得多的城市人。高加林不仅知道应该而且有能力到城市里去发展自己, 而不是屈居于闭塞落后的乡村,从事极为原始的劳动,浪费自己的知识和才华,受制于愚昧,看不到前途,忍受肉体和精神的双重煎熬。对城市的向往,其实是对现代文明的向往。所以,出身于农民而拥有现代知识的高加林,"虽然从来也没鄙视过任何一个农民,但他自己从来都没有当农民的精神准备。""他十几年拼命读书,就是为了不像他父亲一样一辈子当土地的主人(或者按他的另一种说法是奴隶)。"①这也完全合理。从社会发展和人类文明的进步角度看, 成长于20世纪七八十年代的知识青年高加林具有现代性的性格。这正是路遥对这一人物进行塑造具有历史合法性的地方,也是作者对主人公的人生追求予以肯定的理由。但是,在小说世界里我们看到的是,高加林的正当追求以失败而告终,他的人生抱负和理想不可避免地遭到严重的挫折。

高加林的失败,在于他的人生追求是一种超越了现实环境和历史条件的个人奋斗行为。横亘在他奋斗路途上的是政治权力和社会体制,这注定了他的人生之路艰难而孤苦,除非出现偶然,不然他的被挫

---

①路遥:《人生》,《路遥文集》(第4卷),人民文学出版社,2005年5月版。以下引文未注出处的皆同。

败就是必然。被高考制度抛回农村的高加林,本来已获得了逃脱当农民的机会;他凭县中的学历当上了民办老师,取得了文化人的身份,继续努力的前景就是转为公办老师,彻底成为一个"工作人"。有天分,有学识,本人又努力,高加林不愧为一名称职的乡村学校老师。可是,大队书记高明楼,为了自己从学校毕业回村的儿子,竟利用手中的权力,与教育干事勾结,悍然撤销了高加林的民办教师资格,把他抛进了人生的深渊。高加林遭遇的是权力对知识的轻易的剥夺。它虽然只是国家政治权力在其神经末梢上的一次轻微的颤动,但一位满怀理想的农村知识青年的前程顷刻间就被断送了。在政治权力面前,知识和它的主体,原来如此脆弱。虽然陷入了愤怒和痛苦的高加林,因为落难而意外地得到了纯洁爱情的舔舐,但是被爱情抚慰减轻的伤痛并没有完全消失,他在内心深处无法接受强加给他的农民身份,破灭了的理想仍时时碎玻璃片似的刺激着他,直到幸运再一次对他垂青。

如果说,高加林在乡村里遭到权力的挤兑,被生生夺走适合于他并为他所钟爱的教师职业,他的愤恨还有一个明确的对象——土皇帝、大队书记高明楼——的话,那么,他第二次遭到更严重的剥夺、更惨重的人生打击,作为受害者的他以及所有惋惜、同情于他的人,就连想都没有想过造成农村知青人生悲剧的究竟是一种什么样的力量。其实那是一种看不见的无形力量,是一种不合理的社会体制,高加林和他的同时代人不加质疑也无法质疑地接受了它。因叔父从部队转业到地区当劳动局局长,经媚权者操作,高加林一夜之间由农民身份变成了国家干部,彻底脱离了农村,进了梦寐以求的城市,走上了既光荣又能发挥他的才智的工作岗位——担任县委通讯干事。有知识、有能力、有进取心的高加林很快在这个岗位上施展出了他的才华,显得那样称职。县城的文化生活也让他如鱼得水。他以记者身份频频出现于会场,以潇洒的青春姿态活跃于周末的球场,他俨然"成了这个城市的一颗明星"。城市给了他发挥生命潜能的最好舞台,在这里他的事业蒸蒸日上,另一种爱情也热切地光顾,更美好的人生前景在远方向这个本来就不安分的灵魂亲切地招手……可是,这一切又转瞬间化为泡影!高加林靠"走后门参加工作"的事被人告发,一夜间,从城市户口到国家干部身份,被剥夺得一干二净,城市毫不留情地把这个以不正当程序钻进来的农村青年踢了回去。飞得越高,跌得越惨。与前一次的打击相比,这一次对于人格尊严和人生理想的摧残是毁灭性的。试想一个一心求上进的青年人,正当他在城市舞台上表演得最为精彩的时候,突然被粗暴地呵斥、驱赶了下去,这是多么尴尬而黯然的人生一幕!始料未及的残酷打击,使沉浸在前途畅想中的青年高加林"一下子反应不过来",当听完对他的处理意见,他"脑子一下子变成了一片空白","麻木地立在脚地当中,甚至不知道自己现在在什么地方","一个钟头以后,他的脑子才恢复了正常"。与前一次被剥夺民办教师资格时他立即做出激烈反应相比,这次的迟钝反而表明遭受的打击程度要严重得多,其悲剧性也强烈得多,它让我们感受到的是一个朝阳般的青春生命突然堕入无边黑暗时的人生剧痛。"他一直向往的理想生活,本来已经就要实现,可现在一下子就又破灭了。他感到胸口一阵剧烈的疼痛,赶忙用拳头抵住"。悲剧感就来自这种谁都害怕经受的巨大的人生失落。

高加林的人生奋斗悲剧是谁造成的呢?表面看起来,是高加林人生得意后,抛弃了一个字也不识、没有文化的农村恋人巧珍,与老同学黄亚萍旧情复萌,从已经确定恋爱关系的张克南与黄亚萍之间横刀夺爱,因而激怒了张克南的母亲。这个本来就鄙视农村人的"国家干部",以"维护党的纪律"为理由,给地纪委写信检举揭发高加林,致使高加林走后门参加工作的问题,被地纪委和县纪委迅速查清落实予以处置——立即坚决地把他退回了农村。这样,高加林的人生挫折也就似乎主要是他自己私生活的不道德造成的。连高加林自己也这样认为:"这一切怨谁呢?想来想去,他现在谁也不怨了,反而恨起了自己:他的悲剧是他自己造成的!他为了虚荣而抛弃了生活的原则,落了今天这个下场!"也就是他自己的人生失误导致了这场悲剧。高加林为此悔恨自责，小说描写也明显地把高加林的人生奋斗与失败引向道德领域。这不能不说作家在透视决定人物命运的时代生活时，眼光还不够深邃，小说在叙事上的分裂由此造成，无怪李美皆说"《人生》中存在着两个路遥"①。不过，即使把人生受挫的原因归咎于高加林本人，故事的悲剧力量也是强大的，因为由判断与选择失误导致自毁前程正是人生莫大的恨事，它正是面对茫然人生的人类所恐惧的。高加林的悲剧，引起的就是这样的恐惧，它的悲剧效应在道德检省层面上照样会发生。

但是，高加林的悲剧还有更深层的原因，它引起的是另一种悲剧感。高加林即使没有移情别恋并开罪于人，他进城后的人生之路也不见得会一帆风顺。对于突然由农村人一跃而为城里人，高加林在喜极之余不是没有隐忧："高加林进县城以后，情绪好几天都不能平静下来，一切都好像是做梦一样。他高兴得如狂似醉，但又有点惴惴不安。"说明在潜意识里他已认同了对自己的农村出身不可随意僭越。在终于被"组织"从身上扒走突然得来的一切，变得"像个一无所有的叫花子一般"，"孤零零的，前不着村，后不靠店"之后，高加林"甚至觉得眼前这个结局很自然；反正今天不发生，明天就可能发生。他有预感，但思想上又一直有意回避考虑。前一个时期，他也明知道他眼前升起的是一道虹，但他宁愿让自己把它看做是桥！"也说明胸怀远大但出身卑贱的农村青年高加林，不是没有意识到理想的实现对于他们这些人来说，存在着多么难以逾越的鸿沟。"他希望的那种'桥'本来就不存在；虹是出现了，而且色彩斑斓，但也很快消失了。"这就是他不能不接受的现实。高加林纵有超群的才能，但他的命运被一种冥冥中的无形而强大的力量所控制，在他渴望成功的心灵里，似乎埋伏着一种原罪感，只要他的人生稍稍得意，惩罚就会随即而至。

其实，对这种笼罩在他头上的无形力量，连他的父辈都早有感应。在他赤手空拳离开县委大院的前夜，他让同村开拖拉机的三星事先将

---

① 李美皆：《〈人生〉中的两个路遥》，《海南师范大学学报》(社会科学版)，2007年第6期。

他的铺盖卷捎了回去,对于儿子的被逐,他的父母竟没有感到意外和伤痛,"玉德老两口倒平静地接受了三星捎回来的铺盖卷,也平静地接受了儿子的这个命运。他们一辈子不相信别的,只相信命运;他们认为人在命运面前是没什么可说的。"被农业社会的历史固置在土地上的老一代农民,不敢奢望他们的后代有更好的命运,自然也不具备怀疑现实合理性的思想能力。然而在城乡交叉这样的生存环境里获得了另一种人生参照的农村新人高加林,同样不能理性地洞见左右他们人生奋斗成败的社会历史真相,足见当代中国形成的社会体制的惯性力量和它对于底层人的精神奴役作用有多么强大。打击高加林的无形力量,就是后来的研究者多有提及的城乡分治社会体制。[①]这一体制造成的城乡差别把中国人分成差别极大的不同的两大等级,不知使多少出身于农村的"英俊",蒙受人生的屈辱(如高加林到城里掏粪受到张克南母亲的无理责难),失去人生进取的机会,甚至不得不承受遭到人生重创后的痛苦。路遥根据自己的人生体验,通过高加林这一形象写出了在城乡二元社会里的农村知识青年的人生悲剧,这种悲剧近似于英雄悲剧,因为它的主人公所要抗争的是一种不可知的强大力量,所以他引发的就是带有崇高意味的悲剧美感。路遥在审美创造时应该意识到了这一点。小说一开头用写景(大雷雨)烘托气氛,表现高加林遭遇不测,无端失掉民办教师资格产生的家庭灾难和精神痛苦,就是悲剧艺术常用的处理手法。高加林乐极生悲,从省城学习还没回来就被县委常委会撤掉了城市户口和正式工作,变得一无所有,不得不离开这个给过他光荣和梦想更给了他打击和耻辱的城市,向着他的来路逆行,"他走在庄稼地中间的简易公路上,心里涌起了一种从未体验过的

---

①日本学者安本实在他的研究路遥的论文里就提到:"中国存在的二元社会结构,即中国革命'在农村包围城市'取得胜利之后农村所处地位。更直接地说,就是户籍制度把农民限制在了农村,他们的自由被限制了。"——参见[日]安本·实《一个外国人眼里的路遥文学——路遥"交叉地带"的发现》,收入马一夫、厚夫、宋学成主编《路遥再解读——路遥逝世十五周年全国学术研讨会论文集》,陕西人民出版社,2008年9月出版,第101页。

难受"，回想已经走过的短暂而曲折的生活道路，后悔失去了巧珍"火一样热烈和水一样温柔的爱"，"他忍不住一下子站在路上，痛不欲生地张开嘴，想大声嘶叫，又叫不出声来！他两只手疯狂地揪扯着自己的胸脯，外衣上的纽扣'崩崩'地一颗颗飞掉了。"这是压抑后的爆发，多么惨痛，又多么苦涩。小说结尾，他扑倒在慷慨而宽容地再一次收留了他的故乡土地上，发出那一声包含着无比的痛悔也包含着无限的委屈的痛苦的呻吟。这些，都在强化人物命运的悲剧氛围，它在处位低下、心有不平之气的读者中，尤其能够引起共鸣，产生"净化"心灵的悲剧审美效果。

再看巧珍的悲剧。巧珍的悲剧是爱情悲剧。这样的悲剧古往今来不知在人间多少次重演，也不知在多少艺术作品里得到过千姿百态的表现。但《人生》里的巧珍的爱情悲剧还是那么独特那么动人。尽管这个人物并不是作家路遥作为诠释人生道理的主要对象来塑造的，而是作为男主人公的陪衬来刻画的，但是这个美好的乡村女子的爱情悲剧却给人以更深刻的感动和更强烈的美感。巧珍是高家村"二能人"刘立本的第二个女儿，"漂亮得像花朵一样"，"看起来根本不像个农村姑娘"，是"川道里的头梢子"，被誉为"盖满川"。唯一的缺憾是，她的有钱的父亲没有让她念书，害得她斗大的字识不了几升。然而这个没读过书的美丽的乡村女子，精神世界却让人想象不到地丰富。就像她"装束既不土气，也不俗气"一样，她对爱情的追求也有超越世俗的标准，而且一旦有爱便无比热烈、执著。更可贵的是，她有一颗无比美好而又善良的心。外表美和心灵美，是那么完美地在统一在她的身上。在《人生》里，巧珍是作为美的化身存在的，作者让她像一面纯洁无瑕的镜子一样，照出主人公高加林的人生失误和道德缺陷，的确起到了加强主人公人生选择的悲剧性，产生悲剧感染力的作用。但是，刘巧珍自身的人生悲剧，因凸显了汉民族民间精神的丰富性，而具有独立的审美价值。

巧珍美丽而没有文化，但正因为有缺憾才显出她的美，就像断臂的维纳斯一样。没有文化，是生活世界里的巧珍爱情不幸的根源。但是在艺术世界里,因为没有文化,巧珍在爱情追求中才绽放出她青春生命的全部美艳。"刘立本这个漂亮得像花朵一样的二女子,并不是那种简单的农村姑娘。她虽然没有上过学,但感受和理解事物的能力很强,因此精神方面的追求很不平常。加上她天生的多情,形成了她极为丰富的内心世界。村前庄后的庄稼人只看见她外表的美,而不能理解她那绚丽的精神光彩。可惜她自己又没文化,无法接近她认为'更有意思'的人。她在有文化的人面前,有一种深刻的自卑感。她常在心里怨她父亲不供她上学。等她明白过来时,一切都已经为时过晚了。为了这个无法弥补的不幸,她不知暗暗哭过多少回鼻子。"没有读过书的人,一样有文化认同,一样有强烈的自我意识,一样有超越自我的愿望,这正是巧珍这一形象给我们的文化启示,是文学的属人本性带来的生活发现。与高加林一心走出农村、在事业追求中证明自己不同,意识到自己一辈子只能待在农村的巧珍,能够实现她的人生价值的只有爱情。"她决心要选择一个有文化、而又在精神方面很丰富的男人做自己的伴侣。"而对于山村就是她的全部世界的刘巧珍来说,高加林就是这样的男人——

    巧珍刚懂得人世间还有爱情这一回事的时候,就在心里爱上了加林。她爱他的潇洒的风度,漂亮的体形和那处处都表现出来的大丈夫气质。她认为男人就应该像个男人;她最讨厌男人身上的女人气。她想,她如果跟了加林这样的男人,就是跟上他跳了崖也值得!她同时也非常喜欢他的那一身本事:吹拉弹唱,样样在行;会安电灯,会开拖拉机,还会给报纸上写文章哩!再说,又爱讲卫生,衣服不管新旧,常穿得干干净净,浑身的香皂味!

    她曾在心里无数次梦想她和这个人在一起的情景:她把她的手放在他的手里,让他拉着,在春天的田野里,在夏天的花丛中,在秋天的果林里,在冬天的雪地上,

走呀,跑呀,并且像人家电影里一样,让他把她抱住,
亲她……

　　这是多情女子对于可心男人的一往情深的爱恋,对于迷人爱情的
想象。巧珍暗恋上了同村的读书郎高加林,爱得那样深那样专一。由于
人类在历史进化过程中给男女赋予了不同的使命,社会把所谓事业更
多地交给了男人,也因此只有女性才能把全副的身心都交给爱。刘巧
珍爱高加林就是传统社会遗传下来的女性心理的充分体现,任何人都
没有理由怀疑乡村女子刘巧珍对爱的炽热与真诚。但她的爱既不盲目
也不功利,而是明智的选择。"就她的漂亮来说,要找个公社的一般干
部,或者农村出去的国家正式工人,都是很容易的;而且给她介绍这方
面对象的媒人把她家的门槛都快踩断了。但她统统拒绝了。"她要找的
是真正"合她心的男人"。在她眼光所及的世界里,只有高加林是这样
的人。谁也不知道,高加林是她的心上人,"多年来,她内心里一直都在
为这个人发狂发痴"。可以看出,巧珍对高加林的爱,含有文化崇拜的
成分,它出自人格认同的需要。正因为这样,巧珍对高加林的爱情,就
近似于一种宗教情感。这种情感是人类对高于自我存在的对象的最圣
洁的情感,其极端就是牺牲精神。小说介绍刘巧珍,"如果真正有合她
心的男人,她就是做出任何牺牲也心甘情愿。她就是这样的人!"这应
该不是一种夸张,不是作家出于男性自我证明的一厢情愿。

　　文化崇拜,来源于文化上的差距。高加林还在城里读高中时,巧珍
就偷偷地喜爱上了他:"每当加林星期天回来的时候,她便找借口不出
山,坐在她家院子的硷畔上,偷偷地望对面加林家的院子。加林要是到
村子前面的水潭去游泳,她就赶忙提个猪草篮子到水潭附近的地里去
打猪草。星期天下午,她目送着加林出了村子,上县城去了,她便忍不
住眼泪汪汪,感到他再也不回高家村了。"但是这是一种无望的爱,因
为巧珍知道,读书的加林迟早要远走高飞,她不可能得到他。痴情的巧
珍就这样被梦想和无望折磨着,但爱却是不可改变的。文化上的差距

也使巧珍在所爱的人面前产生自卑感。自卑感一旦沉入潜意识，又成为寻求人格认同的能量，致使爱的欲求更加强烈，所以尽管"她的自卑感使她连走近他的勇气都没有"，"她的心思和眼睛却从来也没有离开过他"。就像城乡有别是高加林实现人生梦想的鸿沟一样，文化差距是刘巧珍实现爱情梦想的障碍。这一差距注定了她的爱情是一场悲剧，并且爱得越真挚越深沉，悲剧的色彩就越浓烈。

《人生》不是爱情小说，但它花了那么多笔墨来写巧珍的爱情，目的是为了说明巧珍有一颗金子般的心，谁得到她谁就拥有人生最大的幸福，谁不懂得珍惜就是人生最大的失误。高加林得到了她却又轻易将她抛弃，这是他犯的最大的错误。照作者和小说中的乡亲们(首推乡村哲学家德顺老汉)看来，高加林丢掉了城里的工作，不是他最大的人生悲剧，因为农村也照样可以活人。高加林更大的人生悲剧，是鬼迷心窍移情别恋抛弃了巧珍，等于自己丢掉了到手的金子，且不可复得。为了突出这样的悲剧，小说就要不惜笔墨来渲染巧珍的美好、善良和对爱的执著，特别是要把她的富有牺牲精神的爱写得无与伦比，因为只有这样，巧珍的失恋才是美的毁灭而高加林失去巧珍才是人生最大的遗憾，读者才会跟着迭声叹息。"悲剧是对于比一般人好的人的摹仿"，"怜悯是由一个人遭受不应遭受的厄运而引起的"。①巧珍是少见的好人，但她却遭受了不应遭受的厄运。从这个意义上说，《人生》的魅力，很大的程度上来自于巧珍爱情的悲剧性。

巧珍爱情的悲剧性首先在于巧珍对高加林的爱带有太强的主观性。巧珍明知他俩存在文化上的差距，但她以为靠自己的美貌和对对方的爱，就可以赢得从高处跌下来的加林。殊不知作为有抱负的男性，高加林的精神世界是任什么样的爱情也填不满的，再美好的异性之爱，也不能抹去他的功名欲和功利心。高加林在沉沦中被巧珍大胆表白的爱情所感动，在不幸的时候得到了幸福，但他很快又产生"懊悔的

---

① 亚里士多德：《诗学》，人民文学出版社，1962年版，第38页。

情绪","后悔自己感情太冲动,似乎匆忙地犯了一个错误。他感到这样一来,自己大概就要当农民了"。"他甚至觉得他匆忙地和一个没文化的农村姑娘发生这样的事,简直是一种堕落和消沉的表现;等于承认自己要一辈子甘心当农民了。其实他内心里那种对自己未来生活的幻想之火,根本没有熄灭。他现在虽然满身黄尘当了农民,但总不相信他永远就是这个样子。他还年轻,只有二十四岁,有时间等待转机。要是和巧珍结合在一起,他无疑就要拴在土地上了。"他是在"没有认真考虑的情况下"接受了巧珍的爱情,亲了巧珍的。他俩的爱缺乏基础,是不对等的。这样的爱,并不稳固。所以,进城之后,高加林与更有魅力的知识女性黄亚萍发生恋情就是正常的。他俩从高中同学时就相互欣赏,有共同的志趣和语言,性情相投,都喜欢浪漫,现在又不存在城乡差隔,更何况黄亚萍还能帮助加林实现进入大城市的梦想。因此,从思想与感情基础,到功利要求的满足,黄亚萍都比到了城里只知对爱人讲母猪下了几只小猪的刘巧珍更适合于改变身份后的高加林。在功名欲的驱使下,本来就狠心的高加林,在道德与功利之间,毅然地选择了后者,完成了巧珍被抛弃的命运。这样看来,巧珍的爱情悲剧,是他俩共同制造的。

巧珍爱情的悲剧性还在于巧珍是爱情的牺牲品。没有读过书的巧珍,她的精神世界尽管丰富,但其主要内容只不过是爱的幻想,也就是一心找个中意的人,把她的爱、她的美貌和心灵全部献给他。与其说是想爱别人,不如说只想被别人爱。这是一种没有自我的、失去主体性的爱,是一种先爱人之忧而忧、后爱人之乐而乐的以彻底奉献为目的的爱情。巧珍为高加林所做的一切,都是为讨得他的喜欢,连穿着打扮也只为取悦于所爱的人,与旧时代的"女为悦己者容"没有什么区别。在两人的关系中,巧珍从来把自己置于依附性的地位,对于未来的婚姻生活,她最高的设计也无非是:"将来你要是出去了,我就在家里给咱种自留地、抚养娃娃;你有空了就回来看我;我农闲了,就和娃娃一搭里来和你住在一起……"只要能和加林"一搭里过",她就实现了全部的人生愿望。以爱情为人生目的的巧珍,与以事业为人生目标的高加林,距离只能越来越远。他们的爱情从一开始就存在危机,于是巧珍只能用加倍的奉献去克服这样的危机,这是中国农村妇女失去自我主体性的悲哀。由于在爱情追求里包含有狭隘的自我认同的目的,巧珍对高加林的爱就没有任何回头的余地,就像箭射出去以后,弓可以转移到别人的手里,而箭头只能朝着原来的目标飞去。高加林进城后有了新的人生目标,可以背叛她,而她只能为爱而牺牲自己。高加林找到新的恋人后,她忍痛把自己的身体嫁给了她并不爱的马拴,而把心仍然留在了高加林那里。当高加林再一次遭到人生的重创,落魄还乡,她为心爱的昔日恋人的不幸而彻心彻肺地疼痛。为了加林,身为人妇的她特地赶回娘家,不仅跪求姐姐不要伤害加林,还央求姐姐一起去找姐姐的公公高明楼,并在他的面前哭求,让他安排加林再去学校教书。在巧珍的生命里,只有对加林的爱,而没有自己甚至别的亲人。她把自己的北方女子的美丽的身心当作祭品,供在了能够证明她的美好的爱情祭坛上。《人生》饱蘸笔墨,真切而细致地刻画了这样的自虐的美,用它触动读者的爱美之心和怜悯之情,从而产生了感人至深的悲剧美。

辑二

诗与散文的艺术观照

象征诗的新突起及其发展变异 *

——80 年代的现代诗潮

一

当崛起的新诗被笼统地冠以"朦胧诗"的大号而为对其持有不同态度的人们从褒贬不同的意义上"通用"时，这一伴随着一个伟大时代而到来、标志着新诗艺术的重大突进的诗歌现象，在多数人的眼中还只是一个带有强烈异端色彩的混沌体。一场势所难免的诗歌论争又阻碍了我们对这场诗歌运动的全面检视。随着新时期文艺运动的次第展开，在来自诗歌评论界的正反合力的推动以及自身潜在因素的作用（无疑主要是后者）下，"朦胧诗"的艺术流向日益清晰起来。我们始得以依其主导的艺术倾向，把以北岛、顾城为代表的诗人群，同以舒婷为首的抒情诗群，以江河、杨炼为代表的史诗探索者，以及其他诸如新型政治抒情诗等划分开来，称作象征诗群。

创作风格多样，艺术流派纷呈，是一个历史时期文艺繁荣的重要标志。色彩缤纷、音响繁复的新诗潮无疑是对一个开明时代的欣然回应。然而一个"统一"的诗歌时代的终结，并不意味着艺术探索的脚步从此就可以一无所碍。复苏的诗坛几度风雨骤来不能不是罩在渴望全面生长的诗歌园地上的阴影，从而限制了具有严格流派意义的诗歌力量的聚集。一批在创作实践中有意无意向现代色彩最浓的象征诗学认同的青年诗作

本文系 1985 年与樊洛平共同在北京大学参加谢冕、洪子诚主持的《中国当代诗歌艺术群落研究》项目所写。部分文字以《北岛和他的诗歌》、《顾城：一种唯灵的浪漫主义》分别为题发表于《湖北师范学院学报》(社会科学版)，1985 年第 4 期、1988 年第 2 期。

者，虽然北岛可以作为其中的杰出代表而且事实上具有相当的影响力，但他们至多是诗歌观念与艺术趣味不约而同地一致因而彼此会心，却无统一的艺术宣言，更没有打出过称派的旗帜，因此始终是一个缺乏凝聚力的较松散的诗人群。我们也就不可能像朱自清当年给第一个十年的新诗划分流派①时那样理直气壮。但是，这并不等于可以否认，突起于思想解放运动之初而发轫于70年代前半期的象征诗，以较为雄厚的创作力量和创作实绩，为当代诗坛奉献了区别于"写实诗"和"理想诗"的"第三样诗歌"，形成了一个不可忽视的艺术群落。这一"准流派"的存在，是当代诗歌的重要事实和独异的艺术现象。

新时期象征诗的实践者，堪称崛起的诗群中的强力集团。早期的北岛、顾城、芒克、严力、梁小斌、王小妮等，以象征色彩浓郁的诗作，一空依傍，崛起于诗歌的废墟，无形中与现代文学中的象征诗传统接续了起来。随着闭锁国大门的豁然洞开，西方文学中的现代派之风二次东渐，几乎吸引了以探索人的精神世界为艺术鹄的的象征诗人的全部注意力。西方现代派文艺，作为现代世界的精神危机的产物，在罹遭长期的思想禁锢和一场世所罕见的文化浩劫之后几乎沦为一片文化荒漠的中国，是这样毫不费力地找到了回音。"诗人是一个种族的触角。"（庞德语）当整个民族的价值观念都在失重状态下晃悠的时候，诗人总是能最先找到他的价值砝码的投放地。在一场席卷全国的现代派热中，北岛与他的同好以及追随者们，第一次对包括诗歌在内的西方现代派文学有了系统的了解。"横向扫描"（谢冕语）的结果，是开放意识的获得，文学观念的更新，而最根本的是精神价值的重建。作为受骗的一代中的先觉者，他们原来就因为厌绝虚假的生活和伪善的诗，而以抗战的姿态和隐曲的手法，弹唱起充满自我意识的心灵之歌。而现在，在西方现代派艺术人生观照方式的启发和刺激下，他们似乎在艺术地把握现实、掌握世界方面，有了更深一层的哲学意义上的突入。至此，以北岛为代表的象征诗已不只是自发的艺术追求，而是以一种深沉的历史使

①朱自清在《中国新文学大系·诗集·导言》末尾说："若要强立名目，这十年来的诗坛就不妨分为三派：自由诗派、格律诗派、象征诗派。"

命感和艺术责任感,将自己的艺术活动汇入世界艺术的新潮流。当人们围绕着中国能不能搞现代派的问题而争论得不可开交的时候,当代新诗已经结束了一次新的阵痛——以 70 年代初、中期北岛、舒婷、顾城、芒克等人的创作为前奏,以1978—1980 年《今天》诗人群的聚结为鼎盛期的"朦胧诗"运动,已沿着各自的艺术取向开始了它的分化。女诗人舒婷虽有过创作上的积淀期,但不大会改变她忧伤而美丽的抒情诗的咏唱。江河、杨炼对于民族文化深层心理结构和人类情感与理性的历史的艺术钩沉,使他们成为"史诗"的热烈追求者。北岛、顾城等既不直接描摹现实,也不直抒胸臆,而又无不折射了现实人生的诗歌天地的营造,自然透露出浓郁的象征诗的声色芬芳。单就象征诗本身而言也出现了新的变异:梁小斌、王小妮似乎无意保留他们在象征诗群中的地位;北岛完全抹去了早期诗歌中隐现的传统新诗韵味的戳记,而在现代派的道路上走得更远;顾城独有的诗人气质表面看来一以贯之,但实际上无论他的人生信念,还是艺术主张乃至创作实践,都表明他的精神意念愈来愈趋向一个远离物质现实的更为纯净但也未免虚幻的境界。而正当新诗潮的开拓者发生变异的时刻,一批受过他们的影响、比他们更为年轻的诗人,以一种取而代之的态势,在诗坛再一次走向平静的时候,奏响了他们现代派诗歌的"打击乐"。

二

万象纷呈的新诗潮的序幕刚刚拉开,基于一种优厚的历史感和对新诗转机的热切期待,崛起论者就立即断言:"新诗在进步,新诗在重新获得春天。"①并认为它是对"五四"以来新诗进步传统的一种正常恢复。但另外也有人把新诗的这种螺旋式上升看成是"沉渣泛起"。其实"泛起说"不过是那种用作家的阶级属性来划分文学艺术的政治属性的形而上学的批评方法在前进了的时代里不合时宜的泛起。时至今日,曾经蒙受过厚厚的历史尘垢的新月派、象征派、现代派的各自代表诗人徐志摩、李金发、戴望舒

---

①谢冕:《新诗的进步》,见《共和国的星光》,春风文艺出版社,1983 年版,第 145 页。

等,他们在新诗殿堂上的本来位置已得到恢复。一如五十年前朱自清就已缕述过的,新诗最初十年的诗坛上的三大诗派即自由诗派、格律诗派、象征诗派,"三派一派比一派强,是在进步着的"①,象征派的出现在中国新诗史上的进步作用已无可诋毁。但是以象征诗派为代表的中国新诗中的现代派诗歌运动几经起落甚至一度中断、完全寂灭的原因却仍然值得探讨,它是我们评估新时期突起的北岛等人的象征诗的艺术价值的重要前提。

中国现代新诗中的象征派诗歌运动,发轫于 20 世纪的 20 年代,那是五四新文学运动余波荡漾的时代。革命虽已落潮,开放的社会意识却并未削减。惟其新的现实酿造了一部分知识青年的悲凉苦闷,他们便为挖掘灵魂和凝视世界的需要,依然把目光转向西方,摄取异域文学的营养。其时,磅礴兴起的象征主义文学潮流早已越出孕育它的法国本土,成为风靡一时的世界性的现代派文学运动。象征主义文学反映的是西方一部分知识分子对资本主义世界及其生活秩序的某种失望、动摇和愤激的心理。基于一种新的哲学、美学观念,象征派诗歌的作家,不再把苦痛的"虚幻的"现实世界作为诗歌描写对象,而追求一种纯粹的观念的永恒世界;他们要通过直感去把握这个世界,以艺术的象征来暗示和再现这个世界。由法国象征派先驱波德莱尔及其后继者马拉美等所指引的一个带有神秘意味的艺术天国,自然成了当时中国少数敏感的、觉醒之后无路可走,因而精神苦闷、情绪感伤的知识分子的灵魂趋避之所。这是从思想现象上考察中国象征诗兴起的原因。从诗歌艺术运动自身的历史要求看,新文学对旧的破坏工作完成之后,新兴白话诗也正面临着新的建设任务。正是作为"对当时陈腐的流行诗艺、幼稚的滥情诗意、诗语形式死板的一种直接的反拨",和对"那种表现个人感情的过于简单直露和抗议社会的过于粗糙、大而无当的倾向"②的有意取代,留法的李金发第一个从创作实践上把象征诗引进了中国,启动了中国象征派诗的艰难脚步。从 1925 年李金发的第一个象征诗集《微雨》的出版,到 30 年代初、中期

---

① 朱自清:《新诗的进步》,见《新诗杂话》,生活·读书·新知三联书店,1984 年版,第 7 页。
② 杜国清:《中国现代象征诗》,贺兴安译,载《中外文学研究参考》,1985 年第 4 期。

以戴望舒为旗帜,以《现代》、《新诗》为阵地的"继承了欧洲象征主义衣钵"(戴杜衡语)的"现代派"的集结,中国象征诗运动已臻于鼎盛时期,整个中国现代新诗也以之为标志趋于真正成熟。当时的成员之一,诗人番草(钟鼎文)后来就说:"新诗的真正开始,应该从三十年代前后算起。这个时代,新诗才正式'进入情况'。"①

　　然而至 30 年代在诗苑中卓尔而立、蓬勃一时的象征诗,并没有顺势苗长,而很快自行消隐。40 年代虽有过一次短暂的复苏,穆旦、郑敏、杜运燮、陈敬容、王辛笛等一群年轻诗人,在新旧交替的时代,用苦闷焦渴的心灵抨击黑暗、呼唤光明,然而当光明到来之时,他们即与黑暗偕逝。究其原因,从内在方面看,象征诗本来是一种注重个体心灵、偏于内向性、而对外界环境较为缺乏普遍的适应能力的艺术。但起决定作用的是外在原因,这个多灾多难的时代,使其无暇顾及少数文学人心灵的震颤,以保护艺术的奇花异卉免受历史车轮的碾轧。正值象征诗播扬的时期, 即 1927—1937这十年里,风雨飘摇的中国经历了两次重大的历史变乱的冲击:一是国共内争,一是日寇入侵。国难当头,民族自救成为第一位的任务,作家也不便再躲在"艾克塞尔堡"("象牙之塔")里独自吟哦。文学作为一种精神现象,一种认知活动,虽然可以为社会行动者的思维取向起到一定的参证作用,但它毕竟是"只说不做",而"在一个危机时代的重要可能远高于认知"②,因此在行动性十分迫切的历史关头, 社会责任感强烈的作家完全可能抛弃纯粹的文学信念,调整文学功能的秤锤,扩大文学作品的宣传性(宣传并非就不伟大,要视宣传的目的和内容而论),不惜部分甚至全体地放弃文学的美感作用, 事实上,"在不同的历史时期, 美感作用的领域并不一样;它有时扩展了,有时则紧缩起来"③。初期象征诗的倡导者、后期创造社

---

①钟鼎文:《我所知道的戴望舒及"现代派"》,见林海音编《中国近代作家与作品》,台湾纯文学出版社,1985 年 10 月出版。

②颜元叔:《社会写实文学及其他·社会写实文学的省思》,台湾巨流图书公司印行。

③[美]雷·韦勒克、奥·沃伦著《文学理论》,刘象愚等译,生活·读书·新知三联书店版,1984 年 11 月出版,第 13 页。

的三位诗人穆木天、王独清和冯乃超就是在这样的情况下放弃了他们最初的艺术主张，终止了向象征主义"纯诗"世界的追求，而先后宣布转向无产阶级文学。或宣传"文学底背境是'政治'，文学家是政治斗争的代言人"[1]；或强调文学的阶级性和革命的必然性。当然应当指出，他们的这种新的选择，既有顺应历史要求的合理的一面，又多少带有为当时已经来袭的世界性无产阶级文化思潮所裹挟的盲目性。当中国的社会政治形势的发展使象征诗歌的艺术运动越来越自惭形秽的时候，耽迷于象征诗如梦的气氛、悠扬的旋律和新奇的意象的"纯诗"爱好者，很少有例外地纷纷转向。抗战以后，戴望舒扬弃了《新诗》的思想倾向，何其芳、卞之琳、曹葆华都去到延安。尤其是何其芳，在新的艺术阵营面前，他率先投诚，在以后若干年的艺术生涯中，更多的是矛盾、惶惑、忏悔，最终也没有对自己早年的艺术追求作出合乎实际的估价。

事实说明，象征诗的产生顺应了社会历史以及诗歌自身发展的要求，但是历史的错位又湮埋了它。在战乱频仍、人们生存危机严重的社会环境中，象征诗不可能得到发展。1949 年之后，社会出现稳定局面，文学艺术理应自由地舒展其枝叶，以最完美的姿态尽情开放，然而历史的又一次误会，使得象征诗迟迟没有复萌的希望。

1949 年后举国上下沉浸在一片热气腾腾的氛围之中。一种无可怀疑的胜利，赢得了人们的服膺，也期待着对它的歌颂。颂歌又是发自人民心底的，一个旷世未有的光明的时代值得人们对它感恩戴德，而感恩戴德对于在苦难中煎熬已久的中国人民尤其是劳动人民来说，最容易发生。颂歌无可厚非，但当歌颂成为唯一的要求，事情就起了变化。长期以来，人们不仅习惯政体上的一统，也乐于接受思想意识的统一，因为自上而下的统一才有安全感。而一个在毫无经验的情况下建立起来的新的政治体制，也需要社会意识形态与之"同构"，同构才有稳定感，才令人放心。在这样的背景下，文学艺术包括诗歌在内逐渐走上"统一"就毫不奇怪了。"百花齐放"的口号很难真正兑现，文学艺术的本质功能也在蜕化。随

---

[1]王独清：《再谭诗》，载《创造月刊》，1926 年 3 月号。

着集体主义的被极端强调，个人存在的价值遭到漠视以至否定。文学不允许有个人的声音，诗歌的心灵通道被堵塞，诗人的个性往往与个人主义画等号，例如一位诗歌政策的发言人就宣布："在社会主义时代里，个人主义对诗歌也是直接敌对的，是互相排斥的，是水火不相容的。"（袁水拍《谈诗》）由于文学被要求为对现实事件作统一口径的评判，诗歌的想象翅膀也就被翦除。不妨再举一个耐人寻味的例子：1956年，袁水拍在作协第二次理事会议的发言中这么说："诗人有发挥想象力的充分自由，但是过分奇特的想象，恐怕不易为读者接受，例如把新开垦的荒地描写成这个样子：'沉睡了无数世纪的土地……/开始苏醒，睁开眼睛，还不习惯这沸腾的喧浪'。土地会睁开眼睛，而且还不习惯，这未免有些过分了。"诗歌最基本的想象方式都遭到了质疑和否定，就可以想见这个时代的文学如何板结为无法开垦的荒地。从文学史视角看，当代文学偏承现代文学的革命文学传统（主要是解放区的战斗传统）而来，并在新的气候下发生了畸变。严肃的现实主义尚且蜕化为伪现实主义，浪漫主义精神尚且为抒政治之情所取代，建立在深层意识结构上的象征主义诗歌就绝无生长的缝隙。1954年，臧克家在勾勒新诗发展轮廓时，新月派和象征派都被作为"发生很大的反面影响，值得提出来批判"的对象而提及。

要是从文艺社会学的角度考察一下十七年统一、单调、浅陋、外向的文学，怎样使一代人变得思想简单、心灵狭窄、精神瘠薄，对内缺少自省资质，对外缺乏评判能力，因而在借堂皇的理论和漂亮的口号以营私的政治欺骗面前极易就范，同时歌颂文学本身也为造神运动推波助澜，终于导致一场悲剧在思想文化的荒漠上演出，那么我们兴许觉悟到，对那种注重心灵的诗歌的放逐，远不止是文学上的失误。但这不是本文的任务。就诗歌论诗歌，中国现代文学中的象征诗无论兴起还是销匿，有其社会的历史的原因。随着一个历史阶段的终结，社会发展本身向人们提供了反省自身也反省历史的可能，加之自我封闭大门的打破，西方文化再度潮水般涌入，象征诗的重新突起就是势所必然。

三

北岛、顾城等人的诗歌可以称为象征诗,不只在于他们的诗歌具有象征诗的一些外在特点,如象征、暗示、隐喻、通感等表现手法的普遍运用。重要的还在于,这些诗人在诗歌观念(主要是对诗歌与现实世界的关系的认识上)以及由此造成的诗歌的结构特点上,与象征派的先行者们有相同之处。

前面已经提到,通过直感的把握并用艺术的象征来暗示和再现一个高于现实世界的观念世界,是象征主义最基本的美学观念。法国象征主义诗人,一群敏感的知识分子,在一场社会大变动之后,"零畸落侣",出于"对于丑恶的现实的社会生活感到憎恶",而要"自己给自己创造一个神秘的境界,一个生命的彼岸,去到那里去求灵魂的安息的。他们的努力,就是作神秘的世界之创造。"[①]波德莱尔在他的《敦请远游》一诗里,就邀请人们去那个世界远游,并期许:"那边,一切都是秩序和美,/豪华、宁静和快慰……"显然,波德莱尔所向往的"那边",并非一个实有的可以寄身其中的国度,而是一个把精神世界和物质世界联成一体的象征之国,一个艺术的世界。法国后期象征主义大师瓦莱里也这样表明他的艺术目的:"诗人的使命就是创造与实际制度绝对无关的一个世界或者一种秩序、一种关系体系。"[②]如果单从功利的观念出发,象征主义诗人的这种艺术观当然没有能够鼓励人们积极投身客观世界的改造,但它毕竟为人们找到了一种自我感觉方式和在现实的苦难面前保持精神平衡的方法,尤其是为诗歌创作开辟了一个全新的天地,而成功的艺术可以起到物质手段所难以替代的那一部分调节人与自然、人与社会的关系的作用。现代社会的发展已经证明,物质生产的发达,并不能满足人类的全部要求,相反,科学技术

---

①穆木天:《什么是象征主义》,见郑振铎、傅东华编《文学百题》,生活书店,1935年版。

②〔法〕保尔·瓦莱里:《纯诗》,见《法国作家论文学》,王忠琪等译,生活·读书·新知三联书店,1984年6月版,第119页。

发展到足以控制外部世界时，人的精神领域也同时遭到了侵害。所以在新的精神层次上，象征主义对超脱于现实世界的艺术世界的追求，发展而为对另一抽象的未知世界的求证。这样的艺术就更带有神秘主义的风格特点。洛夫在评论"诗风与法国象征派素有渊源"的台湾现代派诗人覃子豪的诗作时就指出覃诗的神秘主义特色，并且肯定"神秘主义是现代人的精神世界与物质世界对抗的一种掩护。当物质世界发展到足以全部谋杀了精神的依托时，只有诗人能潜入一个隐秘世界，去寻找另一附托，另一较物质世界更真实的依靠，以挽救人类无法超脱时的悲哀"①。长期以来，功利主义的文艺观要求我们跟在现实后面爬行，文艺只能对现实作平面、机械的描摹，连诗歌这种最富于心灵性的文学样式也不得有任何例外。中国人一向"偏重实际而不务玄想"，"哲学思想平易"、"宗教情操淡薄"，②现代以来广泛推行的哲学上的快刀斩乱麻的"二分法"更切断了我们朝不可见的幽微世界的思维通道。所以象征主义的彼岸世界说对我们而言，简直玄乎而陌生。但是，一场空前的人间灾难，一个令人不能安稳栖身的现实，迫使一代人对社会、人生作深入的思考。北岛说："诗人应该通过作品建立一个自己的世界，这是一个真诚而独特的世界，正直的世界、正义的人性的世界。"③杨炼说："我要创造一个与客观现实相对应的世界。"④江河说："艺术家按照自己的意志和渴望塑造。他所建立的东西，自成一个世界，与现实世界发生抗衡，又遥相呼应。"⑤顾城的话更接近实在："新的'自我'……他的眼睛，不仅是在寻找自己的路，也在寻找大海和星空，寻找永恒的生与死的轨迹……"⑥他们不约而同地企望挣脱现实关系的羁绊，试图建立一个与现实世界相对立的诗歌世界，甚至要思索"无尽的宇宙之谜"，时刻

①洛夫：《从〈金色面具〉到〈瓶之存在〉——论覃子豪的诗》，见叶维廉主编《中国现代作家论》，台湾台北市联经出版事业公司，1976年版。

②朱光潜：《诗论》，生活·读书·新知三联书店，1984年7月版，第76页。

③《关于诗》（题目为编者所加），见《上海文学》，1981年第5期。

④见《百家诗会选编》，《上海文学》编辑部编。

⑤老木（刘卫国）编：《青年诗人谈诗》，北京大学五四文学社发行。

⑥见《请听听我们的声音——青年诗人笔谈》，《诗探索》，1980年第1期。

梦想着一个"高于世界的天国"。①这就把自己的思维触角伸向了现实并不存在的彼岸世界,从而体现了象征诗学最独特也最重要的审美意识。

北岛的诗歌世界,丰郁,沉实,张满了美和力。但由于特定年代里现实环境的险恶,又使诗人的诗歌视镜敷上了冷峻的色泽,作为诗人心境投射的诗歌世界,总是蒙着一层阴影。无论是生活其中的城市,或是偶尔涉足的乡村,还是曾经见过的大海,与人相对而存在的外界物,或成为一种对人造成侵害和威胁的力量,或权当某种思想和感情的依托。在人的社会中个性遭到压抑,大自然中的某些对象就成了诗人人格的象征:自由吹拂的风,无拘无束的云,护卫着海岸的礁石,被潮水包围但仍然独立的个体的岛屿……也许大地上的一切都太为沉重,诗人只有瞩望天空。在一种心象运动的无意识作用下,"天空"成为中心意象,在北岛写于动乱年代的诗歌中反复出现,如:"手牵着手/我们向前走/把自己的剪影献给天空"(《冷酷的希望》);"月亮被撕成闪光的麦粒/播在诚实的天空和土地"(《太阳城札记》);"歌唱着崩溃的废墟上永恒的天空"(《我走向雨雾中》);"我只能选择天空/决不跪在地下/以显示刽子手的高大/好阻挡自由的风"(《宣告》);"有了无罪的天空就够了,有了天空就够了"(《岛》);当月光层层涌入港口/这夜色仿佛透明/一层层磨损的石阶/通向天空/通向我的梦境"(《港口的梦》);"看看吧,枫叶装饰的天空,/多么晴朗"(《枫叶和七颗星星》)……晴朗、诚实、没有遮拦的天空,作为一种感性的存在,成了诗人希望的世界的象征。对天空的深情呼唤,无非是对高于自己所处环境的理想境界的追求,是对人的正常生活情景的企盼。作为现实的人,无法摆脱环境的羁困,只有心灵可以从严酷的现实中弹射出来,得到片刻的安慰。北岛的诗歌,冷峻中饱含着期待,悄怆中流荡着深沉。

跟北岛不同,顾城的诗歌世界显得出奇纯净。一个在动乱的岁月中随着父亲被放逐到荒滩上度过少年时代的孩子,似乎永远也长不大。他固执地护卫着一颗童心。他用诗的天赋,在童话式的幻想里,创造了一个跟现实对立的纯净的天国。如舒婷所描写的,他的"眼睛省略过病树、颓

①顾城:《诗学笔记》,见《福建文学》,1981 年第 1 期。

墙/锈崩的铁栅/只凭一个简单的信号/集合起星星、紫云英和蝈蝈的队伍/向没有被污染的地方/出发"(《童话诗人——给 G·C》)。自然,他的理想世界,不过是他所不满意的现实世界的对照;对彼岸世界的向往,正是对现实世界的期望。他说过:"现实中无法攀越的绝望,又使他徘徊和沉思,低吟着只有深谷才能回响的歌。"他同时又说:"他爱自己,爱成为'自我',成为人的自己,因而也就爱上了所有的人,民族、生命、大自然。"①想用爱来消弭人间的不平,掩盖世上的丑恶,暴露出象征主义诗人的幻想过分天真。

　　独特的诗歌世界的建立,倚赖于独特的诗歌结构。象征诗歌既不同于写实诗的对现实世界的客观的平面的描摹, 也不同于浪漫派诗歌对主观感情的任意宣泄,而是借助隐喻、通感、象征、暗示等手法,用一组与主观情绪的律动相对应的形象,把诗人的主观感觉、印象、思想、情致暗示出来,这就决定了他与写实诗或者浪漫主义诗歌的最大不同,那就是,它的诗歌结构不再是平面的单层结构,而变成立体的二重结构。简单说,是一个外在的形象结构与内在的意义结构的重叠。梁小斌的《中国,我的钥匙丢了》是最浅显的例子。这首诗富有叙事意味。钥匙丢了——顽强地寻找——希望能找到,就是它的外在的形象结构。诗人当然不是真的丢了钥匙。这一个用诗歌语言这种符号系统呈示在我们面前的形象结构,不过是一个象征的框架而已。在它的背后,还有一个意义结构,对诗歌产生的背景稍有了解的人就不难理解其蕴涵的意思:在十年动乱中,一代人失落过许多不该失落的东西。但是我们不能因此而失望,而要去寻找,只要顽强地寻找,就有找回的希望。这里的钥匙成了一个象征符号,读者自可以根据诗中的其他提示性描写和自身的生活经验去填充它:童年,青春,信念,理想……在这种重叠结构里,形象作为意义的负载体,二者的关系,又不是青菜拌豆腐般的一青二白,它们在诗人的主观世界里已经契合成了一种相互融合渗透的、寓感性于理性之中的统一体。外在的形象结构诚然是一个象征的框架,但它决不是专供容纳思想的一个空荡荡的木头框子,而是一个绘饰精巧、色彩缤纷,甚至富有韵律和音乐感的极有魅力的自足的艺术实体,其效果类似音乐的和弦。歌德说:"象征把现象转化为一个观念,把观念转化为一个形象,结果是这样:观念在形象里总是永无止境地发挥作用而又不可捉摸, 纵然用一切语言来表现它, 它仍然是不可表现的。"①这段话道出了象征诗二重结构的不可分性。

象征诗的二重结构,并不都如上举的梁小斌诗那样,诗歌形象与其后面隐藏的意义具有明显的对应关系,单纯、透明,中心意象具有符号性,易于理解。事实上,多数象征诗的结构相当繁复,外在形象可感,而内在含意却不是一下子可以悟透,更难绝对说准。例如北岛的《迷途》。这首诗固然可以如有人所解释的是写"一个追求的全过程",并且诗中的"哨音"、"森林"、"蒲公英"、"湖泊"、"眼睛"皆各有所指。②但这首诗到底是何种抽象意念的具象化,或是某种实有经历的比照性描写,只有作者自己最清楚。但是艺术欣赏的还原过程及其结果完全可以因人而异,象征诗因为结构特殊更是给读者提供了更多的再创造余地。象征诗在创造时,诗人的心态呈双轨活动状态,形象与意蕴相互作用、并行前进,形象依靠语言外化为诗歌形式,具有了社会性;而意蕴仍存于胸中则带有私人性。但这并不就减弱诗歌的审美价值,相反,由于诗歌语言本身的魅力已吸引了读者,而诗歌的形象体系更是可以诱发读者的联想,在形象框架内填加自己的某种生活经验或情绪过程,由此得到再创造的满足。成功的象征诗,因其形象结构的内蕴不确定,引起读者的相似性联想往往就不是一种而可能是多种。甚至作者自己在写完一首诗后,也可以在业已完成的形象结构里透视先前尚未意识到的其他的心理内涵。这样诗歌的结构就不是二重而是多重,也就是说,形象联想的多向度,使诗歌的结构呈多层叠架。

象征诗结构的繁复性还表现于一首诗的具体形象并不都带有象征

---

①见《百家谈诗小札》,《诗探索》,1981 年第 4 期。

②见徐敬亚:《诗, 升起了新的美——评近年来诗歌艺术中出现的一些新手法》,《诗探索》,1982 年第 2 期。

性,而实际上是在描写当中虚实交错,通过这种描写创造一个使客观物象心态化的诗歌世界,从总体上透出它的象征意义。

象征诗的这样一种审美结构,决定了它的审美意象的模糊性、宽泛性以及主题的不确定性。这一方面增加了诗歌的容纳量,给了读者更多的再创造余地,但对欣赏者也提出了更高的要求,而一旦意象过于带有私人性时,诗歌就会给读者的欣赏造成困难。"朦胧诗"的得名在某种意义上与此不无关系。象征诗既然追求外界溶解在心灵中的秘密,那么它的难懂也就与生俱来,有时甚至连作者本人也无法克服。爱尔兰诗人叶芝就说过:"对于心灵的神秘状态,具有经验的人都知道,有时心里忽然浮起一些深刻的意象,它意义不明,也许过很多年仍无法了解。"这就势必造成象征诗的朦胧难解。这是一种不自觉的情况。还有一种情况,是诗人有意造成诗歌的难以理解。在象征主义理论上多有建树的马拉美就这样宣称:"一首诗应该是一个奥秘。"认为诗歌不是叫人理解的,它只能触人心弦,引人共鸣,供人推测。认为诗只能暗示,"指明对象,就把诗给我们的满足减少了四分之三。"他力图割断诗文的内在逻辑联系,甚至主张"必须始终坚持把写出的东西首尾切断,以便让人摸不着头脑"①。我们新时期的青年诗人中有的好像也有过近似的观点,认为诗并不是每个人都能读懂的,诗人也不是为了让人读懂才写诗。我们不能简单地认为这是标新立异。"诗的组合再现作者的感情,而不是读者的希冀"②,这句话可能道出了现代诗的性格。

四

突起于新时期的象征诗已经形成了一个蔚为可观的艺术群落,我们推出其中的翘楚,讨论他们的诗作,要比空泛地谈论这些诗人的存在价值更有意义。

①转引自张英伦《法国象征主义诗歌概观》,《诗探索》,1981年第1期。
②〔美〕丹尼尔·霍夫曼主编:《美国当代文学》,中国文艺联合出版公司,1984年7月版。

北　岛

1949 年出生于北京的北岛,原名赵振开。1966 年高中未毕业,因"文化大革命"而中断了正规的学习生活。当过工人,后来做报刊编辑。1970 年底开始写诗,勤勉而多产,到现在为止在国内外报刊上发表了数百首诗歌。作品被译成多种外国文字。1983 年美国康奈尔大学出版了他的诗集《太阳城札记》。据为该诗集作序的杜博妮介绍,在国外,他的诗赢得了各种类型的诗人诸如加里·施奈德和故去的路易·法拉贡的赞誉,瑞典好书出版社也出版了他和顾城的合集《北岛顾城诗选》。香港中文大学编辑的中英文对照的《朦胧诗选》,第一个收的就是北岛的作品。作为今天已被公认的朦胧诗的领袖,北岛的诗名虽然早在 1978 年底他与他的诗友芒克创办《今天》文学杂志或者更早就开始在一部分文学青年中迅速传播(舒婷就说她 1977 年读北岛的诗时,不啻受到一次八级地震的震撼),但真正在当代诗坛引起注目,还是在 1979 年 3 月号的《诗刊》转载了他写于 1976 年"四五"运动时期的《回答》一诗之后。《回答》中表现的对旧世界的强烈而有节制的怀疑精神和否定情绪,在劫后复苏的大地上引起了巨大的反响。诗中的"硬汉子形象",引得一代在迷惘中探索的青年对他行注目礼。从此北岛的声名大振。尽管有人对他抱有偏见,但他的质地坚实、富于力度的诗歌,对为千篇一律的应制诗模铸出来的欣赏习惯,产生了无可抵御的穿透性。他的歌声袅袅不绝。

北岛的声音首先是属于他自己的。他开始写作是为心灵的需要,而不是为了复述政治口号。《回答》、《古寺》这样明显具有社会感的诗篇在的作品中所占的比例很小。更多的是写自己或与自己相关的人的生活、遭遇(如《艺术家的生活》、《日子》、《宣告》、《结局或开始》),或者印象式地记录外界在自己心中的投影(如《冷酷的希望》、《太阳城札记》),或是把自己的人格或理想投射给一些外界形象(如《岛》、《船票》、《羽毛草》、《红帆船》、《走向冬天》),爱情诗占了相当的比重(如《星光》、《是的,昨天》、《见证》、《橘子熟了》、《习惯》、《你说》、《两夜》)。但是,正由于北岛真实地记录了在特定的年代里从内心深处对个人的梦境和希望的体验和探索，他的声音因而获得了最强烈的共鸣。"对一个人非常真实的东西，对众人也非常真实。"（罗丹：《遗嘱》）北岛以纯粹个性的方式，反而获得了最大限度的共性。原因还不仅在此。看起来北岛写的是"自我"，但他以关注自我的形式，倾注了对祖国、民族和人民乃至人类命运的真正关切：

> 春天是没有国籍的
> 白云是世界的公民
> ——《真的》，1972 年

对自由的追求，是人类普遍的心理。下面摘引的也是写于动乱年代的诗句："愿每个活着的人，/真真实实地笑，/痛痛快快地哭吧……""脆弱的芦苇在呼吁/我们怎么来制止/这场疯狂的大屠杀？"（《冷酷的希望》）"以太阳的名义/黑暗在公开掠夺/沉默依然是东方的故事/人民在褪色的壁画上/默默地永生/默默地死去"（《结局或开始》）。以北岛所接受的文化熏陶，儒家忧国爱民的入世精神同样浸透到他的灵魂深处。

也许北岛自己并没有想到要做一个象征诗人，但这并不妨碍他事实上写出了大量具有象征诗特点的佳作，使现代诗史上枯萎了多年的象征诗传统重放异彩。杜博妮就这样认为：在朦胧诗人中间，北岛尤以他惊人地运用象征手法而闻名。北岛创作之初便开始使用象征手法，更多地出于自发，而不是对一种诗学传统的有意继承。北岛告诉过我们，在那之前他所接触到的外国诗歌，主要是雪莱、拜伦、惠特曼、普希金、莱蒙托夫这些西方古典文学中的浪漫主义作家。1978 年底他才开始对戴望舒以及 40年代的"九叶诗人"发生兴趣。北岛踏上象征之路，只能从他的艺术心理质地及当时的创作环境来考察。北岛是一个自我意识强、心理能量丰富的人，眼光敏锐，观察事物往往能触及本质。但当时的社会政治及艺术气氛，又明显桎梏着这样的精神自足个体。在这样的情况下，要通过艺术的途径求得个性的伸展，曲折隐晦、象征暗示几乎成了可行的方法。既然向外伸展受阻，那就不如转向内心的探索。

　　北岛早期诗歌明显有古典诗歌影响的痕迹,诗节对称,注意押韵,有的近似歌谣,如《小木房的歌》,虽然形式与要表达的内容相协调,但毕竟露出幼稚的痕迹。然而那时候许多诗作至今仍觉得亲切可诵,特别是骈偶句和押开口韵造成的音乐性,激起读者心湖的涟漪,久久荡漾,如:"花开了,花落了/徘徊着一缕芳香;/雁北归,雁南飞/洒遍满山的凄凉。"(《星光》,1972 年)"太阳在远方白白地燃烧,你在水洼旁,投进自己的影子/微波荡荡/沉淀了昨日的时光"。(《五色花》,1972 年)有些诗,不仅用音乐性传达作者情绪的波动, 而且开始用象征的意蕴透射出作者的心境:

　　　　从河流到河流
　　　　从山岗到山岗

　　　　你拒绝了山上雪女王的邀请
　　　　只卧在通往天堂的台阶旁。
　　　　　　　　——《云啊,云》,1972 年

　　处身一切都要受限制的环境里,诗人多么羡慕那自由自在的云啊。
　　从 1972 年开始,以后的十多年间,用象征的方法来把握审美对象成了北岛主要的艺术手段。他的象征诗歌,大致可分为两类。一类是总体象征,即在一个整体形象后头蕴涵一个深层意义,如《和弦》、《雪线》、《恶梦》、《迷途》、《彗星》。这类诗歌,有的选取一个事物作为象征形象,这个事物又常用作诗题,带有符号性,故又可称为符记象征,如《五色花》、《羽毛草》、《船票》、《云啊,云》等。另一类是集合象征。这类诗一种是将一组含有象征意义的生活事件并置起来,通过组合,又有一层更深的象征意义在里头,这个意义由省略了说明的组合关系来负载,如《一束》、《日子》、《夜:主题和变奏》、《十年之间》。还有一种就是组诗。它的象征意义由各诗节单独完成。一个诗节就是一个象征单元。各诗节或依次标以数字,或冠以诗题。前者如《冷酷的希望》、《陌生的海滩》,后者如

《太阳城札记》。

北岛的组诗产生于他的创作初期。组诗是一种捷径,外形式的综合并不需要更高的艺术概括能力。但北岛的才气表现在捕捉形象的敏感,想象的奇特也使他的诗质一开始就比较精纯:"天空低矮的屋檐下,/织起了浅灰色的篱笆。/泡沫的小蘑菇,/栽满路上的坑洼。//雨一滴一滴,/划过忧伤的脸颊。"这是《冷酷的希望》中的一节,景物已暗示了人的心理,后面两句再点明,也并非多余。下面几节诗选自《太阳城札记》。这首诗写于1974年。"太阳城"是个不难理解的象征性代名词。诗的各小节分别冠以"生命、爱情、自由、孩子、姑娘、青春、艺术、人民、劳动、命运、信仰、和平、祖国、生活"的标题,诗句是对标题的形象化解释,是艺术的感受,也是对当时社会的面面观。诗人当然不必明确说出自己的评价,但只要了解当时的背景,就不难理解其中的象征意义。如《青春》:"红波浪/浸透孤独的桨";如《命运》:"孩子随意敲打着栏杆/栏杆随意敲打着夜晚";如《信仰》:"羊群溢出绿色的洼地/牧童吹起单调的短笛";如《生活》:"网"。隐喻式的意象,令人玩索无尽。其中写《爱情》的一节,带有个人性的意象,最富有张力,而且预示着北岛孤峭、峻急风格形成的趋势:

恬静。雁阵飞过
荒芜的处女地
老树倒下了,嘎然一声
空中飘落着咸涩的雨

在这样的诗行面前,你只能默然无声。

随着诗艺的精进,北岛抛弃了组诗形式,开始创作由若干节组成的中长诗或十几行一首的短诗。句式长短不齐,但自由中见出法度。经过锤打的诗句,每一句都十分硬朗。而且意象与意象之间跳跃开始加快,意象本身的含义也更隐蔽。读起来不是一览无余,相反有些吃紧。最先感触到的是情绪,反复品味,一旦领悟了隐喻的意义,参与欣赏的快乐也油然而生,而且察觉出作者的机心。这是《古寺》的开头:"消失的钟声/结成蛛网,在裂缝的柱子里/扩散成一圈圈年轮。"不直说被废弃的古寺的荒颓和年深日久,而用钟声、蛛网、裂缝的柱子来形容、暗示。在诗人的感觉作用下,静止的事物都富有动感,而且相互作用。诉诸听觉的无形的"钟声"可以结成诉诸视觉的有形的"蛛网",这是通感的手法,其根据又是建立在声波的扩展亦成网状这一相似点上。同样道理,柱子中树木的年轮也与蛛网相似,所以从蛛网联想到朽坏的柱子。这就是北岛所说的"意象的撞击"或"意象的转换"。诗歌末尾的"也许/会随着一道生者的目光/乌龟在泥土中复活/驮着沉重的秘密,爬出门槛",是一个发人深省的暗示,深化了诗歌的主题。

北岛前期的象征诗,较好理解,情感因素强,很能打动人,如《岸》。在冷酷的环境里,自然物反而具有了人性和人情,《岸》成了守护神的形象,"守护着每一个波浪/守护着迷人的泡沫和星星/……等待穷孩子的小船/载回一盏盏灯光"。又如《船票》,写孤单的"他",空对着茫茫的海,没有船票。在社会上,多少人有这样的遭遇啊:无法取得资格,航向希望的彼岸。"他没有船票"一句在诗中反复出现,使人产生共鸣。《古寺》虽写得更讲究一些,但还基本保留这些特色。到写《峭壁上的窗户》,北岛的诗风开始向后期转变,感情内敛,智性因素加强。重直觉,观念联络更为奇特,增加了欣赏的难度,现代色彩浓厚。这样的诗,已经不是靠某一形象来象征某一意思,而是靠发现事物的不协和关系来反映现代人对世界的感受。诗中传达出一种强烈个性化的情绪。好像一切都事与愿违而且充满了进攻性:"黄蜂用危险的姿势催开花朵";"受潮的火柴不再照亮我";"石头生长,梦没有方向";"星星迸裂,那发情的河把无数生锈的弹片冲向城市";"从阴沟里长出凶险的灌木"……语义衔接的匹配常规被突破,事物的变态状况也得到了反映。"变成了树木的人们","凶险的灌木",偏正结构一方的语义偏轨,大大加强了诗句的含量。"炊烟被利斧砍断"(被动句还原为"利斧砍断炊烟"),"女人们抢购着春天",动宾结构中,宾词虚化,即语义上与动词相左,产生远多于字面的意义。

北岛的诗歌中,有些富有象征性的形象反复出现,除前面提到过的"天空"外,还有月光、星星、山谷、云雾、海、船只、浪花、泡沫、岛屿、岸、礁石、野花、鸽子等，都是给人带来希望，可以慰藉孤寂的、担惊受怕的心灵的肯定性的形象。与此相反，夜、乌鸦、栅栏、深渊、网，则是对人的生存形成威胁、限制的否定性形象。①这些形象的运用有的虽然十分传统，但由于特定的创作背景的关系，它的运用，就完全赋予了时代特征。如"夜"在他的诗中多次出现，作为掩盖着的罪恶的黑暗势力的象征，它几乎无所不在："夜，迎风而立/为浩劫/为潜伏的凶手/铺下柔和的地毯/摆好一排排贝壳的杯盏"（《岛》），"黑夜/遮没了肮脏和罪恶/也遮没了纯洁的眼睛"（《冷酷的希望》）。

通灵的取譬，可以使事物变形的瞬间感觉，是北岛成为象征诗人的又一重要素质。"海水围拢过来"可以"像花圈"（《岛》）；"星星"可以是"晶莹的耳环"（同前）。"月光"可以是"一枚定婚的金戒指"（《黄昏：丁家滩》）；还可以像"挽联铺向天边"（《岛》）。"思想"能够"省略成一串雨滴"（《走向冬天》）；"烟囱"会"喷吐着灰烬般的人群"（《结局或开始》）。他写鸟："在枝头上，在屋檐下/鸟儿惊恐的目光凝成了冰/垂向大地"（《恶梦》）；他写乌云："让乌云像狗一样忠实/像狗一样紧紧跟着/擦掉一切阳光下的谎言"（《走向冬天》）。下面的两段描写，完全是超验的感觉，将人带入一个奇妙的境地：

> 睡吧，山谷
> 我们躲在这里
> 仿佛躲进一个千年的梦中
> 时间不再从草叶上滑过
> 太阳的钟摆停在云层后面
> 不再摇落晚霞和黎明
> ——《睡吧，山谷》
> 只要心在跳动，就有血的潮汐
> 而你的微笑将印在红色的月亮上

---

①参考洪子诚《中国当代文学史》课堂上对北岛诗歌意象特点的分析。

每夜升起在我的窗前

唤起记忆

——《雨夜》①

进入新时期的北岛，他的诗歌并没有沿着较为纯粹的象征道路走下去，而发生了较大的变异。大约在 1982 年前后，北岛大量接触到猝然涌入的西方现代派文学作品，社会的发展变化也给他提供了新的思考的可能。与此同时，周围的文学同道也给予了他一定的影响和刺激，他的人生态度与艺术观念有了新的变化。对现实，他不再仅持批判的态度，而要与之保持一定的距离，以便于看清人类的生存状况。对于自己这一代，他也开始意识到对过去的历史也负有责任。早期诗歌的孤独和冷寂淡化了，悲观意识却深刻起来，这是基于对人类历史作了较悠远的省察，思维朝本体趋进了一步之后对世界所持的态度。在艺术倾向上，他开始接受超现实主义的影响，诗歌突破正常逻辑，注重写直觉、潜意识，甚至写梦境。《峭壁上的窗户》透露了这方面的消息，《诗艺》更是如此：

我所从属的那座巨大的房舍

只剩下桌子，周围

是无边的沼泽地

明月从不同的角度照亮我

骨骼松脆的梦依旧立在

远方，如尚未拆除的脚手架

还有白纸上泥泞的足印

那只喂养多年的狐狸

挥舞着火红的尾巴

赞美我，伤害我

---

①诗句的着重号为引者所加。

当然,还有你,坐在我的对面
炫耀于你掌中的晴天的闪电
变成干柴,又化为灰烬

用房屋来比喻诗人所从事与探讨的诗歌艺术,也许不难理解。按照这种具象化的方式,则桌子、桌边的沼泽地、明月、白纸上泥泞的足印、喂养多年的红狐狸,也是一种抽象的东西的具象化,象征研究中的境遇。关键是要知道,这里不是在写实,诗人是在写一种梦境的体验,渲染了一种情绪。它是超现实的,将无法把握的感觉透过整体效果,达到一种暗示。这样一种凭借心理无意识化,有时甚至是在梦幻的情绪下写成的作品,具有勃勒东所说的"非常奇怪的印象"、"极为独特的生动性"①的效果。读这样的诗不能像读传统的写实诗或浪漫派诗甚至如较单纯的象征诗那样,一句句索解,一句句落实,要是那样就不得要领,只能自寻烦恼。

北岛的有些诗,从不同的角度写自己的心理感受,而且具有反嘲意味,对生活不再像过去那样认真。主题是严肃的,手法却相反。不再靠一个个具体的意象表达某种意思,而是追求一种整体效果。也表现了一种悲喜剧意识。近年写的《青年诗人的画像》、《触电》、《履历》都是这样的例子。诗歌的艺术结构多呈放射状,而不是重叠式,依赖整体性。一首诗便是一座不宜拆卸的七宝楼台。

北岛还在探索之中。超现实主义手法的运用是象征手法的发展,目的是从更深的心理层次上把握世界,求得更高的真实。

顾 城

被称为"童话诗人"的顾城,是一个富于幻想、从小喜欢用自己的眼光

---

①〔法〕安德烈·勃勒东:《超现实主义宣言》,见《法国作家论文学》,王忠琪等译,生活·读书·新知三联书店,1984 年 6 月版,第 65 页。

143

看世界的"任性的孩子"①。他固执地憧憬着美,憧憬着明天,相信明天会是这样:"世界到达了理想的彼岸,所有共和国的舰艇都抛下了锚、都温顺地靠在一起,永远在深水港内停泊……"②为了使人们都相信这样的明天的存在,他要用自己的生命和微笑去"铺一片草地,筑一座诗和童话的花园"③。在"花园",就是他所认为的"高于世界的天国",也就是"美,最纯净的美"④的艺术。当他悟出"人,还有另外一些领域","这些领域就是人的心理世界,伟大的自然界和人类还无法明确意识的未知世界",⑤而且这个世界更为永恒,更能体现人的生命价值时,他就这样许愿了:"我要做完我的工作,在生命飘逝时,留下果实。我要完成命里注定的工作——用生命建造那个世界,用那个世界来完成生命。"⑥

也许注定要成为、也只能成为诗人,对于语言,对于语言难以穷尽的自然界的声音、色彩、芳香,顾城从小就有着与生俱来的敏感。还在幼儿园里,一位小朋友神秘地说出的"月光"一词,竟使他深受触动;放学路上,雨后绿汪汪的塔松上倒映着世界的"雨滴",唤醒了他诗的感觉。十一二岁,他就可以用片断的句子记录下自然界给予的启示。一本劫后幸存的科学读物——法布尔的《昆虫记》把他带到了另一神奇的世界,使他感到大自然才能真正给予他诗的语言。终于,横扫一切的运动"成全"了他。他跟随下放改造的父亲,从大城市来到了胶东一个荒凉的盐碱滩,来到了他能够听懂它语言的大自然的怀抱中。这是怎样令人激动的地方啊:北方广阔的土地,深蓝色宏伟的苍穹。春天来了,雪水流出了村子。大雁和野鸭鸣叫在寂寥的荒原,紫色和绿色的小草在路边生长,开出细小的花朵。又一年的

---

①顾城有一首诗题为《我是一个任性的孩子》,据瑞典诗人托马斯·特朗斯特罗沫介绍,这首诗在瑞典的一座教堂里朗诵时,引起了听众无比的惊异和激动。

②顾城:《剪接的自传》,见老木编《青年诗人谈诗》。

③顾城:《少年时代的时光》,见《青年诗人谈诗》。

④顾城:《学诗笔记》,《福建文学》,1984年第1期。

⑤顾城:《朦胧诗问答》,见《文学报》,1983年3月24日第4版。

⑥顾城:《诗话散页》,见《青年诗人谈诗》。

夏天,他和父亲一起到河湾去放猪。连绵的沙洲上,闪动着无数个宝石一般的小湖。他面向蓝天躺在沙滩上,流沙在热风中移动,燕鸥在蓝天上飘浮……渐渐的,他觉得自己好像熔化了,与颤动的大自然熔到了一起,熔进了光的世界,大地的引力对他已不复存在,他随着滚热的气流在太空中浮动——

> 没有目的
> 在蓝天中荡漾
> 让阳光的瀑布
> 洗黑我的皮肤

这就是他当时用手指在靠近水波的沙地上写下的《生命进行曲》,一首蘸着生命的熔浆写成的,以后很少超过的诗。想象的翅膀一旦展开,只好任其飞翔了:"太阳是我的纤夫/它拉着我/用强光的绳索/一步步走完十二个小时的路途……黑夜来了/我驶进银河的港湾/几千个星星对我看着/我抛下了/新月——黄金的锚……车轮滚过/百里香和野菊的草间/蟋蟀欢迎我/抖动着琴弦/我把希望,溶进花朵/黑夜像山谷/白昼像峰巅……我把我的足迹/像图章印遍大地/世界也就溶进了/我的生命//我要唱/一支人类的歌曲/千百年后/在宇宙中共鸣。"一种强烈的生命意识,一种对宇宙的直觉,如气流变幻起落无踪。我们只好把顾城叫做感觉诗人!

他后来的不少童话诗,也带有这种印象和超现实的色彩。如"明彻的天空中也有泥浆/乌云像一群怪鸟栖落在,池底"(《迭影》),如"尘土在淡漠的阳光中休息/在寒冷中保持着体温"(《那是冬天的黄土地》),如"夏日像一杯浓茶,此时已澄清……我的呼吸是云朵,愿望是歌声","阳光像木桨样倾斜,浸在清凉的梦中"(《来临》),如"声音的舌头一伸一缩/两个男孩走过水坝"(《黑电视》)……用比喻、拟人等一般的修辞术语已不能界定这种诗歌形象的创造方法,只有用"通感"或可形容。亲善自然,用心去感应它的颤动,倾听它的语言,已是顾城艺术活动与象征派交感说的暗合,1979 年他接触到波德莱尔的理论后,更加注重通感的作用。指出通感是艺术活动特有的思维现象:"诗人在感知和表达时,并不需要那么多理性逻辑、判断、分类、因果关系。他在一刹那就用电一样的本能完成了这种联系。众多的体验在骚动的刹那就创造了最佳的通感组合。"①通感之于顾城,已不是一般的艺术技巧问题,也是他用以发现世界和人的前所未知的联系的重要的审美方式。他认为诗人的灵感创造出来的世界足以"呈现出天国或地狱的本相"②。

对于本体的追求,对于灵魂的确信,我们发现顾城已经把他几年前所描画的"天国"从艺术世界推到了哲学范畴。下面的话,与其说是对惠特曼的重新解释,不如说是顾城灵魂的自我剖白:

> 对于他——惠特曼来说……没有什么是不可解的,没有年龄,没有什么千万年的存在之谜。那些谜轻巧得像纸团,像移动杯子一样简单——灵魂和肉体是同一的,战绩和琐事、田野和人、步枪子弹和上帝是同一的,生和死是同一的,都是从本体上长出来的草叶……
>
> 惠特曼是个超验的人,他直接到达了本体,到达了那种"哲学不愿超过、也不能超过的境界"……
>
> ……我想:在诗的世界里,有许多不同的种族,许多伟大的行星和恒星,有不同的波,有不同的火焰。因为宿命,我们不能接近他们。我们困在一个狭小的身体里,困在时间中间。我们相信习惯的眼睛,我们视而不见,我们常常忘记要用心去观看,去注视那些只有心灵才能看到的本体。日日、月月、年年,不管你看到没有,那个你,那个人类的你都在远行,都在和那些伟大的星宿,一起燃烧着宇宙的暗夜。③

这段话可以看作顾城后期创作的最好注脚。我们了解了诗人对宇宙

---

①②《关于诗的现代技巧》,见《青年诗人谈诗》。

③顾城:《诗话录》,见《青年诗人谈诗》。

人生所做的超越物象的深邃思考，也暂时地把眼光从每日每时拖拽着我们的世俗事务中移开，下面这样的诗才不会简单地被指责为流露出一种虚无情绪：

在这宽大明亮的世界上

人们走来走去

他们围绕着自己

像一匹匹马

围绕着木桩

在这宽大明亮的世界上

偶尔，也有蒲公英飞舞

没有谁告诉他们

被太阳晒热的所有生命

都不能远去

远离即将来临的黑夜

死亡是位细心的收获者

不会丢下一穗大麦

——《在这宽大明亮的世界上》

站在高处，俯瞰生命的各种姿态，宿命使人奔忙，宿命又弥合差等。诗人规劝人生最好有一点超然的眼光。

两部近年来在青年中尤其流行的翻译过来的书，有可能摇撼了顾城的价值观，也改变了他对东方文化的看法。一本是 L.J.宾克莱的《理想的冲突》，一本是根据 F.卡普拉的《物理学之道》编译的《现代物理学与东方神秘主义》。前者可能使许多人同既往的观念告别，后者则可能导致一部分人对自己先人的哲学精神作重新的体认。事实上，这几年老庄哲学的重新得道，正反映了一部分知识青年否定之否定的思想轨迹。传统的重新解释也与此相关。同国外的文化寻根潮流相呼应，民族精神的检讨部分地表现

147

为对先秦文化的重新发掘和肯定,而且被解释为历史感。杨炼、石光华、宋渠、宋玮等人的史诗追求正是这样的弄潮。一位年青诗人这样形容:"近几年来,我们看到青年诗人,正不约而同地回溯祖先,像一尾尾逆水而上的鱼。"①我们看到,当这一潮汛泛来时,顾城也以优雅的姿态跃入水中。"东方文化才是我们的立足之本,当然也还要向西方学习好的东西。"这是顾城最近的话。正是把文化根基的纵轴延长之后,顾城确定了新的坐标点,他喜爱起殷商铜器、古典建筑来。他歆羡中国古诗里那种"魂天归一"的境界。他把"灵魂"看作是"大诗人首先要具备的条件"。②

对本体、无限、灵魂突入的结果,是诗人对世俗生活的进一步漠视。这样一来,就使得他的"童话的花园"离一般人更加遥远起来。尽管构筑一个高于现实世界的天国的目的是让世人的精神得救,然而在衣食住行这些起码的物质生活还需要我们惶惶奔走,在大多数人对未知世界还不甚了解的情况下,他的诗歌的社会价值起码在现今多少要打一些折扣。附带说一下,顾城先前的童话,也都是一个精致纯净的世界。这个世界是一种象征。由于这个世界基本是建立在他的幻想基础上的,所以到头来它是诗人的心境、心态的象征。它的主要美学价值在于映照出一代人的情绪,以此曲折地反映造成这种情绪的历史时代。不过尽管离现实生活远一点,但诗境空灵,色彩瑰奇,诗句韵律感强,自然流动,因而有较强的可读性。

还应当说一说梦与顾城写诗的关系。顾城小时候有一个异常的习惯——喜欢说梦。每天早上起来的第一件事,就是把头天晚上做的梦说给全家人听。久了,大人觉得不吉利,便阻止他,他只好一个人跑到一间空屋子里,关上门,把梦说完再出来。想不到当他长大成为著名的诗人后,梦与他的诗结了缘。"你将孤身前往/许多空穴在风中同声响起"(《静静的落马者》),据他自己讲,这两句诗就是他在迷离的梦中听到的一个声音。《空袭过后》一诗,整个都在梦中完成。梦中成诗并不稀奇,艾青、何其芳都有过这样的经历。现代心理学也早为这种现象提供了科学的解释。但顾城写

---

① 牛波:《略论青年诗人的"古老"以及关于正常生长的一般性看法》,见《青年诗人谈诗》。
② 顾城:《诗话录》,见《青年诗人谈诗》。

梦还有他的理由。他认为人受观念的污染，思想已远离自我，梦中倒更真实一些。他想通过梦境的记录达到他对主体真实的追求。这种追求使得他的后期诗也带上了超现实主义色彩。如《从犯》："你总是在看外边的世界/你的脚在找拖鞋/你结婚了/有一块黑色麦地/你在梦里偷过东西//你又看看外边的台阶。"

北岛、顾城之外，芒克、严力、田晓青、梁小斌、王小妮是这一诗群中青年诗人的突出代表。

芒克与北岛一起创办过《今天》刊物。诗风与北岛颇相近。早期诗体形式主要的也是组诗。如《天空》、《路上的月亮》、《秋天》、《十月的献诗》、《心事》等，情感比较外露，但也不乏警句，如最为人传诵的"我全部的感情，都被太阳晒过"（《十月的献诗·土地》），与北岛的组诗相比，芒克较少象征意味。组诗的形式抛弃后，芒克的诗艺开始精进，意象的密度加大，注重写感觉，如《葡萄园》。有些诗趋向于总体象征，如《阳光》、《雪地上的夜》、《一棵倒下的树》、《雷雨之前》等。芒克的诗境类乎北岛，但更酷峻，还多了一些荒诞意识，源于特定年代的心理感受。意象运用得很大胆，故意想象得过分，想从心理上战胜环境，但实际上表现出无可奈何，这就使得诗歌带点"黑色"。有些意象的运用明显带有反抗性，好像故意让卫道士看了难受似的。如"只见刚刚恢复平静的水面/袒露着粉红色的乳房/那乳房是已临近开放的荷花/它这会儿也许是由于过度的兴奋/它还在那里不住的膨胀"（《来自水面上的风》）。又如"那月光就好似/一群赤裸裸的男女"（《邻居》）。如果说芒克也善于写感觉的话，那么他与顾城的不同在于他的诗歌形象客体痕迹更明显，而不是纯属想象。但芒克决不缺乏诗人所必备的想象力。随便举一例就能看出他的才华："阳光在土地上生长/它把白天的面孔/用它的茎/拱出了地面。"（《阳光》）

严力、田晓青也属于"今天"诗人群。严力有一点幽默，但他的幽默完全是"黑色"的："假如她在我满是皱纹的风景区/投下炸弹一样的吻/我只能想起防空洞。"（《以人类的名义生存》）又如："我用手势制止了一切发音器/麦克风正趴在的耳朵上/诉说它长久被人诉说的痛苦/我感动得不敢哭

出声来。"(《黑色幽默中的十三个白痴》)

田晓青是一位写诗很早、很多,却甚少公开发表,然而很有希望留下传世之作的诗人。他的诗抒情味浓,有韵律感。一首开头化用艾略特《荒原》诗句的三节中长诗,经过自己的改造,显示了诗人驾驭语言的能力。这是诗的第一节:"四月不是你的/当它残酷地来临/你不能和树枝一起发芽/墓地上/当雨滴渗入你地下的夜色/最绿的草/正从你的睡眠中萌动/伸向阳光下的四月/四月,多么遥远/风,也无法把它传送给你/你的胸怀曾饱满/而如今却成了最寂寞的角落/像这墓碑后的阴影/四月没有欺骗你/它从来不是你的/尽管你曾经憧憬过/相信过……"(《季节的传说》) 他写诗追求意境,认为"诗所揭示的最高层次即'境界'",最好的诗是令人读后肃然无言,"这无言即是'境界'永远的回响。"①他的长诗《伟大的闲暇》,可能就有这样的效果(诗请参看老木编选的《新诗潮诗集》)。这首诗不避散文式长句,但丝毫也不让你感到眼花缭乱,无可追寻。

梁小斌和王小妮是崛起的诗群中较早受到社会承认的诗人。他们的诗歌也较早透露出象征诗复苏的消息。梁小斌的特点是单纯,视单纯性为"诗的灵魂"。他要把自己的发现,"通过孩子的语言来说出"②。《中国,我的钥匙丢了》、《雪白的墙》为他赢得了诗名。《少女军鼓队》、《玫瑰花盛开》、《树的宣告》、《一颗螺丝钉的故事》也都是带有象征意味的较为成功的诗作。可惜后来因为其他原因,他的名字较少出现。

王小妮是女诗人,从一开始写诗就有自己的风格。这同她的主观努力有关,她说:"写诗,我希望让人们感受到我的原始诗的冲动和情绪。"③她的诗以人的自我意识为中轴,一类是写意识到自我的存在的人的欣喜、自豪,或者是可以自由品味自己的生活的自得之趣,如《印象二首》、《假日·湖畔·随想》。另一类是写感觉不到自己作为人存在于这个社会的人,主要是她插队农村期间接触到的农民。代表作有《碾子沟里,蹲着一个石匠》。

---

①田晓青:《诗·语言》,见《青年诗人谈诗》。

②梁小斌:《我的看法》,载《福建文学》,1981年第1期。

③王小妮:《我要说的话》,见《福建文学》,1981年第1期。

从艺术个性看,王小妮注重写印象、写感觉,即善于捕捉对审美对象的瞬间反应。她自己也说过,她"珍视自己不同于别人的感觉"①。所以可以把王小妮称为印象诗人。对于诗的内在结构与诗的浓缩度的追求,使她的诗主题深隐。目前的王小妮,处在艺术的蓄积期。

象征作为一种艺术手法,为新时期注重内心探索的诗人所广泛采用,因此它具有很强的渗透性。杨炼的对民族文化心理深层结构的发掘的形象系列,实际上是一个大象征。江河以神话传说为题材的流光溢彩的现代诗,也披露着一层半透明的象征纱雾。舒婷的现代女性人格透视的抒情诗,不少也迷离着象征气氛。不唯青年,象征手法在一些中年诗人那里也得到运用。刘湛秋的《岸》,王念生的《老虎》,都是很成功的象征诗。另一位中年诗人任洪渊,则以象征作为创作的主导倾向,至少可以看作象征诗群重要的外围诗人。

已届中年的任洪渊,开始发表诗作是在 1976 年以后,但超群的想象力和较为深厚的文学修养,使得他大器晚成。他的宇宙诗篇《船》、《帆》、《地球,在我的肩上转动》等,反映出诗人超绝时空的想象力以及独特的感觉方式,人与自然已经融为一体。1983 年起,他开始创作《女娲》、《长江》等以神话传说为题材的规模更大的诗篇,着意建立"总体结构"。先秦庄子的天地万物为一体的哲学思想("天地与我并生,而万物与我为一"。——《庄子·齐物论》),美国诗人惠特曼"用自我的历史来归纳民族历史"②给了他新的启示,开放社会迎来的东西方文化的再一次激荡,使他对民族历史、人的心灵以及自然融合在一起,重叠在一起。他所说的总体结构,就是容纳他这种思想感情的超现实的象征世界,它带有浓厚的东方色彩。他以历史神话为题材,但对历史神话又不是那种典故式的运用。历史神话本身都已复活起来,越过漫长的年代,加入现代人的精神领域。这是一个用奇特的诗歌语言表达出来的象征意蕴:在这里,空间的界限消失了,只剩下

---

① 王小妮:《我要说的话》,见《福建文学》,1981 年第 1 期。

② 〔美〕丹尼尔·霍夫曼主编:《美国当代文学》,中国文艺联合出版公司,1984 年 7 月版,第 885 页。

时间,而时间又负载着空间。他写人的诞生,既是刚刚从自然中剥离出来的人首蛇身的人,分明又是挣脱了深重的人间灾难的现代人:"我的一半还属于过去/我的一半还是未结束的野性/属于岩洞和林莽/阴森和血腥/还压在我的身上/甚至要压过我的头顶/但是我已经抬起头/不能垂下/这一轮太阳"(《女娲》)。他写长江,流载着中华民族绵长的历史文化:从射日的后羿,到逐日的夸父,从昆仑山的传说,到古云梦的神话,从屈原、宋玉,再到李白——"他飘飘揽月的衣袖,坠下他的剑/坠下他的翘望在西岸的山/还在望大道如青天,望/太阳边驶来的帆"。诗人通过长江这一象征性形象思考了中华民族的历史命运及其在世界中的地位:"长江,你给太平洋倾吐了几千年的历史浮力。但你不应该只是倾吐,中华民族对人类的奉献已够多了,你难道不应该有新的命运——我伸开双臂作大陆的新岸/太平洋/该你撞击我/该你浮起我的历史几千年。"(《长江》)

这种把历史现实化,古人今人化,把不同的时间、空间压缩到一个平面上的处理方法,从中不难找见艾略特的影响。而诗的语句将一种繁复沉重的文化内容驾驭得从容不迫,调子悠婉纡徐,又明显取法于近年渗入的港台诗。任洪渊在一度把目光转向西方现代派之后,回头到东方文化体系中寻找突破口,因此我们有理由把他这种象征称为"东方象征"。

五

文学的发展,并不像历史的进化那样表现为一种连锁性的演进,而是"一连串相克因素反动的延续"[①],即新的文学性格与已有的文学存在冲突激荡,从而推陈出新,生生不息。一种新的文学力量诞生,同时也就孕育了它的对立面。以北岛为首的"朦胧诗"以反叛的姿态打破了僵化的传统格局,很快,北岛也遭到了突破(所以他自己也不停地突破着)。在诗坛一度恢复了平静(原因众所周知)之后,一股可能给中国新诗发展带来更大收获的现代派诗歌湍流,开始往貌似平静的江面上涌动。社会历史的必然要

---

① 洛夫:《中国现代文学大系·诗序》,台湾巨人出版社,1972年出版。

求,关于西方现代派文学问题论争的刺激,加之朦胧诗运动已经提供的经验,催生了这场诗歌运动。以北京、上海两大都市为主,兼及其他地区,聚集了这个诗人群,很不全面地罗列以下他们的名字,就是一个相当可观的队伍:牛波、贝岭、雪迪、石涛、李路(阿男)、镂克、黑大春、王小龙、孟浪、蓝色、陈冬冬、郁郁、默默、陆忆敏、天游、刘漫流、于坚、封新成……这群人多半出生在 60 年代初,其中不少刚刚受完高等教育。他们身上较少有过去时代的阴影。那种已经死去的虚假的伪诗,也没有成为他们启动艺术脚步的负担。新时期崛起的诗歌成了他们进入诗歌苑囿的第一个花圃。他们又适逢西方文学蜂拥而入的开放时期。正是在这样的背景下,他们找到了镖人的机会。高等学府的知识强化,或者都市生活的得风气之先,使他们一开始生长便有蔓延之势。

"每一代新诗人都或是抛弃或是吸收前一代成果,从而取得自我意识。"①这一代为开放之风吹拂着黑色头发的诗人,立足于时代给他们提供的文化背景,作出了这样的选择:"以他们独特的声音来和土地与生命对话。以他们独特的目光与思维方式去撕剥站立在他们面前的世界。"(《窗口》诗活页)认为这样做的结果是"从他们笔下所流出来的诗就具有了和往昔的那条诗歌的长河所截然不同的风貌"(同上)。他们仍然坚持这样的观点:只有扬弃传统,破坏欣赏习惯,"才有可能形成连绵不断的艺术高峰,也只有这样,才是一切艺术的真正的传统——对于艺术遗产的继承是在放弃中获得的"(同上)。以一个中国人的身份,来写现代中国人对现代生活的感觉、态度,使他们有理由把自己的艺术创作称为"诞生在中国土地上的现代派"。

突破是这样的:不仅不是如十七年某些诗歌那样为了宣传目的而到生活中去为流行的观念寻找事实例证,甚至也不是像初期朦胧诗那样实际上浸染着较多的政治情绪,而是新一代诗人对自身、对生活、对世界、对人生的一种思索、焦虑、渴望和领悟。与青年人的性格相联系,有时不免是

---

①〔美〕丹尼尔·霍夫曼主编:《美国当代文学》,中国文艺联合出版公司,1984 年 7 月版,第 884 页。

一种骚动不安的情绪。"我们生命过剩,我们笑容歉收"(海客:《神秘的八点十七分》)。这句诗很好地概括了这一代人不无矛盾的精神状态。这样的矛盾,使他们往往用一种玩世不恭的眼光来看待生活,在人们不以为怪的地方看出了荒诞意味的东西:"夏日好时光/姑娘们赤腿登场/晚礼服从香港跑来/人人爱上了伊丽莎白女王/美丽的蚊子袒胸露臂/中山服抱着张明敏假装正经/……这是多么美好的夏夜/长鬏角和小耳朵举行订婚仪式/腿肚子在旗袍旁痛苦地转筋/著名的北方诗人正申请停薪留职/苍蝇在某公园集会发表声明……"(《丁当:《舞会》)有一点幽默,但幽默的背后未始没有沉重,玩世不恭并不等于抛弃责任感。"诗是时代的塔尖"[1],诗人是时代的良心。他们总是最先触摸到时代的情绪。对于人类的历史,他们充满深深的希望和忧虑。他们以"太阳歌手"的名义向世界宣谕:

> 二十世纪的凄风苦雨后面
> 必定还有一场大雪
> 一场厚厚的大雪
> ——贝岭:《太阳歌手》

　　一种悲观精神后头,是对人类命运的最大关切。现代人的忧患意识,总是笼罩着每一个渴望生长的生命的头顶。下面这种富有象征色彩的意象,令人感受到几分悲凉气氛:

> 太阳收下了色彩斑斓的床单
> 在山那头轻轻地拍打
> 一个古老的葬礼
> ……
> 门前那棵老榆树呀
> 正以枝叉般纵横无羁的笔触

---

①郑敏:《英美诗歌戏剧研究》,北京师范大学出版社,1982年11月版,第94页。

摹写我的肖像

……

风呀吹来一段又一段往事

吹凉我新沏的浓茶

天天如此

蓝天、碧野和落日

构成生命的三元色

循环往复变幻无穷

我永不熄灭的香烟就像针管

开始为月亮减肥

而狼藉满地的烟头

也已被星星谱成曲

带到朝阳歌唱

——天游:《天空》

因为对于生命的意义与命运的不可知,他于是作进一步的思考:人类的主观努力,不一定就可以帮助我们把握住自己,在冥冥之中,还有一样东西在左右着我们,它不说话:"那样安详/在无数生命凋萎以后/沉默着/伴着茫茫世纪的沉浮/依然逗留在天幕的云层/超越了一切限度//以最大隐忍/我们的耐力弯曲了/在你良久的注视下/万物更生 却不堪/轻轻一击。"(李路《虚无》)

除了突破旧有观念,力求从新的精神层次上观照世界之外,把诗歌作为一门艺术,追求诗歌语言的更新,是这些现代派诗人挣脱业已消逝的传统和正在形成的传统束缚的主要目标。这表现在不同的方向。

他们更为大胆地打破词语的习惯搭配方式,以传达出一种强烈的情绪,从而给读者一种全新的感受。太阳可以垂钓(海客:《神秘的八点十七分》),希望可以放牧(郁郁:《节日》),日子可以凋谢(晓明:《少年》)。借助于灵感,想象可以这样推移,产生富于含蕴性的意象:"我们又相对而坐,想起晴空一样的蓝白色的真情"(陆忆敏:《雨中》);"灯光黯淡,像河流变窄"(陈冬冬：《土》)。有时候可以用一种主客换位的描写,看似俏皮,实际上在诙谐后面是冷冷的嘲谑："风一页一页合上黄昏的玻璃/……门第二次鞠躬进来了四件装着晚饭的高领毛衣/每一把亲爱的椅子都疼得吱吱乱叫/……高干血统的那条声带长得两只耳朵都在恨我。"(于坚：《作品第11号》)幽默可以使事物超出常规："曾有过这样的时候/在没有路的地方/我等人/等一种不属于路的脚步声//他举着路/走了过来/然后我们在一起/举着路走。"(孟浪：《路》)路不在脚下,而可以举在手中。这样的幽默叫你吃惊,令人哭笑不得。然而读完了全诗,一种开拓者深沉的责任感与使命感,使人心情久久不能平静："我们知道/在另一些没有路的地方/我们在被人等/那是一些属于路的人/也许更多的日子/更多的是属于路的脚步声/只要我们还是举着路走的我们/路还在延伸。"

多层次的措辞,富有暗示性的诗行,使诗歌意象获得了多重的含意。一首明显仿照意象派诗人佛灵特的《天鹅》写成的同题诗,很少用抽象表述作者感情的词语,而全是符合对象特征的描写,主题并不明示,潜存于意象的背后,耐人寻味。兹录最末一段,以作说明：

扬起脖颈　扬起
　飘浮在天与水之间的羽毛
青铜的叫声沿着一片湛兰飘流
抱着金灿灿的水面和　宁静的曲线
　你游往那个白色的洞口
　　　　　　　　　　——雪迪：《天鹅》

诗歌形象的多层次含义,必然带来诗歌结构的立体化。不必细考每一句诗的意思,只要读下去,你就可以进入另一个世界,它是诗人的内在世界与客观外在世界重合而产生的第三样世界。试举陈冬冬题为《歌手》的长诗中的《河岸》一节：

蓝色的河岸是一个梦,上面奔走着

夸父和刑天

红鹤与黑鹤突然飞临

像一场雪

玻璃步态是清晨的露水

天上的神灵泪流满面

歌手思念着清凉的林带

岩石之手和山里的疏钟

它们敲响,惊奇

面对生命的蓝色河岸

河边的卵石是歌手的卵石,上面凝结着

天庭的悲哀/鱼鹰和日出同时飞临

像一支歌/他的目光是清晨的露水

蜂群开始飞舞,阳光和歌声如同花朵

只有清晨

他才呼吸,他才坐在蓝色河岸

沉默

感受天上的神灵之雨

　　这完全是诗人想象中的如玻璃一样透明、如露珠一样晶莹、如清晨一样和畅的艺术世界,是体现了诗人美学趣味的一种审美心境。读诗不在于理解,而在于感知。读这样的诗,我们或许可以领悟斯达尔夫人的这段话:"诗,是刹那间获得了我们的灵魂所祈愿的一切。才能消除了生存的疆界,把凡人朦胧的希望变为光辉夺目的形象。"①这就是诗歌为什么有高层结构以及它的美学效果的产生的原因。

---

　　①〔法〕德·斯太尔夫人《德国的文学艺术》,丁世中译,人民文学出版社,1981 年 8 月出版,第 46 页。

现代派的创作还处在一个尝试阶段。在一个总的旗帜下,不同的艺术趣味又相互砥砺。有人注重诗歌的内质,有人偏重语言形式;有人追求意象的不同凡响,有人又转向语言的平白如话;有人幽默,有人愤激;有人隐晦,有人直露……探索是紧张的,成功的作品已经出现,也有不少是试验品。但害怕失败而停止探索,传统的河流只会干涸。正是在这样的意义上,现代派的出现是新诗运动中的可喜现象。探索者总是筚路蓝缕,他们只能由自己来开辟园地。被承认需要时间,但他们相信时间会作最后的评判。办社团,出刊物,同气相求,南北呼应,这在某些人看来可能是一种混乱,但史蒂文斯早就说过:

　　　　一个巨大的混乱便是一种秩序。

1985 年 8 月完稿于北大

艺术之光照彻心灵 *

——北岛谢冕会谈记

五月温馨而平和的北京之夜,在北大蔚秀园一幢教师公寓的五楼上,全国著名的诗歌评论家谢冕的书房里,我们正等待着一个人的到来。要来的是青年诗人北岛。

几天前,为了完成在谢冕、洪子诚两位老师主办的诗歌讨论班里承担的一个研究课题,我们去北岛家作过一次访谈。在交谈中,北岛提到想见一次谢冕老师,大家一起再仔细谈谈,于是我们十分高兴地代为约定了今晚的这次会面。

照例不宽敞但却雅洁的书房里,一多半是书籍的世界。进门左侧并排贴着墙的两个书柜里,整齐地装满了书籍,靠墙的宽大的写字台上,也摆满了杂志、信函,连墙角的一张单人床上,也一摞一摞地堆满了书报、期刊。这些似乎在告诉我们,为什么当新诗潮的潮头还只是在天边露出隐隐的一线白痕时,谢冕就敏锐地捕捉到了它的喧响。在刚刚粉碎"四人帮"的时候,他收到别人转来的一本油印诗集《无名的小花》,署名是顾城,一种在重压下面发出的生命的呻吟,使他震惊了。接着他陆续地收到了这样的诗集。1978 年,北岛与他的朋友创办的《今天》传到了他的手里。之后,从一些公开出版的刊物上,也开始读到同样的与多年来充斥于诗坛的假、大、空的声音绝然不同的诗歌作品,他兴奋了。他意识到期待多年的新时代终于到来了。他压抑不住激动的心情,发出了"崛起"的呼声。尽管因此而遭到了一些人的误解,甚至承受了不应有的压力,但他确信伴随思想解放运动而兴起的诗歌革命已是不可逆转的历史潮流。经历风和雨,中国诗坛赢

---

* 本文与樊洛平合写,发表于《中国诗人》2011 年第 4 辑。

得的果然是更加明亮的星空。

也许觉得在这样的时候，这样的一次会见未始不是当代诗坛的一段佳话，我们的心情有些急切。谢冕老师的兴致也很高。他的夫人陈素琰老师也笑吟吟地忙乎着涮茶具，作着应客的准备。"嘭嘭"，门终于叩响了。我们都站起来，陈老师连忙去开门，迎进来的果然是北岛。

屋子的气氛顿时活跃起来，一落座，北岛便客气地对谢老师说：

"早就想来看您，一直没能来。前些时那种气候下，也不好来。本来我们没联系，人家都说有联系，我怕来了对您更不利。去年，因为同一个德国人谈诗，我还来过一次北大，但没有找您。"

"是呀，八二年秋天我从青岛回来，掉到海里，大难不死，你同江河、杨炼，还有唐晓渡夫妇他们一起来看我，都一年多了……你那次坐在床边，说话不多，啊？"

"是的，也是晚上来的。记得你那次遇险是八月十三，星期五。'十三'这个数字最不吉利了，逢五更不好。西方人对'十三'最忌讳了。"北岛认真地说着。

"哈哈，你还信这个吗？"谢冕老师笑了。

"我有点信。"

谈话就这样很有风趣地开始了。谢冕和北岛，一左一右地坐在靠墙的沙发上。我们坐在他们对面，陈老师坐在床上，看着他俩谈笑风生。心灵的通道好像早已为一道透明的强光照彻，这一老一少，显得如此融洽无间。我们不由得奇怪，为什么有的人整日相处，竟不能相互理解，而有的人如隔参商，却心心相印。那一道沟通人们心灵的强光是什么呢？

橘红色的灯光，从他们的头顶投射下来，使得他们因相见而喜悦的脸上透出一种油然兴奋的光彩。我们对谢冕老师早已熟悉，一年来听他的课，后来又跟着他研究当代诗歌，对他的学识和为人有一些了解。在他身上，永远不乏诗的激情和青春的活力。就连今晚这样的会谈，照样是情绪热烈，说话节奏快。北岛在前几年的诗坛上引起过轩然大波，然而始终未被人们真正认识。我们已是第二次同他见面了，但仍然不能不为他的魅力所吸引。

高挑个儿的北岛,微黑的面庞略显清瘦,架在挺直的鼻梁上的近视眼镜,增添了他的文雅、秀气(秀气中透出刚毅)。有人说北岛的诗,给人冷峻的感觉,如果以此推测他的为人,未免发生偏差。第一次同他见面,我们意外地发现他是那样谦和。可见艺术作为一种心态活动的产物,是一种复杂而微妙的精神现象。唯一能让我们把北岛的人与他的诗贯通起来的,是谦和中不失自持,待人礼貌然而绝不过分。这使我们想到他的诗的力度。他说起话来,很少用长句,声音不高,但很中听,富有音乐性,就像他的诗一样,质地坚实,且富有弹性。

"听说你要出国了,是去哪里?"谢冕老师侧身关切地问北岛。

"哦,是德国。不过还没最后批下来呢,不一定能成。我刚才说过了,'十三'是个不吉利的数字。"

"怎么呢?"

北岛欠起身谈起事情的经过:"是这样,这次中国作协组织一个作家代表团,应邀去西德参加'地平线艺术节'。成员已经组织好了,舒婷这次去。还有王蒙、张辛欣、张洁、傅天琳等,一共十二人。外国人本来也一起邀请了我,但怕不让去,所以单独给我发了邀请。刘心武把我推荐给王蒙,王蒙同意把我列入代表团,这样我就成了第十三名了。为此事,刘心武、邓友梅出过很多力,多次打电话帮忙联系。列是列入代表团了,但对外算是代表团成员,对内不算……"

"啧,你看……"还不待北岛说完,谢老师不由皱眉了,我们几人也禁不住摇头,大家不知说什么好。

北岛停了停,又接着说:"这还好呢,坏就坏在我们上下不通气,事情老办不成。到现在,外国人机票都寄来了,离出国只有二十多天,我的护照却还没办。"原来,为北岛出国的事,还亏了美籍华人陈若曦,趁胡耀邦接见他时,顺便把这事提了出来,才得到同意批准。但上面批准了,办护照却还牵涉到他现在所在单位的问题。能否办成,没有把握,他几乎想放弃了。

这样的事,也许本来就是司空见惯,我们不必感慨系之,何况现在一切都在进步。曾几何时,北岛这个名字,在某些人的眼中,几乎成了不祥之物,而现在,他出国也得到批准,简直今非昔比。但是,北岛作为思想解放运动中涌上诗坛的青年诗人的优秀代表,我们真正认识到他的价值了吗？"墙内开花墙外香",这句俗语竟应了我们一些很有才华的青年诗人的遭遇。北岛等人的作品,已经不止被一个国家翻译介绍过去。美国1983年就出了北岛的诗集《太阳城札记》,他的诗得到了有名诗人加里·施奈德和故去的路易·法拉贡的赞誉。近年还有人撰写了研究北岛创作的专论。在瑞典,也早就出了北岛、顾城的诗歌合集,单是印制之精良,足以令人叹为观止。可是我们自己老是用怀疑的眼光看待这些在艺术上筚路蓝缕的青年人。当然,文艺界从来就不乏伯乐,当这批年轻诗人崭露头角之后,一些独具慧眼的诗论家就及时地肯定了他们,对他们寄予莫大的希望。一些思想开放的老诗人,也对他们的创作给予关注,老诗人冯至就这样评价北岛:"在青年诗人中,北岛的诗最耐读。"

谈话自然而然转到那场刚刚过去的清除"精神污染"、批"三崛起"的运动上。那是怎样一场来头不小的运动啊,几有"山雨欲来风满楼"之势,然而顷刻间烟消云散。它来也匆匆,去也匆匆,却留下那么多耐人寻味的东西。历史仿佛开了一次小小的玩笑。一台刚刚开锣的新戏,拉开了帷幕,又匆匆掩上了。然而就在这一瞬间,它让不同的角色在正义与良心的聚光灯下亮相,给人的印象,永不复抹去。它太残酷了:令多少人追悔莫及,耿耿难眠;它又太公正了:赐予真的猛士的,绝不只是一顶荆冠!

好像曾经为了一个共同的使命,各自在旷野上遭受风雨的袭击,云消雾散之后,双方聚到了一起,怀着共同战斗的情意,彼此都关心地询问起对方来。北岛先问谢冕:"那些日子,您没事吧?"谢冕回答了他,又反过来问:"你的压力恐怕更大些吧?"

谢冕老师谈到他当时的遭遇:"开始批'崛起论'之后,我所有在外面的稿子,连原来约稿的和定了要发的稿子,都退了,有趣的是,居然还给了退稿费。"但北大不愧是现代民主运动的发祥地,虽然迫于某些压力,他接受过校报记者的采访,作了一次表态性的谈话之外,在校内,他没有受到更大的冲击,相反得到保护,一些高龄的老教授甚至这样愤慨地表示:"要批谢冕的话,先批我们!"人心不可侮,何况是追随科学民主已近三分之二个世纪的中国知识分子!

　　北岛遇到的情况当然要困难得多。当他的诗作《彗星》被人毫无根据地指责为有反党倾向之后，行政干预理所当然地很快地降临到他的头上。"清除精神污染快结束的时候，也就是去年三四月份，才搞到我头上的。"北岛告诉我们说："当时，我还在《中国报道》，上面来人到单位施加压力，调查《彗星》一事。单位的三个领导，轮流找我谈话，要我交代《彗星》到底写的是什么。我气愤了，对他们讲：'我同你们只有工作关系，没有必要向你们解释诗。诗人从来不解释自己的诗！你们硬要问《彗星》写的是什么，我告诉你们好了，《彗星》是一首情诗！'"

　　说到这里，北岛面带凛然之色，但语气中仍含着当时一定有的嘲谑与不屑之情。说完发出隽永的笑声，尽管这笑声中还留着当时的一丝苦味。

　　"后来，他们停止让我出差。我的工作是编辑、记者，停止出差，就等于停止了我的工作，我哪儿也不能去。我气不过，就罢了一个星期的工。每天上班，坐在那里看我的书，桌上的稿子堆满了，我也不管。后来领导又找我。我知道是待不下去了，就问他们为什么停止我的工作，他们答不上来。我同他们吵了起来，最后干脆调了出来。"

　　听到这里，我们一方面为那种不懂艺术而又要无理干涉、胡搅蛮缠的愚蠢行为感到又好气又好笑，同时，又为北岛人格中那种最可宝贵的东西感到由衷的钦佩。真正的艺术家，应该有他独立的艺术追求，而这首先是以对人生的确信、对自我的把握为基础。而这一条，恰恰不是每一个搞文学的人都能做到的。北岛就以十分痛恶的心情提到有人化名写文章，把他的诗作无限上纲，而以此邀功的做法。北岛绝对不能容忍那种为了某种个人私利不惜抛弃真理、践踏信念的行为。对于一切丑行，他嫉恶如仇。当谢冕老师谈到前几年文坛上某些文人表现出的卑劣行径时，北岛不停地说："太可恶了！太可恶了！"不仅对于一般人是这样，就是对自己的朋友，只要有人将正义屈服于淫威，他也不予原谅。一位对新诗潮的兴起起过推波助澜的重要作用的青年诗人，出于当时的强大压力，违心地作了检查，而且对自己和自己所代表的新诗理论与创作追求，上纲上到令人不能置信的地步，北岛知道后气极了，写信通知他，说要把他的名字永远从自己朋友的名单中勾去。后来果真断了联系，直到再次见面，两人皆不提过去的事,才又言归于好。

北岛后来说过这样的话:"批判我的影响造开后,有人把我当作英雄。说我的诗是一个硬汉子形象;一见到我的人,又说与我诗中的硬汉子气不符,成了一个书生。我生来就不是英雄,也没想过当英雄,我只想当个人的。"的确,作为现实中的人,北岛平凡普通,充满了柔性。但是,从上面的事件中,我们在北岛的精神世界里窥见的,难道不是一个铁骨铮铮的形象吗?

对知识分子的硬汉子形象,他充满了敬佩之情。当谢冕老师绘声绘色地谈到美学家高尔泰在清污运动中的一段喜剧色彩十分强烈的轶闻趣事时,北岛连用这样的评价:"真了不起!""简直是一条硬汉子!"语气中流露出激动。当谈到老诗人蔡其矫时,北岛连迭声以"老师"称之,十分深情地回忆起与蔡其矫相识的经过,说:"我们是忘年交。"

北岛和谢冕,不也是这样一对"忘年之交"么?是什么东西使他们越过了年龄的界限而息息相通呢?是艺术。人类需要艺术。人类的生存,不仅仅是物质形式的刚性存在。作为物质与精神的统一体,生命之花需要艺术的滋润。文学作为一种精神现象,既是人们认识自身存在的一种方式,同时又是把我们导向更合理更美好的人生的一种有效的方式。而诗歌,则是文学艺术的王冠。缪斯的七弦琴,它的根本乃至永恒的职责是为生命和心灵弹唱。这就是为什么它的声音能越过广袤的空间与悠久的时间仍能找到共鸣的原因。可是,诗神在中国的土地上,曾经遭到过多么无理的冷遇甚至粗暴的踩躏。我们忽然想起去年秋天,谢冕老师开《近年诗歌研究》课时,在那个连门口都站满了人的教室里,他谈到他为什么选择这个课程的时候的一段铿锵的话语:"我觉得,我们有这样的信念,像中国这样有着悠久文学传统的国度,文化和诗歌的衰败是不可能持久的。这种信念支持着我在沙漠中忍受饥寒,忍受困难,期待有一天走出沙漠,重建绿洲……我们不能容忍诗歌受到这样的冷落,这种冷落不会持久,不会永恒!"我们终于明白了,正是这种坚定的艺术信念,架设了他们心灵相通的精神桥梁。

谈话在融洽和谐的气氛中进行着。夜在窗外悄悄地流动。晚风轻轻,由通向凉台的窗门里,把盆花的幽香一阵阵吹拂进来,沁人心脾。谈话的人有问有答,时而发出会意的笑声。贤惠的陈老师,不时地给大家倒茶。北岛不住地抽烟,谈话当中,时不时用食指去顶一下鼻梁上下滑的眼镜。谈话几乎没有停顿,短暂的间歇之后马上又有人发问,或者谁先想起了什么,饶有兴味地给大家讲起来。最后谈到了北岛的诗歌创作,这也是此次会谈的一个重要主题。谢冕老师向北岛解释我们想要访问他的意图:

"这学期我们开了一个诗歌讨论班,关于你们几位青年诗人的创作,他们俩(指笔者——引者注)作了一个很好的报告。但考虑到对你的创作和你本人的情况还不太熟悉。所以想见见面,谈一谈,加强了解。"

谢老师一说完,北岛就向我们介绍起他这些年来不无坎坷的经历。1978年10月,北岛与芒克一起开始筹备《今天》,12月创刊。一共出了9期,到1980年9月9号文件下达,被查禁。当时北岛已从安装公司调到《新观察》工作。因为《今天》一事又调离,到《中国报道》。《中国报道》去要人时,《新观察》没有提到《今天》的事。调动事成后,有传言说北岛是地下刊物的头子,《中国报道》慌张了,马上去了解,但木已成舟。1980年三四月,清污运动快结束时,因为《彗星》挨批,而与单位闹翻,遂调到昌平县飞达公司当宣传部长至今。

"你的诗集,除了给过我的那两本,后来又有新的吧?"谢老师又问起他的创作。

"后来写了一些,我已托人带给您一本《峭壁上的窗户》。"谢老师遗憾地表示没有收到。北岛告诉我们,关于他的诗歌,除了香港出的《朦胧诗选》收有他的诗作外,最近广东新成立的《创世纪》出版社准备把他的收诗九十多首的诗集列为第一本书。除了写诗,他还译诗。他翻译的《北欧现代诗选》,湖南人民出版社已列入《诗苑译林》准备出版,署名石默(像石头一样沉默)。他写诗,也写小说。除了被人评论过的中篇《波动》,用他的真名赵振开发表在《长江》丛刊1981年第1期之外,他还发表过一些短篇小说。最近香港中文大学准备给他出一本小说集。当代青年作家中,像北岛这样能够两栖的还不多见。

北岛是个勤于探索的青年诗人,他从来不满足已经取得的成就。"有一个时期,我有一种写不下去的感觉。我苦恼于自己在一个平面上徘徊。"他说。谢老师问到他近来创作有些什么新的想法。他告诉我们,从1982、

1983 年开始,他开始了新的追求。"有的诗,我用一种从不同角度写的方法。比如《触电》。"他当场背起这首诗来:

"我曾和一个无形的人/握手,一声惨叫/我的手被烫伤/留下了烙印/当我和那些有形的人/握手一声惨叫/他们的手被烫伤/留下了烙印/我不敢再和别人握手/总是藏在背后/可当我祈祷/上苍,双手合十/一声惨叫/在我的内心深处/留下了烙印。"又略加解释:"这首诗从不同角度去写。而且有一种反讽意味。对生活不再像过去那样认真,有点'嬉皮笑脸'。不只是对别人嘲讽,也充满自嘲。主题是严肃的,但手法是反严肃的。不再靠一个一个具体意象表现某一种意思,而追求一种整体效果。也是一种悲喜剧意识。《青年诗人的画像》、《履历》都带有这样的特点。"

"那么,早期写的《日子》,是不是就有这种苗头呢?"谢冕老师问。

"是的,《日子》是有这种趋向。字面是淡化的,轻松的。"

北岛的诗歌创作,明显地分为几个阶段。最初,是较为明白、清新的抒情小诗。之后,较多地使用象征手法。这两年来,从创作方法的追求看,就明显更复杂一些。上次见他时,当我们问起他的创作所受的西方现代派诗歌影响问题时,他回答:更多受超现实主义的影响。谢老师想让他谈谈他的诗歌的超现实主义的倾向。他便介绍起来:

"超现实主义,主要是突破正常逻辑,写一种感觉、甚至是梦境。比如《诗艺》。"他举出《诗艺》中的一些句子:"我所从属的那座巨大的房舍/只剩下桌子,周围/是无边的沼泽地/明月从不同的角度照亮我/骨骼松脆的梦依旧立在/远方,如尚未拆除的脚手架/还有白纸上泥泞的足迹/那只喂养多年的狐狸/挥舞着火红的尾巴/赞美我,伤害我。"然后说明,"《诗艺》无明确具体意义。是超现实的,从一种无法把握的感觉透出整体效果。通过梦幻意识,对梦境的体验,达到一种暗示,表面玄妙,实际上与现实拉开距离,从中表现内心感受。拉开距离有好处,拉开距离反而更能看清人类自身的生存状态。"

听到这里,我们不由想起一个问题,就向他提了出来:"这一类的诗歌,由于更追求个人的主观感觉,有些甚至是一瞬间的直觉,因而诗歌意象就有较强的私人性,这样,评论者的理解,就有可能出现偏差,这种情况怎么办呢？"

"诗人应当允许别人对自己的诗歌有他自己的解释，只要意思不是太相反。有时候，评论家的解释比作者自己想到的还好，有些理解，作者自己创作时都没有意识到。对于诗歌，欣赏者有再创造的自由。"这种在艺术上的通情达理，使我们不由联想到北岛先前说到的另一件事。在前几年的诗坛争讼中，有一位诗歌前辈，与青年诗人发生了让人难以理解的龃龉，对北岛尤其抱有偏见，但后来一位瑞典汉学家告诉北岛，这位老诗人以一种忏悔的心情对他讲："我老了，不愿再与青年诗人为敌了。"北岛听后，心软了，说："我原谅他了。"这是难能可贵的大度与宽容。人们啊，放弃你们的偏见吧，与他们对话，你会发现最好的头脑和最美的心灵。

关于对超现实主义方法的追求，北岛又作了这样的补充："可以写梦境，写直感，但诗歌还是有一个明确的意识，有一定的章法。无章法就是一种章法，虽然表面并不明确，但它是有自己的内在结构的。诗也不能只停留在表面上。我的一位朋友就有这个倾向，有时候成了一种文字游戏，我多次提醒过他。"

接着，北岛又谈到他创作的另一个倾向："趋向于白。不像以前那样色彩朦胧。《履历》，追求多角度表现生活，语气本身是直白的。这里牵涉到一个结构主义的问题，多视角描写，通过组合产生效果。"

"这些追求都是好的。"他一说完，谢冕老师立即给予肯定，"但是，我们尝试新的方法，又要允许人家用传统的方法创作，不是自己的这种行，人家的就不好。也不是另一种好，这一种就不行。要是只准有一种方法写诗，诗歌就又走上新的歧途。应该多种方法并存，艺术应该多样化。只有多样化，诗歌才能真正繁荣。"艺术上的宽容，是谢冕老师的一贯主张。他的诗歌理论，经过几年来的撞击、淬火，如今是更趋于缜密和完善了。

北岛点头赞同，并且申述了他先前的看法：就是对自己，也不能只停留在一个平面上，而应该立体化。他还表示了对自己这一代的新认识："过去只说我们这一代是无辜的，现在看来这是不够的。我们也有责任，对现实只批判是还不够。"可见他们的创作，并不是要直接对现实，更不是对政治发言,而是力图站得更高进行反省。这种自省,既是民族的,也是个人的。他的这种反思意识,使谢冕老师想起了一个问题。谢冕老师问他:

"有人谈到你的诗中的悲观,你对这个问题怎么看?"

"我认为,在诗人中,悲观才是真实的。"北岛不假思索地回答,"应当让人们了解自己的生活状态。乐观主义曾经使我们的世界变得多么可怕。"

这是一种渗透着辩证精神的艺术观乃至历史观。这批特殊年代造就的青年人,他们的艺术观照的着眼点,早已不是只停留在表面的生活现象。历史重负,民族的和个人的痛苦经历,给了他们深沉的思想,使他们从更深的层次对艺术本质有了新的体认。时代需要他们用新的艺术方式去把握现实。

不知不觉,已是夜阑人静。大家谈兴仍浓,但想到北岛从这里骑车回他寓居的德胜门内,至少也得一个多小时,我们不得不结束这场意犹未尽的聚谈。在蔚秀园门口握别的时候,我们发现,幽蓝的天幕上,缀满了璀璨的繁星。今夜无云。

1985 年 6 月 17 日　于北京大学

乐感的诗与思的诗*

——论新旧诗之别兼谈现代诗与诗歌传统的关系

要回答现代新诗可不可以从古典诗歌那里直接汲取艺术资源，完成所谓创造性转化，绕不过新旧诗在本质上是否相同这个问题。以白话和自由体为标志的汉语现代诗，同以格律为定制，在文学史上被以"近体诗"指称的中国古典诗歌，究竟有没有文学类型学上的同一性，即两者是不是具备同一种文体性能，这是解决新诗创作继承与借鉴问题的关键。

严格意义上的新体诗产生至今不到一百年，应该说还没有完成它的艺术成型史。旧体格律诗历经的体制建设时期就算只计格律意识自觉到格律化完成，即从齐梁到唐代，也至少有一百几十年的时间。然而时间的长短并不重要。如果现代白话诗与古代格律诗果真在文学体性上一致，也就是两者作为一种文学体式，是建立在完全相同的艺术发生学的基础之上，具有共同的审美原理，因而就是同一文学体裁，那么，新诗因其形成与发展的时间还很短，艺术上尚不成熟，就需要从艺术上烂熟无比的古典诗歌那里寻求借鉴。作为一种区别于小说、散文、戏剧的汉语文学类型的新诗，它要从文学传统中汲取艺术营养，学习写作经验，首选对象除了中国古典诗歌，可以说别无选择。但是，假如存在另一种可能性，即白话新诗跟旧体格律诗有着审美发生上的巨大差异，甚至根本上的差异，二者有着文体上的互否性，那样的话，对新旧诗的承传关系问题是否要作别一样的看待呢？

事实上，早在 30 年代，冯文炳（废名）先生在北大讲谈新诗的课堂上，

---

* 本文是为"21 世纪中国首届现代诗研讨会"提交的论文，部分文字以《一个时代一首诗》和《新诗旧诗两种诗》发表于《海南师范大学学报》，2008 年第 1 期、第 4 期。

就已辨析过新旧诗的不同性质,并且是从写好新诗这一出发点上来辨明新诗与旧诗的不同性质的。他说他在自己的新诗写作实践中,偶然"发见了一个界线":"如果要做新诗,一定要这个诗是诗的内容,而写这个诗的文字要用散文的文字。已往的诗文学,无论旧诗也好,词也好,乃是散文的内容,而其所用的文字是诗的文字。"①冯文炳这一在表述上含糊而别致的"发见"是历史性的,它极为准确地厘定了新旧诗的文体界限,鼓励新诗写作者破除对古典诗歌艺术的依赖,也摆脱来自传统的压力,放开手脚,依傍心灵写新的诗。冯文炳在新诗理论史上第一个从形态与内质的矛盾关系上揭解白话新诗与旧体格律诗的文体差异,此后,强调新旧诗之体性相异的代不乏人。直到最近,还有论者言之凿凿地指出:"毫无疑问新诗正是与中国古典诗歌进行了根本性的断裂的产物,新诗所依托的语言体系与古典诗词之所依托是完全不同的。"②

那么,新诗与古典诗同称为诗,为什么又说它们性质不同呢? 新旧诗的根本差别究竟在哪里? 辩明二者的体性差异,又有什么样的诗学价值呢?

厘分新旧诗的人,无不从语言入手,反映了人们对诗歌语言艺术本质的体认。但相比起来,冯文炳关于新旧诗的讨论给人更多的启发。他极有见地地对诗歌的语言形式与诗的精神内涵作了区分,提出了"诗的文字"与"诗的内容"这一对范畴性概念。这是一对其所指上的矛盾对立在新旧诗的诗创造中极易被掩盖的诗学意义很强的概念。在冯文炳那里,"诗的文字"是对旧诗而言的,"诗的内容"则属于新诗。在他看来,旧诗并无诗的内容,而不过是"在诗的文字之下变戏法"而已。所谓"诗的文字",就是一种"文法"上不同于散文的句子。他举例"夜半钟声到客船"这样的造句法只能出现在诗歌里,而"要描写半夜钟声之下客船到岸这一件事情,用散文写另是一样写法",也正是"夜半钟声到客船"的写法,使这一描述成了

---

① 冯文炳:《谈新诗》,人民文学出版社,1984年2月第1版,第24页。

② 陈旭光:《"现实问题"、"语言资源"、"向上的路"与"向下的路"——世纪之交诗坛态势之旁观者言》,《诗探索》2000年第1—2辑,2001年7月版,第63页。

诗。冯文炳否认古典诗歌有诗的内容，但他同时指出了古典诗之为诗的理由及生成机制："旧诗的内容是散文的，而其文字则是诗的文字，旧诗之诗的价值便在这两层关系。"[①]非诗的内容与诗的文字（这两层关系）之间的张力，就是以格律诗为主体的中国古典诗歌获得诗性的基本来源，或者说是旧诗之本体所在。看穿了旧诗不过是在诗的文字之下的变戏法，也就是靠违拗散文的文法把语句变成诗，那么像"枯藤老树昏鸦，小桥流水人家"这类旧诗耍惯了的把戏，就难免要遭到鄙薄了。当然，我们可以把这么做看成是新诗建设者对"影响的焦虑"的自求缓解，它恰恰从反面证明了经过自律的古典诗是达到过美的极致的。

比较新旧诗，在冯文炳时代是为了说明新诗何以为新诗，现代人为什么要写新诗，新诗应该怎样写，这里当然有论证新诗的合法性的目的在内。要证明它的合法，免不了要夸大它的优越性。冯先生认为旧诗并无诗的内容，新诗才有诗的内容，自然是合乎逻辑的"深刻的片面"。但他的确先于他人地指证了新诗的本质：同旧诗相比，新诗写作是在本原意义上获得诗性的。对于什么是"诗的内容"，冯文炳在讨论中并未作太明确的理论界定，但是从他举新诗的例子做分析，什么样的诗是诗的内容，应该写，什么样的诗不是诗的内容，不应该写，特别是从他对古典诗中的"另类"进行剖析当中，我们还是可以领悟到什么是他所说的"诗的内容"。在论及古典诗歌中特出的一路——温（庭筠）、李（商隐）一路的诗歌并给以溢于言表的肯定与推崇时，冯文炳触及了温李诗的独特之处：温词的"一句里的一个字，一篇里的一两句，都不是上下文相生的，都是一个幻想，上天下地，东跳西跳"[②]，李诗"借典故驰骋他的幻想"，"自由表现其诗的感觉与理想"[③]。看得出来，冯文炳是把超出语言的表义而又是由语言所创造的一个幻想世界，看作诗的内容的。这委实揭示了现代诗的艺术本质：诗人调动感觉、经验和想象，借语言创造一个虚拟的生活世界。如果说，传统旧诗的

---

① 冯文炳：《谈新诗》，人民文学出版社，1984年2月第1版，第26页。

② 同上，第34页。

③ 同上，第36、39页。

意象性语言一般都能在客观世界里寻找到对应物的话，那么，现代新诗的语言结构在它的深层上建造的是一种走不出思维世界的风景。它未必清晰，也未必真实——假如真实意味着实存的话，然而它同样能满足人类心灵憩歇的需要。

从冯文炳细腻的辨析中，我们确实看到现代诗与古典诗有着本质的区别。同样是处理语言与现实、语言与心灵的关系，古典诗的现实是个实在的世界，其心灵包含的主要是情感内容，而现代诗的现实则指向存在，其心灵更多一些思想的成分：这是现代诗发展到今天愈益显示出它自身质的规定性之后，我们对冯文炳的讨论所可能作的必要的延伸。或许在白话诗的先驱者那里，开"像说一样写"(胡适)的诗风，是为了挽救因言文分离而阻碍情感表达的诗文学的颓败。但由于新诗一起步就接受到西方现代文化和诗歌的影响，汉语白话自由诗很快靠近了世界现代诗的前沿，用现代技法表现现代人的生存感受，即借艺术的抽象表达一种思想，如果说这种思想里也包含着感情，那它也是存在主义者所说的对真理的绝对的感情。实际上，诗的性能已经改变，与古典诗相比，新诗对思想内质的重视，远远超过了情感的形态化。省思成为现代诗的基本品质，它实现自己的诗学价值不是像旧诗那样在易感的语言形式上制造效果，而是运用象征、隐喻、暗示、通感等手法，营造出一个多维的立体的精神空间，召唤着具有相应的思维品质的接受主体进入其间。李金发的《弃妇》、卞之琳的《断章》、覃子豪的《长颈鹿》、北岛的《触电》、海子的《亚洲铜》就是这类诗的代表，它们也昭示着新诗应该达到的一个较高的境界。它有着诗的内容，而文字却看似不经意，是不拘格套的；是散文的，但它营造深层空间的手法却又是颇有匠心的。这样的诗，对作者、读者都是严峻的考验。作者虚拟的世界不能太实，太实就容易失去诗的内容，但又不能叫人完全不可捉摸，不然它就是封闭的，无意义的。读者要想走进这样的诗，须有积极的思维，有一定的透视能力。现代诗就是以挑战智力、考验悟性作为它的审美发生机制的。

现代新诗的内在本质，促使人们怀疑自由诗向格律诗寻求沟通的必要性与可能性。当然这需要进一步辩证。旧诗的艺术发生，依靠的是在诗的文字底下变戏法,不过,对于"诗的文字"的运作,恐怕不能仅仅理解为文法上的打破秩序,因为扭断文法的脖子的,肯定有一只"看不见的手"。这只手就是语言的音乐性,具体说,就是汉语的音乐性。中国古典诗歌中的格律诗的形成,可以说是汉语造乐条件被发挥利用到极致的结果。汉语,特别是以单音字为主要词汇的古汉语,它的可以任意移动而不变形的方块字,和高低变化抑扬顿挫的语调以及丰富的联绵词与叠音词,使它极易入乐。从起源来看,诗与歌是合一的,到《诗经》时代,诗还是大半伴乐可歌的;在歌诗一体的漫长年代里,已经培养起了创作与接受主体的乐感。虽然歌、诗后来出现了分离,"声诗"演变为"徒诗",但脱乐后的诗依然保持着音乐性,诗不唱也能吟。随着文化的日益繁盛,诗的音乐性在各种因素的作用下被越来越有意识地强化。施及苍生的庙堂的乐教,有闲文人的品咂研摩,赋的影响和域外文化的催生,使得中国诗终于走上了律的道路:表现为"意义的排偶"和"声音的对仗"①。起于齐梁,极盛于唐的声律运动,用人为的努力创造了诗歌的别一种音乐美,这音乐回旋了一千多年,它浸润了生活节奏缓慢的农耕社会里的善感心灵。从律诗到词、曲,诗的意义都是在声音的河流里载浮载沉,无可否认,中国古代社会里产生并流变的格律诗,本质上是乐感的诗,它在创造机制与审美功能上跟现代新诗大不相同。它们之间的差异几乎是两种文体之间的差异。而同一命名混淆了它们之间的界线。为避免纠缠,我们不妨先把它们从名称上分开来。要是旧诗还叫做诗的话,那就最好给新诗再取个名字。要不管旧诗叫"诗歌"(不嫌别扭就干脆叫"歌诗"),意为从歌来的诗,曾经是歌的诗,可歌可吟的诗。新诗就单称"诗"——有"诗的内容"的诗,它只能诵,甚至只能读,而不可歌。即使如此,新诗还是要从旧诗中掘取创造的资源,但那是在处理两种不同文体之间的承借关系意义上的积极主动的吸纳。

讨论新诗与艺术传统的关系问题,还有一个角度是弄清诗歌写作同时代的关系。诗歌是一个时代最高级的书面语言,这种语言是以这个时代的全部的生活语言作为基础的,换一个说法,它是以这个时代的全部语言

---

① 参见朱光潜:《诗论》,生活·读书·新知三联书店,1984 年 7 月第 1 版。

资源作为"分母"的,如果说,诗歌是诗人从这个时代的语言文化中求出的一个"值",那么诗歌语言就是求出一个时代语言艺术精髓的"分子"。每个时代的诗人所倾力寻找的就是这样的"分子",诗歌写作就是一个寻找"分子"的工作。而困难在于,要从一个时代的生活语言中准确地求出这个时代的"值"——艺术,必须对这个时代全部语言烂熟于心。即只有知道了"分母",求解的工作才能进行。当然,还有一个重要的前提是诗人已经得知语言艺术这个"值",这个"值"是蕴涵在有史以来的诗歌作品之中的,获知这个"值",取决于对诗歌史的熟悉程度。诗歌的求解并非高深莫测,如果说,"值"变化很小,它贯穿于绵延着的历史时代,而"分母"却代代不同,那么,诗歌写作的本质及它所要达到的目标也就不难悟知了。

诗歌创作在本质上是一种求解活动,指的还不只是一种语言活动。在更深的层次上,诗歌创作所依托的"分母",是一个时代的精神文化,它是一个时代的人对于世界、生活、社会以及人自身的感受、经验与体悟。诗歌是一时代的典型经验,它也是一个"值",是从一个时代的心灵生活中求取出来的。诗人要用他的创作印证这个"值",他孜孜以求并通过语言所呈现的,是与时代精神相应的个体经验这个"分子"。正因为是个体经验,诗歌创作才具有让真正的诗人在文学艺术世界里取得安身立命的资格的个人风格。而单个诗人的个体风格辏辐于人类历史文化的最高境界——艺术——这个"值",从而形成文学的时代风格。前述的诗歌语言与生活语言也存在这样的关系:通过个人语言风格反映时代语言风格。它牵涉到文学艺术创造的真正的难题——如何在语言和经验上都获得典型性。典型性是衡量一种诗歌创作意义有无、成就大小、价值高低的主要指标。当然,诗歌艺术的典型性,建立于语言与经验的完美融合的前提之上,而作为典型性的主要依托的,是呈现经验的语言组织。从诗学的角度看,诗歌在本质上,是经验的语言化,诗歌语言实乃完成了的审美经验。我们讨论新诗与旧体诗的关系不能不从语言入手,根据也在这里。成功的诗歌写作,诗人在有意识或无意识中追求的,恰是典型化了的语言,它是以艺术之值从时代生活语言这个分母中通约出来的分子。

在这里应当遭到质疑的是,如果艺术之值是相对恒定的,而一时代的经验与语言的分母作为自在体也有相对的稳定性,那么,由不同写作个体所创造的诗歌作品岂不成了一个通数,艺术所要求的个性又从何谈起。其实,一个时代的经验和语言,是难以甚至是不可能为置身这一时代的诗人个体所全面掌握的。对于作为诗歌生长土壤的时代精神文化,每个诗人所能占有的只是其中的一部分,并且通常是亚文化成为不同诗人写作的凭依。这样,不仅与纵向的时代风格相交叉的横向上的民族风格、地域风格、流派风格、群体风格等得以形成,诗人与之发生联系的文化背景的巨大弹性,给了诗歌写作以广阔的自由空间,诗人个体艺术风格的形成也愈益可能。再说,艺术创造活动无非是创造主体与作为客体存在的文化建立起特殊的联系,只要主体是独特的,这样的关系便会千差万别,创作的个性化也就不愁得不到保障。对于诗歌这门艺术来说,真正重要的,是诗人通过他的独特写作,最终在多大程度上表现了由经验和语言合成的时代文化精神:在这个意义上,"非个性化"拆除了阻碍我们观察一个时代的文化风景的屏障,它再一次提醒我们,从时代的总体语言型构中寻找表达复合经验的言说方式,正是语言艺术成型建体的法则。对白话新诗与格律旧诗的文体特质的考辨,不可能不依循这一法则。所幸的是,真正的诗人比理论家更清楚地意识到:写作不仅要有赖抱负,同样更要有赖政治、经济、爱情乃至时事和日常生活的"资料",它要把自己置于广阔的文化语境当中。①值得顺便指出的是,诗人不管有怎样的抱负,他总是根植于亚文化中写作(如"知识分子写作"和"民间写作"),诗人的价值正在于这样的写作当中,因为它能从不同的方向揭示出时代文化的本质,彰显出时代精神生活的不同侧面。

最后再回到传统可不可以倚赖的问题上来。或许传统只有在被否定中才能确定它在历史中的地位。艺术创造永远在追求一种"前景语言"。"前景语言"通过悖逆传统确立自己,它又要进入传统成为背景与动力,但它的不可复制性使它成为永恒。一个时代的文学,由许多作品共同从那个

---

①开愚:《九十年代的诗歌:抱负、特征和资料》,《学术思想评论》1997年第1期。转引自程光炜的《不知所终的旅行》,《岁月的遗照·导言》,社会科学文献出版社,2000年8月版。

时代特有的语汇中提炼出不可能与其他的时代相混淆的"前景语言",从这个意义上说,一个时代只有一部作品:……汉代只有一篇赋,唐代只有一首诗,宋代只有一首词,元代只有一支曲,明清只有一部小说……既然如此,我们为什么要忽视艺术的创新本性,硬要给已经站立起来的新诗塞一根老人的拐杖呢?

2001 年 10 月 23—26 日凌晨 5 时急就于海口

拥抱美好的生命 *
——格致散文启示录

　　格致的散文是略嫌混沌的新世纪散文天宇中闪电般划过的光芒，只要目睹过的人就不可能将它忘记。那扭曲的光芒仿佛是深渺穷苍灵魂的绝叫，但又分明与遍布尘世众生身上的道道伤痕相感应，让人不可抗拒，刻骨铭心。格致一再用她利刃般的语言，划破生活表面的色彩，还原出世界和生命的令人惊叹的真实。在现实与历史、世俗与天堂、肉体与灵魂之间，格致用语言的黑色绸缎，铺出了一条迷人而诡异的道路，坚韧而孤独地寻找遗失在时间深处的生命之根和存在的真义。她仅仅借助语言这只沉静而又法力无边的手，挡住现实的喧嚣，拂去生活的浮尘，或工笔细描，或浓墨重彩，无比清晰地勾绘出原本已镂刻在经验底板上的与自我发生关联的具有强烈戏剧性的种种生活细节。这些细节并不孤立，因为女性心灵的流水将它们贯串起来并反复洗濯，一遇到目光的敲打便铿然有声，乐音轰鸣，旋律深沉而又飘逸，直逼灵府。可以说，不是格致选择了散文，而是散文选择了格致。在这个不可测知、不可把握、充满了太多的突变因素的世界上，散文选择了格致的跨文体写作来展现心灵的恐惧与迷惘、思索与体认。不时加入的小说因素和一以贯之的诗性气质，为以散文形式书写的女性心灵秘史增强着典型性和象征意味，赋予了语言世界超越现实世界的更多的可能性。

* 本文发表于《文艺争鸣》（当代文学版），2008 年第 5 期。

女性的武器：为了人的自由和尊严

在一个处处潜伏着危险的世界里，女性的生命显得更为脆弱。对付这个世界，女人的手里不得不拿着一把两头尖锐的武器。这武器，一头是爱、同情与悲悯，一头是警觉、愤怒与质疑。当情不自抑地讲述感受和应对这个世界的经验时，格致与众不同，多了几近夸张的恐惧：对汽车的恐惧（《不敢远行》），对生孩子的恐惧（《体育课》），对孩子会被灾害夺走的恐惧（《救生筏》、《军用行李绳》）……总之是对死亡的恐惧。这或许是原始本能所致。而只有生命的感觉没有被外部世界磨钝的人，才可能"拥有准确地截获来自冥冥之中的'暗示'的能力"（《格致答〈文学界〉问》），在人们习以为常之处表现出极度的敏感甚至"精神病症候"。格致写作的特征及其独特价值在这里得到了体现和强调。所谓"写作对于我是一种浮力，我在水里，我依靠这个浮力活着！写作使我不下沉，使我的头露出海面，使我能够呼吸"（同前），正说明现实世界让人窒息，因而写作是对沉沦的一种拯救：既自救，也惠及他人。如果说对死亡的恐惧感源于个人内在体验的话，那么，格致用她的文字魔法揭露出来的世界真相，更多的是人的被异化和遭受不应有的摧残。对人进行摧残、使人异化的力量有多种因素：传统、习惯、政治、战争、金钱、科学思维、僵化的观念以及人的某些本性。格致用经验到的事实，一一做了指证。

出生于60年代的格致，经历了革命时代和后革命时代两种不同的社会失序和精神溃败，但又在自我精神成长期受到文学的滋养，发展了天性中丰沛的女性激情和与生俱来的生命关爱，形成了与干涩、僵硬、物质化的文化环境难以相容的心性、气质与价值观，因此与现实发生冲突就势所难免。这是多数人已经被驯化的族群中的一个异类，最突出的莫过于在她短暂的教书生涯中表现出来的与蔑视生命尊严的行为进行的消极反抗。如在《红方块》里，她深为要求整齐划一、泯灭人的个性，将人标准化，以虚荣掩盖精神苍白的教育感到忧虑，指出小学生"头的里边被灌注了相同的算式、相同的句型、相同的答案、相同的信念；他不再不洗手就吃东西，不再冲着小树的根尿尿，不再大哭大闹；他会越来越听话，越来越像楼上张家、楼下李家、楼前赵家、楼后孙家的孩子；越来越像兰州的孩子，福建的孩子，青岛的孩子，乌鲁木齐的孩子……"的可悲现实。她更不能容忍"白着一张脸，衣服几乎看不出性别"的高瘦的女校长，不放过一个男生由他的"善于在孩子身上做记号的母亲"设计给他的漂亮的长头发，野蛮地将学生拖进办公室，按在凳子上强行剃掉的暴虐行为。他敢于示威般地公开站在学生一边，为孩子减轻恐惧，"甚至能和孩子一同形成一个消极反抗的力量"。为了维护自己的学生、自己的孩子和自己做人的自由和尊严，面对学校的种种不合理规定，她宁愿让孩子一次次转学，自己最后也愤而辞职。《减法》也写到几个学生从办公室偷了一位教师的5元钱和在老师的茶缸里撒尿，结果遭到校长施加的在课间操时当着全校学生喝尿的惩罚。这几名学生从教育的路途上被粗暴而不负责任地减掉，根本问题还在于人的尊严压根儿没成为普遍的社会意识。这是造成生存环境恶劣凶险的最重要的原因。一个具有自由精神的作家，不可能忍受"我们的队伍横看成行，纵看成列，斜看也有一条由人体构成的直线。我们消失在一个方形的队伍里。我们努力调整自己的位置，力争把自己完全地隐藏在一条直线里"式的规训，就只能用写作继续她的"绝望的反抗"。

格致以女性作家的人道情怀，覆盖了那些在不同时代和环境中遭受创伤的不幸者。这里有沦为四类分子、为了逃离目睹妻子受革命群众侮辱这出杀向自己尊严的戏，不得不在那戏开演的前夜钻进自己挖好的菜窖里上吊，彻底闭上了眼睛的大姨夫(《逃生之路》)；有当过军医，留下了老是跳车捡石子的怪癖，患了难以医治的"战争后遗症"的李援朝(《在道路上》)；有患脊髓灰质炎后遗症造成一条腿残废，后又饱受科学思维的摧残，永远无法站立的"我"(《站立——或一位病人的疾病治疗史》)；有将全部心血和热情倾注于种香瓜，想赢取独身女人李大辫，但最后还是输给了有权力操纵有线广播者的单身男人陈化学(《草木香瓜》)……对这些不幸者，女作家投以深切的关注与同情，同时对挫伤他们的力量，表示愤怒或提出质疑。

当然，最能体现女性写作的自我关照和深沉思索的，还是对女性遭遇不公的隐约诘问。格致的女性心灵史的追述，总是跟对女性命运的展示交缠在一起，给人以宿命感，此时格致笔下的女性生命必然如美丽柔软的藤蔓花枝一般，凄艳地在隐秘岁月中游走，寂寞而无奈地开放。格致以最富有想象力的笔触，点染青枝绿叶上安静的热情。《打开衣柜》在这方面是无可替代的杰作。在母亲的讲述停止的地方，女儿对女性的生命姿态和命运轨迹的阐释开始了。"当我展开母亲的结婚幔帐，上百朵姿态各异、色彩纷呈的花朵随着我的手的展开依次出现在我的面前。我突然意识到，这些花朵和叶片是母亲记录生命的隐秘符号。"对符号进行解读的过程，是依次重温母亲的有着巨大遗憾、也结满了生命果实的生命史的过程。母亲考上了省城中学，却被剥夺了学习机会，"我的地主姥爷认为，15岁的姑娘，应该呆在家里，绣上两年花，就该出嫁了"。母亲就此陷入了漫天的黑暗。埋葬母亲过人的天赋和另一种人生的，是有着几千年历史的男权文化。男权观念的阴影甚至拖曳到了作者这代人身上。《第三个平面》写女方仅仅因为用火柴点烟，就冒犯了男权，遭到暴力，"血从皮肤里流出来，流到身体的外边。"在《减法》里，中学女生和他们的父母在放学女生躲避桥上的裸体男人与退到铁轨上被火车轧死之间，一致地选择了后者。"他们认为，火车只能碾碎孩子的肉体，却不能掠夺女孩的贞洁。男人是冲着贞洁去的，而火车是直指生命。虽然火车拿走的更多、更彻底，但我们还有我们的父母都认为在贞洁面前，生命很渺小。生命是从属于贞洁的。一个女孩的贞洁被拿走了，单单留下她的生命是个恶作剧。"在这样的观念面前，任何反抗的武器都显得力量微弱。

然而，格致散文呈示的私密经验的另一面告诉我们，在女性常常成为攻击对象的世界上，女性特有的魅力和人格力量常常可以出乎意外地不断赢回做人的尊严，并且能用它感化乃至改造企图对她们施加危害的主体。名作《转身》中的26岁的"我"，用超常的冷静和女性的善良，不仅成功地化解了一场已经降临到身上的灾难，还改变了那位已走到悬崖边缘的大男孩儿的道路。《医疗事故》里的"我"也是靠精神的力量颠覆了物质的压迫。格致仿佛在讲述一个个不可能在常识内发生的奇迹。但它的确是真实的故事。其实，创造奇迹的是女性生命特有的柔软性和优良的精神质地,它们不仅是女性自我的保护神,也将以同情、理解、悲悯甚至大爱,融化人与人之间的隔膜,使世界变得温暖。《阳光下的囚犯》中"管教"对"我"的表扬,与"我"为一时紧张中未能答应别人的恳求而后悔并执著寻找那位信赖自己的年轻囚犯,两者在人的观念上存在的巨大差异,显示出改变人与人之间的紧张关系,或许应当对女性身上的特殊力量寄予更多的希望。

生命本体论:来自天堂的逃犯

格致对女性在分崩离析的世界中的凝合作用,比绝大多数具有女性意识的作家有着更为坚定而持久的期待。在遇到人的尊严受到怠慢和损害时,格致会不由自主地以接近战士的姿态挺身而出进行抗争,但是当女性在性别分野下受到委屈时,格致并没有表现出女权主义式的怨怼与愤激。她无意在两性分野中谈恩论怨。这或许因为格致生来就浸染在松花江流域自古形成的两性文化格局中早已习以为常,集体无意识的麻醉使她们感觉不到男权压迫的疼痛,相反,经验世界里的女性悲屈给受虐者以更多的精神快感。若是这样的推测成立,那么它或许是农业文明时代给现代社会留下的一份颇为适用的馈赠。不过我更乐于探讨格致的女性书写超越两性文化纷争的那种重构女性特质历史生成图景所具有的生命哲学内涵,那一定是具有恒久意义的对女性存在本质的悉心呈现。

格致并不是受某种女性主义理论的引导参加形象化的文化论辩的,毋宁说,格致纯粹从自我和家族的经验出发,进行完全本土化的写作。她从记忆中唤醒的女性存在的那些缤纷鲜活的经验碎片,经过想象的修复和情感的熔铸,变得如此真切,摇曳生姿,具有十足的东方魅力。格致是个不知疲倦的讲述者,热烈而诚实,絮叨而质朴,顺着生命轮回的轨迹,追溯女性生命的源头。帮助格致解答女性生命的谜团的,不是现代理论,而是原始宗教在民间的惨淡遗存。格致用细腻而流畅的叙事,对民间巫术的精神作用进行了诠释,表达了作家对女性存在的独特理解。《替身——帷幕下的人间生活》(以下简称《替身》)系列,就是格致关于女性生存本体论的最有价值的文本。

《替身》是作者讲述她18岁那年患"癔症",母亲带她求"大神"医治,垂危的生命得到拯救的故事。文章当然不是要宣传原始巫术的治病功效,而是借巫术的人神沟通原理,揭示生命内部的二元结构以及精神之于生命存在的作用,最终表达女性生存意愿及生命价值取向。在《替身》的巫术活动中,人的生命被看成是肉体与灵魂的统一体,灵肉既合二而一,又可以分离。人的生命存在需在另一个二元结构即人间与天堂(或地狱)的关系模式中才能得以实现。生命个体的灵与肉完全统一时,生命也就存在;二者分离,就意味着死亡。生死是由最高的统治者——神,来决定的。不论生还是死,灵魂都是不灭的。生命个体放置在外部世界即宇宙结构中,最理想的境界是生命终止后,灵魂能够升天(天上不需要肉体凡胎)。地上的生命的时间有限,而天上的灵魂永恒。前者是感觉形式,后者是形而上世界。人间或是天上,生命可以在其间得到转换而至于无穷。天人殊分,天主宰地,人不可通天,但从远古开始,在原始想象里,人可以通过神的化身、代言人——巫(《替身》中称作"大神"),进行沟通。作为最高统治者的神,并非一味地蛮不讲理,仅从维护统治秩序出发,也得偶尔考虑考虑人间的合理要求,以体现其宽仁。这种没有科学依据、不受科学支持的划分与解释方法,其实是人的精神活动的产物。它对生命现象的解释在精神世界里才有存在的位置。然而它在精神现象学中的地位,恰好可以为同为精神现象的文学提供最坚实的结构形式。《替身》的生命思考,就从中获得了逻辑力量,并进而为人的生命选择获得了伦理支持。

"我"在18岁这个如花似玉的年龄,突然得了无药可医的重病,信神的母亲只有奔波找大神,希望依靠神奇的力量挽救女儿的生命。"大神"查出"我"是天上王母娘娘的侍女,为了既不违逆天规,又能满足人间母亲的心愿,于是有了造一"我"的替身带走"我"的部分灵魂归位于天宫继续司职(给王母娘娘端茶打扇),给人间母亲留下至亲的女儿的两全之策。如果说这次求仙活动完全有真实的生活依据的话,那么,母亲通过"大神"成功拯救女儿的全过程在创作活动中已经是记忆和想象的产物,作者的意向植入使故事原型从文化人类学意义,向生命哲学作了重大的偏转。作者通过"我"的成功分离,要作出对于生命的无怨无悔的选择:逃离天上,或居于人间。尽管"我在地上的肉体生命是一个违法行为,是一个错误","但地上的、人间的肉体生命是我刻意追求的是我的一个重大的思考后的选择。""我"早就受了自然界里"柳树"、"海棠花"等生命的美好姿态的"诱惑"(应该是启发),"对地上的生命产生了信心和好感",经过慎重思考,选择了"人间生活,泥土上的生命"。而当她再次选择了人间生活,她的信念和态度是:"我的生命是自主的,自愿的。由此带来的一切,我都乐于承受,并做好了承受一切的准备。"

作为女性的格致,在这里表达了对人间生活也就是感性生活的积极认同,对于感性生命来说,人间生活才值得留恋,虽然它短暂。天上神仙的漫长存在又有什么乐趣!"嫦娥应悔偷灵药,碧海青天夜夜心",早就道出了仙界的寂寞无聊。古老的牛郎织女的传说,也表明了人类对凡俗生活的价值取向。但人类常常会偏离这一取向,由于感性取价导致欲望泛滥,因而不得不否定世俗生活的要求。有偏离就有回归。20世纪80年代,舒婷写出宣言式的诗句,"与其在悬崖上展览千年,不如在爱人的肩头痛哭一晚"(《神女峰》),就是对革命时代否定人的凡俗生活的艺术反动。格致的《替身》再次提出生活选择问题,仍然有对历史进行反思的意义。在《替身》里,格致多次以诗的语言写到丝绸,柔软而光滑的丝绸。丝绸无疑是女性生命质地和特性的象征,犹如柳树是女性生命姿态的象征。作者这样讴歌丝绸:

> 丝绸是最让我痴迷的人间创造,它让一个平面散发出立体的光芒。还有它的质感,比任何细腻的肌肤更滑软,那是人间无法承受的一种柔软和光滑,是对人间女子美好迷人的肌肤的充满激情的模仿。它又凉又暖,又滑又涩,集矛盾于一身,却又舒缓而自然。丝绸是从什么时候来到人间的?它来自何处?拥挤嘈杂,泥水和血水横流的人间用什么来托住一块惊人的丝绸? 它是如此的细腻,一只粗糙的手的抚过,足以酿成它的灾难。然而,这样的丝绸,却顽强地存留在人间上千年。它的柔软,无与伦比的光

泽,在人间深处闪光。丝绸给予人间的启发是巨大的。它不语,却无时无刻不在倾诉。丝绸使人间处处闪着不是由火发出的闪光。这样的光,不能烧毁家园,也不吞噬生命;它包裹发抖的肉体,并使它们慢慢地温暖。

之所以迷恋丝绸,是因为"我的少女时代,就是一个丝绸无法存在的年代。我在幼小的时候,没有得到一块丝绸的拥抱和安慰,这使我成年后,加倍地迷恋丝绸"。丝绸是女性美的象征,它是温柔、善良、宽容、同情、悲悯的化身。失去了它,世界就会因干枯变得凶恶。我们曾经用"天堂"——乌托邦理想,否定有鲜花和丝绸(母亲只好将其深深藏匿)的世俗生活,才演变为今天的"危机四伏,虎狼遍地"。所以,人间需要女性,需要蒙娜丽莎的微笑所代表的女性的温柔与爱,去浇灭争斗的火,去消弭层出不穷的罪恶。格致是根据自我经验,在历史视野里为当下提出以女性本体美来修复革命文化和经济主义造成的心灵的千疮百孔的。逃离天堂,并不是要堕入物欲,因为生命的价值是以本体的追问——我是谁?我从哪里来?我到哪里去?——作为逻辑起点的。而这样的问题,没有神的帮助,我们难以回答,所以,保持对神的敬畏是必须的,正如格致所写:"任何一个人都将在一个神的注视下惶惑不安。人是有原罪的,谁敢说自己干净,谁敢说自己从没生过邪念?我们——人,是不愿意有那些罪恶的,我们很想把那些不洁之物摘除下去,而摘除又不是我们人自己能做到的,就像一辆汽车,虽然时速可以高达多少,又如何智能,却不能清洗自己。它需要天上的雨水或高压水枪。我们也不能清洗自己,这时候,我们需要神的关怀,而神也从不嫌麻烦。"不应误解的是,即使求助于神灵,我们最后需要拥抱的还是美好的生命。这大约是格致散文给我们的全部启示。

凭海而歌:"红帆"诗社二十年 *
——《波涛里的翅膀》(代序)

观察海南文学,不能不关注"红帆"诗社。现今活跃着的海南青年诗歌群体,其成员多出自这个校园文学社团。从成立至今,二十年时间过去了,南国阳光下的"红帆",色彩总是那么鲜艳。在涌动不息的诗歌之海上,它无岸远航的姿态令人瞩目。二十年不曾中断诗的活动,时代的风雨只是使它的羽毛更加闪亮。热爱心灵生活的人,从它身上不知得到多少慰藉、鼓舞与鞭策,"红帆"因而成为一种文学现象,不仅在海南文学当代文学史上值得书写,就是在全国校园文学版图上,也应视作一个亮点。

"红帆"诞生于 1986 年。1986 年对于中国当代诗歌来说是一个不寻常的年份。"朦胧诗"之后的"新生代诗"在这一年经由徐敬亚等人的策划,通过"群体大展"的方式涌上诗坛,成为"文革"后新诗艺术探索的又一个强劲的浪潮。"大展"由《深圳青年报》和安徽的《诗歌报》在当年的 10 月份联合推出,给了文学界不小的震撼。"新生代"诗群有不少是校园诗歌社团,也就是说,他们当中大部分诗人都具有校园大学生诗人身份,这种身份决定了诗歌的现代品质,也说明了当代新诗发展与校园和青春的血缘关系。海南师范大学的"红帆"诗社的成立时间,与"大展"十分接近,正可以汇入"青春——校园——诗歌"这一精神谱系,"红帆"的文学价值可从中得到寻绎。"新生代"崛起时代的校园诗社,有不少早就风流云散,而"红帆"却坚持了下来,又引发我们对诗歌的地域性生长问题的思考。

人们早就注意到 80 年代中期的以校园诗为主的青年诗歌的崛起,主

---

* 本文发表于《海南师范学院学报》(社会科学版),2007 年第 2 期。

要分布在华北、华东、西南三个地区,从这样的分布不难看到自然地理和地域文化对诗人和诗歌生长的潜在影响。在这一诗歌地理中,我们会尤其注意到华东的沪杭宁和西南的四川盆地自现代以来就盛产诗歌这一文学—文化现象。物阜民丰带来文化教育的发达和精神需求的增长,诗歌遂有了丰沃的产生土壤,而气候、人的生存方式以及处世态度,都会对诗的美学品格起导引作用。也许偏处西南一隅的成都平原是一个诗歌大国最让人着迷而不解,其实,从唐代诗人杜甫入蜀寓居浣花溪畔,诗的产量和风格都发生变化,就可以明白生活悠闲、精神弛放而又感情丰富的蜀人诗家丛出的道理。海南是一个拥有热带风物与资源的海岛,地理上孤悬海外,文化上传统瘠薄但又自成格局,这同样为感物应时、想象文化的诗歌准备了条件。

"红帆"诗社的前期成员,包括创始人林琳和骨干艾子、王海、陈梅、潘乙宁、徐南、顾晓鸣、杨兹举、杨若虹、吴开贤(天涯星)、廖松日、林尤超、陈振华、林雅璟、林旭等,多为海南籍,或者出生、成长在海南,这形成了他们独特的世界观感和文化认知,加上教育中受到的文化吸引,就很容易把诗歌当作精神出口和生命形式,这也是他们即使在离开校园后也仍然牵携着"红帆"、有了工作还不放弃写诗的根本原因。对于他们来说,写作和发表诗歌,既是一种文化身份,也是一种文化认同,一种边缘向中心的认同。对于一个意识到自己的文化身份人来说,在不同的意识层面上,这种文化认同是双向的,因为这里面包含着也许并不自觉的文化自卫,它来自于地理方位给予人的一种深刻的感觉。这给他们写作诗歌带来了动力,也增加了诗歌写作的内部张力和丰富意味。海,在他们的内在生活中扮演了重要的角色,故而在他们的诗中挥之不去,表明这蓝色的疆域已浸润到他们生命的深处。即使他们的诗歌中不出现海的意象,但他们每个人都无不凭海而歌:写诗成了海的拥有的骄傲和海的阻隔的焦虑相纠结的情志的抒发。不在海岛上居住的人,是难以理解这种情志和对它进行表达的需要的。海南这块被海水环绕的陆地,它的面积恰到好处,不让你夜郎自大,也不让你自暴自弃。面向太平洋的辽阔,与被一道海峡从母体上划开,从空间上给了岛民们复杂的心理感受。建省前就在岛上的人,通常习惯用"上面"来指称海峡那边的世界,就多少透露了心灵中接受的自我文化方位,与此同时表现了可贵的文化主体意识。

　　收在《波涛里的翅膀》里的艾子的几首诗,当是足以证明上述猜想的个案。《地方戏》虽说重在展现一种文化生态,揭示戏剧演出台上台下的互为印证,但是挑出琼剧作为关照对象,指出它"代表一个地方的民间文化",实是至为看重海南岛上少有的文化塑型。以"方言"为主要的出场者,是在肯定一种文化的合法性及其价值,诗人的本土文化立场几乎溢于言表。《海南女人》与《北方女人》的对举性刻画,更是鲜明地表达了诗人从本土立场出发的文化价值取向。作为海南诗人的艾子为海南女人写诗,有似舒婷作为福建女性为"惠安女子"写诗,倾注了深深的"了解的同情"。在她的诗性命名里,海南女人是"海的女儿","热带阳光下的阴性植物"。她们"以勤劳朴素区别于外省女人","她们以大地的气质区别于北方女人的水果味"。这些女人的性格与品质、身上的优点与局限突出而明显:"她们生活的耐力与寿命一样居全国之冠";她们"勤劳、独立、传统、行动胜于言辞","沉默的品质靠行动来破译";"与堕入风尘的句子无关/与别墅里的私藏物无关";"她们胸怀开阔/视野窄小/思维被一道海峡所限制"。艾子对待她们的态度是复杂的。赞赏与怜悯,批判与自恋,混杂在一起。但从她为她们鸣不平——"被外来文化蔑视和挤兑",可以看出艾子对本土文化主体进行评价时的立场与倾向。对于"北方女人",艾子在比较中突出了她们的空洞与物质化:"她们善于言谈/言谈的内容高于思想";"她们形式高于内涵/内心情怀与物质难于统一"。艾子也承认北方女人并非是个统一体,"她们品性不一,教育各异/在北方的背景下/人们对她们的认识仍以地域区分",不过这里更多地表现出从特定的文化视角窥视异己的文化主体时产生的困难,说明"本土情结"对文学写作的规约性,但重要的是它给诗歌写作赋予了值得重视的文化内涵。艾子的诗歌不仅代表了"红帆"写作的一个艺术高度,也凸显了这一南方诗歌社团文学活动的文化价值。

　　如果说艾子的文化立场还是一种内在视角的话,黄辛力则公开出示了自己的文化身份,并直白地表达了在一种文化压力下产生的焦虑以及突围的欲望。"我是个琼州土著/李白的酒让我/醉了又醉　搜肠刮肚/倾尽力气和激情/誓与南海潮一起疯狂/不是我失语/我只会在平平仄仄中/用海南方言押韵东歪西斜的跳着盅盘舞/狂唱万泉河/署上我的乳名/在红土地发表我歪歪斜斜的诗行"(《酒》)。有几分狂放,有更多的真诚。对诗的激情源自文化落差所造成的边缘向中心的归认、服膺、认同与挣扎、反叛是纠结在一起的。这里始终有一种文化自觉,那就是根的无法背弃,也不应该背弃——"走遍了大江南北/却走不出故乡那首古老的歌谣",它最终也注定了一种文化的宿命:"飞翔和守望永远埋葬那无情的海水里。"(《酒》)从这里我们看到了一种坚韧的文化性格,它是"红帆"的灵魂所系。可以这么认为,"红帆"诗歌是具有本土责任感的"红帆"人的文化激情的结晶,换句话说,"红帆"作为校园文学社团有过的辉煌,是一种文化性格绽放出的精神光彩。

"红帆"二十年,的确为海南文化作出了不可磨灭的贡献,因为她培养了海南的诗歌队伍,造成了海南诗歌的持续繁荣,作为海南文学的一支生力军,它以不间断的文学活动,给海南这个日新月异的年轻的省份带来了浓郁的文化气息。二十年的文学历程,"红帆"人才辈出,成绩斐然。他们的作品,早就从《红帆》诗报、《海南日报》走向了全国各地的文学报刊,走进了《文学报》、《星星》、《诗刊》乃至《人民文学》。一些全国性的诗歌奖项,获奖者中也有"红帆"人的名字。他们还出版了数十部诗集,其中有的诗集(如远岸《无岸的远航》)还获得了海南省1999—2000年度优秀精神产品奖,这是海南精神文化最权威的奖项。"红帆"诗社的社员,有不少已经从最初的文学爱好者成长为真正的诗人、作家,迄今有二十多人加入海南省作家协会,其中还有两人成为中国作家协会会员。"红帆"的写作和文学活动,得到了著名作家、诗人和评论家,如王蒙、舒婷、韩少功、蒋子丹、吴思敬、多多、林莽、徐敬亚、王小妮、王家新、于坚、谢有顺、孔见等人的关注和支持。一个由大学生组成的诗歌社团,在地区文化中具有这样的地位,在文学界产生如此的影响,这在全国高校中并不多见。

"红帆"在南中国海上破浪而行,一往无前,形成校园文学的一道风景,终至饮誉文坛,是一代一代红帆人共同努力的结果,但其中贡献最大的,应数她的创始人、笔名远岸的林琳。林琳是"红帆"这只诗歌之船最称职的船长,也是一名出色的水手。从校园到社会,林琳一直是《红帆》的灵魂人物。他的组织能力与创作能力,他对诗歌的知与爱,他为"红帆"所做的奋斗与付出,令"红帆"内外的人钦佩和感动。林琳身上最可贵的,是他对诗歌、文学与艺术的执著。他像常人一样,在生活中努力打拼,争取一个立身于社会的位置,但他又跟一般人不同,他从不因现实的争取放弃对精神高地的坚守。诗歌与写作是他内心供奉的神祇,是他的永远的宗教,这种宗教,可以抵御权力和物质对生命的腐蚀。诗歌赋予我们来自文化传统而不是现实功利的生存价值观,诗歌使生命升华。有了诗歌这个宗教,我们就不至于被物欲的波涛吞没。一定是出于这样的信念,他才二十年如一日,高举着"红帆"这面旗帜,即使黑夜弥漫而来,精神的夜航依然坚定而悲壮地进行。且看他的近作《夜海帆影》:

黑暗 铺天盖地

险恶 高高喧响

千万个突围的愿望

梦游

且怯怯闪耀

那么 就给命运下赌吧

那么 就让我的红帆船冲腾吧

任蓝幽幽的爪子

伸入我的胸膛

粘稠的血汁滴滴珠玑

给我年青的白发蘸抹挥扬

任我的目光我的帆影

随了夜海

在朔风中聆听涛声

在泪零时激情高昂

以往被省略的惨叫

此刻撕开裂雾而出

不再东躲西藏

不再轻易受伤

声声切切

和海啸一样真实

和夜云一样狂放

圣洁而悲壮的音乐之潮

从深海缓缓升起

远古的传说浮出水面

密封的奇迹凝香而来

唯一的红帆横空飞荡

所有的孤寂和哀伤

所有的希冀和奢想

夜海帆影一样

形象苍茫

　　"唯一的红帆横空飞荡",多么豪迈的情怀!这一油画般厚重浓丽的意象,是诗人独立苍茫的人格形象的写照,也是超越世俗的红帆精神的集中体现。由林琳的诗歌活动所昭示的红帆精神,在他的同仁那里得到了回应。他的继任者王海,就用"立着是奋进的红帆/蹲着是伺机的红帆"的诗句,给了红帆精神又一种阐释。

　　二十年的红帆,硕果累累。这本纪念红帆二十年的作品集,自然难以反映红帆诗歌创作的全貌。不过管中窥豹,还是可以约略揣出红帆诗艺的成色。二十年的诗歌历程,后浪推前浪,淘出了优秀的写手与作品。除了远岸和艾子,从这本诗选里展示写作才华的,还有前面提到和没有提到的徐南、潘乙宁、顾晓鸣、陈振华、太阳岛、李林青、天涯星、廖松日、黄辛力、王海、杨兹举、林尤超、林雅璟、罗禹、李文宁、林旭诸人,堪为红帆翘楚,他们都营造了独特的诗歌世界,形成了各自的艺术风格。限于篇幅,恕不一一评述。其他作者的作品,也有可圈可点之处。总起来看,这本诗选是红帆人自我总结的一个不俗的表现。

随着高校扩招,海南师范大学的生源地扩展到全国二十七八个省市,"红帆"诗社的文化构成发生改变,新的写作主体和新的写作语境,给"红帆"带来了新的艺术因素。虽说大的文学环境有了变化,校园文化也因高校的日益官场化而变得虚浮,但是"红帆"传统还是找到了它的后继者,何况老红帆人从来没有忘记不断地为续航的船儿补充给养,因而"红帆"的翅膀依然劲挺,从这本诗选里就可以看到它漂亮的飞翔姿势。

2006 年 12 月 21—24 日

于海南临高——海口

人生写意:诗之于李孟伦 *

——序《走入世纪的瞳孔》

　　读图时代的来临,对于文学实现几乎是灾难性的。我们拥有多得没有哪一个时代能够比拟的文学人口,可是与持续增长的文学生产形成反差的是,文学消费愈来愈不景气——阅读文学作品、尤其是阅读纯文学作品的人越来越少了。电视、电影等图像文化的发达,使得大多数人业余的精神生活都选择了直接而轻松的读图方式,因为与看电视看电影比起来,文字阅读的确是一种苦差事。即使阅读文字,在资讯十分发达的情况下,人们面对铺天盖地的报刊和任人点击的网络, 兴趣及关注点也不一定在文学。要了解身外的世界,满足好奇心、知情的愿望、窥视欲和享乐要求等常人都有的带有原始性的心理,许多非文学的信息往往占了先机。在这个时代,消费文化是如此有力地培养和引导了它的读者,使他们支持着文化的大众化和庸常化, 而对这种文化关系得以建立起决定作用的乃是市场经济所奉行的价值观与人生观。对物质的追逐成了生活目标,文化消费就仅仅成为一种人生的调料,而不是反省人生、确认人生意义的人的生活的重要方面——精神生活的主要内容。

　　所以文学消费在文化消费中的比重变小, 一方面是社会的物质生活大有进步的表现,另一方面是人们的精神生活走向浅俗的症候。世俗生活与大众文化的互动是社会现象又是文化现象, 因而在深层上它已经构成了我们时代的精神潮水, 它的不断上涨使得纯文学这类高雅文化有如岛屿在包围中存在。然而正是在这样的背景上,纯文学的写作显示了它的意义和价值:正像岛屿与潮水相互依存,纯文学也因世俗生活与大众文化的

---

* 本文是为李孟伦诗集《走入世纪的瞳孔》写的序,发表于 2005 年 2 月 26 日《海南日报》。

兴起而愈益宝贵,作为必不可少的精神高地,值得我们坚守。事实上,与文学消费的低迷相比,文学生产并没有因为图像文化的冲击而有所衰退,而是持续兴旺。通俗文学自不待言,纯文学也不例外。许许多多的人,既不是纯粹为了消遣,也不是出于什么功利目的,而是因为纯文学在人类的生存行为和文化的历史延递中有不可替代的地位,因而倾尽才智去追求它。他们并不打算用文学在现实里换取什么,而是让心灵得到安慰、让灵魂找到寄托。他们也并不指望文学对社会发挥明显作用,而是为个体生命寻找确证。他们从事文学写作的起因有多种,但要达到的目的却如此近似,更接近的是对待流行事物的态度,即无一例外地要与之保持距离,有的干脆视而不见,好像当下现实就是他们所要背弃的。如果说写小说的人在讲述人生故事与生存冲突时不可不一再想象性地回到生活的现场并表露出价值选择的话,那么写诗的人只注视一种内心生活,诗歌本身便是与生命同构的自足体。因此我们可以把写诗看成更为纯粹的文学写作,把诗人看成是真正拥有双重生命的人。李孟伦就是他们当中的一位。

　　李孟伦从学生时代就开始写诗,读大学时出版了第一本诗集。他相信自己为诗歌而生,遂而豪情万丈走笔天涯,似乎要把一支诗笔摇成南天一柱。那时候的李孟伦青春意气,诗兴勃发,日日于汉字中寻找灵感、磨砺匠心,处处流露出缪斯追随者的骄傲与自信,不知是生命为诗美所俘获,还是诗歌通过生命找到了她魅人的形体。一个尚未走出校门的年轻人,谁也不敢断定他今后会不会以诗歌、文学为生,但可以估量诗歌在他的人生中的分量。大学毕业参加工作后的孟伦,给了我们一个回答。他进入了新闻"战线",搞的还是"内参",免不了介入矛盾尖锐、情况复杂的社会现实,但他仍然时时抽身,置之事外,继续着极为个人化的诗歌写作,仿佛在两个完全不同的世界里随意而自由地进出,似乎并不怎么困难地在两种生活中找到了一种平衡。从他的诗歌里,我们不免吃惊地发现,孟伦对于世俗生活好像并不太在意,不太看重。像众人一样经历的天天重复着而又时时变动着的俗生活,总是被永恒的诗美质疑着。与其说孟伦在体味着生活,不如说他在一个精神空间里观看着在物的现实里表演着的自我。因而诗歌写作在孟伦这里成了人生的写意。同稍纵即逝的人的活动相比,诗歌所勾画的内在自我显得真实,恒久,耐人寻味。

在李孟伦的诗歌里,我们看到了一幅诗人的自画像——精神的自画像。这幅画像是作者对自我人生的一种设定,他把自己定位于文化创造者的角色,一个自视甚高、孜孜以求、注定属于诗歌的人。这个人秉承了天地灵气和诗歌精魂,依傍南海(孟伦生于海南乐东滨海农村),感恩南圣河(孟伦上大学的地方),借着五指山的胆魄(海南名士丘浚诗咏五指山云"岂是巨灵伸一臂,遥从海外数中原"),隐怀着骄傲和焦虑,在孤悬海外的南天一隅奋笔挥毫,给这一片文化较为稀薄的天地涂抹上富有灵性的文字,也以此作为个体生命的真正收获。孟伦用他的"说话的笔",勾勒了他理想中的自我形象:

> 我让说话的笔
>
> 在南海上开花
>
> 笑软了花果山
>
> 在大地的脚下
>
> 放牧芳华
>
> 过往的人们
>
> 指指点点
>
> 把一个个湿润润的名字
>
> 含在嘴唇
>
> 羞红了一春
>
> (《我说话的笔》)

这其实是诗人精神生命的意态,超越世俗,在一个近乎神话的世界里自我陶醉,而能够让他的成就感得到满足的还是世人对文化、特别是诗歌这种高级文化的仰慕,所以他才满怀信心地"带上一支笔","带上自己","驾着云笺去旅行","让发亮的语言/找个位置加冕"(《写意》),并且相信生命的神奇:"风雨中诞生的我/跟东方一起成长/与阳光一起歌唱/步子量过的地方/花便芬芳草有思想/在人类的身上开放/开放成语言与食粮。"

(《太阳下葬的地方》)自我想象反映的是一种文化想象。在个人的生命史里植进了活生生的文学史的人，眼睛里看见的只是人类精神文化河流的流淌，看见的是那些用作品永垂于史的作家、诗人，无怪不管时代发生了多大的变化，人们的生活兴趣发生了什么样的转移，孟伦仍然坚持把会写诗歌当作人生的最高荣誉，这在物质主义时代显得难能可贵。但这也注定了把写诗当作精神富有的人，在现实里要感受到清寒、窘迫、潦倒与孤独。《一年的春天又来了》描述的就是这样的境况：

> 一年的春天又来了
> 我的春天却没来
> 一年的夏天快到了
> 我还伫立冰封的冬季
> 持一腔热情
> 把僵冷的文字燃烧
> 烘烘这潦倒的时日
> 声名荣光都已远去
> 柴米油盐却已走近
> 在懒散的视野里
> 欲寻找自己的坟墓
> 找到的
> 却是
> 一纸空虚的祝福

诗歌并不能解决生存问题，生活中会遭遇许许多多的困扰和烦恼，诗人难以摆脱实实在在的繁难绝尘而去，一旦为现实的烦扰所囚困，来自精神高处的许诺也变得黯淡无光。对于诗人来说，它是意外的，但也正是这种非人所愿的生存体验增强了写作的现实感和人生感，使诗歌的内容变得要深厚一些。颇有意味的是，做一个诗人免除不了俗世给予你的苦恼，然而要获得解脱、得到拯救，还是得依赖诗歌。《寄友人》就表达了这种无奈的选择：

> 行走天涯
>
> 衣带宽了
>
> 鞋也瘦
>
> 只好拈些时日
>
> 南困幽谷
>
> 北望长安
>
> 只见
>
> 细雨芭蕉
>
> 清风飘飘

衣宽鞋瘦的李孟伦，俨然与现代商业社会格格不入，保持的是一个半是诗人半是隐士的形象。或许如是能够让生命达于自由之境，使物质的追逐与获取显得没有太多的意思。领悟到生存的真谛，也就可以做一个物欲浊流中的醒者了：

> 功名千万里
>
> 斯文微如线
>
> 诗歌二三句
>
> 日远天高
>
> 谁能明了

> 前无林后无山
>
> 笔带日月
>
> 袖卷烟霞
>
> 踏浪问生涯
>
> 风无影雨无声
>
> 只听一路蛙鸣

(《谁能明了》)

　　诗歌在这里不仅表露了一种心境，也让人看出作者所选择的一种生存方式。这是一种带有古典情怀的人生态度。既然"一不小心就被生活烫伤"（《没完没了》），就不如遁入一个历代文人雅士们心造的世界，于是芳径、东篱、杏花、疏影之类的意象频繁出现在孟伦近几年的诗作里，《燕子南来》一诗最为典型：

　　　　燕子南来
　　　　院落三两家
　　　　东篱已无菊
　　　　斜挂一片残阳
　　　　风携落叶
　　　　与我守窗台
　　　　半杯清茶

　　　　二十余年随梦去
　　　　走了半生
　　　　仍在杏花疏影里

　　其他如《昨日雁去》、《别问长安近》、《楼上是否春也寒》，也都带有古典情韵。诗歌呈现了一种心像，其简淡、寒瘦的意象与清远、孤峭的风格，折射的是作者不堪应对的浮躁、功利的世相。正因此，诗的抒情形象不会简单地被看成是一味自我关照、自我欣赏，诗的人生写意其实隐含了对生活进程的质疑，因为我们实在没有充分的根据说以物质进步为目标的现代化、城市化一定是人类的福祉，而不是使人付出了对生命和自然少有充分感受的代价。

　　　　　　　　　　　　　　　　　2004 年 10 月 6 日于海口

洁净的心地 *

——王强斐诗歌印象

诗歌是灵魂的自白。一个人拥有什么样的灵魂,我们无法看见,即他(她)有着什么样的兴趣、爱好、人生追求、价值观与道德品质,以及对自然、社会与人生的看法,我们都难以得知。但是,对于一个写诗的人来说,他(她)的心灵世界却往往难以掩藏,因为诗歌这种有姿势的语言和有色彩的意象,会把诗人内心的景致,逼真地呈现出来。阅读一个人的诗歌,我们可以了解他(她)的思维特点,更能够直观地看清他(她)的心地,单纯还是复杂,透明还是深沉,轻飏还是滞重。人的心地有先天的成分,但主要是社会文化不断作用于人的感觉和意识的结果。作为有内视能力的一类人,诗人容易被自我内心的文化景象所打动而产生表诉的欲望。因此,作为表达的结果的诗歌,既是诗人心性的外化,同时又不可避免地烙上文化和现实的印记。今天的现实,早已变得十分复杂,说混乱也不为过,因为权力和金钱横行无忌,社会已经失去了一个准则,善恶美丑都难以分清,作为文化的核心价值观也出现了危机。这不能不影响到作为社会一员的诗人的心灵质地。那么,诗歌写作若还是一种心灵剖白的话,我们恐怕就很难看到一种清明的内心生活景观。

然而,现实决定论在文学创作中并非时常有效。文学本身或许就有一种免疫功能,尤其是诗歌。有一些沉迷于艺术之美的人,天生就拒绝来自现实社会生活的污染。他们的精神世界,承续的是人类文化中那将自我感官经验诗化了的一脉, 他们把感官对自然世界的触知和心灵对生活的感应,作为人生价值实现的重要方式和生命存在本身。王强斐就是这样一位

---

* 本文是为王强斐诗集《永远等你》写的序,大众文艺出版社,2007年3月出版。

青年诗人。读他的诗我感到有些惊奇,惊奇于在这个人心不古的时代,他还保持着那么洁净的心地。他的诗境的清纯--一如他为人的淳朴,这是今天并不多见的人品和精神现象。是什么使得他在一个混浊的时代精神环境里,保持内心的清澹、雅正和执著?我想不只是他出生和成长的海南岛西部的自然风物和朴野人情对他的熏陶,最重要的还是他的生性和所学文学专业对他的文化认同产生的影响。写诗对于他最初也许是少年梦想唆使的兴趣。但是随着进入内地大学中文系学习文学专业,生活阅历与文化阅历骤然丰富,他的人生定位渐渐清晰与坚定起来。一个选择写诗作为精神生活方式的人,自然而然会对现实的生活潮流采取一种审视、质疑和批判的态度。这样,感性化的精神自恋,可能演变为一种理性化的价值取向。他心地的雅洁来自于对灵魂的有意识的自我清洗。请看他的《洗心》:

衣服脏了
还可以洗
但,心脏了
到哪儿寻找清水和
洗衣粉

人心宝贵
也很容易脏
梭罗说:
"把它放进我的湖中来。"

洗心
有一万种脱离尘埃的方式
只要你肯去寻找
只要你愿意清白

这是多么难得而可贵的一种清洁灵魂的自觉。在一个物欲横流的时代,诗歌追求人文精神最符合文学与人类文明进程逆向运动的本性。

在他所生活的时代里,保持独立的人格,不为世俗的利诱所眩惑,才接近为人心立法的诗人的品性。强斐是努力站在一个道德的高阶上的。他这样《拒绝》:"我拒绝和狼/并肩行走//我有自己的方向/燕子不会为秋天的/一枚甜果子摇摆//我有自己的春天/野草、石头/和坡鹿/活在心的壁画里/我选择走进太阳。"在道德失范的恶性竞争环境里,狼一样的贪婪与凶残并不少见。现实利益的获得,往往以良知的丧失、道德的堕落甚至人性的泯灭为代价。是选择下坠还是上升,是物质进步的历史走向向我们发出的考验。在一个多数人在物质诱惑面前失去自我的情势下,自我能够拒绝是一方面,对世人的规劝也是诗人的职责。"把麻将桌的时光删除/将书房里的星星点亮/人生便多了一份明朗//把歌舞厅的喧嚣省略/将笔墨纸砚——打开/人生便多了一种诗意//把眼睛和嘴巴闭上/将心灵的窗子都敞开/人生便多了一层顿悟"(《升华》)。点亮书房的灯,将心灵的窗子都敞开,这是用人文性对物质性的一种拯救,是诗人为昧于现实利益的人们指出的一条出路。非功利的诗歌与文学,如果说在任何时代都不可或缺的话,大概就在于它总是为蝇营狗苟的生活所俘虏的头顶上点亮一盏精神引领的灯吧。

说到底,诗歌与文学写作本身也是一种生活方式,它为人的生存提供了另一种可能。中国古代诗史几乎是一部官人文学史,古代的诗人是在从政之余写下名篇佳句的,诗歌不仅成了对现实滞重的一种润滑,也成了创作者对人生感受的一种品味,这种润滑和品味使世俗的人生升华为审美的文化情态,个体得到超越,社会趋于和谐,今天,在物欲横流中几乎陷于灭顶之灾的我们,为什么不诗意地在大地上栖居呢?像王强斐践行的那样:"渴了/就舀一口清泉/润喉//饿了/就摘一朵白云/充饥//倦了/就躺一席青草/入眠//寂寞了/就钓一尾小诗/在月光下心醉"(《独醉》)。可惜我们在追求物质占有的路上走得太远。我们把自己关进了一个叫做"现代"的鸟笼里。"现代人追赶潮流/一天比一天厉害/却常常被脚下的/石头绊到//城里人习惯了黑夜/也就习惯了鸟居的生活//钢筋和混凝土合成的/高楼大厦/让人们彼此陌生/孩子们从未感受过/大地母亲的亲切的爱抚/这不能不算是一种/进化的悲哀//双脚悬空在叠层里/现代人学会了/蝙蝠舞/又患上高血压/眼睛和心灵被冷漠的/篱笆围住/一片真诚贵如春雨",这正是被进化的车轮裹挟的现代人的生存困境与悲哀。诗人不由得呼吁:"就让我们走出现代的鸟笼/与大自然亲密接触/让画地为牢的笑柄/到此结束。"(《走出现代的鸟笼》)对城市化的批判,其实是对自身生命的珍爱,因为物质的发展,已经造成了现代人"脚步渐渐放慢/视力下降/头脑日益发达"(《新时代》)。发达的是智力,而不是精神。诗歌提醒我们警惕科技文明对人的畸化。

只有警惕物质和科学理性的双重侵入对人类构成的威胁,我们才有可能获得心地的清净。心地清净的人,才是真正的富有者,因为清除杂物后,心灵就可以外揽自然的无尽之美,内运生命的绚美之思。无论是写景,还是造象,强斐都用他潜心的体味进入了一个境界。写景的如《月光下的海》:

波浪息了
心跳缓了
月光下的海
恬静,如刚入梦的婴儿

一张无边的银网
从天空里撒开
一罩,就罩住了
蓝汪汪的海
一罩,就罩住了
弯如蛾眉的银滩

不远处
两三盏鱼灯的小夜曲
柔柔地响起

水中恍如一面铜镜

恬静,如刚入梦的婴儿
月光下的海
心跳缓了
波浪息了

心气浮躁的人,断不能领受到这造物的默默馈赠。造象的则有《春天里的梦》:

充满露水的夜
天空被夜晚涂上黑色
一盏灯装在盒子里
春天温暖

手掌穿过镜子走路
乳房香甜
在欢乐的叫喊声中
桃林和那片激越的石子
疯狂而热烈的拥抱

岁月悠悠
一百年的骨头纤维
都织到了密密的网中
编成一串串的叹息
那挽留不住的时间
走得太匆匆

躺在船上

静候那一刻的到来

昨夜的蓝湖上掠过一只

鸟的精魂

记忆之门就这样被金光

敲开

色彩缤纷的春天

纷纷和梦

走进石头

那就开花吧

不必害羞

在那长满毛茸茸的

手的天空里

太阳是最好的答案

一只小舟孤独地

漂向梦中

沿着金红色的路

春天的门次第盛开

    诗歌富有隐喻性地记载了生命与激情的一次美丽的邂逅，它只能发生在青春的季节，隐秘而神奇，热烈而圣洁。与其说是一种经验，不如说是一种想象。它是愿望在语言中的旅行，是心灵对身体的超越……

2006 年 11 月 14 日

于海南师范大学

独语在多梦的雨季 *
——序吴永波《叩你的门》

时下,信仰、诺言、友谊、爱情这类曾经在人们心目中最有分量的东西似乎都贬值了。惟其如此,那种从涉世未深的年轻人身上涌出的青春期的情感骚动以及对生活的真谛的叩问,就显得十分珍贵,因为它是那样自然、那样真实,就像山野中挂着朝露的花草在晨风中发出令人心醉的颤动,在这里看不见功利对它的污染。吴永波的散文集《叩你的门》,就是以这样的品性唤起我们对它的注意。

吴永波还是一名大学在校学生,学的是经管专业,却对文学情有独钟。文学创作也许是他自我求证的一种易见成效的方式,但我更愿意把他的勤奋写作看成他的有一定方向性的内心活动急切地在文学世界里寻找对象。吴永波看上去寡言少语,同人说话时显得有些腼腆。但是他的内心独白却是高频的,喧闹的。为一个甜笑而辗转反侧;为一次风雨中的失约而悲哀;因选择事业而放弃了爱;在不经意地回答一个小女孩的问题时遗落了真诚;为迟到的汇款单而生出对家况的耽虑;从往事的回想中看到奉献的价值……一颗敏感而善良的心灵就这样因外部世界的撞击而不停歇地发出回应。心的琴弦,弹奏着一个旋律——对人生价值的思索与追寻。

在倾诉式的书写中,吴永波为他的心灵风景找到了一个意象,一个词,即“雨季”。生于海岛,长于海岛,雨季溶入审美意识就不奇怪:雨季与内向性格的青春情感世界是多么相似啊!雨季,它丰沛,勃郁,迷濛,湿润,这是多愁善感的青春漫浸着的甜蜜的痛苦、无名的惆怅、似有若无的哀愁和难以摆脱的孤独。因此,雨季不仅具有写作主体的地理处境的真实,它

---

* 本文是为吴永波散文诗《叩你的门》写的序,远方出版社,1997 年 4 月出版。

更表明了生命的节候：青春期是多情的，常常对现实无奈，因小事而伤怀，泪水像雨水一样打湿睫毛或心底。永波的心中和笔下，充盈着这样的雨季，那诗化的语言漂洒着抛投自我的执著与纯真。他的语言，说不上珠玑闪烁，但也偶有吉光片羽。例如，在初尝了生活的酸果以后，他发现了生存的悖论："在亏本中获得一笔人生价值的可观收入。"（《别让追求带上金锁链》）而借助海滩上的贝壳，他宣示出这样的价值观："沉淀的生命才有玉石般的重量和硬度。"（《退潮的时候》）

除了凭借语言，人的内心生活是难以尽情传达的，而语言对内心世界的描摹能力又极其有限，这就同人渴望表达与沟通的愿望相矛盾，因而越是爱思考的人越要尝受不被理解的痛苦。吴永波是孤独的，所以只好索性以静夜读书的方式去品味和享受心灵宁静的乐趣。《享受孤独》塑造的自我形象，便是吴永波在试图诠释人生时对写作本质的一次有意味的诠释。

对于这本在校生的处女作，我们并不指望她有太多的对我们有启发的人生感悟，也无需苛求她在抒写形式上的圆融程度，像《停泊的船》这样精粹一些的篇章在集子中所占的比重还太小，但是，她毕竟于一个嫩绿的季节悟出这样的至理——"青春不是一个年龄的标志，青春是心境，是不会老的"，因此，她的鲜活气息定然会走进所有的人生季节。

1997 年 5 月 22 日于琼州大学

客观写作的社会价值 *
——评罗灯光的《樵歌牧唱》

　　若是从纯文学的兴趣出发，人们可能更欣赏罗灯光的散文诗集《红豆离离》，那奔泻于密集的意象、绚丽的语言与铿锵的节奏之中的一个天涯赤子对故土的自然风物和人文情态的炽爱之情，是颇富有感染力的。然而我宁愿把他收集在文学集《樵歌牧唱》里的篇章视为一种客观写作，并从一个更宽广的视野中来寻绎这类作品存在的根据及未必可以低估的价值。

　　罗灯光在写作上早已给人以"多面手"的印象。从新闻到文学，小说、散文、报告文学、特写、文艺评论乃至影视，他均有涉猎。这跟他的七七级中文系出身和先后从事过刊物编辑及理论工作的经历不无关系。作为恢复高考后的第一届大学生，具备的是一代人特有的较为丰厚的生活积蕴和强烈的事业心。罗灯光以散文诗为主要形式的纯文学追求，正是他这一主体条件的外化。散文诗这一轻便而凝练的文体，尤其适合容易为外物所动情也好作内省的人所运用。它将一片浓郁的情思，组织为精巧的语言形体，其艺术品位得到了保证，它的主观性也显而易见：有意作美文，作品充盈着情感与个性。文学创作的艺术价值，正是由这种主观写作提供的，文学史持续锻造着这类企图走入它的心灵。

　　但是，罗灯光的写作多数时候可能并非受艺术创造冲动的驱使，而是现实的原因诱使他从客观世界里寻找题材，编织成文。当我们着眼于社会与文化发展这一同写作密切关联的历史主轴，特别是考虑到特定历史时期、特定社会文化环境里话语对世风的影响，我们就得承认即使是宣传性

---

　　* 本文发表于 1998 年 12 月 29 日《三亚晨报》。

的写作,在精神创造领地里也显得更合法。比之于可以留给未来的艺术精品的制作,及时反映当前现实出现的变化,描绘活跃于或推动着时代变革中的人和事,追踪新生活的发展趋势,这样的文章就算少了一些深远,可它通过对当下的参与而融入大众精神生活,所产生的社会效用反倒是纯文学所不及的。《樵歌牧唱》的书名或许含有亲近民间的创作宗旨在内。书中收录进作者多年来写作并发表的各类文章,散文、报告文学及人物特写占了较大比重,纪实是其主要特色,连评论也以人物或作品的介绍为主。从这些长短不一的记述性篇章里, 我们可以感触到海南岛特别是琼南这片土地自然的或人文的风貌,不同时期的生活样态以及在改革岁月里的热浪熏风, 也了解到这个更需要专业人才和当代英雄的地区一露峥嵘的各色人物。作者并非有意地记录海南发展史,但这部由速成的、体例不一的篇什构成的作品集,让我们依稀看到了这个理应充满希望的孤岛在经济改革和文化变迁的大势下曾经发生的躁动和向明天拱进的轨迹。

《樵歌牧唱》看上去对现实取了一种肯定的态度,作者惯于从生活世界里发现令人鼓舞的事实,以及他在潜意识里引为镜像的人物,对其赞誉有加。其实,对社会生活的负面因素或直面或回避,不过是一块铜镜的两面,不同功能的写作恰与之对应。在我们这个时代,被主流意识形态提倡的客观写作,它的社会学依据是,对于大多数社会成员而言,诉诸理想是对生活的不公平的有意补偿。罗灯光的《樵歌牧唱》并不等同于意识形态写作。他的作品所呈现的热烈明朗的调子,是生活中跃动着的正面的、积极的客观因素的反射和回响,而不是唯心地对某种权威话语的诠释。罗灯光是站在人文工作者的立场上写作的, 它表明社会赋予了作家更宽广的使命。《樵歌牧唱》在历时性的写作中,不自觉地构成了对特定地区经济建设和文化创造的散点透视,不管海南作为经济特区的实效如何,但是它透过纪实写作这面时代的多棱镜所展现给我们的, 无不与千百万人生存发展的意向相关。无论是三亚这座在特区的热风中崛起的祖国最南端的滨海城市的丽质新姿,还是更大一些范围里的文化人的建树或风范,都让我们感受到特定时代里历史主体高于欲望的对生存质量的向往和追求。社会的进步,应该以此作为标志。我以为人文精神的提倡,在某种意义上就是关注不同的亚文化领域，以相对的尺度去衡量文化主体的自我提升的幅度。用这样的观点看问题，关心多数人实际生存样相，与穿透生活浮沫去追问存在的价值，这两种写作是殊途同归的。

重人，的确是《樵歌牧唱》的主要特色。罗灯光乐于为社会精英（主要是文化精英）造像，这同他不甘庸碌的品性分不开，而在客观上起到了优化的作用。根据文化振荡的递减律，作为边陲且是海岛的海南省，其精神文化的密度与质量比物质文化更要低于中心文化地带。生长在本土的有识之士如罗灯光在潜意识里是感受到了这种文化差距的迫压的，作为一种精神反射现象，便是对文化创造者的崇爱。他的人物特写及文艺评论，大都写的是文化界的卓有或小有建树者就是证据。作家、诗人、画家、演员，只要稍有成就者，就能进入他热切的镜头，迅速成像为人生价值的实现者。作为《樵歌牧唱》问世前的读者，我为这样的英才展览激动了，它让我这个迁移来的文教工作者对这片可垦殖的文化土壤产生信心，由此可以想见它对引丘浚等历史人物为骄傲的本土文化人发生的鼓舞作用。单凭这一点，《樵歌牧唱》就必将是繁茂的天涯人文森林中的一株佳木，她使我们的视线变得高远。

从大自然中找回自我 *

——方令儒的《琅琊山游记》评赏

　　方令儒的《琅琊山游记》在中国现代游记文学中算得上一件佳品。这篇一万多字的记游散文,读起来却没有沉闷、冗长的感觉,反倒犹如展玩一幅清新秀丽的山水画卷,让人赏心悦目;又如坐听一支琴曲,意酣神驰。她的魅力来自哪里呢?

　　借一支善于摹山绘水、记事传状的笔,把鲜为人至的琅琊山中的景物、古迹以及与之相关的轶事典志,一一披露于人们的眼前,使人如临其境。自始至终不忘诉说自己痴恋自然的癖好,一景一物皆饱浸了人的感情,思与境偕,如诗如画。以女性特有的敏感和同情心,一路留意着发生在美丽山水、古迹名胜背景上的带有悲剧色彩的人事,两相映衬,凄美动人。优美而精致,富有想象力和音乐性的语言,闪烁出诗人的灵性。这些,足以使《琅琊山游记》境界全出,引人入胜了吧。

　　这篇游记写的是作者同友朋一行五人于寒食、清明两天游安徽滁县琅琊山的经过。打动游兴的是醉翁亭,但文章着笔的却是琅琊山的深山幽景。欧阳修的一篇《醉翁亭记》使醉翁亭盛传至今,乃至初春花发的季节,"队队游人像风卷落花似的"向那里涌去。而滁州城周围的其他胜景,欧阳修只给我们一个"环滁皆山也"的粗略印象。方令儒的这篇游记则像是用一部俯仰推拉的摄影机,摇出了大丰、琅琊诸山中的一个个近镜头,把隐藏在高山深壑中的美楚楚动人地呈现在我们的眼前。这里有群山环抱的丰乐亭,潭深水甘的紫薇泉,有建筑精巧的土地祠,和用乱石堆架成穹形

---

　　* 本文应北京大学佘树森教授之邀,为《中国名胜诗文鉴赏辞典》(北京大学出版社,1989 年 4 月版)所写。

的薛老桥,有殿宇巍峨、轮奂绚丽的开花寺,有洞,有崖,有百年的古木和遍地的野花,有历史悠久,钟声悠渺的佛殿,有罗列在山顶的荒榛野草中的硇硇巨石……这众多的胜处已经令我们目不暇接,作者还要动用她丰富的知识贮藏,把镶嵌在这些名胜古迹上的历史掌故、轶闻趣事、文人题咏、方志载述或略或详地加以介绍,使描述对象更为令人神往。其中欧阳修偶得幽谷泉和摩诃崖小和尚得道的故事,前者可以坐实,后者纯系传说,但都写得活灵活现,妙趣横生。欧阳修的"博学多识而又好奇"给人以活生生的印象,他的"潇洒和爱的风神"同样也使读者油然而生"缠绵慷慨"的感情。小和尚煮石为食的故事,虽是怪诞,但也别有风味,可以解除我们神游琅琊山途中的疲劳。

贪恋无语有情、瑰美多姿的自然景致,是这篇游记散文一再渲染的主观情绪,它最能唤醒我们某种沉睡的审美意识。作者并不一落笔就扣题,而是先为进入情境造气氛。通过诉说她自己"贪玩山水"的夙习来唤醒大家对自然美的注目。"我爱的是苍茫的郊野,嵯峨的高山,一片海啸的松林,一泓溪水。常常为发现一条洞水,一片石头,一座高崖,岩上长满了青藤,心中感动得叫起来,恨不得自己是一只鹿在乱石中狂奔"。这一段自白,还有接下去的对故乡老屋和童年爬山的回忆,是很能够引起读者的共鸣的。开头这一大段曲折周旋的文字一下子就把读者对文章将要描写到的琅琊山胜景的审美期待调动起来了。后面写两昼一夜的游览情形,作者爱自然、爱天然的个性得到了更具体的表现。她能深味出万紫千红、高岩深壑的琅琊山中的"异样的趣味",因而"不愿像别的游客,一望就走,愿意细细的探寻,把山水的神味像饮泉水一样浸到心上去"。祇园中的山兰花,吸引他们俯拜;古拙可爱的石壁,他们生怕被毁坏掉;为看山中月色,特意留宿寺庙,如梦如幻的美好月光使她"心里异常感动,恨不得对着这庄严的月夜膜拜"……这些描写,对每一位想暂时摆脱现实,从大自然中找回自我的人来说,都是极有感染力的。

老作家巴金1981年为方令儒的散文集作序时讲到她"是一个十分善良的人"。方令儒曾是新月派的女诗人。女性本来就是敏感的,诗人则又更富有博爱的心肠。难怪女诗人的善良的心地在《琅琊山游记》中早有体现。

在空山月明、天真无滓的祇园中,她为他们三人中那个"心里正填满了苦恨"的人而凄然徘徊于藤萝架;在柏子潭边,她为把家小留在北方的种地人和车夫而心生嗟叹;在南山上听完药师赞和僧人的解说后,为世上还存有不少苦痛的事情的人而暗暗惭愧;末后又为朴质忠厚的老和尚祝福。有了这些美丽人性人情的表现,钟灵毓秀的山川景物越发地令人感到亲切可依了。文中有一处写道,"我们都在断墙上,或石础上靠着立着,睡着,坐着。谈山中的风景,讨论古迹,也讲到人间的悲欢韵事。"风景、古迹与人事,融为一体,环境与人、历史与现实,密不可分,也是这篇游记意境深邃的原因之一吧。

作为唯美派的诗人,这篇游记散文的语言美自不待言。方令儒这代作家古文修养深厚,又留学过欧美,所以这篇游记文既看得出历代游记文字的影响,它使用现代句法所带来的表现力又是古人所不及的。请看登上南山之巅后的描写:"眼前豁然开朗,山峦从这里倒退下去,重重叠叠像波涛又像莲花似的在我们脚下起伏。山影慢慢淡下去,渐渐沉没,化合到一片白茫茫的云气中。云气的底下又看见一滩滩明亮的白水,那本是田野,但在这时候却分不清砣亩,只仿佛是一片湖泽展开在眼前。"姑且不谈这里的境界如何开阔,叫人心旷神怡,单说句式,这种长短错落的句式,状物细腻,又有内在节奏的起伏变化,比古文那种以四字格为主的过于规整、语气短促的句子,多出了许多韵味。最后,诗人状物抒情是更富于想象力的,这篇散文中的比喻手法常常令人叫绝,且信手拈出两例为证:

我小小的疲倦的心,也就像一只麻雀,振起翅膀飞了起来。

迎春树的枝条在月光里洒下姗姗的影子,像一个古美人拖着飘逸的裙裾一样。

1988 年 5 月 29 日

恍然而入幽境 *

——赏钟敬文《太湖游记》

　　《太湖游记》也许不像作者的另一篇游记《西湖的雪景》那样,为人传颂一时。但这篇作品从写法到格调上,都表现了作者的艺术个性。钟敬文是 20 世纪 20 年代极一时之盛的小品文园地里自成一格的作家。他步武周作人,性喜冲淡静穆。在《〈西湖漫拾〉自叙》里,他这样概括自己的审美情趣:"情思幽深而不浮热,表现上比较平远清隽。"《太湖游记》充分表现了一个性格平和的人的幽深俏丽的情思。作者借清旷、静漠、深曲的景致,表示他对繁遽的时代和浮躁的人情的避弃。

　　读《太湖游记》,我们会不知不觉间像作者一样,暂时忘却了困扰着、压迫着我们的纷乱的现实生活,而感觉到"幽逸的情致","不期然地充满着希望与喜悦"。我们仿佛跟着作者一道,在踏遍了苏州虎丘贞娘墓上的芳草,欣然尝到了天平山下蓝碧如鲎液的"吴中第一泉"之后,旋即又来到无锡汪洋万顷的太湖边,登"湖山第一"的惠山,临"天下第二泉",接着逛锡山,游梅园,驻足万顷堂,最后乘小汽船渡登鼋头渚,于庙中顾望湖波,品尝清茗……沿着这样的游程,我们不仅观赏到了环境清幽的山寺楼台,碧草幽林的田野及山径,群花如火的桃园,葱绿若碧海的松林,晃漾的湖波,兀立的山岭——这是客观存在着的美的景物,而且,还领略到了跟古迹名胜、湖光山色和"四照花开"的艳阳春景相辉映的另一个美的世界:历代名人在这里留下的佳辞丽句,以及作者在游览途中生发的湛醇的情绪和隽永的文思。原来这是一篇既重写景更重抒怀的游记文字,不妨称之为

---

　　* 本文应北京大学佘树森教授之邀, 为《中国名胜诗文鉴赏辞典》(北京大学出版社,1989 年 4 月版)所写。

游记小品。它具有小品文的审美特性,注重作者人格及个性的流露。在描写的时候,作者的形象不时显现在作品中,他的心情和意见也要被一再点出来的,在和同伴李君同乘黄包车向太湖进发时,一路上,李君唯恐遗漏地向车夫发问,而"我""除了一二重要非问不可的以外,只默默地翻阅着我手上的《无锡游览大全》",这一细节,就把作者的不喜琐屑、内心好静的性情暗示了出来。待到在起云楼里"小坐其中,左右顾盼",讽诵昔人咏此楼的诗句,作者便向我们直述了他"静坐散幽襟"的逸趣。然而这个深受古代文化熏陶但又接受了新文化的陶冶的性格又是矛盾的。一方面,只有自然山水、名胜古迹可以使他疲惫的灵魂得到休憩,但同时他又不可能完全同自己的时代隔离开来,作出尘之想。因此,在"天下第二泉",他感到皮日休的那种时代"离去我们太遥远了"。在过锡山时,他又暗用了一个典故,表明了自己是做不了隐士的过客。在招鹤亭中凭栏眺望,他"紧张烦扰的心,益发豁然开朗",在诗的意境中"沉醉忘形",可是在万顷堂边对项王的议论又表明他内心倾慕的还是"英雄意态",而非"儒者气象"。鼋头渚的景色最令人物我两忘,但"山峰几点,若浊世独立不屈的奇士,湖上得此,益以显示它的深宏壮观了"这样的描写,却又悄悄地把作者自己的人格理想投射到自然景观之上了。文章就这样或描写,或议论,或抒情,虽不嚣张扬厉,但却一波三折,平中见奇地表现了一个外表平静内心丰富的"自我"。

　　作为一篇极有魅力的游记小品,《太湖游记》最值得注意的艺术手段是以实带虚,以虚写实,虚实结合。凭借深厚的古典文学和古代文化的修养,援引前人诗词,运用历史掌故以丰富文章的智慧(钟敬文认为小品文的特点主要是"湛醇的情绪"和"超越的智慧"),这是比较明显的以虚补实。最能弥补旅游者当下观察的局限的,还在于作者依靠想象和既往经验来圆满观照对象的美。作者游览太湖,要受时间的限制,来不及踏遍太湖的每一个景点,更不可能于此一时刻领略到在其他时刻、其他季候才能领略到的景致。但作者恰恰根据人的意识不受时空限制的特点,把那些并非当时经历的情境都"想"了出来。例如五里街是他不曾踏过的,但他却借"民众的诗作",使人想见它的"吸引人的魅力"。这是以虚写实。又如,由鼋头渚观湖景而忆起故乡中汕埠一带的海岸,眼前的与忆想的,海景与湖景,相互交映,益发增强了大自然的壮观,并因而说明了人生经验的可玩味可宝贵。这是以实带虚。最精彩的还是用以虚为实的手法写太湖的落日和月景,日落时雄奇瑰丽的光影,月夜里透澈玲珑的景色,把我们完全带入了一个空灵而澹动的艺术世界,让我们也和作者一样,兴致缠绵,流连忘返,心情"比湖上的波澜还要泛滥"。

20年代的小品文,在很大程度上受明人小品的影响,一是旨趣上的独抒性灵,一是文字上的精工巧倩。钟敬文就十分推崇《明十六家小品》中的一些俏妙奇丽的篇章。他的小品文写得"清朗绝俗"(郁达夫评语),其源盖出于明朝张岱等人。《太湖游记》中就留下了这一文化流脉的痕迹。思想内涵方面前面已谈及,就语言来看,写鼋头渚的一段文字,如"渚上多奇石,突兀俯偃,形态千般。我们在那里徘徊顾望,四面湖波,远与天邻,太阳注射水面,银光朗映,如万顷玻璃,又如一郊晴雪。湖中有香客大船数只,风帆饱力,疾驰如飞",是很可以与晚明小品中的一些篇章对读的。

1988年5月28日

辑三

人文立场与文学批评

社会主义伦理与"十七年"文学生态 *

　　1949 年 7 月 2 日至 19 日在北平召开的中华全国文学艺术工作者代表大会(简称"第一次文代会"),启动了除台港澳地区之外的全国范围内的中国新文学的"一体化"工程,文学生态由此发生历史性的变化:新文学已形成的多样性种态、多元共生的文学态势被"新的人民的文艺"的硬性提倡、革命文艺的一统天下的局面所取代。虽然由于新文学传统的顽强延续,"十七年"(指 1949 年至 1966 年这一时期,下不加引号)文学并没做到完全整齐划一,但政治意志对文学的占有一直没有停止过努力,从政治需要出发而建立一整套文学规范①,对文艺生产进行了有效的统制,在力量严重不对等的文学冲突②过程中,原本多彩的文学世界逐渐单色化,红色

---

　　* 本文发表于《南方文坛》2007 年第 5 期。人大复印资料《中国现代、当代文学研究》2007 年第 12 期全文转载。

　　①洪子诚在他的《中国当代文学史》(北京大学出版社,1999 年版)里,对当代文学规范的建立有精辟的论述。这种文学规范的建立,既包括文学方向的确立、文学创作任务的明确规定、文学写作题材等级的划分,也包括作家的文学活动以及作家自身被高度组织化、文学批评对作家的写作以及作品的流通等进行经常性的监督和评断等。

　　②十七年里,从 1949 年初开始,发生过一系列文艺批判运动,规模较大的有:对电影《武训传》的批判(1950—1951 年),对萧也牧等创作的批评(1951 年),对俞平伯《红楼梦研究》和胡适的批判(1954—1955 年),对胡风集团的批判(1955 年),文艺界反右派运动和对丁玲、冯雪峰"反党集团"的批判(1957 年),文艺界的反修斗争(1963—1964 年)等。最后一次斗争与批判成为"文革"的导火索。"文革"十年,更是一场持续的文化批判运动。这些批判,往往发动全国人民以群体的力量和政治运动的方式,对被指认为错误或反动的文艺思想的代表人物进行压倒式批判。反映了强大的政治文化与知识分子写作惯性的冲突。

写作①成了无与抗衡的文学主流,成功地建构了新民主主义革命成功后的社会主义政治文化形态,成为现代民族国家着意追求的新型文化生态的象征。红色写作的成就是以可以与之在民族新文化建构中形成功能互补的其他各种写作②的胎死或夭折为代价的。这种不正常(不平衡)的文学生态造成的精神后果,在当下的文化困境与文化颓败中有迹可寻。

十七年文学发展过程,的确是毛泽东文学思想得以全面实践、新文化理想谋求全面实现的过程,也是革命领袖人物在取得革命的阶段性胜利后建立文化领导权的过程。在延安时期,与毛泽东在文学的政治化理想上达成默契的周扬,作为党在文艺界的挂帅人物(另一人物是胡乔木,身份要暧昧一些),多数时候走在前台,现场指挥了"革命的民族文化"大厦的建设。第一次文代会上他所做的题为《新的人民的文艺》的关于解放区文艺运动的报告,为由革命文学、左翼文学发展而来的社会主义文学勾画了蓝图。这一文学蓝图是《在延安文艺座谈会上的讲话》(下简称《讲话》)已设计好的图纸的放大,在解放区已经有了一些建筑样板,现在则可以利用政体的力量,利用国家化的人力、物力、财力全面开工建造了。以人民革命取得伟大胜利的雄辩事实,以胜利者集团的发言人身份,周扬在报告里申明了社会主义新中国的文学方向:"毛主席的《在延安文艺座谈会上的讲话》规定了新中国的文艺的方向,解放区文艺工作者自觉地坚决地实践了这个方向,并以自己的全部经验证明了这个方向的完全正确,深信除此之外再没有第二个方向了,如果有,那就是错误的方向。"③方向的正确性不容

①十七年文学创作以中共领导的人民革命斗争历史和社会主义革命为主要题材,渲染斗争的艰苦与牺牲的崇高,讴歌理想主义和革命英雄主义,劳动人民成为历史主体,出现《红日》、《红岩》、《红旗谱》等一大批作品,这些创作在90年代以来被称作"红色经典"。

②由于写作环境的改变,一批从旧中国过来的知识分子作家,在新的文学体制下,要么放弃了文学创作,如沈从文、钱钟书和"九叶"诗人等,要么进行了紧急的自我调整,如冯至、巴金等。作家一再被提醒要配合现实,写重大题材,塑造英雄形象。只要出现与社会主义写作规范相抵牾的创作,都要受到严厉的批判。本来可以有更多的像《我们夫妇之间》、《洼地上的"战役"》、《组织部来了个年轻人》之类的作品,但由于批判与打击,这类创作就难以出现或继续存在。

③《中华全国文学艺术工作者代表大会纪念文集》,新华书店1950年版。——转引自谢冕、洪子诚主编的《中国当代文学史料选(1948—1975)》,北京大学出版社,1995年12月版,第20页。

置疑,无须论证(不证自明)。这一武断的表述,其根据来自这个文艺方向的本身——文艺为人民大众,首先为工农兵。"人民"是上帝,[①]上帝的代言人,可以用宣喻的口气说话。

中国革命的领导者,是以巨大的伦理优势来同时掌握两支军队[②]的。第一次文代会是在新中国尚未宣布成立、新政权正紧锣密鼓准备登台的情况下召开的。领导革命取得胜利、即将掌握国器的中共主要领导人,都出席了这个文艺方面的会议,或讲话,或做报告。[③]这固然是一个先进政党在领导革命斗争时惯于舆论先行的经验的再一次运用,而从社会主义意识形态的构建来看,这样的阵势先声夺人,在一个新生的国家里,政治已实行了对文学的君临,它表明受到高度重视的文学绝非传统意义上的文学,文学的性质、作用与功能、对象与主体,都经过了新的确认,也意味着文学的生产与管理方式、文学产品的传播与接受,都要被纳入国家体制,文学的创作、阅读与批评,不再是个人的精神行为,不带有自发性,也不再拥有高度的自由。而褫夺文学的私人性将其充入公共空间,其合法性在于这样做是为了神圣的人民,是革命的需要。在毛泽东的人生意识和政治话语中,"革命"和"人民"是两个须臾不离的主题词,人民是其目的,革命是其手段,伴随了毛全部的政治生涯。在这次文代会上,毛的简短的讲话就表露了这位目标高远、意志坚毅的革命家同人民建立的伦理关系,它的实际效果是使革命获得了巨大的伦理优势。他说:"同志们,今天我来欢迎你们。你们开的这样的大会是很好的大会,是革命需要的大会,是全国

①毛泽东在他的名作《愚公移山》里,就把"人民"比作"上帝"。

②毛泽东《在延安文艺座谈会上的讲话》里,一开始就讲道:"在我们为中国人民解放的斗争中,有各种的战线,其中也可以说有文武两个战线,这就是文化战线和军事战线。我们要战胜敌人,首先要依靠手里拿枪的军队。但是仅仅有这种军队是不够的,我们还要有文化的军队,这是团结自己、战胜敌人必不可少的一支军队。"见《毛泽东文艺论集》,中央文献出版社,2002年4月版,第48页。毛曾幽默地将这两支军队戏称为朱总司令(朱德)和鲁总司令(鲁迅)的军队。

③在这个会上,朱德代表中共中央在开幕式上致祝辞,周恩来向大会做了政治报告,毛泽东莅临大会做了简短有力的讲话。

人民所希望的大会。因为你们都是人民所需要的人，你们是人民的文学家、人民的艺术家，或者是人民的文学艺术工作的组织者。你们对于革命有好处，对于人民有好处。因为人民需要你们，我们就有理由欢迎你们。再讲一声，我们欢迎你们。"①在短短的几句话里，"人民"出现了7次。与其说是有意强调，不如说是毛个人的"人民情结"的不经意的流露。而这里预告的一个不容抗拒的现实是，在新中国，政权的掌握者与文学艺术家是一种主客关系（人称的使用大有奥妙，"我们"——作为先锋队和人民的领路人的政党和她的领袖——以主体自居，"你们"——从事文艺工作的知识分子、小知识分子、革命知识分子——自然就只能是客体了。不平等的文化关系被公然建立起来。文化领导权似乎来自天授，天就是"上帝"——人民。在"你们/我们"的表述中，由于"我们"="人民"，"你们"也就成了新社会、新时代的一个"异在"，这是历史唯物论话语的必然推演结果。文艺工作者处于被改造的政治地位再一次得到明确。称谓中还有一个单数的"我"，但这个"我"正是复数"我们"的化身，亦即党的化身，党为人民谋利益，其实际政治伦理关系是这样代换出来的：因为，人民=我们=我；所以，我=人民。可见，在历史唯物主义的理论中，隐含了个人与历史的深刻关系），在新中国的门槛前，文艺队伍已被"革命"完全收编，只有少数异己分子（如沈从文）被拒之门外。②

---

①《中华全国文学艺术工作者代表大会纪念文集》，新华书店，1950年版，第3页。

②在三四十年代就取得很高创作成就的沈从文，作为北京大学教授和著名作家，没有被邀请参加第一次全国文艺工作者代表大会。"身为北大教授，有'著作等身'之称的著名作家、北方文坛领袖，同时主编平津四份文艺副刊（《大公报·星期文艺》和《文艺》、《益世报·文学周刊》、《平明日报·文学副刊》）的重要报人和文艺主持人——有着如此之多重要身份的沈从文居然被排除在第一次文代会代表之外，显然不是一次偶然的失误或遗漏。""拒绝沈从文参加第一次文代会是新政权有意为之的"，即有意对其"采取冷藏的办法置之不理"（贺桂梅《转折的时代——40—50年代作家研究》，山东教育出版社，2003年12月版，第84、85页）。在进入新中国之前，左翼文艺阵营对沈从文的文艺思想组织了声色俱厉的批判（特别是郭沫若写的《斥反动文艺》一文，判定沈从文"一直是有意识地作为反动派而活动着"），致使他精神崩溃。如贺桂梅所说，"沈从文此时遭遇的文坛批判和被弃置的命运，事实上意味着他将无法在新体制中找到立足之地"（同上书，第86页）。

　　人民情结不属于毛泽东个人，而是无产阶级先锋队共有的特质，是所有投身人民革命的人必须接受的精神装置。这次几支文艺队伍会师的大会召开，中共中央在会议开始的前一天给大会的贺电中就要求"全中国一切爱国的文艺工作者""进一步团结起来，进一步联系人民群众，广泛地发展为人民服务的文艺工作，使人民的文艺运动大大发展起来，借以配合人民的其他文化工作和人民的教育工作，借以配合人民的经济建设工作"①，"人民"出现的频率之高引人关注。这似乎让我们找到解开革命领导阶级权力建构秘密的一把钥匙。谁赢得了人民，谁就有了主宰历史的合法性，因为历史是人民创造的，人民是占人口百分之九十的大多数。人民的代表（前文的"我们"）当然具有绝对的合法性和至高无上的权威性。新中国的社会主义文学，以"新的人民的文艺"命名，里面正隐含着一个文化领导权的摄取机制。这一机制的安全性来自于社会主义伦理在能指层面上的优先性。人类生活中的多数原则在权力角逐中被成功地运用。在毛泽东的革命话语里，多数与少数的对比经常出现，革命的合理与合法性就建立在革命阶级——劳动人民是大多数，而大地主阶级、资产阶级在人数上是极少数——之上。②为大多数人谋福利符合伦理道德，对少数剥削者、压迫者予以剥夺于是天经地义。革命就是团结和解放多数，打击和消灭少数，《讲话》里阐述的文学的社会作用与功能正源于这一逻辑。文学是毛泽东革命实践的组成部分，而且是重要组成部分，因为革命的行动需要意识形态为其提供真理性。毛泽东的革命就建立在历史唯物主义这一先验正确的真理基座上。他的文学思想和文化想象，既是对真理的阐

---

① 《给中华全国文学艺术工作者代表大会的贺电》，《在中华全国文学艺术工作者代表大会上的报告》，《中华全国文学艺术工作者代表大会纪念文集》第 155 页，新华书店 1950 年版。——转引自李扬：《中国当代文学思潮史》，上海社会科学院出版社，2005 年 9 月版，第 4 页。

② 毛泽东喜欢用百分比来计算。其比例为百分之九十比百分之十。压倒多数为人民，极少数为反动阶级。这种划分可以建立起"革命"的权威。而它的权威又来自于"革命"是一个威胁性的词汇/话语。"革命"用宏大叙事掩盖了借众凌寡的事实。

释，又是对真理的强化。它所导致的当代文学生态的一度恶化，都与社会主义伦理相关。

伦理是指处理人与人之间关系所应遵循的道德和准则。毛泽东的文学思想和以这一思想为指导的新中国文学，是以社会主义伦理为基础的。"社会主义"一词经常与"革命"一词相连。搞社会主义就意味着人类历史上的大革命，这一革命的实质就是伦理的转向，或者说实行新的社会伦理，即由私有制出现以来的由少数人组成的强势群体控制社会资源，变成由占多数的弱势群体来共享生产生活资源（其失误在于注意了分配上的公平，而忽视了生产与创造。由于人的创造能力有差异，因此吃大锅饭式的分配上的公平，实际掩盖了另一种不公平，而这种不公平将限制人的潜能的发挥，因而造成社会进步缓慢）。在中国这个农业国家里，弱势群体首先需要解决的问题是吃饭问题。毛在《湘江评论》时期提到，"吃饭问题最大"，确实有真知灼见。没有什么比解决多数人的吃饭问题更能获得伦理优势。他同时认识到"民众联合的力量最强"，这的确是找到了通向未来（激进派都是政治上的未来主义者）的历史之门。发动群众起来革命，正是毛泽东实现他的救世抱负的唯一道路。发动革命要靠宣传，而文学是最好的宣传工具。工具论的文学观是社会主义伦理赋予革命阶级意识形态建构的必然结果。而文化追求的悖论也存在其中。革命者在想象中建立起了与人民的互惠关系，但这种关系的巩固始终要靠"声音"和虚拟的形象来实现。这个"声音"和虚拟的形象就是在文艺界发动的思想斗争（目的是取得话语权。为达到目的，首先要自设对立面）和按照社会主义理想来表现生活、塑造人物的文学。

新中国文学以延安文学的工农兵方向为根本的文学方针，这一方针因依托革命伦理而穿越新旧时代的界限，形成了当代文学的规范体系。这一体系自身有严密的逻辑关系。(1)既然为工农兵，文学就势必要求做到内容的通俗化，形式的民族化（中国作风、中国气派，人民群众喜闻乐见）。(2)文学说是为工农兵，但并不是给他们娱乐和精神享受的，而是用文学教育他们、团结他们（这里又出现社会主义文学的悖论：一方面认人民为历史的主体,在以他们为文学的主人公时,对他们必须"从现实的革命发展中真实地、历史地和具体地去描写",即不能写他们的缺点,因为他们即使现在有缺点,以后是不会有的(故只能歌颂而不是暴露)。实际上要求我们按理想的样子去写,也就把理想当成了现实。谁要是不按这样的现实去写,谁就"歪曲"了现实,就要被质问:难道生活是这样的吗?——理想中的生活当然不是这个样子。一方面又把人民置于被教育的位置(用社会主义精神从思想上改造和教育劳动人民, 他们始终并没有成为真正的历史主体)。这说明,文学不过是革命的宣传工具。所以,(3)文学必须配合现实斗争,配合中心工作(要及时才好)。(4)文学必须写重大题材(革命斗争与农村题材),文学的价值与题材有直接关系,宏大叙事由此决定。(5)重大题材重在反映革命斗争,而革命需要的是英雄主义精神,所以,(6)塑造英雄人物是社会主义文学的基本任务(文学作品被理解为生活的教科书,其作用是为现实斗争中的人们创造生活的典范)。英雄的斗争决定了文学的美学风格——明朗、豪迈、崇高(与将人圣化的革命道德理想有关)。(7)重大题材的表现、英雄人物的塑造,必须遵循统一的创作原则和方法,先是社会主义现实主义,后是革命现实主义与革命浪漫主义相结合。(8)为防止上述文学规范遭到逾越,所以要进行文学批评。"批评是实现对文艺工作的思想领导的重要方法。"(周扬语)由此可以看出文学一体化工程的牢固程度,任何对它的冲击都要付出沉重的代价。多样化的文学生态断难形成。革命功利主义文学的盛行,压抑了以审美或娱乐为主导倾向的文学,十七年文学很难表现生活与文学的复杂性,造成了人的思想的简单,也不利于健康的社会文化生态的形成。

由社会主义伦理冲动支持的十七年的以政治教化为目的的文学,并没有实现它的倡导者毛泽东所希望的让劳动人民登上历史舞台的理想。因为社会主义与封建主义在文化上的同构对应(群体本位、政治道德化与强求人的圣化),决定了集体主义的价值取向不可能完成人的觉醒(人被鼓动投身革命集体,成为社会主人,获得的是外加的主体性,而不是自省的主体性)。另外,阶级斗争的鼓吹,严重地恶化了人性,破坏了人际关系,从根本上伤害了社会道德。所以我们有理由把新时期的私人化写作、欲望化写作①看成是十七年社会主义文学背弃了文学的人文传统、切断文化血脉,用阶级性和斗争意识取代人性、人情和人道主义带来的后果,是十七年文学批判运动营造的红色文化生态的后遗症。

2006 年 4 月 20 日

---

①私人化写作以陈染的《私人生活》、林白的《一个人的战争》为代表,欲望化写作以卫慧的《上海宝贝》为代表,个人的内心经验或生理体验得到无顾忌的表露,社会公共道德遭到弃置。这两类写作在文化品位上有区别。

精神的八十年代 *

近两年，随着《八十年代访谈录》、《追寻八十年代》的先后出版，80 年代经由一些亲历者的讲述，又在我们的记忆里鲜活起来。也许不是所有的人都对 80 年代心存好感，但是的确像查建英所说，有很多人对它"心存偏爱"。有这种偏爱的，不外是"文革"的过来人。经历过政治暴力下的恐惧、压抑与紧张，1976、1978 年的翻天覆地的政治变革，给了他们精神上获得解放的轻松感。这种轻松感，伴随着进入新时代的兴奋和对新生活的憧憬，持续到 1989 年的夏天。说 80 年代"深藏在我们每个人的身体里"，指的当是这样一种满足了人的深层需要的美好感觉。并不是所有的时代都能给人这样的感觉。十年"文革"不能，90 年代也不能。所以 80 年代才被人说成是"中国最好的时期"。

作为一种感觉为亲历者所长久保存，这就是 80 年代值得我们回望和谈论的理由。一个历史时代用人的感觉证明了自己，这也意味着在这个时代里，人的精神需求得到了满足。精神需求才是人的本质的体现，因此 80 年代的真正意义在于证明了人的价值，或者说它让中国人尝到了做人的滋味。虽说 80 年代的社会主调是"实现现代化"，但对于当时的知识群体来说，现代化不是以物质的富有为目的的，而是以人的觉醒为标志。1978 年底，"党的十一届三中全会公报"刚刚公布，一个叫做张学梦的诗人，就发表了《现代化和我们自己——写给和我一样对四化无知的人们》，大声疾呼用"学习"来战胜自我"精神的苍白、肺腑的空虚"，尽管这首诗歌的思想有些简单，有明显的"配合"痕迹，但它表明知识群体在现代化运动兴起之

---

* 本文发表于《海南师范学院学报》(社会科学版)，2007 年第 3 期。

初就注意到人的问题,把知识和人的自觉放到了技术和物质的前面。在社会目标上,文艺家和政治家并没有取得一致,也不可能完全一致。

在整个 80 年代,文学艺术最为活跃,文艺界一直走在思想界的前列,今天看来,这当然是一种偏至。它可能是"文以载道"传统在一个思想热季的大发作。但热爱文学艺术又有什么过错?何况 80 年代文艺自觉承担的是历史反思、现实批判和人性拷问的责任,人的觉醒和生存权利的获得,始终是文艺家最关切的问题。即使是纯文学的提倡,甚或出现"玩文学"的主张,那也更多的是一种姿态,是想从并没有完全消除的思想钳制下争取一个独立思想和自由表达的精神空间。"文革"结束后,政治上的"拨乱反正",不是某一部分人的需要,而是一个民族国家被错误的政治路线拖进了灾难深渊后的自救行为,它不可能不伴随一场思想解放运动,这已经是无法违背的历史要求。在这样的大变革时代,文学的活跃乃是必然。激进政治导致的社会灾难,是由千千万万人的经验来承载的,当文学被允许"说真话",这复杂而沉重的经验,就要喷涌而出。就像找到了出口的岩浆不顾地面的情况一样,历史变革时代的文学,不会轻易改变自己的性格。80 年代文学的性格就是对人的生存权利和正当生活欲求,对人的精神自由的热烈、兴奋而顽强的表达。在"文革"中没法实现的"我只想做一个人"的"普普通通的生活愿望"(北岛诗句),在这个时候以想象的方式得到了满足。

与此同时,文学的另一重要功能实现是对人的思想与幻想的可能性进行了极限式探索,表现为诗歌、小说和戏剧诸种文艺形式的实验性创作形成浓郁的风气。只要读一读格非的小说和骆一禾的诗歌阐释文字,就可以知道在 20 世纪的精神博弈中,80 年代文学是如何胜出了其他所有年代的。写实与超现实,功利与非功利,真实与虚构,思想与幻想,并行不悖,精神活动因而获得了极大的张力,这也是 80 年代人们集体快感的来源。在影音文化和物欲主义尚未到来之时,文学充当了社会文化的主角,既是知识群体的历史记忆与现实诉求的美学化表达,也是全民在经受长期困顿后从精神上得到的补偿。文学一再引起轰动效应,作为"文化热"的表征,的确如张旭东所洞见的,它"暴露出一个反乌托邦时代本身的乌托邦冲动"(《重返80年代》)。但这种对文化的审美依赖,正是80年代的可爱之处。这是中华民族重返"童心"的一个难得的历史季节。从封建时代的皇权威压,到社会主义时期的政治理论拜物教,中国人的生命中少有自由的感性抒发,其结果是人格的委琐和人际关系的紧张,社会生活因而缺少生机与和谐而呈现老化状态,偶一动弹也不过像"文革"那样一阵癫狂。80年代社会解禁后带来的审美狂欢,标志着人的自由意志的苏醒,这就是知识群体追求的"现代性"。至于90年代以后经济主义和科学主义主导的现代化运动带来的严重问题,根本不是80年代的"文化热"的必然结果,90年代文学写作的欲望化也与80年代的"纯文学"追求南辕北辙。

在80年代,文学是文化的"活性因子",在一个"一切都四散了,再也没有中心"(叶芝,《重返拜占庭》)的文化气场里,文学是依托启蒙文化中的其他要素如哲学、美学、心理学、人类学等并与之互动而进入全民的感性世界的。它是伴随经济建设的对外开放兴起的文化大引进造出的精神奇观。很少有哪个时代像80年代那样,人们对知识与文化充满了近乎病态的渴求。它是文化专制过后特有的精神现象。以翻译著作为主的各种理论丛书在80年代持续畅销,说明了读者群的强旺。由这些出版成果转化而来的,是知识界对世界、历史、社会和人的全新认识,它使整个80年代的文学与文化运动建立在理性的基石上,而不只是"欲望的象征"。80年代的历史文化批判和人性解剖,有人类文明史作为参照,有结实的知识结构做基础,而非个人和群体利益目标引导的情绪化话语宣泄。启蒙作为文化合唱的主调,也是普世价值为知识界所认同后的理性选择。所以,80年代文化浪漫而不肤浅,繁富而不混乱,同时具有开放性和宽容精神。如果说80年代有什么遗憾的话,那就是未能将启蒙进行到底,以致全民很快屈从于权力和金钱,争相从精神狂欢的广场挤进物质堆积的猪栏。

当代文学三十年＊

　　1978 到 2008，整整三十年。这三十年，在中国现代社会发展史上，具有非凡的意义。一个世界上人口最多的国家，在这三十年里，发生了巨大的变化，在许多方面取得了举世瞩目的成就。物质的进步不必说，文化的引进与生产，也是此前的几十年所完全无法相比的。而在文化的建设中，依我个人之见，文学创造的成就最为突出。这三十年所取得的文化成果，将来能够进入历史库藏的，其中大量的、最有原创性的，当是文学作品。在这个意义上，这三十年，可以作为一个文学历史时期来看待。就像 1917 至 1949 可以叫做"现代文学三十年"一样，1978 至 2008 也不妨称为"当代文学三十年"。在这之前，大学中文系的现当代文学教学，一直把 1978 年（有的从更早两年，即 1976 年算起）以来的文学称作"新时期文学"，作为"当代文学"的一个组成部分加以介绍和研究。如今，过了而立之年的"新时期文学"，似乎可以作为一个独立的文学时期来对待了，这样做，也不至于让"当代文学"的起点离我们太过遥远以致"当代"不太当代。当然，对现当代文学重新进行历史时期的划分，不是一件可以简单而为的事。重新划分历史时期，等于是对中国现当代文学这个学科进行"改制"，改制固然要面对习惯的强大压力，这一行为本身也不能不具备充分的理由和充足的根据。

　　文学的历史分期，总是选择某个历史事件作为一个新的文学时期的起点。这个历史事件往往是历史转折的标志。所谓历史转折，无非是社会政治、经济与文化发生了重大的、有时候是根本的变革。在中国社会历史中，这样的社会变革首先体现为国家政治主体的变更。在权力相对集中的

＊本文发表于《海南师范大学学报》（社会科学版），2008 年第 2 期。

带有人治性质的民族国家里,政治对经济文化起着决定的作用。文学作为文化的重要组成部分,它的发生与发展不能不受到政治的影响,有时候,文学的生死都由政治来判决。所以,中国文学呈现出的历史阶段性总是跟国家社会的政治变动相关。极端的政治变动就是"改朝换代"。朝代变了,文学的断代就有了明确的界线。中国古代文学史的分期,以朝代作为标记,就是证明。20世纪初产生的汉语白话文学,后来被划分为"现代"、"当代"两个时期,也遵从了同一文化逻辑。洪子诚先生对此做过精辟的分析论述。以1949年为界,政权的更迭导致了文学的重大转折。从文学的方向与道路、存在方式与创作方法,到作家队伍、创作任务,都按新的社会政治要求作了重大调整,以体现新旧社会的冰炭不容的性质。1917到1949民国社会的文学,就被固置在"现代"的三十年里,作为一种历史而存在并被阐释,1949年以后的共和国文学,则被赋予了全新的历史意义,它的意义与其说是"一个时期的文学",不如说是"这个时期的文学",即不是说这个时期产生了文学,而是文学说明了这个时期。

这样的文学史观并不是文学中人的自觉的理性意识,毋宁说它是政治权力对文学主体进行强暴后,后者对痛觉的自我精神转换。这样的文学史意识给人带来的学术兴趣,是屈从于强力得到的一种屈辱的清醒与快感。在泛政治化的文学时代,文学的历史分期无论是顺从还是疏离政治权力,都意味着政治是文学自身价值得以真正确立的"他者"。需要区分的是,作为权力的政治本身是复杂的、多变的,这决定着与它构成对应关系的文学在不同的政治时期可能有不同的性质与内容。文学史的历史分期,由此获得了另外的依据,即文学自身的依据。1978年可以作为一个新的文学时期的起点,其合理性也就在这里。1978年,中国社会并没有改朝换代,但是它所发生的社会变革,不亚于改朝换代。1976年,红太阳陨落,中国犹如天崩地裂,然而数十年积聚的政治能量所产生的强大惯性,帮助这个国家完成了政治权力移交的平稳过渡。1978年,新的政治路线开始实行。以经济建设替换阶级斗争,意味着革命时代的终结,后革命时代的来临。这一时代剧变,是长期的政治压抑造成的人的普通生活愿望的巨大释放。新的权力集团从中找到了合法性和社会改革的力量,得以有保留地改善生产关系,大力发展生产力,在调整全社会政治利益的分配的同时,大幅度地调整经济利益的分配。相对于政治统帅一切的毛泽东时代,这的确称得上是"历史新时期"。文学新时期随之得到命名。社会政治经济的大变革,带来了文学的又一次转折,与1949年前后发生的文学转折相比,这一次的文学变革反映的是文学主体而不是政治主体的要求,它所激发的文化创造力,三十年来一直没有衰减过,它所带来的创造的收获,表明1978至2008的确是一个文学的"新时期"。

问题是"新时期"不可能永远新下去,就像新娘不可能永远是新娘一样。随着时间的推移,不仅"新时期文学"需要摘掉"新"这个再戴下去实在不合适的帽子,"当代文学"的上限也不便继续放在1949年。"当代"本来就是一个所指不断增长的不稳定的概念。1959年,第一批"中国当代文学"史著开始编写时,"当代文学"只有10年的时间长度,与"现代文学"根本不能相提并论。1977年恢复高考后,大学中文系现代、当代文学分设教研室,那时当代文学已有近三十年的时间。整个80年代,"新时期文学"迅速发展,当代文学分量加重,当代、现代因而差可匹配。到1999年,洪子诚、陈思和、张炯等人的当代文学史出版时,"当代文学"走过了整整半个世纪的行程,无论创作的成就,还是研究的学术化,都表明作为一个学科,它与"现代文学"完全可以等量齐观。时至今日,当代文学已有60年的历史,与之相比,现代文学作为一个文学历史时期反倒显得长度不够、资源有限。从学科建设的可持续发展着眼,鉴于现代文学研究力量雄厚,当代文学的前三十年又被洪子诚等人研究得十分透彻,我们可以考虑将1949至1977的毛时代文学划归现代文学学科,作为延安文学的延伸部分在现代视阈中进行整体研究;而1978年以后这三十年的文学,以"当代文学"作新的命名,让关心文学变革与进步的当代文学研究者来全力开垦。

理解纯文学 *

　　文学里有纯文学,好比牡丹里有姚黄魏紫。

　　同样是牡丹花,姚黄魏紫更名贵,不就在于它是一个特殊的品种,经过了更精心的培育,开得更好看,更耐看,故而让爱花而又懂花的人更为看重吗?

　　纯文学也一样,它是文学的一个特殊的类型,特在它更艺术地处理经验,表达思想感情,能满足人们更高的精神需求,因而为爱美文而又懂美文的人所欣赏。

　　道理既然这么明了,那么纯文学就应该像名贵的花卉受到欢迎一样,被人们普遍地喜爱。然而现实中并非如此,2000 年以来,纯文学不断遭到质疑,甚至受到批评。

　　最先对纯文学发难的, 是曾经在 20 世纪 80 年代充当过纯文学探索骁将的李陀先生。2001 年他在《上海文学》上发表了《漫说"纯文学"》一文,引发了一场关于纯文学的讨论。这场讨论,虽然肯定了纯文学的历史功绩,但给人印象更深的,还是纯文学在现实中出了问题。这个现实,是商品经济和消费文化兴起的 90 年代。

　　纯文学到底出了什么问题呢? 照"李陀们"讲,80 年代兴起的纯文学,造成 90 年代的文学不干预、不批判出了问题的社会现实。文学的问题出在 90 年代,但根源在 80 年代。是纯文学运动中形成的纯文学观念,作为一种惯性, 制约了后来的文学, 也就是文学观念影响甚至决定了文学实践。所以,如果说这场讨论是对文学进行反思的话,那么它实际做的,是对

---

　　* 本文发表于《海南师范学院学报》(社会科学版),2006 年第 6 期。

纯文学的观念进行清理。

对一种文学观念进行反省是有意义的。20世纪文学留给我们的历史教训,就是文学的兴衰成败,往往系乎文学观念。观念的后面,当然是权力。什么样的文学被提倡,什么样的文学被反对,都是权力意志的表达。纯文学的概念在世纪末忽然成了讨论和批评的对象,反映的正是现实中的权力关系的变更。李陀先生对纯文学的反戈一击,有着比文学发展更高的价值,尽管纯文学因此成了一个牺牲品。

因为有着比文学更深切的关怀,借纯文学当一回靶子,警醒人们从自造的乌托邦里面走出来,投入对不合理的现实的思想反抗,理应视作时代精神的领航者。但怕就怕将脱离文学事实的理论推想强加于纯文学,而沿袭旧有的功利主义的文学观,恢复单一性的文学生态,以致简化时代的精神结构,使文学反而丧失批判现实的基础。

要是问题不出在纯文学观念,而出在90年代以来的现实,那么文学家硬要在这两者间建立起因果关系,则要么是现实批判的一种策略,要么是现实焦虑的错误转移。不然的话,90年代的文学不反叛现实,与80年代的纯文学追求是没有必然联系的,就好比要是哪一年的牡丹花开得不如往年了,我们不能怪前些年人们认为姚黄魏紫更值得观赏。

李陀式的纯文学反思,隐含着一个思想逻辑,那就是,如果搞纯文学,便是对现实的逃避,是完全回到个人,回到内心,纯文学是没有批判性的。这说明李陀最先提出批评的纯文学观念,是他想象中的纯文学,他自己指认的一种文学,或者说他在批评之前给纯文学这个概念赋予了不批判现实的内涵。纯文学就这样成了一部分急于批判现实的文学家的假想敌。

因是假想敌,批评与反省更多地在概念和理论的层面上进行,而不太容易接触到文学创作的实际,就是说,找不到多少具体对象(举来举去就是"个人化写作"、"下半身写作")。所以,李陀先生对纯文学的指控,一直没人出来领罪。直到六年后,才冷不丁跳出个吴亮,在文学法庭上当了一回辩护律师,以他惯有的聪明与机智,噼里啪啦辩论了一通。而在此之前,就纯文学概念以及与之相关的80年代以来的文学思潮,学院派进行了学理性的梳理和辨析,深化了讨论,提出不少新见,但涉及纯文学的价值,多数人仍犹豫不决。

看来,在当下文化语境里,纯文学有无合法性取决于它跟现实、政治、社会能否构成批判性的紧张关系。这一要求并不过分。但是到了今天,它还被有意地予以强调,这就不仅于现实、也于文学都有些不幸了。文学从来就与现实秩序相龃龉,理想精神与批判态度构成文学的一体两面,文学与生俱来的批判力量得不到现实的满足,那只能说明社会现实的失衡到了十分严重的程度。而即使现实生活强烈地期待于文学的批判,文学也只能以它特有的方式对生活发言,而且还要允许一部分文学不以对现实的揭露与批判为要务(残雪的纯文学追求就应该得到宽容)。文学的功能是多方面的,这是我们早该知道的常识。

生活的复杂,人类的多样需要,作家的文化含量与才能,决定了文学的不同形态与品质,文学遂大致上有严肃文学、通俗文学与纯文学之分。不管哪一类文学,所创造的都是一个虚拟的、象征性的世界,它们无不通过审美这一中介丰富我们对世界和自我的认识,以促使谋求改变现状。审美是其共同本质,而在与现实和自我的关系上,它们之间又有远近、雅俗之别。相比而言,严肃文学与纯文学比通俗文学更富于精神性,而在严肃文学与纯文学之间,前者以现实关怀为特点,后者多一些终极关切。无论是个体生命,还是社会问题,纯文学都把它放置到更大的时空范围里加以看取,从而更确切一些地衡定人生的意义。

不错,纯文学是历史建构而成的,但正是不断重构又瞬间稳定的文学现实,在层构性的动态关系中,呈现了纯文学的价值,犹如竞相开放的花朵突出了最美的那一枝。

文学批评:第三种标准 *

当今是一个小说生产过剩的时代。新世纪以来,小说的生产量持续居高。到 2005 年,长篇小说出版就接近一年一千部,以至这一年被称为"长篇小说年"。中短篇在报刊上发表的就数以万计了。这种统计还不包括网络上的小说写作。大概没有人能够否认,中国文学已经进入了一个小说繁荣的时代。

繁荣当然只是反映在生产上,要是从消费情况来看,小说跟其他文学种类一样,算得上"萧条"了。虽说小说作品的发表与出版的劲头十足,但这些作品拥有的读者却十分有限,这从文学杂志的发行情况和小说的销量就可以看出来——小说人口与我们这个国家的实际文化人口实在是太不成比例了。前些时出现的文学死亡论,大概是针对这种情况提出来的吧。

文学当然不会死亡。从上述情况就可以看到,要说文学死亡,那也只是读者缺席罢了。小说的作者和文本在持续增长,丝毫不受图像文化冲击和现代人生活方式改变的影响,文学的低迷、不景气,仅仅体现在接受上出了问题:因为缺少读者,文本不能转化为作品,社会也就无法感受到小说的魅力,小说亦无法在它赖以存在的世界里产生应有的影响。所以当前文学发展存在的真正问题是如何在读者与文本, 也就是在消费者与文学产品之间架起桥梁。一味指责小说脱离生活、远离读者,一味批评市场经济、消费文化导致小说粗制滥造、文字垃圾成堆,都是没有意义的。建设性的批评是鼓动和帮助读者选择好的小说产品来消费,这样,文学创作与接受的互动与互利才能够实现,良性的社会文化生态才可望形成。从这个角度来看,近几年比较火热的各种小说排行榜和评奖,其积极作用与意义就

---

* 本文发表于《海南师范学院学报》(社会科学版),2006 年第 4 期。

不容低估。在这些排行榜和评奖中，由中国小说学会主办的中国小说年度排行榜及其学会奖又最值得关注。

中国小说学会对年度小说进行评审、予以排行，始于2000年，与新世纪同行，迄今已公布了2000至2005共六个年度的中国小说排行榜，其间还在年度排行榜的基础上进行了两届三年一度的中国小说学会奖的评审，并举行了隆重的颁奖仪式。2006年度的小说排行也已进入准备阶段。这一始于新千年的小说评审与推介活动，应该是当代文坛上最有持续性和稳定性、最严肃、最富有学术品格、最值得信赖的文学评选活动之一。它的特色和不可替代性，来自于它的活动主体，一个由专家（既有学者教授，也有作家批评家）组成的、以发展中国文学与弘扬人文精神为己任的民间学术团体，及其所执持的评选标准。

1985年成立于天津的中国小说学会，以研究当代小说、繁荣文学创作、促进全民文化素质的提高为宗旨，著名学者唐弢和著名作家王蒙先后担任首任和第二任会长。作为国家一级文学学会，这一学术团体更有效地介入当代文学与文化建设，是在2000年召开的第五届年会上冯骥才先生当选为会长之后。冯骥才先生担任中国小说学会会长后，对小说学会日后的发展发表了很多新颖的见解，他认为，中国小说学会应该以积极主动的姿态，迎接21世纪的挑战。在这一思想的指导下，小说学会采取了几项活跃学会、发挥学会的学术功能的举措，设立中国小说学会小说年度排行榜和学会奖就是其中之一。为什么文坛已经有了多种排行榜和评奖，中国小说学会还要另搞一个排行榜和评奖呢？"根据冯骥才先生的想法，如今的排行榜和评奖固然名目繁多，但实际上不外两种：一种是出版商和书商按照书籍市场的行情和销售量作为价值尺度的，属于商业性的行为；一种是体现主流意识形态导向性要求的，属于官方或半官方的行为。当然，这两种行为都是需要的，都有其存在的价值和意义。但是，单单有这样两种排行榜和评奖是不够的，还需要有第三种，这就是学者和专家视野中的排行榜和评奖，中国小说学会所倡导的正是这样一种排行榜和评奖"（陈骏涛《兼容历史内涵、人性深度和艺术水准——写在中国小说学会〈2004中国小说排行榜〉的前面》）。有了这种排行榜与前两种排行榜的互补共存，小说和文学才能更好地满足多元时代的文化需求，文学自身的发展也才能保持在文学史形成的艺术水准上。

三种排行榜和评奖各有其特点，不存在孰优孰劣，为什么还要对第三种排行榜和评奖给予格外关注呢？可能是它所遴选出来的作品更有艺术的包容性，更能体现小说的功能和特性，因而更能够得到久远的流传。小说的作用与功能当然是多种多样的。政治规训，道德劝诫，娱乐休闲，人生启迪，技巧把玩……可以取其一端，亦可综合运用，全看取用者的需要。然而小说终究是一种艺术，不管社会生活怎样地变动不居，成为作品的小说能够代代相传，必依赖某些不变的因素。这些因素也构成了文学评价的标准，小说排行和评奖或远或近地要围绕这种标准。不错，所有的文学评选活动表达的都是意识形态诉求，或者是政治意识形态的，或者是市场意识形态的……但我们不会否认，在文学评选的各种诉求中，一定少不了审美意识形态诉求，这是文学自身的诉求，是最重要的、不应被我们忽视的诉求。就像一个美丽的姑娘谁都想娶、愿娶，商人、政客、学者、恶棍……欲娶者皆有自己的诉求，可是我们岂能不顾姑娘自己和她的父母的诉求。真正的文学伦理，首先要考虑的是文学自身的发展意向。小说评选的道理是一样的。在政治、市场和审美这三种诉求中，审美诉求因为容易被政治和市场诉求挤兑，所以要给予特别的保护。就如冯骥才先生所说的，"中国目前是多元文化并存，商业文化已经入侵到文学艺术各个领域，就目前的形势而言，纯文学创作处于弱势，需要多方面的扶持"（《小说学会奖振兴中国文学》）。它透露的是，作为"学者和专家视野中排行榜和评奖"，中国小说学会对小说的评价使用的是第三种标准，即纯文学标准——"兼容历史内涵、人性深度和艺术创新"。相信在这样的标准面前，官方或半官方的和商业性的小说评选活动，都会暴露出它的局限性。

由于坚持艺术性、学术性和民间性的标准，努力做到客观、公正、公平，中国小说排行榜及其学会奖的影响在日益扩大，它出版的附有专家评点的六个年度的排行榜小说集，是对新世纪小说创作成就的集中展现，它表明这一评选活动是在不断"沙化"的文化土壤上培养小说读者、引导良性阅读、推崇创新精神、实现文学价值的值得关注、尊重和赞赏的文化自救行为。

多元批评格局中的纯文学批评 *

　　新世纪形态多样与价值多元的文化现实，为文学批评实践提供了较为广阔的空间。面对消费文化催生的多种文学类型，在不同的利益主体的召唤下，批评主体从不同的文化体认出发，借助相应的文学，表达各自的文化价值观，文学批评遂形成社会历史批评、意识形态批评、文化批评、思想(史)批评、道德批评、纯文学批评等共存互补的多元格局。其中文化批评从 90 年代兴起以来，产生了更强的辐射力。道德批评则以强烈的自我反省姿态而引人注目，对文学创作与批评自身同时构成一种隐约的压迫。在 80 年代一度成为主流批评的纯文学批评，在纯文学遭到质疑后，位置移向边缘，声音变得微弱。

　　纯文学批评的萎缩，主要来自文化批评的挤压。文化批评因强盛的文化理论的支撑和现实社会文化生态的迎纳而富有生命力。它把过去通常被看作只是对文学的发生发展产生影响的因素，或被认为是外在于文学自身的因素，诸如政治、经济、宗教、自然、科技、意识形态等纳入批评视野，归类于文学的范畴，这就拓宽了文学研究的领域，使文学批评更为丰富与厚重。但文化批评因重文化而轻审美，故而模糊了大众文化与精英文化、通俗文学与高雅文化的界限，影响了正常文化生态的建设，在取消文学的独立性时削弱了文学、特别是纯文学的文化批判力量。因此，对于新世纪文学来说，重振纯文学批评既关乎文学自身的发展，也关系到人文精神的建设效应。

　　什么是纯文学？"纯文学"是相对于"主旋律文学"、"通俗文学"而言，

---

* 本文发表于《文艺评论》，2007 年第 5 期。人大复印资料《文艺理论》,2008 年第 1 期全文转载。

更关心人的精神存在的文学。同主旋律文学着眼于现实社会秩序的维持相比，纯文学从更长远的时间里考虑人的自我实现、全面发展。同通俗文学供人消遣，替人宣泄相比，纯文学促人自省，将人的灵魂提升起来，避免在物的世界里完全沉沦。纯文学的审美性在本质上与宗教的功能相近，反映的是"以审美代宗教"的精神意向。要是从文学总体来看，纯文学是"文学中的文学"，是好的文学，是文学性写作这种精神创造中最精致最美好的产品。都是产品，好的产品自然价值更高，因为它是人类智慧的最高证明。无意义的人生因为能够从事高级的精神创造才显得有意义。纯文学使文学同非文学的意识形态品种明显地区别开来。正因为有独特的作用与功能，纯文学在人类社会生活中不可或缺也不可替代。纯文学并不是像有些人所误解的那样与现实无关，不批判现实。纯文学是拉开距离看现实，规避流行价值的影响，从一定的高度、在历史视野里批判现实，这样批判才更准确更有力。纯文学不把现实问题仅仅归结为制度安排，而要追索它的文化的和人性的原因，它能够回答为什么有这样的制度安排。这显然是主旋律文学和通俗文学不可企及的。

纯文学批评主要就是以好的文学作品为批评对象。夏志清就把批评家的责任看成是"发现及鉴赏杰作"，或者叫做致力于"优美作品之发现和评审"。这应当是文学理论批评界的常识。然而，由于文化批评和思想史批评的兴盛，批评自身显得丰富而富有魅力，批评对象的审美因素被思想文化所湮没，在文学意义上的杰作就难以凸显了。尤其在文化理论的追光灯下，丑陋之物都可变得神奇夺目，甚至越是丑陋越有看头，鱼目混珠，良莠难分，真正富有思想和审美内涵的杰作其价值就无法体现，久而久之，普通读者对于作品的审美鉴赏力得不到引导和培养，面对市场推动下过剩生产的文学产品丧失选择能力而一片茫然，社会公众的心灵因而缺少美的滋养，文学作者也无以把握美的创造的标准，创作陷于盲目，结果，专业化、学术化的文学批评愈加发达了，而文学借助审美安顿现代人灵魂的积极作用反而下降了。一方面，批评企图通过文化的传播消解权力对于人的控制，还自由和公平于大众；一方面，文化理论与分析阐释活动对审美的强暴，使普通人连精神享受的一点快乐也被剥夺了，生存的紧张感无由缓解，身心双重地受到现实的捆勒。当制度安排和人心浇漓造成的不公与不快，向现实批判的文学发出期待和询唤，审美就显得更加苍白无力了，文学与生活就这样陷入恶性循环之中。这大概是审美主义退潮后，文学批评面临的处境。可以说，新时期文学批评的最大问题就是纯文学批评不敢理直气壮地站出来，维护文学的审美批评的标准，以至文学在自我怀疑中失去好不容易获得的一点独立性和尊严。

那么，纯文学批评持有的判断标准是什么，也就是它依据什么区分文学作品的优劣，判断文学作品审美价值的高低？如同所有的判断活动，尺度都是先验性的，结果是相对性的。但先验的标尺都来自于实践主体的历史经验，并无可终结地处于主客体相互生成的过程之中。历史生成的尺度，根据特定时空、情境中的主体的需要而瞬时生效。所以，我们找不到普遍适用的批评标准，但我们可以在特殊需要中找到特定的评判尺度，这尺度不是没有一定的稳定性。当民族生活和文化创造将文学逐渐分离为相互渗透的主旋律文学、通俗文学和纯文学后，它们各自的特性也就在自我形态及作用与功能中体现出来，这是一种精神和文化的自性，也可以称作"文学性"。只要我们不相对主义地把文化物的特性看成根本无法稳定，不粗心地或有意地混淆它们的特性，我们就不能否定纯文学在一定的时间长度里还是有可以得到公认的审美共同性。即使我们知道伊格尔顿的那个著名的说法①，在今天还是可以毫不迟疑地承认莎士比亚的戏剧作品就是经典。

---

① 伊格尔顿在讨论"文学是什么"时提出一个观点，即不能把文学定义为具有高度价值的作品，那样会推出"文学不是一个稳定实体"的结论，"因为价值判断是极其变化多端的"。情况是，"人们可能会把一部作品在一个世纪中看作哲学，而在下一个世纪中看作文学，或者相反；人们对于他们认为有价值的那些作品的想法当然也同样会发生变化。甚至人们对于自己用以进行价值判断的依据的想法也会变化。"按照这一逻辑，可以推出，"所谓的'文学经典'，以及'民族文学'的无可怀疑的'伟大传统'，却不得不被认为是一个由特定人群出于特定理由而在某一时代形成的构造物"，"如果历史发生极为深刻的变化，将来我们很可能会创造一个社会，它完全不能从莎士比亚那里获得任何东西。他的作品那时看来可能会是完全陌生的，充满这样一个社会认为是有局限性的和不相干的思想方法与感情。在这种情况下，莎士比亚也许不会比今天的涂鸦更有价值"（见[英]特雷·伊格尔顿《二十世纪西方文学理论》，伍晓明译，陕西师范大学出版社，1986 年 12 月出版，第 14~15 页）。

所谓"文学性"，就是从文学史筛选的经典中抽象出来的文学区别于非文学的一种特殊性质。今天谁也不会抱残守缺地把俄国形式主义的"文学性"看成是我们所要谈论的文学性。文学性不仅仅指形式因素，它也是对文学存在的内在意蕴的要求。什么是纯文学的思想内质？当然是人类从不放弃对它进行追求的人文主义。"伟大的文学作品（特别是小说）必须能够挖掘精神痛苦的深度，找出人类罪恶的根源，以此建立人类的尊严。"（李欧梵语）这就是纯文学最核心的内容。而形式创造当然是纯文学的本体所在，因为形式乃是"完成了的内容"。从80年代到新世纪，当代文学已经在重内容、重形式上经历了正反合的历史过程。以"怎么写"反动"写什么"的历史进步即使没有被揪心的现实所质疑，新世纪文学也还是会走第三条道路——既讲究"怎么写"，也注重"写什么"。这是历经三十年的文学反思、探索与实验后水到渠成的结果。关于纯文学标准和文学性问题并不复杂，对批评标准的表述不妨大同小异。比如中国小说学会举办中国小说年度排行榜的评审标准就是"兼容历史内涵、人性深度和艺术水准"，这是区别于主流意识形态和商业理念的第三种标准——纯文学批评标准。顺便一提，排行榜是新时期愈来愈有影响的一种建设性的文学批评活动，是一种特殊形式的文学批评，它是对文化批评泛滥导致审美批评边缘化的一个拯救。

纯文学批评工作本应由受过专业训练的文学研究队伍，主要是学院派批评家来承担。但现在的情况却是，大学文学教育特别是研究生教育和文学学科建设，正在促使文学批评远离纯文学，由于过分重视理论和批评活动的自足，而缺少对文学本原——作品的喜爱和尊重。这是号称为"批评的世纪"——20世纪遗留下来的一个问题，是一个全球性的学术现象。最近一期《当代作家评论》上刊发的美籍华人李欧梵先生2005年10月在美国哥伦比亚大学的教授会馆举行的"夏氏兄弟与中国文学"学术研讨会上的论文就讲到这种奇怪的现象，对我们很有启发，不妨录在这里："我们应该记住夏先生明智的警告：理论并不一定就是一个好东西，理论阅读之前，自己必须首先积累足够的文本阅读的经验。对我而言，这意味着作为文学研究者首先应该进行大量的认真的文本阅读，从而对与研究课题相关的所有原作文本都有深入的了解。事实上,我们必须读足够多作品,否则就没有资格进行任何分析、做出任何判断……我认为不管哪个学派或信仰哪种观念的理论大师,永远都是伟大的读者,至少他们都肯定了大量文本阅读的必要性,而其大部分的后继者却未做到这一点。只有那些二流理论家或盲从者喜欢轻率地引用或阐释理论大师们的观点。因此,我得出一个结论,每个文学研究者都不应该光顾着'搞'理论而荒废了文本阅读。但是,现在的事实却完全相反:如今美国学界一切都急于'理论化',却将阅读置于脑后,特别是比较文学界已经成了比试各种理论,而非讨论文学的场域,更不用说,在新的文化研究领域,文学自身几乎被搁置一边了。"①当下中国的文学教育和文学评论研究重理论、轻感悟的倾向令人忧虑,需要改弦更张了,不然我们这支庞大的批评研究队伍无力承担品评新世纪文学杰作的重任。

纯文学批评依赖于纯文学创作,而创作质量取决于作家的文化含量与创造力。经过近三十年的学习、磨砺与实践,新世纪已拥有一支颇有实力的创作队伍。今天的创作环境还是比较宽松,以这些作家的生活积累和在开放时代得到的文化滋养,他们中有人已具备了写出"优美作品"的精神力量。可是当今的评论研究队伍,并不愿意承认在我们这个时代、在我们身边就存在伟大的作家。我们缺少对他们的关心与爱。我们没有更多地给他们以鼓励和帮助。对创作者最好的鼓励和帮助就是品评他们的作品,很细致、很精到地分析评价,让他们感到他们埋藏在作品深处的最隐秘的心踪都叫批评家揭露无遗,让他们发现连他们自己都没有想到的文学描写中的深意和表现上的高妙处都被批评家阐发得精彩绝伦,让他们找到真正的知音,借着这样的知音,他们的思想、激情和心曲,走向很多人灵魂的深处,让他们由衷折服、深为感动,增强创造的信心。即使有了不足,我们也善意地给他(她)指出来,让他(她)在新的创造中变欠缺为圆满。说实在的,我们还十分缺少这样有诚意、有耐心和鉴赏能力的批评家。我们甚

---

①李欧梵:《光明与黑暗之门——我对夏氏兄弟的敬意与感激》,《当代作家评论》,2007年第2期,第15~16页。

至不够厚道。作品是人家的孩子，孩子生下来了，美丑本由不得父母，可我们不看人家的优点，专挑眼睛小了，嘴巴大了，鼻子塌了，脖子短了……这样的批评又有什么积极效果呢？其实纯文学批评没有必要对所有的作品进行评论，我们挑选好的文学品评推介就可以了，至于那些够不上档次的，就让时间去填埋它们好了。

批评的支点 *

　　每一个从事文学批评的人,都有自己的抱负和理想。这里所说的从事文学批评的人,主要指的是在文艺报刊上发表文学评论文章的人。他们及时地对文学作品、作家或文学现象作出反应,发表评价意见。这种批评工作带有专业性质,批评者也多半是科班出身,文学评论就是他们的职业,他们基本上分布于高校、社科院、作协和媒体。今天在文坛上能够听到的批评声音,主要就是从这种专业化的批评群体里发出来的。既然已经是专职的文学从业者,就没有不想通过批评行为取得话语权,在社会体制里真正确立自己的位置。这既是人的现实需求,也是人的文化需求。尽管在今天,批评的地位已然沦落,在围绕文学而形成的学术体制内,文学研究似乎要比文学批评更高一个等级,以至原先比较活跃的作协派批评家、媒体批评家纷纷归依于学院,但是,对文学批评满怀激情的仍大有人在,因为只要创作本身没有衰退,作家和读者首先需要的就是批评而不是研究。

　　做一个好的批评家比做一个有成就的学者更难。这就好比舞者在舞台上把舞蹈跳好,比一个行路人把一段长长的路走完要难得多。要是研究相当于走路,那么批评就是跳舞。研究靠的是肯花力气和时间,而跳舞除了下工夫,还要靠悟性、灵气和先天条件。一个优秀的批评家改做研究很容易取得成果,一个有成果的研究者写文学批评文章却有可能找不到那种感觉,把文学批评得怎么也不像文学。这样的区分与比较当然没有太多根据,实际上批评与研究并非绝然对立。批评本来就是研究的初级形态,而研究是一系列批评的聚合。任何有真知灼见的文学批评,都建立在对于

---

　　* 本文发表于《海南师范大学学报》(社会科学版),2008 年第 6 期。

批评对象及与之相关的各种因素的深入研究的基础之上，而任何富有思想创见和学术价值的文学研究，在研究的全过程中，从材料的选取、问题的分析到结论的提出，无处不闪耀着批评家的感性、思想、洞察力与才华。这里之所以强加区分，固然针对新世纪学术体制内出现了批评与研究的不平等现象，更是期待富有学术品位的研究性批评不断涌现，以完成文学批评负有的重大使命。

当代文学，尤其是新世纪文学，需要有力量的文学批评对它的思想与艺术内涵进行有深度的发掘和准确的揭示，以实现其社会价值和审美价值。作为新时期文学的延伸部分，新世纪文学仍保持着强劲的创造冲动。20世纪80年代崛起的文学新锐，如莫言、贾平凹、韩少功、李锐、张炜、铁凝、王安忆、余华、格非、苏童、方方、迟子建、范小青等，如今已是在文坛上挑大梁的资深作家。20世纪90年代脱颖而出的小说"新生代"，如毕飞宇、阿来、韩东、李洱、鬼子、东西、林白、魏微、朱文颖等，和新世纪以来颇受或更受关注的中青年作家，如阎连科、杨显惠、叶广芩、麦家、艾伟、阎真、陈希我、刘醒龙、陈应松、红柯、王松、王手、盛可以、葛水平、鲁敏、乔叶、潘向黎、须一瓜、黄咏梅、姚鄂梅、方格子、北北、戴来、张悦然、吴玄、曹征路、罗伟章、郭文斌、石舒清等，他们一起，俨然成为新世纪创作队伍的中坚力量。要是加上贯穿新时期文学的王蒙、宗璞等资格更老、文学成就已有定论的作家，从创作力量看，当下文坛比起在人们的记忆里最是繁荣的"80年代"不知要雄厚多少。这还仅仅是指小说。若是加上从未甘于寂寞、比雨后春笋生长得更多更快的诗人，新世纪文学的写作队伍照样可以用几代同堂、名家辈出来形容。创作队伍庞大或许并不能说明问题，真正令人欣喜的是，新世纪在艺术质量上不亚于八九十年代的佳作，堪称不胜枚举。令人扼腕的是，在这样一个充满活力、多有创获的文学时代，竟然一再有人发出"文学衰落"、"文学死亡"的慨叹与惊呼。造成判断失误的因素自然是多方面的，但文学批评的投入不足和定位不当，不能说不是重要原因之一。

新世纪并非没有一支阵容可观、素质精良的文学批评队伍。80年代那批叱咤风云的批评家，虽然后来有的歇业，有的转型，但仍有不少人坚持到了今天。90年代引领过风骚的批评家,现在更加稳健而又不失锐气。新世纪有学院背景的更年轻的一代,则以否定的姿态告别"启蒙意识",着意开辟新的批评话语场地。但是,由这几拨有着不同文化履历和文化性格的文学从业者所汇成的批评群体,从总体上与创作队伍相比,还是显得太不相称。新时期高等教育的快速发展,培养出数量惊人的专职文学工作者,但其中乐意搞批评的要比做研究的少得多,两者极不成比例。造成这种情况的,体制的诱惑是一回事,批评精神的匮乏怕也难辞其咎。什么是批评精神?依我看,批评精神就是坚信在文学活动中,批评与创作、与研究同等重要,必须热爱所选择的批评工作,充分调动自己的生存经验和理论储存,以激越的感情和科学的态度,同批评对象相拥抱,通过对体验的审思和对知识的运用,寻求对艺术、世界与人之间多重关系的新发现,为之不惜与现实、习惯和世俗相对立,甚至决裂。只有了这种精神,批评才能找到存在的支点,它的独特功能才能得到有效的发挥,它的自我确立才能实现。

无庸置疑,批评的主要作用,是要让文学作品的审美效应通过读者得到有效的发挥,另一方面是帮助作者进一步掌握创作获得审美效能的条件、方法与途径。那么,有独立存在价值的文学批评,就一定有它的支点。即使选择不同的批评类型,也会在几个基本的方面找到相近似的支撑力量,包括深厚的文史哲修养,渊博的文学史知识,强烈的文学兴趣,良好的艺术感受能力,丰富的人生阅历与生命体验等等。就今天文学面临的情势和文学已获得的独立性而言,我觉得一个批评者应敢于负起对于文学发展和现实批判的责任。文学只有在现实批判中才能得到发展,但这种批判必须是文学的批判而不是政治家的甚至不是思想家的批判,同时,对现实的批判只有将其放置于社会的历史过程中才不至于发生偏颇(如将今天的贫富两极分化简单地归因于放弃了"文革"政治路线)。对文学的历史和文学的文体特性不够精通的人,不可能是一个合格的批评家。而完全将文学学科化,放弃对社会历史的审思兴趣与批判激情,文学批评也会丧失在文学研究与历史生活之间建立深刻联系的组织机能,沦为文学理性活动的等外品。只有以历史经验、文学史知识和理论修养为支点,文学批评才有可能在日益学术化的文学博弈中立于不败之地。

经典的末路 *

2005 年第五期的《文艺争鸣》，发表了著名文学评论家孟繁华先生的文章《新世纪：文学经典的终结》。乍一看题目，觉得有点耸人听闻。但仔细阅读了这篇文章，跟着作者纵横捭阖而又富于学理性的分析，我们确实遭遇到了"一个令人悲观又无可回避的问题"——"包括长篇小说在内的叙事文学的辉煌时代就要终结了"。

文学在走向衰落，文学经典已然被人们疏远，小说在社会文化结构中的地位不令人乐观。原因何在？孟繁华的分析不可谓不透辟。就长篇小说而言，文学文体的消长、作家人格力量的萎缩和文化信念的丧失、接受者趣味的变化，都是造成其衰落的或主要或次要的因素。不过文章给我们印象最深的，是由科技的发展所决定的现代生活，给文学带来了厄运。结合自己的生存体验，我们会相信他的这一说法："消费文化的兴起和传媒多样化的发展，也终结了长篇小说在文化市场一枝独秀的'霸权'历史。"也会认同这样的判断："现代传媒的发展和多元文化，特别是与科技相关的消费文化的兴起，是文学不断走向式微的原因和条件。"

令我们不能不信服的是，孟繁华不是从文学的生产，而是从文学的消费来看待文学的没落的。作为治当代文学史而又从事当代文化批评，一直追踪当前文学创作的评论家和研究者，孟繁华比一般人更熟知当代长篇小说创作的繁荣及所取得的成就，仅新世纪以来，就被他列举了"一大批很好或艺术性很高"的长篇作品。他甚至不吝作出这样的估价："20 世纪末乃至 21 世纪初，中国现代小说的艺术水准已经超过了此前的任何时

---

* 本文发表于《海南师范学院学报》(社会科学版)，2005 年第 5 期。

期。"之所以无法对小说的前景看好,是因为怀疑可能还会大量生产的长篇小说,到底有多少人能对它产生认知。君不见,"当今世界,不是没有了文学经典,而是关心'文学经典'的人已经被分流于影视、读图、DVD、卡拉OK、酒吧、美容院、健身房、桑拿浴甚至是星巴克、超市或者远足、听音乐乃至独处。"

这样一来,担心"21世纪是一个没有文学经典的世纪",似乎就不是杞人忧天了。

然而,我们就真的甘心富有活力和魅力、作为人类文化标志的文学经典,只具有文学史意义在学院里讲授,而被排除在我们这个时代的大众精神生活之外吗?

难道我们不能这样提问题:既然有生产,为什么没有消费?世界上哪有不存在需求的生产?既然历史和现实都证明,对于无论什么样的生命个体而言,没有文学,人将不(是一个完整意义上的)人,那么,为什么不能花大力气促进文学经典的消费呢?

也许在当今的这种文化境况中,文学需要的不是喟叹其走向衰颓的命运,(事实上,"新世纪文学日见奇异和灿烂"并不是一种想象,而是中华民族的百年苦难和中国文坛的近三十年的历练耕耘换来的文学收获季节)而是稍微费点口舌,使一点点劲,把一个出落得恰到好处的姑娘推出闺房。理由是,当代文学,尤其是更有艺术感染力和穿透力的纯文学,圈子味愈来愈浓,刻意做个良家女子,从来没想过主动去热闹的地方展现一下自己的魅力,与那些浅俗妖冶、乐于沉沦的货色比一比高低。再这样下去,文学,包括经典,才真的要走向末路了。

文学被流行文化挤兑,并不是正常现象。我们可能有这样一种误解,认为当代历史上文学曾经被意识形态化,地位被抬得太高,不正常,文学也因而失去了自己;市场经济带来消费文化的兴起,在文化的多元格局中,文学推到边缘,恰恰是正常的、合理的,文学回到它应有的位置上了。可我们忘了,文学的政治作用弱化了,它的人文功能更需要加强。文学这种思想的泉水,应当更广泛地渗透到社会的每一个角落,人心的更深处。没有文学的流传,没有经典的阅读,一个民族将是什么样的民族!赫胥黎说,"在很大程度上,民族是由她们的诗人和小说家创造的",此语清楚不过地指明了人类用文学来确立文化自我、不断进步的道路。从这个角度来说,文学经典的阅读在新文明(科技与经济)长势猖獗的今天被流行的消费文化和单纯的享乐生活所取代,是人类的不幸和文明的危机。这样的现实,不值得肯定,更不能纵容,而要抵抗,要改造。只有抵抗、改造,才能阻止人的退化。

所以,文学也应该注重消费,像其他文化生产一样,注意促销产品。经销商倒不必是作家自己,文学批评家、高校文学教师首先应当承担这一角色。文化部门乃至政府,都有责任向全社会推广文学经典。经典的推广与普及有各种方式,现代传媒未始不可以利用。在商品社会里,传媒常常媚众媚俗,在我们这里,还免不了媚权。文学借助传媒,正可以改造和提升传媒,有品位的传媒又对文学产生依赖性,这样就形成了良性循环。这不是理想主义,而是一种人文理性,确信人类的精神薪火需要代代传递,而人文的火种总是在文学经典里得到最完好的保存。

化被动为主动,变消极为积极,新世纪的文学就不会前景黯淡。实际情况是,有许多人正在为经典的确认和传扬满怀热情地工作。以中国小说学会为代表的年度小说排行榜,《名作欣赏》的"新作拔粹"与"佳作有约"栏目,以及北京大学中文系的"当代最新作品点评"等,都让我们看到了当代文学工作者为小说经典的确立和推广所做的努力。只有这样的努力,才能拯救文学经典于末路,而经典给文化以灵魂,给社会以秩序,给人生以价值。

小说与超女 *

2006 年 5 月 26 日，一份据说发行量达 900 多万份的具有典型大众文化特色的报纸——山东青岛的《半岛都市报》，在其"快读周刊"里，以整版的篇幅，报道了"中国小说学会第二届学会奖"盛大开幕的消息。整个版面，以热烈喜庆的大红作为底色，配有获奖作家的照片和 2005 年中国小说排行榜上榜作品的封面图片，散发出浓郁的文学和文化气息，呈现出一派节日气氛。报道的文字，以《以小说的名义》为题，写得热情洋溢，令人兴奋：

> 2005 年 5 月 27 日、28 日，青岛。时间的指针指向文学，时钟的刻度铭记小说。
>
> 备受文坛瞩目的中国小说学会奖在青岛颁奖，这是中国小说学会和半岛都市报社的一次合作，一个民间学术团体和一张有影响力的报纸的携手——他们联合打造颁奖盛典。
>
> 中国小说学会以专家的标准、学术的品格、民间的立场、人性的深度、历史的厚度、艺术的魅力为准绳，是对中国文坛的一次检阅，也是对中国小说发展走向的研讨。
>
> 群贤毕至，名家云集，以小说的名义相聚在美丽的青岛，中国最具才华的小说家和中国最具影响力的文学评论家在此聚会。
>
> 这样一个大规模的文学盛会，由一家报纸搭起一个小说的研讨的平台，给中国的文学评奖一个全新的思路，引发更多读者对

---

* 本文发表于《海南师范学院学报》(社会科学版)，2006 年第 3 期。

文学的热爱。

……

不知出自何人的手笔，报道还富有诗情和学理精神地对小说及文学在当下的处境、小说的社会作用和精神价值、经典白话小说与青岛的历史联系以及这次小说盛会对于文学发展的意义，作了精要的阐述。最后，抒发了东道主对这次文学聚会和汉语小说的热烈情怀："以小说的名义相聚，向优秀的小说家表达敬意，向文学献礼，向我们伟大的汉语致敬。光辉灿烂的汉语就是我们的精神家园，是传统文化的所在和维系！"除这一引人注目的颁奖预告之外，同一天的报纸，还以六个版面，对获奖作家及其创作成果与获奖感言、中国小说学会这一文学团体及评奖机制以及小说学会会长冯骥才的文学设想，作了颇为全面的介绍，使这次为当代小说举办的文学活动先声夺人。事实上，接下来的两天，美丽的滨海城市青岛，见证了 2006 年这场大众文化媒体与文学团体携手、作家与评论家互动、报纸与读者双赢的文学盛会。

与颁奖盛典联袂举行的，是"2006 中国小说半岛都市论坛"。"论坛"邀请了当代文坛著名作家和包括顶尖级的批评家在内的海内外小说评论家，以及国内权威文学期刊、文学选刊的主编和编辑近百人，针对目前文学的现状、小说家面临的困境、文学与市场化、如何发展青年作家等主题进行研讨。接连几天的《半岛都市报》，以大量版面与生动的图文，对颁奖仪式和研讨会进行了及时报道，不仅成为报纸上最美丽的风景，让千千万万的读者领用了难得的精神大餐，也为小说和文学获得了光荣与力量。中国小说学会第二届学会奖颁奖盛典暨 2006 中国小说半岛都市论坛因而成为新世纪以来最令人振奋的文学盛事。这一盛事是由一个民间文学社团和一家大众文化报纸共同打造的。应该特别指出的是，半岛都市报斥资一百万，成全了让小说在大众文化时代一露峥嵘的梦想。这让每一个热爱小说、热爱文学、崇奉精神的人，不能不心怀几分感动，同时不能不承认，媒体可以做文学想做而自己做不到的事情，现代媒体可以给人的梦想插上力量无穷的翅膀。

这让我们不由联想到 2005 年也是通过媒体(不过那是电视),火爆到不正常的超级女声活动。

超女活动与小说盛会有可以类比的地方,在如何走向公众方面,二者似乎取了相同的途径。但是,这两个艺术活动的文化功能及其所反映出来的价值取向,却有很大的区别。

从艺术价值——人之为人的文化价值的最高体现——来讲,超女与小说不可同日而语。但就借助媒体产生轰动效应而言,小说不敢望超女的项背。这种现象,的确值得反思,通过比较从中可以获得为当下生产十分繁荣而消费很不景气的小说和文学寻找出路的启发。

超女活动以艺术竞演的形式出现,但它发挥的只是艺术的一部分功能,最原始的功能——娱乐和宣泄功能。娱乐和宣泄主要满足人从动物远祖那里保留下来的生物本能。并不是说超女活动里没有人的本质力量对象化的成分。事实是超女本身多多少少具备的艺术素质,以及艺术竞演的规则必然遵从的艺术成规,使得超级女声这一大众文化娱乐活动具有多方面的社会思想文化意义,包括一定的艺术价值,正像赖大仁先生在《大众娱乐文化的一个"范本"——"超女现象"的文化解读》(《现代传播》2006年第 1 期)一文里所精辟分析的那样。超女们为实现明星梦可以不惜出丑卖乖,和超迷们在政治生活中长期失语而在娱乐选星活动中来了一把民主诉求,过了一把民主瘾,既可怜,也可敬、可贵。然而从实质上看,超女是欲望(主要来自青春期的)、情绪(精神贫乏而又需要寻求刺激)与市场利益(电视台与电信行业是最大的获利者)合谋的产物,作为通俗文化的一个典型,在客观上它不可能像现代小说等纯文学那样丰富人的内在生活,引人对现实和人生进行反省,在主观上它也不考虑在国人尤其是青少年中会产生什么样的价值导向,——对于超女来说,机会来了必须扑进去;对于观众和超迷来说,好看好玩就使劲乐使劲地疯;对于主办方来说,能火能赚钱就调动一切手段尽量做大。与其说超女活动满足了人们正当的娱乐需求,不如说它填补了一个重要的年龄阶段的人群的精神空缺。而这个空缺,首先是应该由以小说为主的文学去充填的。

问题就在这里,在一个图像文化时代,在电视比平面媒体更有优势,在影音比文字更容易为大众所接受的情况下，文学主体却停留在书本印刷时代，忽视了利用现代传播手段去让文学走向读者、走进人们的心灵。所以，中国小说学会与半岛都市报的合作，有着比超女活动积极得多、重要得多的文化意义。更值得一提的是，中国小说学会自新世纪以来连年举办中国小说排行榜，给予最大支持的是齐鲁晚报社（近几年的小说排行榜包括这次学会奖的评审，都是由他们承办的，不仅出资，而且出人）。小说学会与齐鲁晚报社联姻，在大众精神沉沦的现实背景下合力打造文化精品，是比超女活动更值得关注的文化现象。只有在齐鲁这块文化沃土上，才找得到像《齐鲁晚报》和《半岛都市报》这样的有文化责任感和文学眼光的平面媒体，让我们怀着感激向他们表示深深的敬意。

学术何为 *

学术深似海,不可妄言之。然而若把学术分成"实用"与"存道"两途,则但凡涉身学界的人,在从事所谓学术工作时,有时会冷不防碰上诸如"委身学术的目的何在"、"学术到底有什么价值"、"衡量学术价值的标准又是什么"之类的问题。

有一类学术,即以政、经、法为主的"社会科学",与现实生活密切相关,前者可以起到促进、改变甚至左右后者的作用,为后者所迫切需要,它的实用性显而易见。这一类学术不会显得高深玄奥,但它的价值不应受到怀疑。撇开这类学术不谈,另一类学术即存"道"的学术,发展到今天多有值得反省之处。

存"道"学术当指人文类学科,文、史、哲是也。这类学术通常不直接作用于现实,而是力求在一个无限阔大的精神空间里寻找自身存在的理由和依据。它之所以有存在与发展的必要,在于它是以人类最聪明的头脑,不断地、无止境地探索着人本身的奥秘,揭示着人生的意义和生活的真谛。这一探讨活动本身使生命获得意义,既不依赖其他,也无需指向其他。学术成了一种最高级的文化,宇宙中最神奇的存在物。它通过个体生命来承载并再创全人类的文化,显示出生命智慧的卓绝,因而印证了人类真正的伟大与光荣。面对这样的学术,我们不能不心生敬畏。现代学者钱钟书,被誉为"文化昆仑",反映的就是一般人对作为文化存在的学术的崇仰心理。

学术存"道"有目的,但实际意义更在于求索的过程,因为宇宙人生之"道"固然或凭学术来现身,但经由个体完成的学术永远不可能尽现"道"的

---

* 本文发表于《海南师范学院学报》(社会科学版),2003 年第 1 期。

真相("道"的本义就是通往未知之所且无尽头)。学术的价值正在于,人在对"道"的不停歇的叩问中,显示了人类自己的尊严与骄傲。人文学术并不因无补于现实生存的匮缺而可有可无,由于它解决的是终极关切的问题:它以永恒的形式进入时间的长河,给每一代迷惘而焦渴的心灵以滋润;离开了这条精神之河,生命将多么枯涩而贫乏,生活将多么枯燥而混乱。在这个意义上,人文类学术又并非与现实无干,相反,它通过作用于世道人心而匡正时弊,改变现实,调整生活秩序,提高大众的生活质量……所以真正的人文学者大多感时伤世,忧国忧民,这不单单是民族文化传统使然,实乃离开对现实生存状况的关注,人文学术的批判性难免无的放矢。

与实用学术不同,人文学术对现实的关注与介入始终是批判性的,原因是现实常常是时政意愿的体现,而时政总是授人以短期目标,学术则着眼于长远,它所要维护的,是"超越时间地域之理性"(陈寅恪语)。学术与时政在目标上相扞格,一个追寻价值,一个追求功利。这样,学术的独立性就显得尤为重要。学术大师陈寅恪曾谓,"没有自由思想,没有独立精神,即不能发扬真理,即不能研究学术……一切都是小事,惟此是大事",所强调的,包含了人文学术的自身特性、学术环境和学术人格几个方面,它像一面镜子,照出了今日人文学术中种种退化之迹象。

夸张一点说,当今学术正在被异化,被一种与时政有同谋关系的学术体制所异化。这种体制与其说为学术所设立,不如说旨在通过利益分配以维护权力分配。它最严重的问题是丧失了学术的价值标准,以论著数量和刊物级别来衡量学术成就,理所当然地培植了学术上的投机心理,导致诸如"怎样能得到好处,文章就怎样写"这样的情况发生。学术成了获利之途,晋身之阶,利益如此充分地勾引出了人性中的自私、恶、狡狯与贪得无厌。少数人虚张声势,呼风唤雨,把文坛当江湖,动不动就把学术界搞得沸反盈天,打着学术的旗号,与学术精神背道而驰。学术生产"成果"惊人,学术积累却微乎其微。对真理的探求被置之度外,学术也就被玩弄和亵渎……种种情况表明,作为计划经济遗留的教育体制和学术体制还在加剧人文学术的异化和堕落,学术还在继续掉价。要想阻止学术车轮在急功近利的轨道上继续前进,我们都得停下来问一问:什么是真正的学术?学术应该干什么?

知识分子与爱国 *

　　国家国家,国是一个大家,许许多多的人共有的一个家。这个家里的人都应当爱她。爱这个家就叫爱国。

　　然则,国这个大家,有两类人更应该爱她,一类是管这个家的人,一类是这个家里最有见识和本领的人。管家人包括家长和由家长任命的、替家长负责的管理家事的少数人;最有见识和本领的人不用说指的是受教育最多的人,即知识分子。

　　管家的人应当爱家,是因为他们控制着这个家里的全部资源,决定着资源的利用与财产的分配。知识分子应当爱家,是由于他们明白事理,有远见,有利他主义精神,善于创造和指导学习,而且他们天生乐于在人群中证明自己的价值。

　　家长一般不会不爱家,爱家等于爱了他自己的全部。一般的管理者可就只能凭德性了。有的人克己奉公,勤勉敬业,为家的稳定与发展尽到了责任。有的人则自私而贪婪,乘掌握公共资源的机会,不择手段地把属于大家的钱财往自己的怀里捞,朝个人的兜里揣。更有甚者,捞足了揣够了,就屁股也来不及拍地跑掉了,跑去别的人家了,住到那里过好日子去了。这些年越来越多的从我们国家外逃的贪官,就是这样的货色。

　　我们这个家本来就不富裕,从前一直多灾多难,如今总算好起来了,但想不到竟遇上这样一些管家的,黑着心把一家人交给他保管和支配的钱财都卷走了。这种人对不起给他委以重任的家长,对不起这个家里的"沉默的大多数"。这帮人一定是钻了我们这个家的什么空子。看来他们是

---

* 本文发表于《海南师范学院学报》(社会科学版),2004 年第 3 期。

不爱这个家的。他们也就不是爱国者。假如硬要把他们跟国家扯在一起，那他们一定属于祸国殃民的一族。不知他们现如今住在人家家里，过得可心安理得？

最应该爱家的人不爱这个家，还祸害这个家，我们又拿他没办法，就不去说他了。那就看看知识分子还爱不爱这个家，爱不爱这个国。

知识分子爱国可是有传统的。两千多年前的屈原，用他的生命给爱国的知识分子造了一个型，也给了他一个魂，即给知识分子爱国赋予了全部的内涵。这就是具有高度的集体责任感，时刻关心公共事务，关注民心所向，监督管理行为，随时拾遗纠偏，维持社会的价值准则；在国家遭遇危机的时候，能够挺身而出，大声疾呼，警醒公众，并帮助管理者制定正确决策；当个人遭到误解或打击时，矢志不移，坚贞不渝，上下求索，既不屈服于恶势力，也不随波逐流，必要时肯于舍身取义……要之，知识分子爱国就是忧国忧民，就是替他所在的生存群体负责，就是在他自个儿的家里做一个自己明白也让他人明白、自己要活好先让他人活好的人。

爱家的人不一定有好报，因为一个家的资源总是有限，会叫的孩子奶多，善良的人、谦让的人难免被亏待，再说有家就可能出家贼，家越大越容易出贼。出大贼，强梁一多，有公德心的人，为他人着想的人，不仅吃亏，还要受害，就像屈原，由于卓尔不群，不顾个人利害，秉公直谏，结果信而见疑，忠而被谤，遭群小陷害，被君主误解，落得报国无门，走投无路，最后只得以身殉国殉自己的理想。但是正因为如此，爱家的人责任更是重大，他们付出的努力应该更多，他们的人格精神更值得、更需要得到继承和发扬。这就是为什么屈原耿介拔俗、横而不流的人格精神成为中华知识分子爱国传统的精神核心。在一个宗法制的社会里，在一个家长制的管理模式中，这种精神是家国存续的命脉！

屈原之后，忧国忧民甚至以身许国的知识分子代不乏人。远的不说，在家长制和权力本位遭到报应，中华民族家道中落、国运危如累卵的近代，这类知识分子以康有为、梁启超为代表群体崛起。此后又有"五四"的一批，鲁迅、胡适、陈独秀、李大钊……给知识分子爱国传统注入了现代理性精神。1949年以后，历史出现曲折，知识分子在自己的家里遭受了前所未有的屈辱和摧残,爱国精神只在吕荧(近读《文学自由谈》上何满子先生的文章《六亿一人》,文中所述当年整胡风的一幕,令人扼腕)、林昭(广西师范大学出版社近出《大学精神档案》(当代卷)所载《林昭之死》一文让人心灵泣血)、遇罗克(其弟遇罗文《我家》一书是屠杀知识分子爱国精神的见证)等凤毛麟角者身上存亡续绝。

对照传统,20世纪90年代以来市场经济时代的知识分子或许要感到惭愧。如今在这个家里,知识分子分得的好处比以往多多了,但对这个家的责任感似乎也淡漠了,多少人蝇营狗苟,为名为利,多少人为了争抢几根骨头咬得血肉模糊。另有一些本事更大的人,干脆撇下这片泥淖,攀上一个高坡,享受春风与阳光去了,等于抛了自个儿的穷家,投靠了富人、阔人……

不知道爱国在今天是不是一个多余的话题。不知道如果爱国就是爱家,那么我们这些不爱家或不敢爱家的人找什么理由来为自己开脱。

为学术裁军叫好 *

青岛社科院的杨曾宪先生针对高校教师全员科研，造成泡沫学术盛行，呼吁学术大裁军，表达了有良知和责任感的当代学人的共同心声。学术裁军要是果真能实现，泡沫学术得以遏制，那将是学术和教育的幸事，国家与民族的幸事。我们没有理由不为学术裁军叫好。

泡沫学术的产生，的确与高校普遍实行的以科研作为职称晋升和业绩评估的"硬件"有关。而究其根源，又在于违背教育与学术规律的行政化管理。行政化的管理喜欢的就是一刀切、一律化，美其名曰"量化管理"，实是既简单又能显示权力，何乐而不为？行政就要追求政绩，政绩需要看得见的、或可以用数据予以统计的东西来反映，形式主义、大干快上就免不了了。高校教授全员科研，就是一刀切一律化的结果。对科研成果、学术水平，以论文、专著、课题、获奖的数量及刊物与项目来源的级别来衡量，就是典型的形式主义：只看形式，不问内容，"论画以形似，见于儿童邻"。

在膨胀着的学术队伍的后面，有一支不断膨胀着的行政管理队伍，后者制造着前者，也制约着前者。谁都知道，泡沫学术（如高校大跃进、学术腐败）之类的问题，祸根都在长官意志和集团利益起决定作用的教育和学术的高度行政化。而这种文化格局一时还难于改变。

根既难除，便只好求之末，回到受害者身上打打主意，像杨先生所提议的那样，对高校教授做一下分工，将他们分为研究型（以学术生产为主）和教学型（以学术传播和应用为主），两者的比例大概是一比九。说起来容

---

* 本文发表于《海南师范学院学报》（社会科学版），2005 年第 4 期，2006 年 2 月 21 日《文艺报》第 2 版"文学批评"版全文转载。

易，做起来也不难，只要改革一下高校职称评定标准就行了，只是为政者要是刚好同杨先生想到一块儿去了才有指望。那就让我们先这样盼望着吧，太阳也并不总是从同一个地方出来呢。

将大学教师分为两种类型的建议，简直让人拍案叫绝。中国的学术生产主体，目前主要集中在高校，高校的学术生产能力与水平，决定着我们国家的学术面貌和文化水准，也决定着高等教育的水平与效果。试想，挑出一小部分具备做学问的素质的人，学校给他们创造条件，任其潜心搞科研，学术生产质量的提高难道还值得怀疑吗？建立金字塔式的学术结构，我们完全有基础。有二十几年发展史的新时期高等教育，评出了多少教授，培养了多少博士！虽说在学养上他们不能跟"五四"与稍后的那一代学者相比，但前者在改革开放的历史背景上沐浴到的文化大引进，以及变动的复杂的社会现实赋予他们的当代经验，由这些（当然还有其他）因素激发起来的学术冲动，是后者不曾、也无法获得的。十个教授里只要有一个，一百名博士里只要有一名，由着性情，搏之以生命，坐下来真的做学问，做真的学问，我们国家的学术那就了得！事实上，一批批从高校教师和博士生中脱颖而出的学者，已经创造出了可观的学术成果，他们正在共同把中国推向学术繁荣的时代。这是事情的一个方面。

另一方面，将至少是百分之八十的教师从应付量化管理的科研中解放出来，倾其全力搞教学，从事学术转化和学术成果推广工作，高等教育岂不完全是另一种情景。哪像今天这样，教员无一不被科研任务追赶得屁滚尿流，无心向教也无力投教，教学质量无人过问，教师队伍里也就贤愚莫辨，良莠难分。过错不在高校扩招，而在职称评审完全以科研为导向，把教学搞成不毛之地，与之相对的是乱作一团、熙熙攘攘的科研的人海。人海学术，害了学术更害了教育，高等教育的质量近十年来不知下滑了多少。更可怕的是坏了风气贻害将来，就如"文革"搞乱了价值标准，害得我们今天还不知道该怎么做人。

人海学术是学术的"大跃进"，必定鱼龙混杂，泥沙俱下，冲激出层层泡沫，遗留下堆堆垃圾，结果是秕糠埋没了黄金，赝品掩盖了珍品，给后人甄别文化遗产留下了无穷的困难，它对中国文化的败坏将超过任何一个历史时期。为政者再不采信良言，调整政策，从根本上遏止泡沫学术，学术界再不抵制唯科研论，而随波逐流，继续恶化学术和教育形势，谁敢保证我们不成千古罪人！

全员科研、人海学术的局面要打破，学术裁军势在必行。裁军是隐形的，无非是为学者跟着兴趣和能力走，先积累，后创造。一些人多写，一些人少写。有人应该著作等身，有人可以述而不作，更多的人等着享用就行。学问岂是人人随便得做。如钱钟书先生所说，"大抵学问，乃荒江野老屋中，两三素心人商量培养之事，朝市之显学必成俗学。"耐不住寂寞，急功近利，世俗的东西样样想要，生怕人群中没有自己的影子，这样的性格，哪里做得了学问！即使天天写文章，搞专著，但冲着伸手可得的现实的好处，与追求精神的超越背道而驰，所谓的成果并不能为文化增值，这样的科研，哪里称得上学术！说到底，学术裁军，取决于学界中人自我的人文品质与人生价值取向。学术环境的被毒化及教育环境的恶化，文化人的投机心理不能不负责。

学术裁军不只是一个动议，更不是一种口号。既然它利国利民利学术利文化利人生，那就让我们付诸行动，掂量自我，在学术的生产与传播之间，在追求数量与注重质量之间，在个人名利与文化的创造和积累之间做出选择。

辑四

文学教育与学术传播

当代文学与当代文学教育 *

——以中学语文教育为中心

　　中国当代文学于 1978 年前后发生重大艺术变革,在整个新时期由复兴而繁荣, 获得了巨大的发展, 堪称近二十几年中国文化中最富有创造性、最多实际成果的门类。虽然在 20 世纪 80 年代的后期,当代文学就开始失去轰动效应,但是文学创造的速度并没有减缓,各类文体尤其是小说和散文的创作质量在作家辈出、文学实验广泛进行的基础上也得到提高,名篇杰作层出不穷。然而, 由国家实行改革开放政策带来的这一文学盛况,在近二十几年来的中学语文教学中却没有得到相应的反映。中学语文教育好像有意筑起了一道高墙, 将一个繁荣的文学时代和它的炫目的创造成果拒之墙外(有中学语文课本为证)。与文学以及其他一些文化部门从 1978 年就大为开放相比,中学语文教育自外于历史新时期,坚持封闭,明显落后于改革开放的时代思想潮流。其做法令人大惑不解,如果究之以精神后果,中学语文教育无视同时代进步文化对受教育者"精神成长"的巨大而积极的影响, 一意拒绝富有活力的当代文学进入青少年的精神世界,它在国民性格塑造方面已经造成难以挽回的损失(只要看一看 18 岁到 40 岁这一个年龄段的非文学专业的大陆公民的文学素养、人格精神、人道情怀、社会责任感和审美情趣的状况就可知),每一个关心民族精神现实和民族未来的文化工作者,都无法不为之痛惜。

　　中国现当代文学研究工作者是特殊的一群。对于他们来说,文学研究不可能只关心文学。从事现当代文学研究的人,都自觉负有双重使命。一

---

　　* 本文发表于《文学自由谈》2004 年第 3 期,收入王富仁主编《全球化语境下的中国现当代文学国际学术研讨会论文集》,汕头大学出版社,2004 年 10 月出版。

方面,文学研究总是立足于当代的文学建设与创造。若无助于新的文学的生产,研究就难有生命力,即使重在对过去的文学进行价值阐释,也需依赖当代提供的思想与审美资源,且首先从当代人的需要出发。与此同时,文学研究注重文学对于作为主体的人和得以产生的社会的影响作用。在传统、权力或物质遮蔽人的生命应有的尊严时,文学便成为国民精神的灯火。这就是为什么鲁迅是我们从事现当代文学研究时不可抛弃的遗产。不是我们要学习鲁迅,而是我们跟鲁迅一样,听从了同一个召唤。这样就可以理解,20世纪90年代后期,由在大学任教的一批现当代文学研究工作者首先向中学语文教育发难,决不是偶然事件。轰击当代文化专制遗留下的最为坚固的堡垒,是"救救孩子"的最切实的努力。教育问题不解决,国家现代化怕是一句空话。教育的根本问题在哪里?不是偏离了政治方向,而是缺失人文精神。在中国,不是人文精神失落,而是人文教育缺失久矣(正所谓"从来就没有,何曾失落")。一个没有人文教育的国度,只能生产任人愚弄的国民。无怪有识之士要把"新民"、"立人"看成振兴民族国家的头等大事。虽然,后来我们用别的手段争取到了一个民族国家的建立。但现代民族国家的理想至今未完全实现:没有人的现代化,中国在世界历史的跑道上还是被他人远远甩在后面。由此看来,通过新小说来新一国之民进而新国,用文学来揭出病苦以引起疗救的注意从而引起对国民性改造的重视,对于精神沉疴太深的中华民族来说,的确不失为一道应该坚持使用的良方。这也是中国现当代文学研究工作者这一自觉的群体关心人文教育的价值所在。

人文教育应该从学校抓起,而且越早越好。小学阶段是人生的知识储备期,需要大量背诵经典(而中国大陆当代小学语文教育是字词教学加政治意识形态熏陶,一代又一代的人记忆沃土被荒芜,永生再难茂盛)。人生的中学阶段,就可以学习人文知识,培养人文情操了。人文知识的教育在中学主要是通过语文教育来进行,而语文教育在本质上是文学教育,因为语文教育的任务大多可以通过文学教育来完成,而且可以更好地完成。然而当代中国特别是新时期的语文教育,却严重忽视文学教育。在错过了思想解放运动提供的彻底更新自我的机遇之后,语文教育在二十多年的恶性循环中越来越深地陷进应试教育的泥淖，无以自拔，教条、刻板、封闭、保守、狭隘、武断，根本忘却了语文教育的真正目的。语文教学完全为考试而进行，高考指挥棒把教师、学生圈限在几本选文质量相当低劣的课本中打转转，各种挖空心思的测考题把学生整得晕头转向，视语文学习为畏途。连文学作品也被程式化的课文分析搞得索然无味，严重败坏了青少年的审美胃口。在长达六年的时间里，学生生命中一段本应快乐而有收获的美好光阴都断送给了枯燥无味的语文应考训练。由于无法大量阅读文学名著，接受的人文知识就非常有限，语文能力自然也无法提高，因为中学语文教学完全背离了语文能力的获得靠大量阅读来获取的基本规律。中学语文教学奉全国统一的教材、教参和教学目的要求为圭臬，就排斥系统的文学理论和文学史知识的学习，造成学生对中外文学的无知，应试教育是罪魁祸首，与之形成共谋的是单元式语文教材，而在其背后还有一只看不见的手，那就是权力意识形态，即通过控制语文教育来防止异质人文思想对国民头脑的渗透，以确保革命文化作为一种政治话语来掩饰一个时代的思想苍白。由这一现实政治需要所决定的中学语文教育对国民所造成的精神戕害难以估量。

中学语文教育中的文学教育应当全面展开。当代文学在文学教育中具有特殊的作用。当代文学是当代人群体生活的精神映像，是一个时代的人认识自我的一面最真实、不会造成变形的镜子。没有当代文学，这个时代的人们的生活真相，将会在历史上留下空白。从文学发展史来看，没有历代的当代文学，也就没有文学史，没有文学研究。而从文学教育的角度讲，当代人不阅读当代文学作品，其精神生命就无法找到一个现实的住所，就可能精神恍惚，无法决定行为方向，或者"生活在别处"。再说，文学的审美价值也是生命存在的重要构成部分，没有它，人不可能成为完整的人。中国当代文学在1978年前后回归自身以来，从不同角度对现代中国的历史与人生进行了精细、多彩、富有创造性的描绘，已经累积起一笔巨大的精神财富，它所蕴涵的人文关怀、民主自由精神以及传统与现代相交融的审美感性，是青少年"精神成人"的最好养料，在培养国人现代精神方面具有不可替代的作用。世界变化越快，被抛入新的世界的人越需要接受启蒙。启蒙是永恒的,只是内容因时而变。启蒙最好的手段,当推文学教育,而所用的教材,首推当代文学经典。在文学事业已经非常发达的今天,对经典的确认无须经过时间的验证,同时代的人一样有能力辨别出作品的优劣,就如同只要有美食家就不必埋没优秀的烹调师一样。当代文学早就为当代人准备了享用不尽的精神大餐。可惜由于中学语文教学与当代文学严重脱节(2000年以前的初、高中语文教材根本没有反映当代文学的巨变及成就),当代文学特别是纯文学的丰盛宴席,除了几个制作者和职业品评者之外,并无多少人去享用。这是一种让人痛心的浪费。中国有13亿人口,对当代文学杰作的拥有量即使以部/100人来计算,像《活动变人形》、《丰乳肥臀》这样的小说最少也应印刷1300万册。可实际上呢,恐怕零头都不到。在中国现代历史上,没有哪个时期的青少年像改革开放以来一样,对同时代的文学缺少热情,阅读量小得那么可怜。在全世界有文化传统(指文学发达)的国家里,恐怕没有哪个国家像中国这样大多数国民(包括不研究当代文学的文学专家)对当代文学那么无知!责任在谁?在应试教育。应试语文教育把当代青少年搞成了最没有语文水平和语文兴趣的一群人。

转机似乎已经到来。大概是由于以现当代文学研究工作者为首的一批思想者的推动,中学语文教改终于迈出了关键的一步(尽管问题还是不小),语文新课标2004年秋季开始在全国几个试点省份开始实施,指定的包括当代文学在内的几十部的文学经典也已上市,当代文学有望进入中学生的学习生活。有过"一体化"历史的中国当代文学,只要借助官方的力量,自上而下,就不愁达不到像十七年"红色经典"在出于某种政治目的生产出来之后,根据政治思想教育的需要迅速得以广泛传播那样的效果,虽然今天的文学与"红色经典"对国人的精神养成所起的作用可能相反。对于当代文学的批评与研究来说,这应该说是一个机遇。当代文学研究应该关注中学语文教学改革,研究当代文学将要发生的市场变化和文化/美学效应,调整批评视野,将中学生的文学阅读纳入研究范围,通过介入式批评,指导中学语文教学和学生阅读。将语文教育真正带上文学教育之路,教育的民主化进程才有望启动。当文学阅读成为风气,还可能抵御视觉文化和快餐文化对汉民族语言思维能力的消磨与腐蚀，中国文学的发展才葆有永不枯竭的源泉。在文学研究体制日益背离文学精神的今天，当代文学研究走出学院，关注与民族精神未来密切相关的中学文学教育，也是对肌体走向衰萎、僵硬的当代文学学科的一次激活。

2004 年 1 月 6 日

人文教育与立人 *

　　新世纪思想文化界值得我们格外关注的一件事，是大学人文教育的开展。这一发起于民间，由思想界、教育界与出版界共同推动的教育行为，本质上是思想者的一次文化实践，是一群有责任感的人文知识分子回应现实呼唤所采取的文化行动。这自然是带有启蒙性质而又富有建设性的文化活动。值得注意的是，加入这一文化活动的，主要是在大学里从事中国现当代文学教学与研究的中年学者。这不奇怪。发端于"五四"新文化运动的新文学，其性质就是"人的文学"，而改造国民性、改变国人的灵魂本来就是新文学家们为自己确立的使命，研究这种文学的人，很容易形成与前驱者一致的文化认同。这决定了，在他们的身上，刻着"五四"和"80年代"的文化印记，他们的思想路径，与20世纪的"启蒙"、"新启蒙"运动有着深刻的联系。所以不妨说，他们在新世纪所做的，是20世纪遗留下来的工作。更准确地说，他们所承继的，是20世纪中国最伟大的思想家鲁迅未竟的"立人"事业。

　　大学人文教育在新世纪的兴起，始于2000年。其核心人物是夏中义。据介绍，2000年，夏中义参加由钱理群教授主编、面向中学生的《新语文读本》(广西教育出版社出版)的编辑工作，"当时突然那一闪念，想到大学生也应该有一套这样的读本，但不是语文读本，而应是人文读本"。《新语文读本》出版后的反响促使出版社接受了这一创意，考虑再推出面向大学生的同类读物，钱理群推荐了夏中义担任主编。嗣后，这个选题从广西教育出版社转到广西师范大学出版社。2001年6月底，广西师范大学出版社

---

　　* 本文发表于《海南师范学院学报》(社会科学版)，2007年第2期，发表时有删节。

社长肖启明组织社领导与相关责编讨论出版《大学人文读本》,35 分钟即拍板通过。自此,这家偏处西南一隅的大学出版社,就成为了新世纪大学人文建设的重镇,而夏中义乘着这只从斜刺里冲出的文化战舰,领军了一支实力雄厚、战斗意志旺盛的大学人文教育的学术队伍。他们同心协力地奋斗、拼搏,在新世纪苍茫的海面上,留下了一道醒目的、久难消失的浪痕。

从 2002 年开始,广西师范大学出版社在几年时间里,先后推出了三卷本的《大学人文读本》(夏中义主编),和它的姊妹篇——四卷本的《大学精神档案》(何光沪、任不寐、秦晖、袁伟时主编),出版了《大学人文教程》(夏中义主编)、《大学人文十四讲》(徐芳著)和五辑作为《大学人文读本》后续工程的《大学人文》(夏中义、丁东主编,谢泳、邵建副主编)。这些书,摄取了从先秦、古希腊罗马到 20 世纪的人类思想的精华,涉及人文学科的各个领域,对于一个人的精神成长来说,是最丰富的也是最合理的营养。丛书也汇聚了当今思想界对于商业经济时代环境里人文精神匮乏,和如何全面恢复大学的职能,以大学为思想堡垒,在未来的社会主体身上重建普世价值的思考,其中还包含对大学人文教育的设计及其初步的实践成果。它为中国的人文教育,拓开了一个全新的世界。难怪丛书每一出版,都引起强烈社会反响。

在"大学人文"系列图书里,直接进入大学人文教育课堂的,是《大学人文读本》和《大学人文教程》。它们是大学人文教育的基础工程,特别是《大学人文读本》。《读本》共分《人与自我》、《人与国家》、《人与世界》三卷,近百万字,涵盖中外现代和当代 200 余篇经典人文佳作,包括文学、历史、哲学、伦理学、心理学、教育学、社会学、法学、科学哲学、科学史、精神史等丰富内容,并以"编者旁白"的形式,对每一篇文章进行介绍、评述、解说,足以让人在最少的时间里,跟最多的名家对话,领略人类最优秀的头脑的思想风采。丛书由领衔主编的夏中义作总序,各卷导言分别由刘锋杰、李新宇和丁冬撰写。担任"编者旁白"的,除他们四位,还有王彬彬、谢泳、邵建、富华等。由他们组成编委会,保证了丛书人文视野的现代性、开阔面与纵深感,实现了思想资源的整合与阐释同人类文明的全面对接。他们抱着同一信念投身这项超出各自专业领域的清洁而神圣的事业，体现了公共知识分子在国家现代化进程中对人的问题的深度关切。

20世纪以来，中国经历了巨大的社会历史变动，通过革命建立起现代民族国家，并在曲折中取得了发展，近三十年来更是大大加快了追赶西方现代化的步伐。但是，物质形式的现代化并不意味着国家社会真正实现了现代转型，与世界文明的同步，最根本的标志应是人的觉醒与解放。早在20世纪初，在世界强势文明的逼迫下，中国不得不选择现代化道路以求生存并与人竞争，有睿见的知识分子就警觉到增强国力的共同目标，容易造成个体人的重要性被忽视。最有代表性的是鲁迅，他写《文化偏至论》，在一片强国的呼声中提出了"立人"说："是故将生存两间，角逐列国是务，其首在立人，人立而后凡事举；若其道术，乃必尊个性而张精神"。"国人之自觉至，个性张，沙聚之邦，由是转为人国。人国既建，乃始雄厉无前，屹然独见于天下……"他把"立人"看成是"立国"的根本，认为国家的竞争力的提高必须建立在人的个体精神自由的基础之上，人的精神状况决定文明的性质。

今天回头看，鲁迅当初的思考极富远见卓识。一百年过去了，中国追求现代化的坎坷历程和当下发生的文化困境，在在证明了鲁迅思想的深刻。由于历史境遇的无比复杂，"立人"一直没有真正成为国家现代化建设的首要目标，因而无论怎么努力，我们也无法缩短同世界现代文明的差距。从20世纪80年代以来，鲁迅研究专家王得后、钱理群、王富仁等人，一再对鲁迅"立人"思想的重要意义进行阐说，认为"立人"是鲁迅思想的原点、中心，"立人为本"是鲁迅精神的灵魂。2006年鲁迅逝世70周年纪念活动中，鲁迅的孙子周令飞也著文并四处演讲，反复强调"立人为本"是鲁迅的思想核心。这些固然是对鲁迅思想的准确理解，但它更说明鲁迅思想没有过时，他的"立人"思想诱发当代问题意识乃因当代社会在人的确立方面存在严重不足。宗法时代的奴化，革命时代的沙化，商业时代的物化，层层挤压，使今天的国人存在严重的人格缺陷，多数人仍不懂得应当做一个有独立价值和神圣情怀的人，说到底这是一种无精神的精神问题。

那么，"立人"的工作该从何着手？回答是搞好人文教育。因为立人无非是根据人类已有的经验和智慧来培养"全面发展的人"，这样的人有与他人共谋生存发展的技能，但首先有独立的人格意志，而人文教育的目的与作用就是筛选人类文明的优秀成果以为材料，按照理想形态对人的灵魂进行塑造。夏中义在《大学人文读本》的总序里就这样揭示编选《读本》的宗旨："为当下中国大学生的'精神成人'提供系统的优质思想资源。"他还进一步解释："至于'精神成人'，则是强调一个普通的大学生应在本科期间初具'独立精神、自由思想'之潜质。其鉴别尺度之一，当是看其在学业之余，能否认真且持续地向自己追问'如何做人'这一终极命题，以及在何种价值水平上思索乃至践履此命题。"值得注意的是，大学人文教育家们并不满足于让大学生成长为"精神战士"，而是按现代文明的要求，设计了新型人格结构，那就是——"主体角色"、"现代国民"、"世界公民"。"主体角色"从生物学层面的个体生命转化而来；"现代国民"迥异于宗法制规训出来的卑微子民；"世界公民"超越了狭隘族国的民族主义眼光。具备这样的人格结构，庶几能成为"适应现代社会的新的民族主体"，为"人国"的形成奠定基础。

新型人格结构的形成，端赖现代精神资源的供给。当代中国的学校教育，一直未能获得充足的人文教育资源。自1949年以来，各级学校里的知识教育呈畸形状况，自然科学教育尽行同西方一致，人文社会科学教育却始终警惕人类核心理念的进入。"文革"时期从学校（也从社会）一步步清除了既往积淀的大部分人类优秀思想文化，对"封、资、修"的全面批判，对革命文化的单一灌输，造成了人文思想资源的极度匮乏。"文革"结束，对外开放，中国教育终于向人类文化敞开了大门，教育资源空前丰富。但令人感到遗憾的是，意识形态的惯性还在维护学校教育包括高等教育在吸纳世界文明方面的文、理不平衡的状态。著名作家莫言所批评的"虚伪的教育"不仅在基础教育中仍然存在，高等教育里不合理的课程设置也还在遮挡人文教育的自由天空，致使处在"灵魂发育"期的青年学子在精神饥渴中继续被强行灌食"空壳奶粉"，基础教育阶段造成的"营养不良"因之得不到有效的改善。

《大学人文读本》系列人文教育教材的横空出世，正是针对"中国大学人文教育缺失"的历史遗憾，从资源配置上做了前无古人的工作。它通过

"对人类共同的普世价值谱系的纵深勘探暨合理配方",为大学生的"精神成人"提供了"全方位、几近全息型的优质思想资源"(《大学人文读本·总序》)。这些比不掺假的"雀巢奶粉"更有营养的精选食品,陡然出现在精神贫瘠、价值悬浮的环境里,显得无比新鲜,十分珍贵。它不仅深受大学生的欢迎,在知识界也受到高度重视。思想家李慎之称它是"目前国内最好的公民读本"。著名学者、经济学家茅于轼也极力向读者推荐,说"这套书不但大学生要读,其他年龄层次和知识层的人也值得一读",因为它为我们思考"人"的问题提供了一个思想平台,它涉及到在这个纷繁复杂的世界上"如何做人,做什么样的人"这些带有根本性的命题,并且提供了找到解决这些问题的根基性的参照。

夏中义们发动的大学人文教育,把中国知识分子的"立人"理想付之为建设性的文化行动,体现了思想和知识的力量,也说明国家行为的教育存有对民间资源的期待。要是有更多的人文知识分子趁这样的机遇,从专业的象牙塔里走出来,关心大学人文教育和先于制度建设的人的建设,那就不是全国几十所大学开设"大学人文"选修课,几所大学(上海交大、南通大学、太原工学院等)将"大学人文"列为必修课,而是所有青年学生都能得到大学人文优质思想资源的哺育,那样的话,21世纪的中国人就有希望告别奴性人格和精神残疾,鲁迅先生九泉有知,也会欣慰他的族国要"转为人国"了。

通识教育何处去 *

中国高等教育出现了严重的危机。主要体现在大学本科课程设置极不合理,浪费了青年学生大量的学习时间,高校没有利用好比历史上任何时候都要丰富的文化资源,帮助学生完成精神成人,使他们成为理应成为的心智健全且有一技之长,能够服务社会、改造社会的可用之才。虽然从20世纪90年代起,教育部就十分重视高等教育的人才培养质量问题,在全国高校里推行"大学本科通识教育",但是,各高校实践起来却大多流于应付,流于形式。学校的校长、教师,极少有人真正具有人文眼光,对关系到国家和民族未来的学生的人格成型怀有高度的责任感,从实处做起,传真知求实效,而多半只是替自己的位置负责,或是计较于庸俗学术体制下的个人发展。许多学校都满足于跟从素质教育的形势,做通识教育的样子,将素质教育和通识教育安排在教学计划里,落实在课时的数量上,而从不研究教育的内容,不关心教学的效果。结果通识教育占了一大块教学地盘,却不知收获在哪里,专业教育的时间反而被挤得所剩无几,学生两头都受损失。这些年来,高等教育质量下滑,不光是高校大肆扩招后生源质量下降的缘故,还有一个重要原因是高校自己根本没有认真思考过:我们到底应该教给学生什么,应当如何教。我们并不在意产品的质量,我们更关心学校自身的所谓发展。所有的高校都被"发展"追赶得屁滚尿流。大家都有压力,都有被挤兑出局的危机感,为了"发展",不得不互相攀比,比学校规模的大小,比一级学科和博士点的多少。有条件要上,没有条件创造条件也要上,就像汤吉夫的小说《大学纪事》里所写的那样,高校大跃进

---

* 本文发表于《海南师范学院学报》(社会科学版),2006年第5期。

般的一片浮躁虚夸之气,没有多少人静下心来看一看我们在知识传授、人才培养上到底做了什么。在这样的教育形势下,通识教育焉能不走样。

岂止是走样,说得严重点,通识教育是在造假!在一个全民造假的时代,教育也加入了造假的行列。一个最突出的表现是,这个时代有很多的优质通识教育资源,却断难被高校的教育决策者采用,一些并非非学不可的课程或所谓知识却十分霸道地填充了课堂和学生的思想空间。在许多高校里,通识教育究竟应该怎么做,应当选择什么样的教育内容,真正的教育主体是没有什么发言权的,在行政主义和科学主义渗入高校骨髓的教育环境里,人文学者的声音没有人愿意听。课程的设置,教材的选用,都不经讨论,教务部门不知秉承哪里来的意志,划定课程类别,规定每门课的课时,权力重于一切,至于至关重要的教学内容是否跟教育目标一致,就在其次了。试想想,要是教育管理者懂得通识教育意义何在,敢替国民教育和民族的未来负责,像北京大学出版社出版的《大学素质教育通识课系列教材》(温儒敏主编)、江苏教育出版社出版的《高等语文》(温儒敏主编)和广西师范大学出版社出版的《大学人文读本》、《大学人文教程》(夏中义主编)、《大学精神档案》(何光沪、任不寐、秦晖、袁伟时主编)这类极富建设性、有很高的人文和文化含量、得到教育部认可和支持的优秀教材与读物,为什么不能在全国高校里得到推广!也许权力保全和部门及个人利益都不是主要的因素,教育管理者的素质才是优质资源能否进入大学通识教育门槛的关键。改革开放以来,以出版业的兴盛为标志的文化生产,为高等教育积累了十分优厚的文化资源,对于处在成长期的大学生来说,这是可以使他们受益终生的精神营养,它可以培养学生的独立意志、公民意识、责任感、勇气、公德心、对知识和真理的敬畏、对自由与创造的渴望、对自然和人类的爱。这些营养,主要靠通识教育进入学生的灵魂。可我们对这样的优质资源,要么出于无知对其淡漠,要么有意加以拒斥,而让通识教育中充斥那么多似是而非的课程,使学生昧于欲望的骚动和社会的混乱,看不见人类文明的来路及去向,以至空虚、迷茫、焦虑、郁闷、失望,本该是一生最有收获的时期,却疲于应付让人生厌的课程的学习和考试,失去获得真知的快乐,不能得到真正的启发和教益,对大学生活产生厌恶和厌倦，对一切都产生怀疑，这不是教育的造假吗？还有什么样的造假比教育造假为祸更烈、贻害更久？

就在通识教育走入歧途的当儿，《读书》杂志 2006 年第 4 期在"大学人文教育专题"的首要栏目里发表了以甘阳先生的《大学通识教育的两个中心环节》打头的一组对高等教育的课程体制改革极有见地的文章，宛如空谷足音，又如茫茫海雾中的灯塔。《新华文摘》很有眼光，及时转载了其中的两篇。甘阳的文章，在比较教育的视野里，反思了中国近十余年来大学通识教育存在的问题，查找了失败的症结，着重介绍了国外的大学通识教育的目的、做法和内容，非常有参考价值。文中重点介绍的在美国的大学里，通识教育课程是本科生前两年的主课和基本课程，亦即所谓"核心课程"，有严格的教学要求和训练要求，教学的完成采用"助教制度"，即以研究生来担任本科生课程特别是通识教育课的助教，这些都值得借鉴。而最富有启发意义的是，国外大学的"核心课程"的每门课程都需要经过学校专门的委员会审定批准，但其内容则无一例外都是经典著作的阅读和讨论。这才是通识教育的真谛所在。没有经典的熏陶，大学生的精神成人何以完成！一个人进入大学校门，不管将来从事什么专业和职业，在神圣的高等学府里，首先要接受的就是人类文明精华的洗礼。传承经典，保护人类知识的独立性，大学才成其为大学。大学的这一特性，首先在通识教育里体现出来。一个没有通识教育理念、不懂得什么是通识教育的大学领导不是好领导，一个没有通识教育理念、不懂得什么是通识教育的大学教员也不是好教员。因此，凡是从事高等教育工作的人，都有必要读一读甘阳等人的文章，在大学通识教育上形成共识，一起推动中国高校课程体制的全面改革，如此，获救的不只是几近流产的通识教育，也是病入膏肓的整个高等教育。

砍掉这棵树*

　　这是一棵怪模怪样、不伦不类、要死不活的树。这里摘来几片树叶，那里砍来几段枝干，掐杪刨根，七拼八凑——不知是一只什么样的手，暴殄天物，硬是强扭出这样一棵徒具形骸而血脉全无的树。

　　就是这棵树，挡住了我们的去路，遮住了我们的双眼，使我们看不见那片本该属于我们的森林，领略不到她那恢弘丰美的万千气象，吮吸不到她母亲般的迷人芬芳，我们的生命因而得不到应有的滋润。

　　中学语文教材就是这样一棵树。它砍下了语言的头，文学的腰，写作的腿，横加拼接，看上去像是一个由部分组合成的整体，面面俱到，井然有序，实则支离破碎，完全切断了语言文化知识的系统性。人类文化的一大进步就是知识的分类。各类知识具有自己的系统性，知识的大树也才在日益繁密的文化森林里共生竞长。而戕杀人类文化的凶器则是单元式的课本编排方式。试想，把不同类的知识切成片段，混装在同一个盘子里，知识的系统性还能不被破坏殆尽，还有谁能识得知识之树的真面目！

　　中学语文教材把语文学习应该全面涉猎的语言的、文学的、哲学的、文化的知识生命体，一个个腰斩，切碎，按所谓单元排列起来。已经体系化的人类文化知识，在这里成了鸡零狗碎、混乱不清的一团。难怪中学生学过语法修辞却没有语言学的常识，学过诗歌小说散文戏剧却没有文学理论知识和文学史的整体印象。一个人在中学阶段如果没有获得语言文学方面的系统知识，就会影响到一辈子人文知识体系的构建，因为不是所有的人都有机会进入大学中文系统学习语言文学知识，而语言文学特别

是文学是一个人人文修养的重要来源。毫无疑问，中学语文教育应以文学教育为主，因为人文学科所包括的知识类型，没有哪一类不为文学所容涵，并通过文学得到活生生的表现。文学是人类知识中最为精粹、最有永恒价值的部分。中学语文教育当然不可能把人类文学经典全部展示给学生，但正因为如此，中学语文教育应该给学生一幅文学地形图，这幅地图就是较为系统的文学理论知识和文学史知识。有了这个地图，就不愁学生观赏不到人类心灵最奇丽的风景。然而现有的中学语文教材却把文学地图撕成了一小片一小片，出示给学生。这样的语文教材又能教给学生什么？

那么，是谁"发明"了单元式的语文教材？是一只什么样的手，粗暴地捂住国人的眼睛，不让他们观览已经繁茂至极、气象万千的人类文化的大森林？

难道真的是视语文为工具的教育理念在作怪，把语文当作交流的工具，而交流者又不过是意识形态的工具？难怪中学语文教材长期被严重意识形态化，难怪那么多人把培养学生的说和写的能力当作语文教学的目的。殊不知语文教育的真正任务是让生命拥抱文化，塑成坚毅人格，陶冶健雅情操，学成经邦济世的才能。说和写的能力是在文化获取的过程中自然而然习得的，而不需要特别地去教，去学。

一茬又一茬的学生，从十一二岁到十七八岁，人生中最重要最美好的一段光阴，被教员领着，无谓地消耗进这棵树里。它非但没有给予我们清新的空气和甘甜的乳汁，反而是我们用生命的精血喂养了它！当代中国，几代人的精神生命，因文化营养严重不良而无法正常发育，瘦弱，矮小，形同侏儒。语文教育难逃其责。

最让人难以理解的是，思想解放二十几年了，在大学里文科教育早有根本的改观，中学语文却仍然画地为牢，抱住单元式教材这棵枯瘦的树，盯住高考指挥棒，继续为应试教育殉葬。虽经前几年一批有识之士对中学语文教育发起审视和批判，即使今天的语文教学改革略有起色，教材的人文含量加大，教法较前灵活，但是，根本的问题并未得到解决。语文教育还是依赖课本，课本还是单元式，语文教学还是以课本学习为主，语文训练一如既往地违背语文能力靠大量阅读人类文化经典获得的基本规律,不敢把课外阅读放在语文教育的主要位置上来。几乎可以肯定地说,只要中学语文教材做不到按语言、文学、哲学、文化、写作学等分类编写,并配以作品选,语文教员相应专业化,中学生就不可能真正获得引导,找到进入文化森林的道路,人文教育在中学还会是愿望和口号。

几代人受害于一棵树,为什么还要保留它?

不能再犹豫了。为了下一代,砍掉这棵树——单元式中学语文教材,这具意识形态的怪胎!

高考试题与读书 *

　　应试教育已经为人们深恶痛绝。近几年,各界人士,包括受害甚深也最有发言权的中学教师,对应试教育都纷纷起而诛之。应试教育与教育本质相违背因而严重反教育,极大地阻碍了国民素质的提高,影响到民族国家的未来。必须通过教育改革消除其弊端,以保证教育健康发展,完成塑造民族国家主体的神圣任务。这已成为国人的共识。这是失败了的中国教育获得转机的开始。近年来中学"新课标"的实施,则是改革应试教育的大规模行动。

　　然而改革伊始,困难和阻力接踵而至。多年的应试教育形成的教学习惯,使得中学教师一时难于接受新的教育理念与教学方式。在教育行政化运作机制内,举国一派咸于改革的气象,教改更多成为教育行政部门及领导者的形象工程、政绩工程,与教师并无多大关系,或竟成为一种负担与折磨。教改在教育者与被教育者那里,并没有真正受到欢迎,反倒引起不少怨言,可见教师没有成为教改的主体。而教改更难以摆脱的困境是,新课标的实施与升学考试特别是高考相冲突——新课标是要培养学生的学习能力和创造性,让你更多地掌握人类文化知识,而升学考试尤其是高考是看你会不会做那种令人匪夷所思的偏题怪题,所以,中学教师一方面要被动地应付课改,一方面还得照旧积极地培养"考试机器",不然家长不会答应——家长早已成为应试教育的同谋。

　　中学课改似乎前景黯淡,只要高考方式不改。所有的教改努力都将付诸东流。

---

　　* 本文发表于《海南师范学院学报》(社会科学版),2005 年第 2 期。

如果问题仅出在高考的考试方式上，那么我们的中学教育需要这一场声势浩大的新课改运动么？我觉得事情远不是这么简单。

高考的重要性是不言而喻的。没有高考，社会需求与个人追求就无法达成一致，教育资源就得不到合理分配，人的潜能就得不到充分发挥。没有高考，青少年的学习也缺少动力。

可是我们没有理由否认，就是高考这根指挥棒，害了我们的教育，坑了教师和学生。高考原本是推动青少年最大限度地获取文化科学知识，提高国民教育质量的杠杆，但可惜的是我们把它用歪了。受其伤害最大的是中学语文教育。中学语文教育是应试教育的重灾区。其要害就在高考语文试题与语文教育的根本任务以及语文学习规律严重背离。无怪乎近年来网上、报刊杂志上，不断有文章指斥高考语文试题的荒谬，这些文章都抓住了问题的症结。令人不解的是，高考命题方式至今未见彻底改革的迹象。

语文是一个人走进世界的大门。语文教育是要引导青少年进入一个丰富无比的文学的、人文的、文化的世界，以认识世界、社会、生命和自我，学会做人，学会应对，学会创造。这是一个知识的世界，一个由书籍构成的世界，而书籍是全部的人类经验的聚合。学习语文，就是学会读书。语文考试，就是检查你读了多少书，读得怎么样。就这么简单。高考语文试题这根指挥棒，应当是一位知识老人，一位智者，一位学问家，对于那些想要进入高等学府接受专业训练的人，他会和蔼地、善意地问你：读过该读的书了吗？有趣、有收获吧？说说看。而不应当是一副高深莫测的样子，尽提一些刁钻古怪的字呀、词呀、句子的问题刁难你，还阴阳怪气地哼哼：怎么样，不知道吧，难住了不是？——整个一个阴暗心理。按这种不健康的指挥棒去学语文，语文无趣，世界无趣，人生无趣。

我们的语文教育，太重视所谓的语文知识、语文能力的掌握和培养了。殊不知语文知识和能力是在对文学知识、人文知识、文化知识的学习，也就是大量读书的过程中不知不觉获取、自然而然习得的。不告诉学生应该读什么书、如何读书的语文教育，是狭隘的、片面的、不负责任的语文教育。不以促进学生读书为目的的语文高考是失败的并且是贻害无穷的考试。正是现行的高考语文试题,把中国的语文教育拖进了死胡同,剥夺了广大青少年系统阅读人类文化经典,接触远到孔子、柏拉图,近到莫言、耶利内克为代表的人类伟大心灵的权利,严重影响了青少年的精神发育。

似乎可以说,教育改革的关键在改革高考方式。比如语文,就是改革命题方式,变繁琐为简单。记得几年前,《中华读书报》介绍过法国的语文高考命题,好像就是两道哲学与文学方面的论述题。题目越少,要求你读的书越多;该了解的,在中小学阶段,你都应当了解。而不像我们的高考,把教师学生都葬送在猜题、捉题的无聊游戏中,而与文化进程、与知识生产完全脱节。近闻著名学者、文艺理论家孙绍振先生建议将高考语文试卷的作文题由 60 分改为 90 分,这一建设性的意见若是被高考所采纳,语文教育的曙光便要到来了。因为作文是一种综合语文能力,一个书读少了的人,绝对写不出有见地的文章。当然,为了避免中小学继续培养应试机器,把高考语文试题简化为几个名词解释、几道文史哲方面的简答题及论述题和一篇作文,将更有效地改变现有的语文教学模式,促使学生全面系统地学习人文知识。

一个相应的做法是——

废除现有的语文教材,编选文史哲读本,学生按学程系统学习人类文化经典;在读本之外开列参考书,让教师和学生在未经肢解和篡改的、原始的、辽阔的知识世界里尽情遨游。

读经的困惑 *

我们到底要不要读经？这是 2004 年 7 月以来，一场由"少儿读经"运动引发的大讨论中提出的问题———个对已经习惯了没有经典的国人来说有点突兀的问题，一个让知识界人产生困惑的问题。困惑的不是要不要读经，而是为什么读经成了问题，究竟是何种禁忌使民族文化经典被我们弃若敝屣。

从 1912 年国民党政府教育部门废除了"读经科"后，以中华文化源头形成的思想成果为代表的"经典"，就从国民教育中被驱除了。废除读经的积极意义在于为新文化、新教育的兴起让出了道路，教育与文化得以与代表人类现代文明的西方接轨，从而推动了民族国家的现代化进程。将近一个世纪以来，中华民族都在西方文明的压力之下紧张地追求自我的重塑，实际上始终被他者化。中华文化经典也就在这样的过程中被冷落、被抛弃。所以，关于读经引起的困惑，是历史留给今天、文化留给教育、社会变革留给个人的困惑。

在现代中国，我们从来不怀疑将经典赶出学校教育的合理性。因为采取这一划时代举动的正是现代教育的前驱者蔡元培，而新文化的开山一族鲁迅等人，都是读经运动的坚决反对者。在古老中国走向现代社会之际，他们对待经典的态度赢得了巨大的伦理优势，何况文化经典早已被包裹进了旧制度的尸衣里，抛弃它有何足惜！"五四"之后剧烈的社会动荡与建设新中国的革命斗争，在背离了鲁迅的思想革命初衷时，又将他组织进了激进主义思潮的文化批判话语，导致我们失去了停下来检省的机会。我

---

* 本文发表于《海南师范学院学报》(社会科学版)，2005 年第 1 期。

们不曾追问,在对新社会与新文化目标的追逐过程中,我们是否付出了将民族文化经典与旧的制度文化一起殉葬的巨大代价。再说,建立现代民族国家理想的初步实现,也掩盖了经典的缺失带来的文化与教育问题。但是,国家独立了、强大了,但民族的文化创造能力是不是衰退了?教育现代化了,教育者与受教育者个人的文化含量即人文性是不是反而减低了?

这些问题是随着中国的经济建设的发展而暴露出来的。现代化的焦虑把我们搞得急功近利,科技被置于人文之上,经济指标成了政绩的体现,物欲的满足受到鼓励……这一切,导致社会价值失衡,道德滑坡,文化浅俗化,人的精神追求失去方向,灵魂无处可栖。现代化追求经过了这样的曲折,才开始向人本的方向转化,重视文化在人的生活中的地位与作用,着手道德主体的重建。文化的道德建设功能,和文化自身存延发展的个性化需求,都促使人们在后革命情境中把寻找精神资源的目光投向了文化的源头——以儒家文化为主的经典。重建道德,需要从教育开始,从孩子开始,于是,另一种意义上的"救救孩子"(与"救救文化"相互为用)的努力开始了。1993年,由儒学大师牟宗三的学生、台中师范大学的王财贵发起的"少儿读经"的活动,在大陆得到了响应。1995年,赵朴初、冰心、曹禺、启功、夏衍等九位全国政协委员在第八届全国政协会议上,以正式提案的形式发出"建立幼年古典学校"的紧急呼吁。1998年6月,团中央、少工委和中国青少年发展基金会启动了"中华古诗文诵读工程",著名学者季羡林、杨振宁、张岱年、王元化、汤一介担任顾问,南怀瑾担任指导委员会名誉主任。随之,选编从先秦至近代的300篇古诗文经典之作的《中华古诗文读本》由专家学者编辑并得到出版。据报道,这项读经工程已在全国三十个省市自治区的数千所学校的430余万儿童中开展起来。

然而有些奇怪的是,这场由多半是热衷于传统文化的文化名人所支持并推动的少儿读经运动,并没有真正引起官方尤其是教育主管部门的重视,也没有在知识界受到广泛关注。直到2004年,儒学崇拜者蒋庆先生花费两年时间编撰的一套12册的《中华文化经典基础教育通本》正式出版,遭到一位认同西方童蒙教育的耶鲁大学历史系博士候选人的撰文批评,"我们要不要读经"这个问题,才再一次摆在了知识者面前。批评者薛涌的这篇《走向蒙昧的文化保守主义》以较为简单化的方式,批评对文化经典采取了片面化态度(独尊儒家,将经典窄化,更忽视了中文形态的世界经典)的蒋庆,引发少儿读经的论争,虽然更多停留于常识问题的讨论,但恰恰是这些对文化与教育的混乱看法,暴露了百年中国文化更进中的禁忌以及它所带来的需要解决的问题。百年中知识阶级被迫做出背弃传统的文化选择,最致命的伤害是文化人的文化品位降低,文化创造力下降。在现实生活中,我们不仅对各级官员的文化表现期望值极低(比如我们从来不指望他们的现场演说有词采、有个性、有创见),就是吾等在"文革"后上大学又在大学里顶着中文教授头衔的人,也时时为自己文化教养的严重匮乏而羞愧,觉得自己不配,因为肚子里并没有什么中文的墨水,比起那些国学根柢好的上一代学者,我等只是赝品而已。造成这种情况的一个可以追究的原因,就是我们所受的语文教育里文化经典缺席。无论文明怎么进步,只要我们必得做一个文化的人,而对于我们来说文化的载体是汉语,那么,我们就没有办法规避经典。经典之于文化生命的先验性是不待教育家、语言学家、心理学家等来论证的。经典的问题,只是如何进入课本的问题。

于是剩下的困惑便是,高度一体化、行政化的中国教育体制,为什么对十年读经运动没有多大的反应。

回到原典 *

是什么使人的生命和人类的生存变得有意义呢？当然是文化经典。

文化经典是对于人自身以及人生存其中并不断对其进行探究的世界的解释，文化经典也是人本身的证明——只有人才具有神奇的思想、想象力和创造语言并借助语言进行创造的能力。

人类早已不是盲目地生或死。生命的获得者从懂事开始，便开始感受到一种压力，不是如何果腹蔽体的物质生存的压力，而是如何成为一个文化的人的精神生存的压力。人类进化到一定的阶段之后，文化就宿命般地同我们如影随形，它逼着我们成为它，它同时使我们成为我们自己。它占有了我们的生命，没有它我们便只是一具空壳；而一经填充，生命就成为可以识别的有价值的个体——人。

生而为人的痛苦和快乐，都来自文化，由经典所代表的文化。经典给人类的生存以准则和高度。抑或人类在生存活动中摸索到的价值准则以及自身开发过程中智慧的升华，聚结成了文化经典。总之，经典已经先于意识到的自我而存在。即使我们并非每时每刻都意识到经典对我们的烛照，但情愿不情愿我们都被经典散发的文化气息所包围，感受到经典文化对于自觉卑微而贫乏的生命的召唤。人生的脚步每向文化殿堂靠近一步，都会更强烈地感受到经典的神性和它的不可企及以及生命同它的须臾不可分离。敬畏经典使人获得幸福感，也由此获得生之目标，在每一步虔诚的努力中体味到沮丧、喜悦和充实。

经典在时间里被确认，在一个个特定的时代里产生而后走进历史成

---

* 本文发表于《海南师范学院学报》(社会科学版)，2004 年第 1 期。

为永恒。它通过一个个伟大的名字而璀璨,在历史的暗夜里发光:孔子、孟子、老子、庄子、屈原、司马迁、李白、苏轼、王国维、鲁迅;苏格拉底、柏拉图、亚里士多德、荷马、莎士比亚、卢梭、托尔斯泰、黑格尔、马克思、海德格尔……他们偶然出生于世,以他们的卓越成为人类的骄傲。他们以对人对世界的独特发现和表达,成为个体生命的奇迹,也决定了人类的文化实现:是他们深刻而独特的思想以及个性化的语言,使人类获得一种文化图像和文化生存的实质。

文化经典是人类共同拥有、每一个人都可以享用也必须亲近的财富。经典不会过时,且是普适的,被文化滋养着的人生只要企望一种精神境界,就必得仰望经典,后来者概莫能外。然而在当代中国,经典文化却遇到了危机。不只是在"十七年",不只是在"文革",更严重的是在今天!中国历史上,从来没有哪一个时代,像今天这样,完全功利主义地对待文化,对文化经典没有真正的敬畏,也没有真正的珍惜。当十几亿人被应试教育日甚一日地折腾,文化经典之于人生社会的重要作用就再也无人顾及。经典需通过教育来传承。当教育被功利目的和应试模式彻底败坏,经典还有什么渠道可以进入渴望文化的人生!

经典进入人的生命需从幼年开始,并且一些古代经典必须在童年时期储存进大脑。背诵因而是最基本也是最重要的学习经典的方法,是为千百年教育和学习实践所证明了的最有效的进入经典和被经典进入的最成功的方法。背诵是最好的思维训练。背诵经典是获得经典思维的唯一途径。背诵使生命与经典融为一体,使生命伴随经典成长。有了幼年打下的经典的底子,此后的一生便懂得如何阅读也有能力阅读各种中外文化经典,成为真正的有独立精神和创造力的文化的人。熟悉经典的人才能创造经典,鲁迅、钱钟书等都是典范。

然而看看我们今天的小学教育、中学教育、大学教育,有哪一个环节能让我们的青少年真正接触到文化经典呢?从"苏式"的革命功利主义,到实利主义的现代科举制,当代教育愈来愈背离教育的"立人"这一根本目的,而本末倒置地陷入了为应试而学习的泥坑。从小学到中学再到大学,学生本来有足够的时间去背诵和阅读经典,可是如今占据青少年大好人生年华的,却是充斥于书市的《全国 68 所名牌小学毕业升学全真模拟试卷》、《状元题库》、《初中各科重点难点与课后练习解答提示》、《高中语文题源》之类的五花八门的应考资料。书里面那些挖空心思的考题设计和越俎代庖的解题方法,把知识的生命体切割得支离破碎,把学生搞得晕头转向。本来吸收新知最快的青少年,却被应试教育误导,与真正的精神营养——文化经典错过,感受不到经典的魅力与学习的乐趣,其精神人格也被扭曲。大学里的情况也好不了多少,各种意识形态性的公共课,挤占了一大部分学习时间,先天不足的大学生继续远离文化经典,不能系统阅读,深入思考,让经典铸筑自我人格的基石。远离甚至背弃了经典和经典蕴涵的文化精神,国人人文素质焉能不下降,社会政治经济生活焉能不失序。

当代教育造成了经典的危机。经典的危机就是文化的危机,文化的危机就是一个民族的精神危机,精神危机就是一个民族的生存危机。

所幸的是,教育的严重问题已为人们认识到。应试教育人神共愤,声讨之声此起彼伏。教育正在改革。但改革需要从根本上做起,即加强人文性,一切为了立人,人立而后事兴。立人不能不从文化经典开始,所以,教育改革,特别是基础教育的改革,首先要考虑的应当是:回到经典,回到原创性的文化经典,回到经典的原文那里去。

学报与学术 *

学报的春天来到了。因为哲学社会科学的春天到来了。

哲学社会科学要繁荣,学术要发展,学报责无旁贷。学报也因此获得了前所未有的发展机遇。

学报是特殊的学术媒体,站在它后面的,是占这个国家学术人口的百分之七八十的力量雄厚的学术群体。一所高校的学报,不只是这所学校的窗口,它还是整个学术界公共的舞台。这里的演员,它的每一个姿势,每一种表情,都面向全国,面向全世界。

于是它又是一面人类公用的镜子,人类文化在里面照见自己的形象。

学报是一个作坊,人类的思想、智慧、理性、激情和想象力,在这里锤炼、打磨,制作成烙上了个人心血的产品;学术生产在这里按部就班地进行而又听得见人喊马嘶,看得见刀光剑影,角逐和竞争无时不在暗暗展开。

中国的各类高校共有两千来所,正规的人文社会科学学报据说有八百多家。如此多的作坊汇成的生产规模可谓大矣。多年来,高校学报为国家的学术事业做出了不可磨灭的贡献,培育了无数学术新人,学报发布过重要的科研成果、名篇名作难以数记。

然而中国的学报没有获得它应有的光荣。学报这种特殊的学术刊物,被它自己的特殊的形式捆住了手脚。几乎没有哪一家学报不是大杂烩:政治、经济、哲学、历史、文学、法学、教育等等无所不包。栏目多了,力量就分散了,形不成拳头,打不出去。什么学科的文章都有,反而找不到固定的读者。学报发行量小,赔本不说,学术影响难以产生,以至好文章外流,流到

---

* 本文发表于《海南师范学院学报》(社会科学版),2004 年第 5 期。

高校以外的专门刊物上去了。这些专刊，因为吸引了人数众多、实力雄厚的高校学术力量，形成了强大的作者队伍，就永远占领着学术高地，形成良性循环，让人不能不顶礼注目。学术专刊才代表着这个国家的学术水平。

高校学报"小、全、散、弱"，作茧自缚，除了名牌大学，全国绝大多数高校的学报没有效益，缺少影响，无法与社科院或作协文联系统的专刊相比。学报得不到从高校生产出来的最好的文章。近些年来，学术体制中以核心期刊评价学术成果的做法更加剧了这种危机。

问题终于被意识到了，有识之士开始重整河山了。

教育部经过一年多的准备，于2003年启动了"高校学报名刊工程"。策划这项工程的袁贵仁副部长多次就学报改革发表讲话，中心意思是通过改革整合学报资源，走特色化发展之路，改"小、全、散、弱"为"专、特、大、强"，通过实施名刊系列工程，在高校产生出一批名刊、专刊，使高校学报成为哲学社会科学研究的重要阵地，为国家的学术事业做出新贡献。经过中国人文社科学报学会的配合与努力，第一期名刊工程已成功实施，评出了北京大学、山东大学、北京师范大学、中国人民大学、厦门大学等十一家大学的学报作为第一批名刊加以建设。2004年，又着手名栏工程的准备，学报界被搅动了，改革的喧声由中心而边缘四下响起……

学报名栏工程给人更多的启发和鼓舞。小校可以办大刊，边缘可以吸引中心。边陲省城南宁的一所普普通通的高校——广西民族学院，它的学报以人类学为主打栏目，几年来居然汇聚来国内外一流的人类学家的研究成果，成为人类学研究的重镇，赢得学界的一致好评。类似广西民族学院，学校较为边缘，但学报发挥自我优势，以特色栏目为突破口，进入国内国际学术视野，在全国已经可以找出十几二十家。一个共同的经验是倚赖学报编辑人员的学术眼光和敬业精神，依托同学术界的广泛联系，依靠学校领导的开放大度与竭力支持，使学报的血管真正通向学术的海洋，学报因而获得永远的活力。

学术乃天下之公器，学报是国家资源。国家从来没有像今天这样重视哲学社会科学的发展和繁荣，多么好的机遇啊。

春天来了，让我们奔向人文社会科学的原野，在学术的天空中，放上去一只漂漂亮亮的风筝。

学报的活法 *

　　大学有学报，几乎每一所高校都有自己的学报，这也是中国特色。国外的大学也办有学术刊物，但多是专业性的期刊，而不是综合性的，名称上也不叫学报。中国港台地区的高校，也办有学报，但学府里同时还存在数量多得多的专业性学术期刊，不像大陆高校，学报一统天下，专业期刊少而又少。所以，凡高校都要出学报，成了中国大陆高等教育的一大特色。学报遍地开花，是中国高等教育持续发展的结果，也是教育一体化的产物。

　　1949 年以来，学报的发展，见证了高等教育的发展。20 世纪 50 年代中期，高校相继创办学报，逐渐发展到十多种。到"文化大革命"前，中国的高校学报发展到 100 多种。20 世纪 80 年代的改革开放时期，学报发展到 400 多种，而 90 年代末则达到 1000 多种。到今天，据统计，有正式刊号的高校学报，已超过 1200 种。每成立一所高校，就新增一家学报，体现了国家对高校学术建设的重视，同时也说明高等教育发展规模空前，影响巨大。

　　随着高等教育的发展而蔚然起来的高校学报之林，如今亦已成为承载国家学术生产、反映高校科学创造成果的一道十分特别的文化景观。在中国的基础性学术生产机制里，高校学报是其中不可拿掉的"硬件"。试统计一下看，1949 年以来，在中国大陆所发表的学术论文，出自高校学报的，比例肯定远远高于高校之外的学术刊物。单从学术人才的培养来看，只要是出身于高校的学者，大多数人的处女作都发表于学报。高校学报在锻炼

---

* 本文发表于《海南师范学院学报》(社会科学版)，2005 年第 6 期。

高校科研队伍、推动高校教学科研、发展学术、服务社会方面，功不可没。事实上，学报是一种特殊形态的学术期刊，是国家学术形成中重要的一环。学术生产需要出成果，出成果就要有期刊，高校学报是发表学术成果的最宽广的园地。学报在学术生产中同时还具有评价功能和导向性。因此，学报不仅在高等教育中，而且在国家的整体文化建设中，都具有不可忽视的地位和作用。

然而令人扼腕的是，学报不论在全国期刊的品牌竞争中，还是在大学的学术形象展示及内部学术评价上，都扮演着尴尬的角色。以人文学科为例，虽说开辟有文史哲研究专栏的大学学报不下千种，但在人们的心目中，发表这类论文的权威期刊，要数中国社会科学院和地方社科院所以及各省作协或文联办的刊物，如《文学评论》、《历史研究》、《哲学研究》、《文艺争鸣》、《小说评论》之类。在学校里，同一个作者的文章，发表在社科院所和作协文联系统刊物上的，叫得很响，发表在学报上的，相形失色。申请硕士点、博士点或一级学科，申报社科基金项目、社科奖项或重点学科，填写科研成果时，发表在非学报刊物上的文章，理直气壮，发表在学报上的论文，自惭形秽，除非为了凑数，否则干脆不填。学报在学术界的地位由此可见一斑。

为何同一个匠人用同样的原料和工艺打造出来的产品，放在不同的盘子里端出来，一个受青睐，一个遭冷眼？道理其实也简单：一个盘子里清一色，东西自然有分量，能招徕有共同需要的一群人；一个盘子里大杂烩，大家相互湮没，即使有好东西，夹在里头分量就显得轻了，采用的价值也低，光顾者自然要少得多。学报出现困境的主要原因就在这里：综合性的办刊模式，决定了学报"全、散、小、弱"的面貌，内容的大杂烩使刊物无法跟专业分工的受众对应，学报的社会效益因而普遍低于高校之外的专业性期刊，更遑论经济效益。全国除少数重点大学学报主要依赖名校自身的品牌效应，有较为可观的订户，有一些赢利之外，大多数学报做的是赔本生意，印数多在一千册上下徘徊，订户最少的竟不足一百，其传播方式基本是在高校内部交换赠阅。于是马太效应就产生了：社科院作协文联系统的专业性刊物越办越红火，以"核心期刊"的名义成为各个学科的龙头刊物,把人数上占压倒优势的高校学术队伍都吸引了过去,而学报却守着金山穿百衲,一副寒碜模样,连自家人都瞧不起。

学报的办刊效益低的根本症结,在于其办刊模式影响了学术生产的规模响应,从而造成了高校学术队伍的"流失"。由于学报在全国的学术期刊中占的比例很大(不下于三分之二),学报的办刊模式也就决定着整个国家的学术生产面貌。这不能不引起国家的重视。教育部近几年大张旗鼓地实施包括名栏建设在内的高校社科学报名刊工程,就是想重新整合学报这一教育和学术资源,繁荣与发展高校和全国的哲学社会科学研究,振兴民族文化。学报改革的思路很清晰,发展趋势也渐趋明朗。2005年4月,在北京召开的"教育部高校哲学社会科学学报名栏建设座谈会"上,袁贵仁副部长指出名栏建设的三条路向,一是发展成为名刊,一是把名栏做强做好,一是发展成为专业刊物。这意味着学报可以有多种活法,其中之一是走专刊化道路。

将一部分学报改成专业性期刊,全国高校期刊数量没有减少,发文总量不变,但千刊一面的局面被却打破了,更重要的是,高校的学科建设的实力就会大大突出,好处真是太多了。试以中国文学学科为例,要是高校里有十几二十几家学报按二级学科办成文艺理论研究、中国古代文学研究、中国现当代文学研究方面的专刊,甚至分得更细,以"古代小说研究"、"现代散文研究"、"新诗研究"、"女性文学研究"等等之类的名目出专题研究刊物,那么高校兵强马壮的文学研究队伍,必将造出中国学术一个方面的繁荣。只要高校一盘棋,像社科院系统那样,把学术期刊看作学术界的公共平台,学报的新活法与高校的学术繁荣就是指日可待的事情。

学报如何办成专刊 *

套用"底层如何文学"的句式,说说学报如何办成专刊。

学报改成专刊的好处,不妨模拟一下。

设若有甲、乙、丙、丁、戊、己、庚、辛、壬、癸十家社科学报,各自都开有十个栏目,为"文学"、"历史"、"哲学"、"语言学"、"政治学"、"经济学"、"法学"、"社会学"、"人类学"、"教育学",每个栏目发表 3 篇文章,则每个学科共有 30 篇文章得以在这十家学报上发表。要是这些学报所在的学校都不是重点院校,而是很一般的高校,那么,这些学报的社会效益,也就是被订阅的情况会怎么样呢?肯定不会好到哪里去,也许会很糟糕,尽管除个别之外这些栏目都可以在全国上千家高校和研究院所里找到对应的院系与专业。有哪一家院、系、所资料室愿意订阅每期只有几篇文章与自己相干的学报呢?既然无人订阅就只能免费赠阅,数量自然有限,学报的经济效益、论文的社会影响就无从谈起了。

但如果换一个做法,让这十家学报改成专刊,情况又会怎样呢?

我们看到的将是各载有 30 篇文章的十个专业刊物的出现:《文学研究》、《历史研究》、《哲学研究》、《语言学研究》、《政治学研究》、《经济学研究》、《法学研究》、《社会学研究》、《人类学研究》、《教育学研究》。甲、乙、丙、丁、戊、己、庚、辛、壬、癸十家高校的名称隐去了,被凸显出来的是学科与专业,是那样抢眼,30 篇同一专业的论文集中在一起,怎么掂也有些分量。这样,还用担心在全国范围内没有相对应的院系所来挑选吗?一旦成为专业期刊,不仅高校图书馆、资料室要订阅,还可以赢得不少个人订户。

---

* 本文发表于《海南师范学院学报》(社会科学版),2006 年第 1 期。

不是没有范例。举文学类期刊来说，国内省一级文联或作协办的刊物如《当代作家评论》、《文艺争鸣》、《南方文坛》等，订户皆数以万计，其效益是印数在一千册上下徘徊、订数少得可怜的高校学报难以望其项背的。不难想见学报改成专刊的潜在效益有多大。作者还是那些作者，文章还是那些文章，发文总量没变，仅仅换一个方式出刊，效益就以几何级数增长，这下我们就完全能理解教育部实施高校学报名刊工程与名栏建设，鼓励一些学报走特色化、专业化发展道路的良苦用心了。

然而要将学报改成专刊，谈何容易。首先在校内难以通过。就算校内通过了，刊物更改性质与名称还需经过主管部门的层层审批。再说即使真的改了名称，编辑人员在能力上与学术专刊的要求不相匹配，期刊的效益还是难以保证出得来。

要解决学报改专刊的难题，要去除高校学术期刊发展的阻力与困难，关键是高校的领导与教师要有全局观念，要从建设学科、繁荣学术、发展高等教育的总的目标出发看待学报这一历史形成的特殊学术媒体的功能与作用。人们的观念不改变，学报的再生寸步难行。中国人文社科学报学会理事长、原北京大学学报主编龙协涛教授说得好：

> 学报的痼疾在于传统封闭的办刊观念、"为本校教学科研服务"的狭隘的功能定位和一校一刊刻板的办刊途径。中国社科院系统办的期刊多有建树，其成功的秘诀就在于编辑的眼光并未囿于各专业研究所内，而是从全国范围内选稿用稿。学术乃天下之公器，学术期刊是学术界的公共平台，是学者们共同耕耘的园地，单位分割、部门分割，都不利于学术资源的整合与共享。学报、学报，学校办的刊物不假，但如果只为学校服务就太窄太浅。应将"为学校服务"改为"为学科服务"。从学科建设出发，按学科按专业整合教育系统乃至全国的学术资源，集中力量"造大船"……

只有着眼于全国，为"学科"服务，而不局限于为"学校"服务，学报的路才能宽广起来,学报才能获得作为学术期刊的生命力。为学科服务,就意味着学报的特色化乃至专业化。要是只从一地一校看问题,哪家学报改了专刊,哪所学校就有一些专业的人吃亏。但要是很多学校都这么做,大家实际上都成了受益者,学报因专刊化而活起来了,高校的学术发展必定是另一种完全不同的景象。以学校数量之庞大,以学术人口之众多、学术力量之雄厚、学术消费力之强劲,中国高校理应办出多少一级学科、二级学科的专业期刊!每每看到那么多的博士生、青年教师(甚至不乏学术上已相当成熟的学者)写出的不无学术创见的论文,由于刊物太少而只能到处旅行,真为学术资源的闲置和浪费感到痛心啊。如果说重点大学自身学术队伍整齐,学报保持综合刊物的形式,通过展现本校的学术力量及成果可以在学术界起到引领作用的话,那么,学科建设难以形成规模而在数量上占的比例又很大的一般高校,就完全有必要加入整合——"造大船"的行列。谁先抓住机遇谁就有贡献并且得利,小学校办大刊物是价值无可估量的无形资产。

教育部社政司期刊处负责高校学报名栏建设工作的田敬诚先生在一个学报年会上讲过:"今后高校的期刊的目标和任务,可以用'一流大学,一流期刊'来表述。……高校期刊的发展目标是名刊大刊。……文科和理科不同,别人没搞过的东西你在搞,你就是一流。你比别人搞得好,你就是一流。"学报可以提升学校,说得真是鼓舞人心。事实上,认识上去了,思想统一了,一切问题就迎刃而解:不把学报看成什么人都可以混的地方,结合本校实际,让有学术眼光和事业心且学缘关系好的人去做学报(重要的经验是让专业人员兼职),给学报以自由发展的空间,让他们去争取期刊界内外广泛的支持,从而打造出特色鲜明的学术重镇。

学报的潜力 *

高校学报至少占全国期刊总量的三分之一,而在学术期刊中,所占的比例就更大,据统计超过三分之二。仅是这样的比例,就决定了学报在我们国家知识生产和学术发展中举足轻重的地位。学报的学术贡献,不只在于有大量的学术思考在这里变成知识产品,还在于它培养了一代又一代的知识生产者。1949 年以来,不知有多少学者,他们的学术长途,都是以学报作为起点。尽管他们后来的学术成果,可能多半在学报以外的期刊上发表,但是,墙外的花枝再妖娆,又怎能离得开墙内这块土壤提供的滋养。

不过,学报作为一种由高校自己养起来的刊物,用不着为它评功摆好。相反,对这种得天独厚的特殊的学术刊物,高校的学术队伍理应对它有更高的期待。因为一个国家的学术力量,有一大半集中在高校,近水楼台先得月,学报有力量雄厚的学术队伍给以支撑,焉能办不成一流的学术期刊。按道理,高校不乏一流的学者,大学又都有自己的学报,就近利用学术资源,中国的权威学术期刊就应该多半出自高校学报了。然而实际情况并非如此。中国虽有不少权威的学报,但这些学报并不都是能称得上权威的学术期刊,因为权威的学术期刊需由某一个专业的学术共同体来认定。很少有学报能得到这样的认定。原因何在?是学报的办刊模式决定了学报不可能为任何专业看作属于自己的刊物。所以学报需要反省。

对学报的办刊模式进行反思,找出问题的症结,并予以整治,从几年

---

* 本文发表于《海南师范学院学报》(社会科学版),2009 年第 5 期。

前就开始了,并且是由教育部亲自领导进行的。反省的动力来自发现许多专业领域的权威期刊都不在高校,而在高校之外,即不是学报,而是专刊。对比如此鲜明,学报的问题也凸现无遗,这就是"全、散、小、弱"。全——综合性,文史哲政经法什么都有;散——分散经营,各自为政,形不成规模效应;小——发行量偏小,经济效益与社会效益偏低;弱——论文质量相对弱,影响力相对弱,综合实力也较弱。针对这种状况,教育部于 2003 年启动了"高校学报名刊工程"。策划这项工程的袁贵仁副部长多次就学报改革发表讲话,中心意思是通过改革整合学报资源,走特色化发展之路,改"小、全、散、弱"为"专、特、大、强",通过实施名刊系列工程,在高校产生出一批名刊、专刊,使高校学报成为哲学社会科学研究的重要阵地,为高校和国家的学术事业做出新贡献。名刊系列工程的实施,到今天已结出了丰硕的果实,说明高校学报还有很大的潜力。

这里所说的潜力,主要是指学报完全可以产生更好的效益。什么是学报的效益?提供优质的学术产品,并且能产生较大的学术影响,就是效益。学报是学术期刊,没有学术影响就谈不上有效益了。衡量一个学报有没有学术影响,要看它是不是在专业研究即学科领域里得到广泛的承认和充分的肯定,或是在政治领域,或是在经济学领域,或是在哲学领域,或是在文学领域……总之要在业内获得高度的评价,或是一学科里从业人员所不能绕过的刊物。说白了,学报的学术影响取决于是不是走特色化、专题化、专业化的道路,最好是专业化。试想,全国上千家学报,若是有一大部分走这条路,则不论哪个学科,都会产生一大批专刊,那样将给高校科研队伍带来怎样的福音啊!恢复高考三十多年,高校早已形成一支十分庞大的科研队伍,其学术生产力相当可观。可惜学术专刊并没有随着科研人口的递增而有所增加,因此高校的科研成果难以找到出路,学术面貌得不到真实的反映。学报一旦专刊化,何愁它的办刊效益不会大幅度地提高!

要做到专业化并不难;关键在于学报的所在学校,是否了解教育部对高校办学报有了新的要求,是否重新认识了学报的文化属性与文化功能。要是高校的领导和教师仍然停留在传统的认识上,以为学报就是要全面展示本校的科研实力及成果，把学报看成是本校教师论文发表的园地，不是为学科而是为学校办学报，学报的专业化就无从谈起，从全国范围来看，高校学报千刊一面的局面就万难打破了。殊不知，学报专刊化并不会减少科研论文的发表总量，只不过按专题重新组合了而已，而这样的组合，必将提高学报的学术影响力。它产生的另一个积极作用是，通过专刊化，低水平的学术生产会得到抑制，高校学报的整体学术水平会得到提高，学报的潜力也就得到最大限度的发挥了。

当然，学报专刊化只是学报产生学术影响的一个前提，能否保证专业性学报的质量，还要看学报主编与编辑有无专业造诣。这个专业不是指编辑业务，而是指学报所定位的专业。在这样的专业领域里没有较深的学术功底与良好的学缘关系，就算让你把学报改成专刊，你也不见得能把学报办出影响来，所以，所谓"编辑学者化"，应该是对学报办刊主体最基本也是最重要的要求。在这个意义上，学报的潜力能否得到发挥，还要看学报的编辑者在相应的专业上，究竟有多大的潜力。

学报改制 出路何在 *

高校学报这两年的日子不好过，学报人的头顶上悬着一把达摩克利斯剑，那就是转企改制。2012 年 7 月，新闻出版总署下发了《关于报刊编辑部体制改革的实施办法》，把高校学报也列为转为企业，不再保留编辑部这一期刊体制改革的对象，并初步规划了具体做法，即"对于高等学校主管主办的学报编辑部，并入本校新闻出版传媒企业；对于本校没有新闻出版传媒企业但具备建立期刊出版企业条件的学报编辑部，经新闻出版总署批准，可转为期刊出版企业；对于本校没有新闻出版传媒企业且不能转为期刊出版企业的学报编辑部，经新闻出版总署批准，以相同相近的专业和学科为基础，并入其他新闻出版传媒企业或专业性期刊出版传媒集团公司"。学报改制因而一度雷声轰隆。尽管雨点至今没有砸下来，原因是这一改制设想受到了学报界的一致抵制，但是，在一切由政府说了算的当今，说不定哪天再下一个文件，要求学报改制在多长时间之内完成，几十年来作为事业单位存在的高校学报编辑部，就会成为历史。

学报是学术期刊，编辑和出版学报的目的是传播学术，繁荣国家的文化和科学技术事业。学报的办刊主体是高校。高校是社会主义性质的事业单位，投入一定的人员和资金，打造一个学术平台，跟建设重点学科或实验室在性质和作用上没有什么区别。现在硬要人为地把学报从学校这个有机体上剥离下来，岂不是政府部门对高校的内部事务进行无理干涉。这样的做法，让人怀疑是不是受经济发展主义的影响，对高校学报也抱有创经济效益的预期，以至完全无视学术期刊的独特性和存在价值。不过，这

---

* 本文发于《海南师范大学学报》（社会科学版），2013 年第 6 期。

并不是说高校学报的办刊体制包括生产机制没有问题,不需要改革。事实上,现有的高校学报办刊体制与生产机制存在很大的问题,主要是沿袭市场经济时代形成的办刊传统,一校一刊,学校本位而不是学科本位,形不成学术期刊体系,造成千刊一面,质量不高,浪费国家的期刊和学术资源。要是把学报与中国社科院的专业化期刊相比,问题就显得更为严重。后者对应各个学科领域,开放办刊,吸引了全国的学术力量,集中了优秀的研究成果,刊物质量高,影响大,具有权威性,而前者固守旧的格局,无法吸引优质稿源和读者,办刊效益低下。正因此,早在十多年前,教育部就启动了包括名栏建设在内的高校学报名刊工程,希望通过榜样的力量,带动学报界探索走出困境的改革之路。

可见,学报改制势在必行,只是这个改制不一定是在推向市场和继续由学校来包养之间做出选择,而在于高校内部如何统筹,学报自己采用哪种办刊模式,也就是继续各自关起门来办刊,维持"全、散、小、弱"的现状,还是放开眼界,改变服务学校的学报本体观,强化学科意识,改面面俱到为单科独进,说穿了就是打破学报为学校服务的戒律,不再全面照顾资源均分,而根据编辑实力重新定位,以专家领衔,瞄准学术需求,在特色栏目的基础上改办完全专业(专题)化的学报。这样做的好处无需多加论证。以人文社科学报为例,所有被公认为有影响的学术刊物都集中在从中央到地方的社科院和文联作协系统,就说明了一切问题。若要从高校内部来找依据,则可以是专门科性质的院校如传媒大学,财经、政法、交通、医药类高校或军事院校,它们的学报自然都是专业期刊,在各自专业领域里举足轻重。教育部的高校学报名刊工程和名栏建设,需要往前再走一步,以行政制行政,发文鼓励各高校学报革传统办刊观念和格局的命,摆脱本校行政思维的束缚,八仙过海,各显神通,纷起办专刊,接受研究主体和读者的选择,在自由竞争中达至学术期刊的生态平衡。

目前学报改专刊主要的障碍在于各高校。一所大学,学科林立,学校出资出人办的学报,只对应于某一个学科,岂不炸了窝,学报编辑部和主管校领导还不被人骂死。其实这是思想狭隘、眼光短浅造成的。反对者不想一想,你们学校的学报可能与你的学科不对应,可是全国的学报都改专刊后，一定有很多外校学报专刊是对应你的专业的，你的研究成果发表园地没有减少，而且更好，因为它们都变成了专刊，而不是大杂烩的被人看不起的学报，何乐不为。只要期刊总量不变，发文总量就不变。从全国一盘棋的眼光看，哪个学校的论文作者都会因为学报改专刊获得更好的学术平台。到校外的学报专刊发文章，也符合人的贵远贱近心理，客观上还促进了学术交流，百利而无一害。教育部的"名刊工程"学报在"特色化办刊"、"开门办刊"、"专家办刊"方面就已经先着一鞭，起了示范作用。2011年2月，17家入选"名刊工程"的综合性学报联合在中国知网以对纸本学报进行同步重组的方式推出了数字化"中国高校系列专业期刊"，包括《马克思主义学报》、《文学学报》、《历史学报》、《哲学学报》、《政治学报》、《经济学报》、《法学学报》、《社会学报》、《教育·心理学报》和《传播学报》共10种一级学科专业期刊，反响巨大。这个创举，完全可以应用于纸本学报。不妨设想，全国现有1300家学报，姑且拿出1000种来，按上面10个学科来划分，不是每个学科立刻就有100种一级学科或二级学科的专刊么？要是那样的话，高校学报面目大变，专刊林立，再也不是社科院系统的专业期刊独领风骚，中国的学术界出现的将是百花竞艳的全新的学术生态。这就是中国学报改制应有的出路。

辑五

语文美育

题材与主题:纪实文学的审美导向 *
——以中学语文教材为中心

一、选择的两重意义

当代中国以崇高的人类目标为引导的社会意识形态,在中学语文教学中得到了极为鲜明的体现。大量的、经过反复淘选的纪实文,按一定的目的编入中学语文课本,其中多半属文学作品,且不乏千锤百炼、历久不衰的经典之作。相对于入选的小说、诗歌、艺术散文类纯文学篇章,纪实文所烙上的选择主体的眼光,显然不是以审美为主。这一选择并非个人行为,而是掀动壮阔的革命实践的社会总体意志的作用。历时生成的作品,在共时性的烛照下,只有那些符合当代精神的审视对象,最有资格进入教育者的规定视野。不是所有的题材,不是任意的主题,都可以担负起塑造未来的社会主体的责任,所以,中学纪实文学题材相对集中,主调突出,就是一种透过选择主体的时代精神与社会意识形态的"改写"与过滤。

选择的另一层意思是,中学纪实文学产生于不同的历史时代,除绝少篇目外,都是本国由古到今的叙事性作品。不同时代的作者,对于亲历的或耳闻的,历史的或现实的社会事件、人物言行和人生故事感兴趣,产生记叙书写的冲动,必然是对象本身所具有的非凡意义或典型性触动了作

---

* 本文应邀为《中学语文美育》(海南摄影美术出版社,1991 年 5 月出版,熊忠武主编)一书所撰,为《中学纪实文美育》编第四章。此处题目有改动,文中被删除的部分也得到恢复。

者,跟他的审美心理在某一结构点上发生了某种程度的契应;从捕捉信息到处理题材,作家的世界观、审美理想和社会的道德风尚、价值标准,伴随了选择、开掘材料和确立并深化主题的全过程。作家的选择同样正常,因为"文学在任何时候都是为了某种特殊的目的而从生活中选择出来的东西"①。如果说,前一种意义上的选择是一时代群体意识的集中反映,那么后一类选择则渗透了强烈的主观色彩,正如 D.布莱奇所言,"主观性是每一个人认识事物的条件"②,主体性的发挥程度决定了文学色彩的强弱和审美价值的高低。

中学纪实文学以传记文学和回忆性文章占绝大篇幅,作为纪实文学主体的报告文学反而极少。大量的传记文学和回忆录作品,在组织进一个人文教育体系之后,主题便相应地、较为明显地集中在以下几个方面:

1.爱国主义、民族气节和英雄主义的宣扬。例如《屈原列传》、《苏武》、《梅花岭记》、《阎典史传》、《左忠毅公逸事》、《壮士横戈》、《金杯之光》、《汉堡港的变奏》等篇。爱国主义是一个永恒的主题。国家、民族的安全是个体生存的最基本也最重要的保障,"皮之不存,毛将焉附",在人类精神中再也没有什么比为国家和民族献身更为崇高,得到普遍的认可。人本主义心理学家马斯洛把人的需要分为由低到高的五个层次,其中"生理需要"(即对生存的需求)和"安全需要"居于最低的层次,但又是最基本、最强烈、最明显因而最带普遍性的内容, 也说明了爱国精神是人类历史意识和社会意识中最稳定、最结实的纽带。战国时代的楚之逐臣屈原,其进步的政治理想和超群的才禀,在一个嫉贤妒能、君王昏昧的浑浊环境里无处施展,悲剧性地结束了他的生命,却因此获得了全部价值。如果说,屈原的出污泥而不染的高洁人格、坚贞操守为历代文人奉为楷模的话,那么,他在屡遭谗害、一再见弃的情况下仍然"眷顾楚国","系心怀王",最后以身殉国

---

① 〔美〕韦勒克、〔美〕沃伦:《文学理论》,刘象愚等译,生活·读书·新知三联书店,1984 年版,第 226 页。

② 〔美〕大卫·布莱奇(D. Bleich):《主观批评》(Subjective Criticism),巴尔的摩,1978 年版,第 264 页。转引自张隆溪《诗无达诂》,《文艺研究》1983 年第 4 期。

的一片赤诚、坚定不移的爱国精神却赢得了每一时代最广大的人民群众的崇尚。爱国诗人的名字已经同民族精神融为了一体。汉代苏武出使匈奴而被扣留,坚贞不屈,不为威胁利诱所动,不以个人身家性命为念,在一个与世隔绝的环境里,历尽千辛万苦,经十九年之久,终得归汉的传奇性故事,则为崇高的民族气节谱写了一曲深长感人的歌。对于外患绵绵的中华民族来说,"爱国"是进入了民族"集体无意识"的"原型"。每遇民族入侵、家国危亡之际,爱国志士就从不同的阶层中涌现出来,上起胙土分茅之臣(如史可法),下到微权小吏(如阎典史)、平民百姓(如冯婉贞、三元里村民)。在当代,爱国主义和英雄主义得到了更广泛而热烈的张扬,或者是血与火的酷烈考验,如朝鲜战场上志愿军英雄(《谁是最可爱的人》),对越自卫反击战的烈士(《壮士横戈》),或者是和平环境里为国争光,如震惊了欧洲汉堡港的我远洋货轮的英雄船长。

2.对黑暗社会、反动势力及旧文化的控诉,以及革命传统教育。这类题材具有论证性,从正反两个方面说明无产阶级革命、新中国的建立的合理性及新生活的来之不易。阶级剥削与阶级压迫的残酷与沉重,反动政府和法西斯的暴虐凶残、惨无人道和垂死挣扎,以及旧制度旧文化的落后乖谬、悖逆人性,通过《老哥哥》、《包身工》、《记念刘和珍君》、《为了忘却的记念》、《二六七号牢房》、《挺进报》、《范爱农》、《从百草园到三味书屋》等篇揭露出来。而旧制度的埋葬,新社会的建立,是共产党领导的劳苦阶级经过浴血奋战的结果。《老山界》、《草地晚餐》、《九个炊事员》、《娘子关前》等回忆录(或报告文学)就是从一部辉煌壮丽的革命史诗中截取来的精彩片断。

3.追求真理、献身事业的热情讴歌。个人传记几乎贯穿了这一主题。《中山先生的习医时代》以这位革命先行者的老同学的口述方式,用平实而亲切的语言,再现了中山先生走上革命道路前的一段故事,提示了他求真求实的社会改革家的独特性格。《鲁迅自传》虽然受叙述角度的限制,但作者以严肃的人生态度,在极简短的篇幅内,显示了一代文化巨人的生活剪影和心路历程。人类的历史,是对真理和科学、思想和文化不断追寻的历史。真理的永难穷尽也就决定了愚昧和文明经常发生悲剧性的冲突。在创造科学和文化的历史过程中不断产生出来，推动科学文化发展的思想家、科学家和革命家，就是在这样一种充满艰险的历史文化背景上，显示出他们追求真理的勇气和正义者的光芒，并对人类文明的进步产生持久的影响。哥白尼创立地动学说，"不但带来天文学上的革命，而且开辟了各门科学向前迈进的新时代"，"不只在科学史上引起了空前的革命，而且对人类思想的影响也是极深刻的。"（《哥白尼》）布鲁诺因为忠于真理，忠于哥白尼学说，与宗教教义发生冲突，而被异端裁判所活活烧死在十字架上，临刑前不畏残暴，视死如归，用生命维护扑不灭的真理。（《火刑》）无论社会革命，还是文化革命、科技革命，都是人类追求真理、通向自由王国的进步阶梯，所以，为了真理，为了科学，为了革命，为了事业而献身的行为，都应受到后人的景仰和仿效。祖冲之、张衡、李四光、竺可桢、吴吉昌、谭嗣同、刘和珍、"左联五烈士"、伏契克等等，中学语文纪实文学中这些传主，对中学生树立进步的人生观无疑会发生积极影响。

4.人格风范、生存智慧、人际关系的标立。这是对爱国传统和坚持真理的人格精神的补充。这里，有伟人的平凡朴素、亲切近人、关怀他人或擢励后进，例如《草地晚餐》所记的朱德总司令在长征途中与战士们共进晚餐，给伤员让粥的感人场面；《一件珍贵的衬衫》所写的周恩来总理在日理万机的情况下，仍挂念一个普通工人；《普通的人，伟大的心》描述的彭总，身处逆境仍不忘关心人民疾苦，把普通老百姓当作亲人；《一面》追忆的鲁迅先生慈祥地关心素不相识的求知青年，慨然赠送书籍；有古代为官者的清正廉明或先公后私，例如海瑞的克己奉公，刚正不阿，尽职爱民（《海瑞传》），王翱的严格刚正，不徇私情（《记王忠肃公翱事》）。倘说这一类美德由于跟公众利益联系密切因而更易昭彰、得到普遍的认同的话，那么，还有一种偏重于自我完善的人格范式，则是较难臻至的个人修养，它是内在的、蕴涵强烈的主体意识。屈原的"举世皆浊而我独清，众人皆醉而我独醒"，并非妄自尊大，孤芳自赏，而是对国事人情，对所处的严劣环境有深透的洞察力，而又不肯同流合污，随波逐流，自觉地做出另外的选择；"濯淖污泥之中，蝉蜕于浊秽，以浮游尘埃之外，不获世之滋垢，皭然泥而不滓"，从而保持了"志洁""行廉"的高尚人格。

历代文人所推崇的这一人格风范，在现代知识分子的身上注入了更多的内容。生活在中国历史上一个黑暗时期的鲁迅，对封建文化和反动势力采取了不妥协的态度，作韧性的战斗，于绝望中抗争，对被压迫人民则怀有最大的爱与悯，真正实践了他的"横眉冷对千夫指，俯首甘为孺子牛"的处世格言。唐弢的《琐忆》，就刻画了鲁迅能憎能爱的伟大人格，以及在他身上凝聚的现代文化巨人的深邃思想和闪光智慧。冯至的《朱自清先生》，描绘的也是为新文化熏陶过的知识分子的个性：诚挚，求真，从容不迫，公平待人，对恶势力又绝不宽容，刚柔相济。在这类人格主体身上，充实其内的是理性精神，因而闪现出一种智慧之光。生存智慧，是人在应对外部世界而培养起来的精神性产物。中国当代著名戏剧艺术家于是之以生动、别有风味的笔调叙述他少年时期艰苦求学的种种际遇，令人想见人的生存和上进的意志是怎样同环境发生戏剧性的碰撞，弯曲或巧妙地伸展(《幼学记事》)。柳宗元的《童区寄传》，记叙一个11岁的儿童被强盗劫持后，靠了勇敢特别是机智，手刃两豪贼，得以保全性命，显示出人的智慧对恶的胜利。

宣传教育作用更强的是关于新型人际关系的描写，例如，写雷锋的助人为乐(《为人民的勤务员》)，记大庆工人刘桂芬对因工伤失去双臂的丈夫忠贞不渝的爱情(《离不开你》)。最有说服力的是抢救六十一名中毒民工的感人故事，充分体现了社会主义制度的优越性(《为了六十一个阶级弟兄》)。人际关系是一个很值得开拓的主题，可惜特定时代的作家在注意到为社会的进步作注时，忽略了从人性、人情的角度作更深一层的开掘。像《回忆我的母亲》、《藤野先生》、《老哥哥》、《我的老师》以第一人称写成的怀人之作，质朴动人，难道不是因为触及了人们心灵中共有的对哺育、恩爱、教养、关注过自己的亲人、师长、故旧的难以泯灭的感激、眷念之情吗？

由上可见，中学语文中的纪实文，认识和教化功能占有很重要的地位，目的在于培养中学生积极的人生观、进步的、正面的思想意识，帮助他们获得正确看待生活的眼光和认识世界、改造世界的能力。但是，它的审美功能并没有被选择角度挤兑。一方面，审美教育是中学语文教学的内容之一,另一方面,也是更重要的,范围宽泛、形式多样的纪实文本身负载着大量的审美信息。

首先,纪实文学描写对象本身就是社会美的体现。纪实文学作为介于非文学与纯文学之间的边缘文学,它的"文学写实"的本质特性就是一种审美意识的倾斜:它服膺于生活的原生态美,而不刻意追求表达的艺术性,即不依赖文学手段的本体意味。纪实文学所描写的社会事件具有社会影响或历史意义,撼动人心,人物性格有超常卓异之处,合乎人类理想却又是常人难以做到的。总之,人在社会活动中不仅证明了自己也证明了人类的高贵之处,并以此为荣,而这,正是社会美的所在。桑塔耶纳认为,"美是一种积极的、固有的、客观化的价值。"[①]爱国、利他、公而忘私、坚韧执着、正直刚正、自尊、机智等行为和品德是感性的又是抽象的,它们是一种价值体现,成为审美感知的对象。

其次,作家的主体投射提高了作品的审美品位。纪实文学并不因为偏重纪实,而冷态地、纯客观地再现社会事变和人生故事。实际上从题材的选择到主题的提炼,创作主体的思想感情像用水和面一样溶进了作品。渗透在字里行间的作者情感,加强了描写对象的感染力,有时候甚至引导和左右着读者的阅读注意力。这种能够引起读者共鸣的主观感情,也会成为美,因为美"是一种感情,是我们的意志力和欣赏力的一种感动"[②]。司马迁若是没有蒙受奇耻大辱而又因意识到特殊的使命,不能轻掷生命,他就不会在屈原的传记里倾注满腔的激情,推想屈原创作《离骚》的原因和动机,对屈原洁身自好的高尚情操无比景仰,极力推崇,赞之"虽与日月争光可也";同时借屈原的委屈隐晦曲折地表达对切身遭遇的不满情绪。与其说写屈原,不如说拥抱屈原,在对象的身上寄托自我人格理想。主客体的相互生发,极大地丰富了这篇传记的审美价值。鲁迅因为是从旧营垒中杀出来的,对封建文化、黑暗现实有最为深刻的认识,对反动政府的残暴行径极端愤懑,所以在《记念刘和珍君》、《为了忘却的纪念》这些痛悼死难烈士

①〔美〕乔治·桑塔耶纳:《美感》,缪灵珠译,中国社会科学出版社,1982年版,第33页。
②同上。

的文章里，感情与哲思并涌，既唤醒读者的觉悟，更给人情感世界以猛烈的震荡，成为纪实文学的上乘之作。从这个意义上说，作品审美价值的高低取决于作家的思想深度与情感本身的价值。

最后，创作主体的交叉决定了纪实文学的审美基因。纪实文学并不存在一个专门的生产部门、固定的创作群体。它多半是从事小说、诗歌等纯文学创作的作家，由于某种机缘为生活中的一些方面深深触动了，情不自禁间据实叙写。虽说它不同于小说的虚构和诗歌的想象，但作家的艺术感性、文学素养，必然要渗透到创作过程中去。在描绘和表现真实的社会事件、人物遭际与人生图景时，他运用的是文学笔法，作品也就自然而然地接近"有意味的形式"。

二、壮美：一种时代的审美倾向

抵御外侮，除暴抗恶，投身于艰苦卓绝的革命斗争，文化科学战线上的求索者，社会主义建设中的先进事迹、模范人物，平凡岗位上的自我牺牲……这样的题材内容，集中表现为爱国主义、英雄主义、集体主义的时代主调，其美学形态就是崇高—壮美。当代社会的审美性格就是对崇高、壮美、英雄性、"乐观的悲剧"的肯定、提倡和推崇。中学语文纪实文那格调高扬的文学世界，让人不难感觉出现时代社会主体和主流文化投影进去的审美倾向。

作为美学范畴的崇高—壮美，它集中表现能引起人的尊敬、赞扬和愉快等审美感受的那些重大事件或现象的本质。在自然界，种种壮丽的自然景象可以确立崇高的观念，例如汹涌澎湃的大海浪涛，辽阔广大的祖国土地，肃穆宁静的高山雪峰……所有这一切使人满怀着庄严和赞叹的感情。而更能引起人的崇高感情、壮美感受的，是人的社会活动，是为人类谋幸福而进行的改造自然的日常实践活动：从事宏伟的建设，发明创造，征服外部世界，创造性地劳动，建立功勋；或是参加保家卫国的战斗、推翻阻碍社会进步的旧政权的革命斗争，维护优秀文化或革命传统、建立新秩序的社会运动。文学艺术展示人物的美好意图、凌云壮志以及由此唤起的激情，也就表现出崇高的美学形态。

社会主义革命和社会主义建设是由伟大理想驱动的人类历史上的壮举，人的社会性和革命英雄业绩尤受重视，并且英雄观随时代而变化发展，日常生活也被认为富有英雄性。由此，"英雄"成为崇高的主要表现形式。中学纪实文学所描写的是范围更为宽泛的能够引起审美感的对象。

在民族斗争中表现出来的英雄行为，为传统的审美心理所习惯但不减崇高本色。它的壮美，来自主人公所面对的处境的严酷、情势的逼仄、冲突的尖锐和选择的排他性（他必须在骤然而至的危机状态下处理多种矛盾：自我保护本能与集体责任感，个人的利益与国家、民族的安全，构想过的人生远景与诡谲莫测的后果，积极的抉择和克敌制胜必需的智勇……归结起来，是在成与败、生与死的矛盾中对失败、对死亡的选择）；来自战斗场面的惨烈，生命迸发超常能量的令人惊异，血肉之躯残破时的摧心骇目；来自主人公用英勇行为、自我牺牲、个体生命的毁灭证明的道义的胜利。例如，《阎典史传》的主人公阎应元，只是一个县的小官，在清兵南下，势如破竹，逼近城池之时，投袂而起，慨然受命，组织军民死守江阴孤城，同强大的敌军展开血战，固城达 81 日之久，堪称奇迹。驱使阎应元率众血战到底的，不只是足智多谋、众望所归的军事才能，而主要是早已内化为本能的民族意识。战斗双方的力量愈是悬殊，结局愈是可以料定，阎应元的英雄气概愈是光彩逼人。怒斥降将表现了他的浩然正气；以"宁斩吾头，奈何杀百姓"的铮铮之语拒敌，突出了他的自我牺牲精神；城破之时率兵士驰突巷战，显示了他的英勇顽强；被俘后挺立不屈，证实了他的坚强性格和凛然大义。直到敌兵持枪刺穿他的小腿，使其跌倒，其令人惨不忍睹的情景进一步树立了他的崇高形象。

现代战争的残酷性，使爱国英雄的壮美富有更多的内涵。生命承受打击强度的有限性同现代化武器巨大的摧残力量，个体人生对生活选择的多种可能性与公民义务、军人职责，构成更尖锐的矛盾冲突，事件的发生更加戏剧化，英雄的精神境界在产生崇高感中成为更重要的审美要素。《谁是最可爱的人》写到发生在朝鲜战场上最激烈的战斗——松骨峰战斗，可算是表现战争残酷与战士英勇的极致。在一个很低的光光的小土岗上,敌人用了 32 架飞机、10 多辆坦克发起集团冲锋,向阵地汹涌卷来,整个山顶的土都被打翻了,汽油弹的火焰把这个阵地烧红了。战斗的场面和结果惊心动魄:

> 勇士们在这烟与火的山冈上,高喊着口号,一次又一次地把敌人打死在阵地前面。敌人的死尸就像谷子似的在山前堆满了,血也把这山冈流红了。可是敌人还是要拼死争夺,好使自己的主力不致覆灭。这场激战整整持续了八个小时。最后,勇士们子弹打光了。蜂拥上来的敌人占领了山头,把他们压到山脚。飞机掷下的汽油弹把他们的身上烧着了火。这时候,勇士们仍然不会后退的呀,他们把枪一摔,身上帽子上呼呼地冒着火苗,向敌人扑去,把敌人抱住,让身上的火,也把占领阵地的敌人烧死……战后,这个连的阵地上,枪支完全摔碎了,机枪零件扔得满山都是。烈士们的遗体,保留着各种各样的姿势,有抱住敌人腰的,有抱住敌人头的,有掐住敌人脖子把敌人摁倒在地上,和敌人倒在一起,烧在一起。还有一个战士,他手里紧握着一个手榴弹,弹体上沾满脑浆;和他死在一起的美国鬼子,脑浆迸裂,涂了一地。另一个战士,嘴里还衔着敌人的半块耳朵。在掩埋烈士们遗体的时候,由于他们两手扣着,把敌人抱得那样紧,分都分不开,以致把有些人的手指都掰断了……

触目惊心的激战场面和惨烈的伤亡,并不给人以可怖的感觉,不是悲剧而是庄严豪壮的正剧,原因是人们从战士们舍身杀敌的壮烈行为中看到的是它具有高尚道义感的动机。那些活着的战士就对此作了回答:"就拿吃来说吧。我在这里吃雪,正是为了我们祖国的人民不吃雪……","再比如蹲防空洞吧……我在这里蹲防空洞,祖国的人民就可以不蹲防空洞啊……只要能使人民得到幸福,就是我们最大的幸福。"正是这种意识到自己所做的牺牲有利于更多人的幸福生存,他们的选择才普遍性地唤起无可争议的崇高感。与此类似,描写对越反击战的《壮士横戈》,也是将主人公放置在多重冲突中揭示为国捐躯的悲壮意味，个体人生的遗憾论证了军人选择的崇高精神境界。

在和平建设时期，英雄以另一种形态出现，取得同等的价值。这是因为，英雄的作为也是一种内在冲突的表现。这种冲突不是勇敢与怯懦的冲突，而是勤勉与怠惰的冲突。冲突的积极解决是意志的胜利。以自我牺牲为本质核心，证明社会公德约制人性、推动社会发展的卓有成效。只要个人的追求、劳作、活动同社会的总体意志、集体利益、群众运动结合起来，就具有英雄色彩。

值得注意的是，社会主义整体的理想性和壮美氛围，也是英雄性格和崇高审美追求的温床。苏联文艺理论家波斯彼洛夫在谈到文学中的"崇高"时，就以与进步的社会运动的关系来界定之："在社会历史生活发展的某一阶段上的民族社会发展的进步利益就是最高利益，从这里通过各种媒介产生出堪称为'崇高'的人的性格，他们的关系，活动，感受的道德特征。"[1]崇高的超个人性就因为"某些个人的价值、荣誉、光荣，使他们的爱情、友谊、同志关系具有崇高的性质，它们的产生总是由于这些个人以或多或少的积极性和自觉性参加某种社会运动和以自己思维、感受、活动在某种程度上代表了社会运动的结果"。[2]在当代中国，雷锋精神最有说明意义。雷锋所做的好事，平凡不过，但又都是分外的事，是他将剩余的生命力都奉献给自我以外的他人，以此实践反映社会主义、共产主义本质的高尚道德，他的全部可贵就在于这种自觉地将日常行为熔进一个火热的理想，《人民的勤务员》(初中第一册，第十一课)揭示的就是"把有限的生命，投入到无限的为人民服务中去"的主题。

即使是夫妻之爱，只要这种关系中同高于个人生活的集体事业相关联，或是其中的一方为义务而牺牲自我的幸福，它就带上了崇高性。《离不开你》(高中第六册，第八课)中的大庆女子刘桂芬，支撑她承受丈夫因工

---

① 〔苏〕波斯彼洛夫：《文学原理》，王忠琪等译，生活·读书·新知三联书店1985年出版，第248页。

② 同上，第247页。

伤失去双臂的巨大打击、从软弱中斗争过来的,是社会主义的温暖。社会主义的一双巨大的、有无限力量的手臂庇护了她的一家,给了她以生活的信念,驱使她以惊人的毅力,挑起了工作和照顾丈夫的重担,并帮助丈夫重新走上工作岗位,实现着她俩年轻时就共同委身的理想。在刘桂芬的身上,既传承着革命时代英雄妇女的固有美德,又体现出社会主义建设事业对个人生活的巨大的感召力。这里讴歌的主要不是通常意义上的爱情道德,而是凝聚着先进阶级的社会理想的道义感。

三、预期的美感效应

中学纪实文学题材自身的崇高、壮美的审美属性,以及作家对先进思想意义的着意开掘,服从于伟大历史实践的要求,服从于现实性很强的审美教育目的。马克思在《路易·波拿巴的雾月十八日》中写道:"在不同的所有制形式上,在生存的社会条件上,耸立着由各种不同情感、幻想、思想方式和世界观构成的整个上层建筑。整个阶级在它的物质条件和相应的社会关系的基础上创造和构成这一切。通过传统和教育承受了这些情感和观点的个人,会以为这些情感和观点就是他的行为的真实动机和出发点。"[①]这一发现,揭示了社会上层建筑同社会成员的情感态度和思想观点具有相互依存性。上层建筑不是凭空、任意构建起来的,而已经建立起来的上层建筑合目的地以观念形态对社会、存在主体以指导,也具有潜在的可能性与有效性。社会主义这一崭新的社会形式,和它向共产主义挺进的前趋性质,决定了它对审美教育的高度重视。很难设想,没有具有统一的、新的情感、世界观、思想方式、幻想热情和审美情趣的一代人,新社会的蓝图可以付诸实现。由于审美教育是建立在思想认识教育、政治教育和道德伦理教育之上并包含后者的,所以审美教育的效用从来就为思想家所看重,认为借助审美教育能够改造社会,建立和谐与正义的王国。席勒就认为,在

---

① 《马克思恩格斯全集》,第 8 卷,第 149 页。

以正义的原则改造社会方面审美教育能够代替革命，"正是因为通过美，人们才可以走到自由。"①马克思主义者更是强调审美教育在社会发展中的巨大作用，是为了人类社会的革命的、进步的发展。正如苏联美学家斯托洛维奇说，"共产党把审美教育作为共产主义教育的不可分割的一部分。"②

因此，中学纪实文学的英雄肯定、壮美崇尚，预期着综合性的美感效应，也就是希望通过文学的艺术魅力，感染教育对象，激起审美反应，在特定的审美场中建立起一种审美关系，以达到潜移默化地陶冶和教育青少年学生的目的。崇高性作品产生综合美感效应主要包括诱导效应、感染效应、启迪效应、净化效应等。

文学作品通过艺术形象的展示，把读者的注意和思维引向预定的路线，这样的功能和结果，就是文学的诱导效应。它是文学作品诱惑力的一种表现。这一功能在中学纪实文学中表现为基本形式，作家的艺术技巧首先服从这一功能。例如方纪《挥手之间》，写的是1945年8月28日延安机场的一幕送行情景。文章一开头就把读者吸引住了，跟着作者所要叙述的"事件流"走。从"不少的人顺着山上大路朝东门外飞机场走去"，到"送行的人群陆续朝飞机场走去"，再到"飞机场上人越来越多，一会儿就聚集了上千人"，期待感被引向一个顶点："人群像平静的水面上卷过一阵风，成为一个整体朝前涌去"，愈来愈扣人心弦的静场之后，推出了那具有历史意义的特写镜头，主席向满怀依恋的送行军民，慢慢地，一点一点地，举起了他那深灰色的盔式帽，"举过头顶，忽然用力一挥，便停在空中，一动不动了"。读者仿佛身临其境，不由自主地接受了作品通过这一特定动作所要揭示的主题："这是一个特定的历史性的动作，概括了历史转折时期领袖、同志、战友和广大革命群众之间的无间的亲密，他们的无比的决心和无上的意义。"中国革命成功的必然性和它的庄严意味，通过这一描绘形象地展示了出来。

文学作品的感染效应是由文学的形象本质决定的。感染效应是文学

---

① 朱光潜：《西方美学史》（下），人民文学出版社，1979年版，第444页。

② 〔苏〕斯托洛维奇：《现实中和艺术中的审美》，凌继尧等译，生活·读书·新知三联书店，1985年版，第192页。

作品以情感的真挚、丰富感染读者所产生的引起读者思想感情共鸣的功能或结果。它是思想教育与情感陶冶的综合结果。通讯《依依惜别的深情》，记录中国人民志愿军同朝鲜人民依依惜别的历史镜头，将一种非同寻常的离情，用丰富的表现渲染得淋漓尽致。在人、花、泪汇成的友谊和情感巨流中，有志愿军战士对结下了生死之谊的朝鲜人民的无限依恋，有朝鲜人民对情同股肱、至亲至爱的中国人民志愿军表达不尽的深情厚意，还有作者为这旷世未有的离别场面所感动而流下的泪滴。惜别的双方，置身其中的人，历经战争的劫难而感觉生死之谊的无比宝贵，不堪分离；而设身处地的读者，渴望温暖、友爱和情谊的深意识，也为之唤醒。在这种情感的共鸣中，人们还认识到了为什么人民军队是"世界上最强有力的军队"的道理。以 80 年代对越自卫反击战为题材的《壮士横戈》，之所以更为催人泪下，是由于它的真实感人的悲壮色彩，由于作者笔端屡屡触碰的，是人心中最易动情之处。孤立地写步兵排长周在才壮烈捐躯的场面，也足以引起人的崇高感。然而文学却将这位镇守边关的军人的为国拼杀，同他和妻子的感情生活，悲欢离合糅和起来写，写他战前和妻子的误会，以及最后的时刻才认识到妻子的一片深情，刻骨的思念和万般复杂的感情。这正是每个人都会有的生活愿望、情感需要。作品不回避军人为了职守而必须放弃人皆渴望的生之幸福的伤感，也正是这种不无遗憾的抉择，使英雄的壮烈献身更加感动人，教育人。

引起读者共鸣的，可以是作品所表现的丰富而真挚的感情，也可以是作品的内容与读者的经验相近，引起读者带有情感性质的认可，这样的认识功能，就是艺术审美的证同效应。中学纪实文学中的《我的老师》、《从百草园到三味书屋》、《童区寄传》、《冯婉贞》等篇，容易产生这一效应。儿童经验、非成人的危险遭遇或肯定性的勇敢行为，对富于好奇、好强、好胜心，爱好英雄主义和自我牺牲精神，想通过英雄行为自立于生活的青少年最有吸引力，并能引起他们的"内模仿"或实际行为中的仿效。

启迪效应是指文学作品主题意蕴的深刻性、哲理性所产生的使读者开启心智、受到启发的功能或结果，它是文艺作品特殊的教育功能。中学生，尤其是高年级学生已具备一定的思考能力。对知识的崇拜，对成熟和成功的羡慕,也使得他们乐于探究事物现象背后的原因,寻找人生的意义和生活的道理。鲁迅作品批判旧文化旧社会的深刻,描写不同人物性格被黑暗势力以不同的方式吞噬的用意,以及在凝重、炽烈的叙述、议论、抒情中蕴涵的关于历史和人生的哲理,最能调动接受主体的积极思想,在悟透吃人社会的本质后产生理性胜利的快感。读了写布鲁诺的传记《火刑》,一旦发现真理有时候掌握在少数人手里,以及追求真理、坚持真理并维护真理,往往需要一种特殊的人格力量,就会强化读者主体意识,以审视的态度应对外部世界的规范。再如,从《五人墓碑记》里挥斥奸党,"激与义而死"的正直之士与甘心附逆的官僚士大夫的对比中,可以引起对生命价值的严肃思考。

净化效应原与悲剧相关。亚里士多德就认为悲剧引起怜悯和恐惧,以使这种情感得到陶冶、净化。这里是指文学作品的情感弥漫着读者的心灵所产生的引起读者情感升华和世俗观念的抑制的功能和结果。它是文艺潜移默化作用的集中表现,在塑造人的灵魂上具有重要作用。前面所分析到的处于悲剧性情势的英雄遭遇,由于主人公不仅同外界威胁力量或意外灾变发生冲突,并且首先因为个人的切身要求与他所认定的超个人的生活价值之间产生内心矛盾,而以服从后者为终局,它给人的积极影响是唤起情感和想象,敬慕英雄和鄙弃个人打算的感情冲动。

四、互补的限度

道德教育、政治教育和审美教育存在着不可分割的联系和相互影响。正因为这种关系,中学纪实文学作为审美教育的重要形式,担负着全面培育新个性的任务。审美教育的本质如斯托洛维奇所指出的,乃是"对个性施加自觉的影响,以造就个性具有某个社会集团感兴趣的那样一种对现实的审美关系"[1]。科瓦廖夫在更早就强调文学在培养新一代中所起的双

---

[1] 〔苏〕斯托洛维奇:《现实中和艺术中的审美》,凌继尧等译,生活·读书·新知三联书店,1985年版,第179页。

重作用,说"艺术文学既有认识意义又有美学意义。它唤起和培养读者的思想和感情;而归根到底是唤起和培养他行动的意志",还作了更具体的解释:

> 艺术文学首先是认识人们性格的源泉。它教会人们在人的外部动作和内心世界之间复杂的相互关系中分析问题。艺术文学还培养感情:英雄主义的感情,人的价值和尊严的感情,爱国主义和人道主义的感情。知识和感情的熔合形成人对待现实的一定态度,对待自己、对待自己的责任的态度,形成一定的理想,从理想的角度出发,人们又重新评价、甚至反复评价个人的行为,拟定生活和自我教育的计划。①

可见,社会主义国家的文学教育是从长远的历史眼光、人的合目的的发展和紧迫的现实任务出发采取的以道德和政治为本位的审美意识的定向培养。中学语文纪实文学相对集中的主题、明显的审美倾向,反映了先进阶级的审美理想,也符合历史发展的要求。

然而,中学纪实文学的题材有待拓宽,主题有待丰富和深化,风格有待多样,艺术手段有待现代化。这都是语文美学亟待解决的课题。仅就题材和主题而论,中学纪实文学的单纯化,在培养青少年适应时代发展的审美意识方面,就暴露了它的局限性。

从实际上看,文学与生活共同构成了人的物质和精神生活的主要内容,二者互补地协调着人同现实的审美关系,丰富、完善处在规定的社会关系中的个性,并促成个性对社会关系及整个外部世界的能动的选择和改造。作为精神存在的文学,它的感性抽象性,对为实在生活所包围的社会人来说,有由娱悦开始的诱导、比况、净化、提升的"精神确证"作用。但是,文学的审美教育功能必须以生活为参照系才能生成。美感效应的发生是一个审美实践的过程:一方面是审美客体对审美主体的有效作用,另一

---

① 〔苏〕A.科瓦廖夫:《文学创作心理学》,程正民译,福建人民出版社,1983年版,第143页。

方面则是审美主体对审美客体的心理反应。而审美主体本来又不是统一的、单面的、被动的,而是历史的、因人而异的。因此,美感效应具有动态性。它是审美主客体在审美环境的作用下辩证运动的过程,是动态发展着的。同一作品在不同的欣赏环境、不同的欣赏者身上会产生不同的美感效应。文学题材和主题的魅力不是永恒的也不是普遍性的,对它的选择和规范也不是在任何时候在环境对任何对象都是灵验的。时代生活的变迁会转移人们的注意中心和审美趣味,同一时代同一环境下也存在审美的差异。文化传统、国家政体、阶级利益等大的方面是一致的,个人的生活遭遇、家庭、亲友、经济状况等却千差万别,因而,对审美活动起决定作用的重要一端,是生活。在文学与生活的互补中,审美教育刻舟求剑、削足适履就会暴露它的"阿喀琉斯之踵"。

首先,题材的相对狭窄,不能满足当今青少年的审美需求,不利于培养他们多方面认识生活、多角度透视人生的能力。历史上的名人,战争年代的英雄,社会主义革命和建设中的模范带头人物,他们的突出作为和崇高品德,为成长中的一代人提供了范本。这些形象确实能起到"帮助青年男女自立于生活,描绘出理想,自觉地检点行为,用确实的理想来衡量自己的行动"[1]的作用。抽象地说,这些作品运作方向适应着青少年的精神要求、审美享受和审美认识方面的要求,因为处在旺盛求知欲与自悲、自疑相矛盾的人生阶段的青少年,尤其希望通过认识、了解他人的精神世界,从而认识和了解自己的内心世界。但是,具体地看,由于认识和审美对象同当今青少年的生活背景、个人经验以及未来选择会出现偏差,因此在认知和审美实践中就容易出现蹈空现象。这主要来自英雄题材的重虚轻实。人的生活说到底应是一种价值生活,人的行为应是一种价值行为。为理想、道德、名誉而献身固然也是人的本质力量对象化的表现,但是,人同外部世界的诸种关系中最首要的是同自然界的关系。人类生活的进步首先取决于对自然世界的科学掌握程度。人同自然的关系和人的社会关系并非处在同一层次,后者建立于前者之上,或者说是前者的派生。因此,道德价值与科学价值,二者至少是

---

① 〔苏〕A.科瓦廖夫:《文学创作心理学》,程正民译,福建人民出版社,1983 年版,第 148 页。

不可偏废的,尤其是在科技发展与人类生活愈益休戚相关的今天,在改革开放、文化转型的时期。所以,《地质之光》、《生命的支柱》、《为了周总理的嘱托……》这类反映为科学、为事业而努力或搏斗,通过创造性、增值性的劳动确立人生价值的富有感染力的作品,在中学纪实文学中还嫌分量不足。

同题材相关的另一个问题是,随着改革年代异质文化的渗透,人民生活水平的提高,文学艺术传播媒介的多途化,日常生活感的普遍增强,人们的审美心理结构发生变化,崇高—壮美的事物在接受主体的审美感动中,要受到多种审美信息的干扰而影响持久力,所以,"非英雄化"题材的加强,特别是既与时代生活同步、又富有人生况味的题材,更能吸引青少年的审美倾向。例如《幼学纪事》、《"面人郎"访问记》这类叙写人在逆境里挣扎、寻找生存空隙,似乎是命运的播弄,实则是通过顽强的努力,成功实现人生价值,让人感到亲切。这样的纪实文学,在中学语文中应该得到加强。此外,中学纪实文学也不必回避生活的复杂性,甚至对于丑的观照。因为生活是客观的存在。文学再现的提纯,诚然可以净化青少年的思想意识,但也容易培养简单化的思维,培育不切实际的幻想和脆弱的个性,一旦与实际生活、真的人生接触,强烈的反差色彩会导致主体的惊愕、怀疑与意志的崩溃。简化复杂多样的生活,在审美过程中就容易引起对文学描写的不信任感。

主题的浅表化,是中学纪实文学中的又一个问题。本来,纪实文学的文体特性为作品对生活真理的客观呈现提供了便利。但是,且不说题材的选择处理已经过了作者的主观性剪辑,有可能对生活真相发生扭曲或修饰;对题材意义的开掘和对象的表现,也要受作家思想水平和艺术能力的限制。缺乏生活洞察力的议论评说往往流于说教。尤其是教条主义、形而上学的思想方法容易使审美表现适得其反。中学纪实文学中有些作品对历史唯物主义的片面理解,就难以帮助学生建立正确的历史哲学观。这一教训,从"文革"的红卫兵运动与"十七年"思想政治和审美教育片面化的关系中,应当可以记取。

1990 年 12 月 28 日—1991 年 1 月 2 日

结构与节奏：纪实文学的审美时空 *
——以中学语文教材为中心

一、"重建"的抽象方式

　　文学从存在形式上说，是对现实的语言把握，即以语言为物质形式对现实世界的重新构建。虽然文学写作的结果不过是用语言材料创造一种"以虚幻的维度构成的'形式'"（苏珊·朗格语），这一"形式"外部的平面性跟客观现实世界并不存在丝毫的对应关系，却具有极为奇妙的象征功能，它以一个特殊的符号系统，利用人对语言的感知、理解、"翻译"能力，建立起一个自律自足、酷肖生活世界、富有动态性的文学世界。就其感受结果而言，这一世界的逼真、生动、并不亚于它所拟状、所描摹、所反映的现实世界，甚至更有魅力。作家急于创造这一世界，读者乐于感知这一世界，说明文学能够满足人在物质生活和直接生活以外的要求。由于纪实文学是对已发生、存在过的生活的"如实"再现，就更能满足人对外部世界的窥知欲、好奇心，以及认识评价生活并"二度生活"的尝试。

　　但是，即使是以写实为原则的文学，也不会对既存的现实世界作原样照搬，那不可能也没有必要。这不仅因为客观世界的无边无限、自然生活的繁复芜杂、明暗交织，不可能在有限的文字描叙中尽行容纳，而且，即使是经过选取的生活事件及人物经历，随时间流逝也不再可能等时空地再

---

　　* 本文应邀为《中学语文美育》(海南摄影美术出版社，1991年5月出版，熊忠武主编)一书所撰，为《中学纪实文美育》编第五章。此处题目有改动。

现，正是"人不能两次踏进同一条河流"。所以，作家所能做的，只能是在事后根据文献或印象在意识中重现生活的画面，寻找并理清事物的关系，按照认识的逻辑，重新组装出一幅系列化、意象化的生活图景。当这幅图景物化为语言符号时，它已经完成了对现象世界的抽象处理。

那么，这一抽象行为的本质，或者说它的要点、核心，又是什么呢？那就是顺乎人的意识活动的规律，建立起一个先验性的审美时空。空间，是指已成为作家的经验，而又要将它转化为读者的经验的从实在世界而来的有一定长度和规模的事件，作用或被作用的具形具像的物，人的行为、语言及其效果，等等这些，它们在静态或动态中所处的关系位置，抽象而言就是"结构"。有了这一结构，才能给流动不居的生活、无边际的外部世界以主观化了的范型，使之获得秩序，才能给审美主体一可感知、可把握的确定的对象，创作主体和接受主体的创造、认同才有一个确切的契机。时间的含义有两层。一是指生活事件的物理时间（绝对时间）的心理时间（相对时间）化，即按照表现意图对经验事实的系列化。再是指幻象型的生活图景的物理展开过程。通俗地说就是叙述过程。如果说作家将生活描写为作品同读者通过作品认识生活，是逆向化的活动，那么从时间这一维来说，写作与阅读在绝对意义上取同一方向。两种意义上的时间是相互联系，互为表里的，后者是对前者的具体化，因此作为审美动机的是前一种。它是结构得以成立的链条和粘合剂。从审美活动讲，心理事件的物化不是被动消极、无规约的抖落，而是针对主体的心理期待，注意了强度、间隔、反复、错综和周期性的有规律的运动。所以无论从哪种意义上说，时间的具体化形式就是表达中的节奏。文学作为时间——区别于音乐的听觉时间的阅读时间——艺术，节奏是审美场地上具有强烈的刺激效果的不可违背的步法。节奏与结构，共同给认识和审美以途径、次序和通道。

典型的纪实文学《为了六十一个阶级弟兄》，就很能说明审美时空的构建方式和它的效果。为了抢救生命危在旦夕的六十一个中毒民工，被牵动和卷入的单位与个人，在不同的地点为同一个目的急速运动，产生出在通常情况下不可能出现的奇迹性结果。奇迹的本身，是对一种矛盾，即时空矛盾的克服：急救药必须在极有限的时间内运到，而药物远在二千里距离之外。社会主义时代人的互助友爱、急人之难的精神就是在对这种矛盾的克服中得到充分的展现,生动感人。这一矛盾的克服,同时也就是个人与集体的矛盾的克服。因此,要反映这一对社会制度和时代风尚有重要说明意义的故事,它本身的时空因素是有基本意义的。这篇作品的成功也就在于它抓住了时空关系这一关节点, 建立起一个立体向心型的结构形式。它以平陆县的事故地点为空间的中心点,以必须在此之前给病人注射特效药的二月四日黎明前为时间的中心点。用前一中心点作为关节点,网连近在平陆的县、社党委领导、医务人员、人民医院的司药员、黄河渡口的船工,远到北京特种药品经营部的职工、领导,空军部队的政委、大队长、参谋长、机长、领航长、通讯长和机械师,他们的趋向同一目标的紧张活动,组成一个个扇面。这一个个扇面又栓结在从"二月二日"到"二月四日"分别由几个时间点标识的时间轴上。空间的中心点同时间的中心点相重合,组成一个谨严的结构。为了凸显每一个扇面上的人事活动的意义,结构轴上的时间被着意地强调,表现为干脆以时间作为每一节的小标题,例如"二月二日","就在同一时间内","现在,已经是下午五点多了","夜里十二点二十三分"等,时间给人的紧迫感,加强了结构面上事件的重要性。而结构面上根据其与表达主题的关系对事件叙述所做的详略处理,跟由时间跳跃而造成的断层推进方式,形成了极强的节奏感。物理时间被心理时间倒置("二月三日"放到了开头),由此所形成的悬念,引导读者对纵轴上的每一个点、面予以更密切的关注,作品因而大大增强了吸引力和感染力。

从创作目的来说,作家力图再现这一感人事件的真实过程,读者也以为他读知的故事"就是如此",然而实际上,这一文学化了的社会事件已经不同于客观发生时的形态,而是一种艺术抽象的结果:它捉住了事件的精髓,以一种更合乎逻辑、更合乎目的内在关系和展现方式给社会以审美的打击。

二、结构的要素及其组合形态

我们在谈论中学纪实文学的结构时,既超越了传统的语文教学中关于谋篇布局，诸如层次段落、开头结尾、过渡照应、起承转合的机械式的文章学分析，又回避了世界现代文论中对文学作品的存在和实现方式的研究，例如英加登对作品构成层次的划分以及韦勒克所做的发挥。在所谓"外在结构"和"内在结构"的不同角度的概括，我们宁可在二者之间寻找联系，进行综合，以对作为现实世界的可感性形态的文学加以审美的透视。

结构作为对现实物质时空抽象而成的静态形式，相对于更高层次的形式，它又是包含诸种要素的内容。即是说，静态形式的虚幻的审美空间，当它把握现实世界的文学艺术的整体符号系统时，是由功能、形态各异而又可以归纳的因素进行组合的。正如直观可感的物体的结构由点、线、面组成一样，文学作品的结构也由"结构点"、"结构线"动态地建构成"结构面"。这些因素各有其功能，它们的基因、特性或重量，决定着结构实现的多种可能性和最终完成形态。

结构点即结构的生发之点。它是作家从生活中感受或发觉到的、激起他（她）创作冲动、蕴藏着巨大的主题能量、潜伏着对读者发生强烈的艺术吸引力的某一具体的客观存在。正如一些研究者们已指出的，在作家结构作品时，它已明确地存在于作家的头脑中，是一个思想和形象的初步结合的最富于启示力与表现力的实体。由于导致结构点形成的直接基因不同，结构点可能是一个生动有趣或惊心动魄的事件，也可能是一个感人至深的性格，还可能是对某种环境所产生的一种特殊的心理或印象。结构点随题材的确定而确定，它是题材中最核心的东西，也是结构创造的核心。它本身具有高度的吸引力和粘合力，能把题材中所有的内容紧紧地吸引、粘合在它的周围。它还有很强的辐射力，作品的结构就是由此派生出来并定型的。例如《为了六十一个阶级弟兄》就是一个生动感人的事件，即"一方有难，八方支援"创造奇迹激动了作者，让他看到了社会主义制度的优越性，换句话说，从这一点上，放射出了新社会、新型人际关系的光芒。作家敏感地抓住了它，并作为艺术地再现全部题材的生发点。由于这一事件是一方对八方的牵动，也就形成了结构中的时空对立和趋向克服的关系。不同空间时间上的人物活动都为其吸附，而结构面上每一活动或场面又为它的含意所照射。再如鲁迅的回忆性散文《范爱农》，其结构点就是一个刚正耿直、愤世嫉俗的傲岸性格的不容于世。这一代表某一文化类型的性格之成为作家的刻画对象，不仅仅因为其与作家本人有过交往，还在于他的身上有着包括作者本人在内的富有民主主义思想的知识分子的共性，更重要的是，从这种性格的不为世所纳、有志难酬而终以悲剧作结，正照见了当时世道的昏暗、旧势力的顽狠，说明了社会有待彻底改造。这一同作者具有相关性的性格成为透视社会和文化的聚集点，也就决定了作品的结构不是以时间而是以作者自己与描写对象的交往为结构线，串连几段能够表现性格与社会悲剧性冷态关系构成一部个体人生图景的骨骼，即结构面。又如周立波的《娘子关前》，则是以对某种环境所产生的一种特殊心理或印象为结构点。这篇报告文学写的是抗日战争爆发不久，作者作为八路军记者随部队在日寇盘踞的娘子关前行军的见闻和感受。虽是战争环境，但并未涉及剧烈的事件，能够使人感受到的，是一种无处不在的气氛，那就是对侵略者的强盗行径的痛恨所产生的同仇敌忾、坚决抗击、收复河山的民族意志。以此为触发点，作品采用的就是移步换形的手法，形成纵横交错式的结构，描绘出敌占区我军民的高度的默契。

所谓结构线，是指结构点纵向运动或横向运动所形成的具有结构意义的线索，亦即结构点运动的轨迹。因结构点的不同，结构线可分为情节结构线、事理结构线、性格结构线、意念结构线(环境结构线)四个类型。从上面分析过的结构点，不难找到它们的对应关系。结构线根据作品的内容和表现主题的需要，有明有暗，有双有单。有时几条线索交叉在一起，呈网状、辐射状等多种形态。纪实文学不同于虚构文学的小说，后者是以典型化的手法反映生活，掌握世界的思维更富于综合性，更为复杂，由于触发创作机制的结构点不止一个，因此结构线也就可以是双线或复线，而前者则以单线居多，中学纪实文学就是这种情况。但也有复杂一些的，例如夏衍的《包身工》，因其生发点是骇人听闻的"包身工"的非人生活，故而引出以包身工一天的活动为组织材料的主线，和以包身工制度的起因、发展和趋向为副线的两条结构线，二者交织构成一个相互诠释的有机整体。在《为了周总理的嘱托……》里，第一节还出现了三条结构线：一条是少数别有用心的人在那"动乱"的年代里残酷迫害吴吉昌,一条是吴吉昌在那种险恶环境中仍不忘周总理嘱托,坚持种棉花的实践,还有一条就是广大群众对吴吉昌的同情和帮助。三条交叉发展的线索都与逆境中不忘"嘱托",坚持科学研究终获成功的结构点相照应。

相对于结构点,结构线由于是运动着的并留下了轨迹,因而在完成了的作品中,它更容易被感知到,也就是说,似乎更为具形。作品的审美时空成为不可分割的整体形式,结构线起着重要的贯穿作用。读者对作品的审美感知,往往是把捉到较为外在的结构线,进而作双向运动,既追溯到主题形成的源头,又扩展到它延伸和构建的生动整体,从而在运动的审美行为中,透过外在叙述形态,领会到作品的内蕴,甚至形而上的意义。可以说,结构线是审美实践必经的线路,它把读者引向由物质时空转换而来的审美时空的每一个角落。例如赞颂科学的英雄的殉难者布鲁诺的《火刑》,主人公是以真理的化身出现的,人类的愚昧、迷信,只有像能够驱散黑暗的火光一样的真理才能战胜,因此,这篇文章的结构线用的是"火"。具有象征意义的"火",把主人公的一生同真理联系在一起。从开始追求真理——"叛逆的火种在他内心燃烧",到足迹踏遍欧洲宣传真理——"他的大胆的思想,他的天才的臆测,像火把一样点着了每个青年人的心",再到他对真理的坚信不移——"他说,高加索山上的冰川,也不能够冷却他心头的火焰",这条线索同时展现了人类历史中真理战胜愚昧、迷信与野蛮的历史时空,和真理拥有者阔大的精神世间,也就提示了真理和知识比火更有力量,以及追求真理需要火一样的热情的主题思想。

有了从结构点生发开去的,以结构线为轴的事件、事理、性格或意念的纵向延伸或横向扩张,一个使题材得以固定(或曰物化)的时空范围就得以形成,这一时空范围就是结构面。它是结构的最终定型,规定着作品的长度和宽度。从上面的举例分析中我们已经看到,在结构形成的过程中,它与结构点和结构线紧密联系,互为依存,是结构线的固定化与形象化,是作品结构的既成形式,反映着作品结构的总体面貌和特征;同时又体现着结构点的全部内容,起着吸收、溶解、渲染结构点的作用。结构面是结构创造的结果和目的,它又始终受结构点和结构线的共同制约。需得指出的是，结构面是作家构建现实时空与读者意识相沟通的审美时空的一种尝试。它的实现并不具有唯一性，它要受作家对反映对象核心意义的认识、对现实关系的把握、作家本人的空间想象能力和艺术表达技巧、艺术借鉴的启发，甚至包括意念始发时的偶然性、写作的即时应变等诸种因素的制约。譬如魏巍写《谁是最可爱的人》，原来搜集的有二十多个事例，但由于他在提炼主题时产生顿悟，结果从中只筛选出三个，结构形式（集纳式结构）可能无大的改变，但结构面的规模却是大不相同的。

结构的点、线、面，组合成不同的结构形态。为最易感知的结构线所决定，产生单线结构、复线结构或明线暗线交叉结构，前面已有提及，不再详加例述。由结构点的性质或能量为时空结构的不同方式提供的可能性，可以按格式大致归纳为纵式结构、横式结构、纵横交错式结构以及辐射式结构。

纵式结构是一种一脉而贯、逐层深入的结构方式。它或者以时间的推移为结构线，或者以空间转换的连续性为结构线，形成逐层推进的结构面。中学纪实文学中记叙单一事件、单个人物的经历的，多半采用这一结构方式，例如《一件珍贵的衬衫》、《挺进报》、《一面》、《张衡传》、《海瑞传》、《范爱农》、《离不开你》、《同志的信托》、《汉堡港的变奏》，是以时间为顺序的。《从百草园到三味书屋》、《核舟记》，是以空间为顺序的。值得说明的是，这里的时间顺序并不意味在叙述中推进的时间，跟事件或人物经历的物理时间顺序完全一致。例如《离不开你》就不是从主人公刘桂芬的丈夫耿玉亭受伤住院写起，而是以事故发生后二十多天刘桂芬两次去医院探望丈夫开篇，然后才追叙她在丈夫受伤后的表现。《范爱农》是按作者同范爱农的交往经过来叙述范爱农的遭遇的，但中间和最后两次用了追叙，一次是写作者与范爱农故乡重逢话旧时，在两人的对话中插叙了当年范爱农等去日本时在税关上的一段细节，另一次是写到范爱农淹死的消息和自己对他的悼念之后，又补叙了范爱农死前一段时期的景况和落水而死的具体情况。《汉堡港的变奏》更是采用了倒叙、顺叙、插叙等多种叙述手法。所以，倘若从心理时间与物理时间、叙述时间与实在时间的关系看，纵式结构还有顺向式（或连续、或跳跃）、逆向式和错位式之分。

横式结构又称"集纳式结构"。它是将若干表面上没有必然联系的生活场景、故事情节或性格表现平列起来安排,以一个个的块面与结构点相联系,相对应,是结构点的散点式投影。它从不同的侧面和角度共同表现作品的主题。例如《谁是最可爱的人》就属于这种结构方式。它以精心选择的三个典型事例,书堂站战斗,火中救儿童,防空洞里吃雪,来回答"谁是最可爱的人"这一问题,提示出志愿军战士的高尚品质。由于人的价值生活的存在及其意义,并非都是由链形的事件或行为体现的,因此,以集纳式的结构重构有意义的生活世界,是纪实文学经常使用的方法。中学纪实文学中采用这种结构方式的还有不少,如《琐忆》、《任弼时同志二三事》、《我的老师》、《人民的勤务员》、《左忠毅公逸事》、《记王忠肃公翱事》等。

纵横交错式结构是一种内部关系较为复杂的结构形态。它是指在时间的推移中嵌进空间位置转换,在横断面中插入纵式追溯所形成的结构式样。又称"综括式结构"或"时空交叉式结构"。这种结构往往以主观感情或思想观点作结构线,穿织容纳量更大的审美空间。这一结构方式多用于抒情性很强的叙事散文,反映了客观事物自身的认识价值、审美属性同创作主体的感受印象、思想感情相互运动的图式。鲁迅的叙事散文《藤野先生》,和朱德以质朴通俗的语言娓娓叙来的《回忆我的母亲》,就体现出这一结构的特点。《为了周总理的嘱托……》也基本上采用了这一结构方式。

还应一提的是辐射式结构。它是由结构点引出联想并形成辐射状态或网络状态的结构方式。联想呈辐射式,结构即为辐射式结构;联想呈网络式,结构则为网络式结构。这种结构的最大特点是意识化。它以人物心理意识的流程为结构线,发散为无序化的虚幻时空。纪实文学由于重视外部真实,因而通常不用这一结构,也正因此它限制了文学对人的内心世界的拓进。20世纪以来,由于科学的发展和心理学的发现日益向认识领域的渗透,关于世界的简单化图像已被打破,作为认识主体同时也作为认识客体的人,其外部言行只是人的本质的冰山露在海面的部分,因此以人为表现对象的文学艺术不再局限于外部可见的事实,而注重揭示潜隐在内的真实的动机,文学世界的物质层面收缩,而心理层面扩大,即以精神经验细节的增殖改变单纯的外部事像的链式罗列。文学的思维空间向立体化大大推进了。如同约瑟夫·弗朗克所指出的："由 T.S.艾略特、庞德、普鲁斯特和詹姆斯、乔伊斯为代表作家的现代文学,正在向空间形式的方向发展,这就是说,读者大多在一个时间片刻里从空间观念上去理解他们的作品,而不是把作品视为一个序列。"(〔美〕约瑟夫·弗朗克《小说的空间形式》)就是说,读者可以利用"反射式参照"的方法,在一瞬间将文学家通过空间形式完成的东西转换成一个完整的形象画面。艺术思维的双向扩展更为接近生活的本质真实,也确证了人的本质力量。随着文学和艺术的发展,纪实文学也应感知到来自艺术中心地带的这一震动,而中学纪实文学在目前这一信息还相当微弱。总体考察中学纪实文学的结构形态时,我们更感到了纪实文学反映生活时有待发掘的潜力。

三、节奏的美学意义及其创造的辩证法

文学,从生活与对它的反映,意识与符号、写作与阅读、感知与理解这些关系角度来看,它是时间的艺术。反映到作者头脑里的生活内容,只能顺时地转化为书面语言,即作品,这是写作时间;读者按同样的时间顺序,将符号还原为意象性的生活图景,这是阅读时间。从活动过程看,这两种时间都是物理化的绝对时间。孤立地看,自在的绝对时间似乎并无实际意义;然而由于这一时间始终同相关的表现对象内涵和人的认识感受规律的相对时间联系着,因此它就成为作品构成中重要的形式因素。

作家的创作,总是按照一定的目的重新安排和处理意识中的生活事件的时间关系,使之成为需由绝对时间转化为审美动因的相对时间。时间之成为形式因,不仅因为它同所要展现的内容自身的时空具形有关,还在于展现的过程及方式可以作用于人的审美知觉,刺激、吸引并控制审美活动的持续进行。而实质上,时间成了"节奏"的载体、隧道和可控物质。作家和读者对时间的掌握和感知就是对节奏的运用和感受。

具体表现是,写作时间使作品世界呈纵向的线性推延,但这一推移不可能是等速、等值、等重量的,因为作品所反映的生活事件本身进展有快有慢,内容有主有次,分量有轻有重,所以,推延线的每一点上拴结、蔓延

的内容不同、强度范围不同,也就造成作品的内在节奏感。除了为对象本身所决定外,作者为了事件表现或感情抒发,为了吸引和抓住读者,随情绪的强弱起伏或有意调控情感的释放时机,而造成叙述的快慢轻重,以形成叙述节奏。

内在节奏和叙述节奏最直接的审美功能,是促使创作者和阅读欣赏者的"知觉的内运动",产生类似音乐的审美效果。文学阅读和欣赏的知觉,主要是指文字、语言和潜在意义的感知、接受、诠释、领悟的综合反应,它在心理和生理上同时进行。阅读活动既是对"意义浮现"的期待和追踪的心理活动,又是对人体自身循环系统以及相对应的客观世界的事物运动的规律性的感应的生理活动。由此,知觉的内运动,是审美快感的来源,亦是所在。桑塔耶纳在谈到"对称"美时,就揭示了节奏与美感的关系,说:"对称所以投合我们的心意,是由于认识和节奏的吸引力。当眼睛浏览一个建筑物的正面,每隔相等的距离就发现引人注目的东西之时,一种期望,像预料一个难免的音符或者一个必需的字眼那样,便偶然涌上心头,如果所望落空,就会惹起感情的震动。这种震动,如果是因一件有趣东西突然浮现而引起的,会产生画意的效果……"①朱光潜在谈声音节奏时,有一段话:"领悟文字的声音节奏,是一件极有趣的事,普通人以为这要耳朵灵敏,因为声音要用耳朵才产生感觉。就我个人的经验来说,耳朵固然要紧,但是还不如周身筋肉。我读音调铿锵、节奏流畅的文章,周身筋肉仿佛作同样有节奏的运动,紧张或是舒缓,都产生出极愉快的感觉。如果音调节奏上有毛病,我周身筋肉都感觉局促不安,好像听厨子刮锅烟似的!"②把节奏引起的生理性的知觉运动,即节奏的美感效应,说得很形象,很明白。作为时间的具体化的文学作品的节奏,对于审美感知的刺激不如物理的声音节奏那么外在,但它主要诉诸心理形式(故称为知觉的内运动)的审美功能,在文学性的叙事活动中,都得到重视和强化。

---

① 〔美〕乔治·桑塔耶纳:《美感》,缪灵珠译,中国社会科学出版社,1982 年版,第 61 页。

② 朱光潜:《散文的声音节奏》,《朱光潜美学文集》(第 2 卷),上海文艺出版社,1982 年 9 月版,第 303 页。

仍以《挥手之间》为例。这篇做工考究的纪实文,为了把读者引向那个触动了作者、也沉淀着一个民族的生存理想、含意丰富的结构点,即凝结着伟人的思想、人格、风度、作为、建树,同历史运动、民族命运、历史面貌的内在关系的一瞬间:毛主席站在飞机上向送别群众挥手,流露蓄贮巨大能量的感情意志,作者着力而忘情地把握和运用了节奏,以诱发、推动读者的情感涌向高潮。间隔出现,愈来愈密的相类似的句式,顺着时间的推移,震荡成海浪般的节奏浪线图。从送行的人群像水一样地流向飞机场,聚集,到机场上第二次出现汽车的马达声,“人群像平静的水面上卷过一阵风,成为一个整体朝前涌去”,节奏愈来愈快,期待之情推出第一个扣人心弦的浪峰。紧接着,却又宕开,以延安人记忆中的主席的音容笑貌、举手投足,形成一个短暂的闪歇,却又是一次更有后劲的蓄势。其间,以主席在走上飞机前的第一次挥手,形成浪谷中的一次预兆性的涌动。及至在静场过后,“人们又一次像疾风卷过水面,向飞机涌去”,一个绝大的浪涛掀起,毛主席站在飞机舱口向群众挥手的特定的历史性动作出现,犹如屹立的巨岩,不可遏止的情感的浪头在这里撞溅起滔天的飞沫,震撼人心。接下去,自然引发的议论、抒情和送别场面上的最后情景,以及场景之外,即送别之后的情况的补充叙述,就像余波荡漾般地完成了情感活动的全过程。

有些节奏形式,其线索内敛,但它在作品构成中的美学意义仍然不可湮没。例如鲁迅的《记念刘和珍君》。为作者的创作心态、创作意图以及选择的结构方式所决定,这篇文章极富于沉郁顿挫、抑扬开阖的节奏感。触发鲁迅写这篇悼念文章的,是温和而微笑的进步的青年女学生的血,以及这血的意义和被遗忘的危险。这一生发点,浓缩了鲁迅对野蛮残暴的反动派的“出离的愤怒”,对死难的先行者、进步青年的“最大哀痛”。这浓重苍凉而又激越滚沸的情感,不可抑制地要喷射到足以容纳它表现它的结构空间中去,从达到揭露反动军阀的凶残卑劣及其走狗文人的阴险无耻,激励人们牢记惨案,继续战斗的目的。为此,它只能以情感为线索,用有对比意义的、令人惊悚、促人醒悟的真实的细节作为思想情感的立足点。这样,二者的交叉、彼此协应就形成了文章的内在节奏和叙述节奏。作者知道怎样撞开读者的感情,引起他们灵魂的震动。文章没有从作者同遇难学生的相识写起,也没有从惨案的发生写起,而是从追悼会落墨,辗转揉搓。本来"早觉得有写一点东西的必要了",却又"实在无话可说",而愤怒和哀痛的感情终究是遏制不住的,这是欲说还休而又不吐不快的感情。从生者对死者所负的义务,从庸人与真的猛士的对比,作者"只能如此":"我正有写一点东西的必要了。""无话可说",而又直抒胸臆,矛盾的表述,挪辗的笔法,传达起伏不平的感情。全篇将叙述交代、细节描写与议论、抒情相穿插,层递生发格言式的警句,重复出现暗示性的意象,佯悟式的判断以及勇于自命的宣言,并以标数分节造成明显的间歇或转换,结尾又与开头相呼应,虚实交错,跌宕腾挪,节奏感与题材的思想价值与情感性相吻合,能最大限度地引起读者的共鸣。

成功的、有感染力的、能引起阅读快感的叙事性作品,都离不开节奏的运用。同"时间"相关的形式节奏,主要由艺术结构的开阖、断续、呼应、事件、性格或情绪的运动,也包括语调的舒缓、急促构成。更具体一些地说,人物、场面、氛围、事件的转换,故事发展或性格展现的断续、虚实、藏露,描写的浓淡粗细,美学境界的刚柔转换、悲喜对比,都是构成节奏的因素。形式节奏转换为内容,就形成作品的"速度"和"力度"。前者为事件和情绪在时空中推移、转换所呈现的快慢、断续,后者是事件或性格运动的动静、张弛和情绪运动的抑扬强弱。

可见,节奏的创造,就是艺术辩证法的运用。就像语音如果只有一个调子就无法有效表示意义一样,审美时空如若绝对平面直线地展开,就无法刺激审美知觉的运动,不能够引起审美反应。"文似看山不喜平"的法则,在作品构造时就体现为对材料的处理详略有别,对事件的叙述快慢相间、有断有续,对对象的描绘浓淡相映、粗细有别,对文意的推进张弛交替,对人物的评价欲扬先抑(或反之),对矛盾冲突的展开的开阖调节,诸如此类。中学纪实文学就是用这些辩证的方法——详与略、断与续、张与弛、抑与扬、开与阖——来创造节奏。例如,《冯婉贞》详写冯婉贞组织伏击战,略写冯三保领导的防御战,写伏击战时,又详写战前的争论和战斗的准备,而略写战斗的过程,使文章结构显得摇曳生姿;《马伶传》欲赞扬马伶在失败面前不灰心,反而更加刻苦钻研的精神,并说明熟悉生活与艺术

语文美育

333

之间的关系,因此先写他竞演失败的尴尬,前后的对比延展了读者的思维空间,造成心理感受上的急转;《廉颇蔺相如列传》由矛盾到交欢,人物性格在结构的开阖推进中得以完成和表现;《依依惜别的深情》以弛衬张,把离情别意推向高潮;《范爱农》用追叙、补叙的断续来调节叙述节奏……

四、结构与节奏的美学关系

在前面几节里,我们已不止一处地论及节奏与结构的关系。这里再稍加归纳,并举例说明。

正如我们已经感受到的,节奏和结构是不可分割的。它们互相联系,互为因果,相互依附、生发与创造,共同构建叙事作品的审美时空,为血肉丰满、形象生动的文学世界支起坚实的架构,给审美创造与审美欣赏以规范和途径。

一方面,结构是附着在节奏链上的。在以时间为结构线的作品里最能得到说明。《为了六十一个阶级弟兄》的立体向心型结构,就是由空间辐辏、栓锁在时间轴上形成。《回忆我的母亲》《海瑞传》《娘子关前》等,都是如此。自然,这里作为结构式的时间顺序,是客观事件的过程性存在,在审美空间的构筑中,它只是同"叙述时间"在名义上重合的无意义时间。只有退回到内容层次作为内在时间,它的原有意义才能重返。以感情为结构线的作品,节奏对结构的粘合与展示作用同样明显。例如《记念刘和珍君》,事件的交代以情感的表达为归依,随着思路的发展,结构得以展现。

另一方面,结构形成节奏。叙述过程是作家对先验地占有时间的幻象空间的逐步展开,由于这空间的组成单元的多样性和复杂关系,它的排列组合与先后措置,出现结构具体化时的自然间歇,这就形成了节奏。仍以《为了六十一个阶级弟兄》为例。作家要描述不同空间里的人们为同一目的而紧张奔忙,不可能同时进行,即使是同一时间里的人物活动,也只能从一个地方写到另一个地方,比如平陆县委闻讯赶到了事故现场组织抢救,和县人民医院两个司药员夜渡黄河到对岸三门峡市求药,发生在"二月二日"的同一时间,作品只能分先后来写,叙述节奏也就必然形成。鲁迅

334

的《藤野先生》，将跨越前后二十年，从东京到仙台，又从仙台到北京，涉及"我"、藤野先生及其他许多人和事，按表现主要人物品质的需要，组织在一个纵横交错的结构里，纵横交错地推进，加之渗透着深沉的感情，就有了足以吸引读者的审美注意的深长的节奏感。

再者，结构和节奏有不同的组合形式。作家为了表现主题和激发读者的审美兴趣，总是要考虑结构式样，把握节奏的快慢强弱及其变化，而形式都是为内容所决定，因而结构和节奏在共同建构审美时空时会因方法不同而呈现多样形态。正如前面已提到过的，每一实现了的结构（已经包含了节奏）形态，都是从多种可能中的带有偶然性或即时性的选择，因此，人类以艺术的时空把握并超越现实时空，欲图趋向于无限时空，以确证人类生命活动的价值，但是这一努力又永远不能达到无限时空。认识论告诉我们，现实时空发展的无限性决定了以独特方式反映这种无限性的艺术超越的永恒有限性。然而正是这种限制为人的超越本能提供了用武之地。每一种审美时空构建起来，人类就向无限时空趋进了一步。

附带要说的是，作为审美时间的物化的节奏，因其同审美对象的内容不可分，因而又派生出叙述节奏，即语言形态的外在节奏。它往往是文学肌体上局部的节奏感，与整体的抽象节奏并非没有联系。不过它跟结构没有太大的关系。这种节奏主要运用语言的声调、韵律，或词语或句式的对称和谐和错综变化来造成。文言文里不乏其例，因为汉语的方块形体与平仄四声，最容易产生音乐上的抑扬顿挫；叶韵相呼和形体上的整齐排列，从听觉到视觉，都产生节奏感。例如《屈原列传》中有很多这样的段落，读来琅琅上口，铿锵悦耳，很有气势，富于感情。这是一种来自声音层的外在的节奏感，它跟来自意义层的内在节奏感，作用于人的不同的感觉渠道。文言文很注意这种节奏感。但受传统文学句法影响较大的现代文，在表达较激越或深沉的感情时，也往往采用这一节奏创造法。例如《谁是最可爱的人》中的由排比句组成的段落。徐迟的报告文学《地质之光》，也喜欢镶嵌古色古香、声韵雅隽的骈句。不过它们往往同其他的散句交错使用，共同造成扩散范围更大的节奏感。鲁迅的情感浓郁的记事文，也常出现骈偶句，但因作者的艺术感性融汇了古今之长，思想深刻带来的语义多层,使得声调层、意义层的节奏感相叠加,富有意象性,产生非同一般的审美效果。

现代记叙文,也可以用口语构成鲜明的节奏。这类作品称为节奏性散文。韦勒克、沃伦在《文学原理》中就谈到它,说"节奏性散文的艺术价值仍在争辩中,……这种节奏如果使用得好,就能够使我们更完好地理解作品本文;它有强调作用;它使文章紧凑;它建立不同层次的变化,提示了平行对比的关系;它把白话组织起来;而组织就是艺术"①。

1991 年 1 月 3 日—6 日

---

① 〔美〕韦勒克、〔美〕沃伦:《文学原理》,刘象愚等译,生活·读书·新知三联书店,1984 年版,第 175 页。

叙述与描写:纪实文学的美学表现 *

——以中学语文教材为中心

一、作为纪实文肌理的叙述和描写

叙事作品的审美空间,是作家对现象世界抽象处理的结果,也就是将现实的"事序结构"转换为文学世界的"叙事结构",在理论上,它是"把复杂的立体图形向单向的直线投影"①。这就意味着,叙事作品在审美时空的层次上,空间只是骨架,时间只是一种趋向。文学世界,也就是作家所经验、感知到而意识化了生活图景的物化,还要依赖叙事文学最主要的表现手段——叙述和描写。没有这种审美传达的中介活动,已被作家"心灵化"的"内生活"就不可能客观化,审美时空便没有存在的意义,读者也就失去了认识的可能性。

作为标准的叙事文学——纪实文学,主要是通过叙述和描写来塑造艺术形象反映现实生活,寄托作者的审美理想,表现审美感受。作家的创作过程是一种形象化的过程,它以细小的单元构成的人、事、物、景为塑造形象的基本材料,顺时推进地将文学结构的骨架充实得血肉丰满,生气灌注,形象生动地自成一体。作为活动也作为方式,叙述与描写是对审美时

---

* 本文应邀为《中学语文美育》(海南摄影美术出版社,1991 年 5 月出版,熊忠武主编)一书所撰,为《中学纪实文美育》第六章。此处题目有改动。

① 乐黛云:《事序结构与叙事结构——叙述学与小说分析》,见《比较文学与中国现代文学》,北京大学出版社,1987 年版,第 309 页。

空的赋形，也就是作家从现实的抽象向生活还原。它把能够说明某种意义从而达到特定目的的生活事件的过程、场景、效果，人物的言语、行为，事物的状貌，组织到叙事结构上，形成纹理清晰、富有质感的画面。

例如《包身工》。由于包身工遭受盘剥的惨绝人寰震惊了人类的良知，因而有了揭露罪恶的包身工制度的必要。要达到这一目的，作者设计了一主一副两条结构线，将他通过实地调查得来的大量感性材料穿织起来，其中着重描绘、渲染的是包身工一天的活动情况，因为这些活生生的事实足以将包身工制度，技术机械对人的摧残、异化，将人类生活中的可恐怖的、不可容忍的非常态暴露无遗。作者对包身工制度的野蛮、残酷、非人道极为愤懑，对这一社会现象也有极峻切的理性认识，但他的情感思想要打印到社会意识上，无疑只有借助形象的可感性，像电影镜头一样地放映出一幕幕的生活场景。因此，作品一开头，就十分突兀地推出了包身工在天不亮就被轰赶起床的情形：

旧历四月中旬，清晨四点一刻，天还没亮，睡在拥挤的工房里的人们已经被人吆喝着起身了。一个穿着和时节不相称的拷绸的衬裤的男子大声地喊叫："拆铺啦！起来！"接着，又下命令似的高叫："'芦柴棒'，去烧火！妈的，还躺着，猪猡！"

七尺阔、十二尺深的工房楼下，横七竖八地躺满了十七八个被骂做"猪猡"的人。跟着这种有威势的喊声，充满了汗臭、粪臭和湿气的空气里，很快就像被搅动了的蜂窝一般骚动起来。打呵欠，叹气，叫喊，找衣服，穿错了别人的鞋子，胡乱地踏在别人身上，在离开别人头部不到一尺的马桶上很响地小便。女性所有的那种害羞的感觉，在这些被叫做"猪猡"的人们中间，似乎已经很迟钝了。她们会半裸体地起来开门，拎着裤子争夺马桶，将身体稍稍背转一下就公然在男人面前换衣服。

这段描述具有先声夺人的效果。它声色并作地再现了一个与其叫做场面、不如叫做恶劣的生活环境的一个片断。在这里，人的对立、人的异化如此严重地出现。人从正常的位置上被驱赶开来显得如此急促,没有任何抵抗能力,完全任由主宰。人不仅从名义上离开了自身,——"被骂做'猪猡'";可怕的是作为人的本质的类的意识也被挤压了出去:女性所有的那种害羞的感觉,都变得迟钝了。

这段描述将读者一下子拉入了作家设置的叙事结构,作家的叙事意识也就从定好了调子的起点上,携带着有内在逻辑联系的生活画面、人物细节顺着预定的线索铺展开来。起床只是一天活动的开始,接踵而至的就是被作家摄取到的一种非人道的工业生产关系和生产方式的表现。作品顺着次序叙述了"上海杨树浦福临路东洋纱厂"二千多包身工被当作"廉价的机器"、改装为"灌装了的劳动力"的严重事实。从人类生活最基本的三个方面——吃、住、劳作,如实地写出了这些被哄骗、被廉价收购来的乡下女孩遭受的非人磨难。恶劣的饮食条件,恶劣的工作条件,前者将人降为牲畜,后者使人沦为机器。既有综括的叙写,比如写纱厂工人的劳动条件极为恶劣,面临音响、尘埃和湿气的三大威胁,而在这些非人为的因素之外,还时刻面临更可怕的三大危险,即殴打、罚工钱和"停生意";又有具体个人的描述,如"芦柴棒"受非人折磨的惨状和小福子受"文明"惩罚的场景。这样一些叙述和描写,感性形象地展示出了包身工的非人生活。它对穿插其间叙述交代的包身工制度的起因、发生和趋向及其本质做了最有力的说明,也回答了人们观触到现象后必然产生的对社会根源的追查。包身工的生活和遭遇是一种罪恶制度的结果,而这种制度的产生必然以人的被虐杀为代价。两个层面上的活的事实相互诠释、说明,从而导致一种理性的判决:金钱和机械对生命的摧残是反人性的,这样的制度不会久存。

可见叙述和描写是纪实文学作品思想灵魂得以寄托的丰满的肌体,它创造出可供人阅读和理解的"文本"。纪实文学的说服力来自通过叙述和描写手段再现出来的生活事实,客观性奠定了作品的存在理由。创作主体在这里并没有完全隐退,但作家的主观性必须依赖于结实丰腴的客观展现。在作品中,作家也会直接站出来议论、抒情、评判生活,然而,他是在充分叙述、描写了客观现象之后对生活本质的揭示。《包身工》就是写出了包身工在机器文明下沦为奴隶的大量事实之后，才发表这样的议论："在这千万被压榨的包身工中间，没有光，没有热，没有温情，没有希望……没有人道。这儿有的是二十世纪的技术、机械、体制和对这种体制忠实服役的十六世纪封建制度下的奴隶！"并进而向这种制度的制造者发出了警告。作为点题之笔的议论、抒情也是纪事文学美学表现的经常用到的手段，但它同叙述、描写的关系犹如阳光之于林莽，前者的照射可以使后者生辉，而在它隐没之时，林莽仍不失其存在价值和功用以及它的美。

二、叙述与描写的美学关系

从叙事的角度看，作家把熔炼过的思想材料付诸文字现实，这一活动如果笼统地看，都可以称为"叙述"。在叙述活动的具体展开中，作家的运笔有轻重缓急之分，对对象的"显影"有浓淡粗细之别，同样是描摹客观世界，从表达方式上的差异上却可以区分出"叙述"和"描写"这两种叙述笔触来。在写作学中，叙述通常被界定为"作者在文章中对人物、事件、场景所作的介绍、说明和交代"①，描写被界定为"对人物、景物(环境)所进行的具体而生动的描摹、刻画"②。简单地说，叙述就是"记叙"、"述说"，描写就是"描绘"、"摹写"。有些写作学著作对二者的关系做过描述，指出：

　　　　描写往往和叙述紧密结合在一起，有时难以区别。但从宏观上着眼，二者各有侧重。叙述主要侧重于对人物、事件的一般情况和过程的介绍交代，主要体现为纵向的平面流程。描写则侧重于对人、事、景、物作出形象的描摹和刻画，主要体现为横向的立体图画，使表现对象的特征更突出，形象更丰满，具有较强的可视性和雕塑感，逼真而传神。③

①刘锡庆:《基础写作学》，第225页。
②同上，第238页。
③朱佰石主编:《现代写作学》，人民日报出版社，1986年版，第410页。

　　"纵向的平面流程"和"横向的立体图画"较准确地概括了叙述和描写各自的审美特质，也将它们统一在美学表现的意图之内。在客观化过程中，叙述是时间性的，富有动态感，它用较高的频率递送信息；而描写则是空间性的，它是事件流在结构线的特定的点上的暂时性地汇贮，叙事速度的放慢使它相对呈现为静态，但就其局部而言，它又是动态的。

　　在纪实文学中，叙事始终是最主要的手段，尤其是以教诲为目的的作品。时间或人物事迹交代清楚了，"纪实"的任务也就基本完成了。然而纪实文学作品的文学性的取得，跟描写有较大的关系。因为描写是形象化最重要的手段。艺术形象最基本的单元是凝聚着作家主观情思的客观外物，即意象。意象最能吸引读者的审美注意，唤起审美主体的联想和想象，从熟悉经验的蛛丝马迹开始对一个全新的经验世界进行"统觉"的感知活动。伴随着情感活动的对意义的追寻也就是审美的感受。因此，描写使叙述更为生动细致，有血有肉，是对叙述的必不可少的补充，或者说是叙述的精致化。叙述回答的是"做什么"、"是什么"的问题，而描写则回答"怎么做"和"怎么样"的问题。叙述以"述说"，描写以"呈现"，用不同的笔触完成形象的创造。

　　例如《为了周总理的嘱托……》一文，作品按照事实的发生、发展顺序，交代了吴吉昌接受周总理委以的研究棉花脱蕾问题的重任，到"文革"开始被少数别有用心的人当作斗争对象，受到近百次批斗，被撤销了大队长职务，剥夺了他研究棉花的权利，禁止下地，强令打扫全村的街道，"叙述"到这里出现了事件流（即嘱托的落实经过）的暂时停顿，而插入吴吉昌受到残酷迫害以后的描述：

　　　　从此，树影斑驳的村道上，人们每天看见吴吉昌弯着残废的手，拖着打伤的腿，艰难地跪在地上扫地。（人们记得，这街道两旁的白杨树，还是几年前吴吉昌领回来的奖品。那时，县里要奖给他一辆自行车。吴吉昌拒绝了。他说："成绩是大家的！"他要求改奖一千棵白杨树苗让全村栽种。如今，这些白杨树已经有碗口粗了。可是，为全村赢得这些荣誉的人，却受到这样的折磨。

白杨在迎风呼号,那是为老汉在呜咽,还是为这不平在愤怒!?)

……

长期的折磨,使吴吉昌患了重病。

从外表看来,他脸孔蜡黄,两腿肿胀,身似朽木,但在内心深处,一种严肃的使命感,仍然像烈火一样,熊熊不息。周总理那"我把任务交给了你了"的声音,不断地在他耳边回旋……

这些描写,看来中断了通向事件结局的叙事流,但它是前面的叙事节奏的恰到好处的放慢,也是事件意义和人物性格展示的一次不可少的铺垫,是审美感受的一次及时的"充氧"。作者所要交代的吴吉昌完成周总理交给的庄严使命的艰难历程,读者所期待的事情的成败结局,"文革"的破坏和阻力的出现,对主人公和关注者的承受力都是一次严峻的考验。在这里描写吴吉昌遭受摧残的惨况和他的燃烧着使命感的心理活动,具有多种作用,它用人物的使命和处境的对比,身似朽木与顽强意志的对比,暗寓了正义和邪恶,愚昧和科学的尖锐冲突,从而揭示和批判了极左政治扼杀科学和人才,阻碍社会主义建设发展的罪行,也歌颂了吴吉昌为伟大信仰所鼓舞、执持信念的可贵品质和坚强毅力。从情节的发展看,它起到了暗示和推动的作用。时代背景和人物形象的具体化,使人产生身临其境的感受。叙述引导读者通向描写得更为逼真的境界,而描写又是叙述中的特写和慢镜头。

在文学性更强的作品里,叙述更多地让位于描写,描写本身又构成叙述的推进。《从百草园到三味书屋》最为典型。文章一开头用极简略的文字提到"我家的后面有一个很大的园",并称说"其中似乎确凿只有一些野草;但那时却是我的乐园"后,就是一大段色彩缤纷的描写:

不必说碧绿的菜畦,光滑的石井栏,高大的皂荚树,紫红的桑葚;也不必说鸣蝉在树叶里长吟,肥胖的黄蜂伏在菜花上,轻捷的叫天子(云雀)忽然从草间直窜向云霄里去了。单是周围的短短的泥墙根一带,就有无限趣味。油蛉在这里低唱,蟋蟀们在

这里弹琴。翻开断砖来,有时会遇见蜈蚣;还有斑蝥,倘若用手指
按住它的脊梁,便会拍的一声,从后窍喷出一阵烟雾。何首乌藤
和木莲藤缠络着,木莲有莲房一般的果实,何首乌有臃肿的根。
有人说,何首乌根是有像人形的,吃了便可以成仙,我于是常常
拔它起来,牵连不断地拔起来,也曾因此弄坏了泥墙,却从来没
有见过一块根像人样。如果不怕刺,还可以摘到覆盆子,像小珊
瑚珠攒成的小球,又酸又甜,色味都比桑葚要好得远。

　　密集的意象,呈现的是一个充满了无穷趣味、属于无忧无虑的儿童的
美不胜收的自然世界。作者忘情于它,是由于对把人的感官、精力和心思
都卷入劳作、纷争、倾轧和冲突的成人世界的鄙弃。它同后面写到束缚儿
童天性的、枯燥乏味的"三味书屋"形成对比。它是"叙事结构"中的一个重
要块面,因而也就具有叙述意义,尽管它是静态的、立体的。这篇文章基本
由这样的块面,为简略的叙述语言所连缀而成。从审美上来说,这种在空
间转换中构成流动的意象群,具有绘画和雕塑才能给予审美者的丰富的
美感。

　　叙述和描写在叙事流程中可以是分段、分块地交相措置,但也经常是
更为紧密地糅合在一起,形成密度很小的交叉,例如《挥手之间》中的这样
一段:

　　　　站在前面的中央负责同志们迎上前去。主席伸出他那宽大
　　的手掌,跟大家一一握手告别。主席的脸色是严肃的,从容的,眼
　　睛里充满了无限的关切和鼓舞之情,然后主席望着所有送行的
　　人,举起右手,用力一挥,便朝着停在前面的飞机一直走去。

　　前面已说过,叙述与描写并无绝对明晰的界限,它们两者有时候可
以完全浑为一体,很难辨清是叙述还是描写。特别是在那些带有修饰成
分的叙述句中。而那些"少做作"、"去粉饰"的白描,又可以称为"生动的
叙述"。

三、叙述的基本技法

"文章惟叙事最难。"(清·李绂《秋山论文》)

前人这一认识，是对叙事文兴起以来，历代作者在叙事技巧上尽力展现才情，使文章显示出千姿百态的一个总结，也是对研读或写作中为寻找文章形体与客观事物的微妙关系而煞费苦心的经验之谈。它也是对写作艺术难臻佳境的深长的慨叹。难怪章学诚在《论课蒙学文法》中也这样说："叙事之文，其变无穷。故古今之人，其才不尽于诸体，而尽于叙事也。"(《章氏遗书》补遗)

中学纪实文学中，文言文占了相当大的比重。从以正史为主的史传文学，到别传、志、状、碑、序、杂记之类，体裁多样，说明中国的叙事文有悠久的历史。复杂的历史生活，在不同的创作主体那里得到不同方式的叙述、表现。历代作家在叙述客观生活时，又不是简单照葫芦画瓢，而十分注重表达技巧；讲究叙事笔法，认为叙事要叙得有间架，有曲折，有顺逆，有映带，有隐有显，或"明修栈道，暗渡陈仓"，或"烘云托月，背面傅粉"。叙事意识是一种审美意识的体现。力求笔法多变，避免单调，表明叙事的目的不在于单纯地复述、告知，而是追求艺术效果，发掘主体的创造性，顺应审美感受规律，打动和吸引读者，使文章在完成"述事"的功能之外，具有可供欣赏的独立存在价值。

历代作家积累起来的丰富的叙事经验，得到了印象式的理论总结。有关叙事笔法的论述，就有不少。元代陈绎在《文筌》一书中就将叙事归纳为正叙、总叙、间叙、引叙、铺叙、略叙、别叙、直叙、婉叙、意叙、平叙等十一法。李绂的《秋山论文》则进一步归纳总结，更为准确地概括出顺叙、倒叙、分叙、类叙、追叙、暗叙、借叙、补叙、特叙等叙事笔法，还加以分析举例说明。清人邵作舟在《论文八则》里，又把叙事笔法归纳为十四种：正笔、旁笔、原笔、伏笔、绕笔、补笔、带笔、铺叙立案之笔、捏搦呼应之笔、关锁串递之笔、断制咏叹之笔、详略虚实之笔、宾主映射之笔、点缀传神之笔。而且对每一种笔法都作了解释。更晚一些的章学诚和刘熙载，也分别在《论课

344

蒙学文法》和《艺概·文概》里对叙事笔法作了归纳和概括。

前人的遵从着审美创造和审美接受的规律的叙事经验，为现代人所继承并发展。当代写作家，更为简明地对叙事的基本技巧予以分类归纳。比如就叙述类别而言，以叙述的先后次序，将叙述分成顺叙、倒叙和插叙几种；以叙述的详细程度，分出概叙与细叙；以叙述的线索关系，分为分叙和合叙；以叙述的不同角度，区分出直叙和借叙，等等。从叙述的常用技巧看，有视点、节奏、线索、悬念等，得到注意。此外，繁简、疏密、隐显等艺术辩证法，也在叙述中得到运用。无论是前人所称的叙事笔法，还是今人所说的叙述技巧，在中学纪实文学中都构成了审美表现中的因素，下面择要举例简析。

顺叙又称为"直叙"，是按照事件发生、发展、变化等过程的"自然时序"而进行的叙述。顺叙是最常见、也是最基本的叙述方式。运用这种"叙述语言"，叙事结构与事序结构的展开取同一方向。它由头至尾，次第井然，便于组织材料，容易贯通文理，和读者的"接受心理"亦更为贴切、合拍。用顺序来记叙的作品，在主、客观两方面具有这样的特点：时间本身是较为奇特或重要的，无须在表达时予以特殊的强调；作者对它怀有较庄重、持正的态度。如果用西方叙事学的观点来说，它属于叙述者低于主人公的一类。比如，陆定一的《老山界》，叙述红军翻越老山界的过程，就是按现实中的时间顺序来写的，时间本身的每一步展开，都足以引人入胜。鲁迅的《藤野先生》，怀着深沉的、敬重的感情追忆他在异国的恩师，依循老师进入他的生活、印象和情感的过程来写，就很打动人。史传文学在记叙人物时，也多用顺叙，如《屈原列传》、《苏武》、《张衡传》、《海瑞传》等。现代记叙文中的怀人之作，也常用到，如《回忆我的母亲》、《一件珍贵的衬衫》。运用顺叙的作品倘若不具备上面说过的审美关系，就会影响审美效果。李绂在《秋山论文》里就说："顺序最易拖沓，必言简而意尽乃佳。"为了避免平板、拖沓，作者往往在顺序的夹缝中进行描写、议论或抒情，以使文章曲折生姿，又不影响整体格局。从《藤野先生》我们就可以感受到技巧的变换与作家的主观介入怎样丰富了叙述的情调。

倒叙。就是将事件的"结局"或"高潮"提前，然后再依"自然时序"而进行的叙述。俗称"倒插笔"。它的好处是其"突发性"造成对读者的"强刺激",以撩人的"悬念"制造接受者审美心理上的张力。审美时空与现实时空的错位,能使人更直接地感受到把握对象世界过程中的"精神确证"。比如在《结构与节奏:纪实文学的审美时空》一文里,我们已经分析过《为了六十一个阶级兄弟》、《汉堡港的变奏》就是用倒叙法。前者是将高潮提前,造成悬念。后者是将结局提前,用事件的效果吸引人们了解原因和经过。《离不开你》用倒叙将一座美的雕像兀然推到读者面前,并以一个疑问,"召唤"人们共同寻求这位女性命运的答案。倒叙使文章活泼而不呆板。清人王源在《左传评》中就说:"叙事之法,切不可前者前,中者中,后者后。若前者前之,中者中之,后者后之,印板耳。"如用倒叙之法,"中者前之,后者前之,前者中之后之,使人观其首,乃身乃尾;观其身与尾,乃首乃身,如灵蛇腾雾,首尾都无定处,然后方能活泼也。"活泼产生节奏、运动感,能刺激审美欣赏。

插叙是一种暂时中断原叙述线索而插入另一事件的介绍、交代的叙述方式。关于插叙的审美特征及其功用,刘锡庆的《基础写作学》有过这样的揭示:"插叙因系从中插入,所以一般不长,只具有'片段性';且多为交代诠释、连带叙介、补隙堵漏的文字。它虽然在客观上能起说'此'而顾'彼'、勾'前'而联'后'的作用,但主要却体现了作者在叙述中对读者'阅读心理'的一种体察和尊重。""这种'插叙'的好处是:在突出叙述'主线'的同时,顺便即把一些次要的事实或事件做了叙述,使主次'交叉',叙述'容量'加大;这种'插叙'有点像电影画面的'切入'与'化出',适当运用能'调剂'读者的神经,使文章有断有续,有张有弛,在'结构'上富于变化。"随着生活的日益复杂化和人的叙事思维的发达,插叙在现代文中得到更频繁的使用,它不仅适宜于在有限的文字篇幅内容纳更多的生活内容,也符合人的意识活动的规律。在一篇作品中,假如插叙的频率提高,而"片断"又缩小,那么它就近似于"意识流"或"拼贴图"的叙述方式了。它同叙事结构中的放射线结构方式相对应,表现了人对世界和自身的一种新的认识和把握方式。这在小说中更为常见。插叙又可细分为"补叙"(不发展情节的插叙)、"追叙"(和主要情节线相关的插叙)、"逆叙"(由近及远、由今而古的逆行插叙)等。中学纪实文中的插叙多半是追叙和补叙。比如前面已经分析过的《离不开你》、《汉堡港的变奏》、《同志的信任》、《从百草园到三味书屋》也运用了插叙。史传文学常用作品人物的语言来交待跟主要时间不同步却又相关的内容,也可看作是一种插叙。《苏武》中苏武兄弟因触犯御忌而相继自杀、母亲去世、妻子改嫁、妹妹和子女流散下落不明的情况,就是由李陵在劝降时讲出来的。

概叙与细叙。概叙即概括的、粗线条的叙述;细叙是详细、具体的叙述。或者是作为审美表现的材料的生活内容本身有主有次,或者是作者有意用密度不同的事实呈像来调整叙述节奏,在一篇作品中,作者不会平均使用笔墨,而有粗细之别。如《鲁迅自传》,作者用点面结合的方法,详略得宜地介绍了自己的家庭状况、求学过程和工作经历。对家庭状况和工作经历用的是概叙,而对他在日本求学,由于是他一生的转折点,叙述得就细致一些,特别是提到看电影而促使他弃医从文的细节。又如魏巍《依依惜别的深情》,在叙述志愿军战士"美化营地"及"留赠爱物"时,一连用了六个"有"字,概略而粗要地叙述了战士们在离别前夕对朝鲜战友"祖出了他们的一颗颗红心"的动人情景。战士们拿出贴身私藏的爱物:手帕、荷包、腰带,每一件"礼品"都该是包含着一个生动的"故事"的,但作者却并不一一展开,只以"概叙"渲染了浓烈的气氛。而对于典型材料、生动场景、"骨干"事例,即胡明富等三人绣花、题诗的事件,就是生动、细致地展开的,写得详细、具体,有枝有叶,有声有色。概叙"粗"而"快",犹如电影里的"大全景",视角开阔,轮廓清晰,给人以整体的认识,较快地推进事件的展开;细叙"细"而"慢",像是电影里的"特写镜头",在放慢的时间里给人以"细部"的洞察,精雕细刻地展现事物的面貌。两者结合,粗细相间,快慢有致,叙述因而有点有面,有详有略,既有深度,又有广度,是取得表现效果最常用的方法。

分叙与合叙。分叙是分别叙述同一时间内不同地点的人物活动;合叙则是使分叙的事件复归于原叙述线索的常见顺叙。现实生活中的事序结构是时间轴上的多项空间,在同一时间内,不同的活动在不同的地点发生和存在,而叙事结构只能顺时地,按表现的因果关系将复杂的立体图形投射到书写平面上,这就有了分叙的必要。现代的"分叙"已从"花开两朵,各表一枝"的传统叙述方法中走出来,而采用电影"蒙太奇"多线索"齐头并进"的剪辑方法,如《为了六十一个阶级弟兄》,在"二月三日下午五点多"这同一时间,就分别叙述了三个地点所发生的三件事情。或者几条线索"交叉并进",时断时续,自然穿插,如在《结构与节奏:纪实文学的审美时空》一文里提到的《为了周总理的嘱托……》的第一节,就同时叙述了三条密切相关的线索。

直叙与借叙。直叙即正面的、直接的叙述,而"借叙"却是从旁借助于他人言谈的间接、侧面叙述。后者相对于前者表现为一种技法,多用于写人。例如《信陵君窃符救赵》,用很多笔墨去写管城门的侯生,正是为了表现信陵君的礼贤下士。这种旁径侧出,借他人他事来表现此人此事的借叙手法,增强了审美兴味,又更有力地表现了人物的形象。

衬笔是叙事的局部上用以表现人物的一种技法。实际上它是一种对比。事物的价值是在对比中显现出来的。因此,衬笔的技法在纪实文学中运用率较高。衬笔有正衬、反衬之分。用对立相反的因素互相对照叫反衬;用性质相同的事物互相烘托叫正衬。例如张溥的《五人墓碑记》一文,几乎全用衬笔:用"高贵之子"、"得志之徒"死后默默无闻,和五人英勇就义后的被人所尊敬对比;用"缙绅"的迫于阉党淫威而改变初志,和五人"激昂大义,蹈死不顾"对比;用"高爵显位"者的苟且偷生和五人为了保护群众、挺身投案、从容就义作对比,这样,就更有力地反衬出五人的高贵品格。方苞的《左忠毅公逸事》,用的则是正衬笔法。文章写左光斗生前逸事,处处以史可法的刻苦攻读,人才出众,衬出左光斗的高大形象。在一些表现民族气节的古典作品中,正面人物的崇高形象、壮美情操,往往是在对比中显得更为鲜明。比如《苏武》、《阎典史传》,都是用降将的怯弱或无耻,衬托出主人公严辞拒降、坚贞不屈的民族气节。

叙述角度是指作者在叙写事件时所采用的观察点。即作品从什么"窗口"观察生活,从哪个方面反映生活的问题。它同主题密切相关,同一题材,可以从各个不同方面表现,从不同的角度去反映。角度不同,其主题思想和人物形象的内蕴也就不尽相同。比如,作为客观发生过的"三一八"惨案,不同人就可以有绝然相反的判断。"几个所谓学者文人"发表文章,污蔑遇害的爱国学生"莫名其妙"、"没有审判力",因而盲目地被人引入"死地"。而鲁迅才符合历史发展方向地看到了青年学生爱国行动的进步意义。又如《离不开你》要是从刘桂芬本人的角度看,也许更多是她和丈夫的感情经验,即特殊的人生之爱、夫妻之情的一种并非大不了的延长。然而,作家茹志鹃从一个较高的时代制高点上发掘出了普通人爱情中蕴涵的先进社会理想的巨大力量。再如,《壮士横戈》,如果在另一种写作境遇里,或是从另外的角度写,也许主人公个人的切身生活要求同意识到的非个人社会要求之间的冲突要被回避,因此反而减弱了人物选择的悲壮色彩,削弱了艺术感染力。可见,纪实文学的叙述角度虽然不及虚构文学的小说显得至关重要,后者通过不同的观点——自知观点、旁知观点、次知观点、全知观点的叙述,创造出意味不同、审美角度和方式不同的文学世界,但是,纪实文学的不同的叙述人称(第一人称或第三人称)对客观现象的选择及意义的显现还是大有关系。

视点是视角重点的简称,从电影艺术中借用而来。由于视点不同,我们可以将客观物体分为特写、近景、中景、远景和全景等等。纪实文学的叙事,也会看到视点的变化。比如《挥手之间》一开头写道"从清凉山上望下去,见有不少人顺着山上大路朝东门外飞机场走去",这是远景;作者跟几位同志一起"加入向东的人群,一同走向飞机场"这是中景;"送行的人群陆续朝飞机场走去",又是远景;到"飞机场上人越来越多",移至中景,接着,吉普车转过山嘴驶来,车上人跳下来,就是近景了;其间又有中景和近景的几次交换,到毛主席站在机舱门口向送行群众挥手,就是"特写镜头"了。视点的交换极成功地制造了波澜和节奏,推出了高潮,完成了对主题的揭示,作者随自我感情的起伏,调节着审美表现的力度和速度,产生了很强的艺术效果。

四、描写的技巧及审美要求

作为"呈象"的艺术,描写能够把作家头脑中的意象描绘、浮雕为可感的语言意象,起到再现社会的、自然的环境与风貌,为人物提供活动的舞台或背景,形象地给人物图形写貌并表露其内心世界的作用。根据这一表现功能和目的,描写按不同的标准分为直接描写和间接描写,细描和白描,人物描写和景物描写。其中人物描写又可分肖像描写、语言描写、行动描写、心理描写和细节描写;景物描写又可分为自然景物描写和社会环境描写。此外还有综合性的场面描写。

在中学纪实文学里,人物描写是其重点。因为具有历史和文献价值的纪实文始终是把活动在历史舞台上的人物作为追光对象的,客体的重要性,始终高于叙述者的主观情态,所以它不像抒情散文或虚构小说那样,可以借景物描写寄托创作主体的审美感情,曲折婉转地表达作家对社会生活的看法,或者从自然世界寻回人在历史实践中失落的东西。景物描写中社会环境由于跟人物活动直接关联着,人物的举手投足都会牵动既定的社会关系网络,因此在纪实文学中还较多地涉笔。而自然景物,则在必不可少的时候才做一些烘托或点缀。偏重审美价值,以抒情性见长的《从百草园到三味书屋》在中学纪实文学中无例外地有大量自然景物描写,恰好说明了这一点。

在人物描写中,中学纪实文学重点又放在语言、行动和细节描写上。这是由于纪实文所写的是真人真事,它要表现的是人物对社会的独特贡献,或所作所为的表率作用、认识价值,而不像虚构小说那样可以采用典型化手法,"杂取种种人,合成一个",塑造"性格",让其活灵活现地成为"这一个"。在小说里,人物的外貌、表情,通常是人物性格的重要表征。为了刻画人物性格,作家又可以利用视角上的方便,按性格化的逻辑设想主人公的心理活动。而纪实文学重在"人物",不在"性格",所以肖像描写只用于说明人物行为态势,而不是让它帮助人物在读者心中活起一个"熟悉的陌生人"来,也就用得很俭省。在《藤野先生》、《我的老师》、《为了忘却的纪念》这样一些抒情性较强的作品里,外貌描写才显示出其特有的光彩。纪实文学的写实性也限制了它不可能去虚拟人物的心理语言。从现代叙事学的角度看,纪实文学的叙述只有"自知观点"和"旁知观点",而没有真正的"全知观点"。对写实原则的恪守,弱化了它的心理描写。像《离不开你》那样细腻地描写女主人公在遭受丈夫在工伤事故中失去了双臂的意外打击时剧烈的心理冲突,在中学纪实文学里不多见。心理活动能够展示人物的精神境界、思想品质,同时也为外在行为、举止提供理由,它揭示出人物积极选择的动机。这一功能,在中学纪实文学中通常为人物语言描写所取代。

语言描写一般又是同动作描写结合在一起的。比如《廉颇蔺相如列传》写在渑池会上,蔺相如大智大勇、再克秦王的场景:

> 秦王饮酒酣,曰:"寡人窃闻赵王好音,请奏瑟。"赵王鼓瑟。秦御史前书曰:"某年月日,秦王与赵王会饮,令赵王鼓瑟。"蔺相如前曰:"赵王窃闻秦王善为秦声,请奉盆缻秦王,以相娱乐。"秦王怒,不许。于是相如前进缻,因跪请秦王。秦王不肯击缶。相如曰:"五步之内,相如请得以颈血溅大王矣!"左右欲刃相如,相如张目叱之,左右皆靡。于是秦王不怿,为一击缻。相如顾召赵御史书曰:"某年月日,秦王为赵王击缻。"秦之群臣曰:"请以赵十五城为秦王寿。"蔺相如亦曰:"请以秦之咸阳为赵王寿。"

继章台殿之机智夺璧,慷慨陈辞,不辱使命之后,蔺相如的性格在这里又一次得到辉煌的爆发。他的善于判断,应对敏捷,为了维护国格、宁愿以死相拼,凛然大义威慑上下,通过一连串推进性很强的语言、行动描写表现得淋漓尽致。秦王的恃强倨傲,以强凌弱和在死亡威胁面前的尴尬,赵王的怯懦,秦王左右的失措,也都历历如绘,跃然纸上,在对比中进一步衬托出蔺相如智、勇、义聚于一身的光辉形象。人物语言、动作包括神态的进逼性和针锋相对,又准确地再现了当时的"场面",富有戏剧的情趣。又如《左忠毅公逸事》描写左光斗被诬下狱,遭受酷刑,作为深得知遇之恩的史可法冒险混入牢房探视的情景:

> 史前跪抱公膝而呜咽。公辨其声,而目不可开,乃奋臂以指拨眦,目光如炬,怒曰:"庸奴!此何地也,而汝来前!国家之事糜

烂至此,老夫已矣,汝复轻身而昧大义,天下事谁可支柱者?不速去,无俟奸人构陷,吾今即扑杀汝!"因摸地上刑械作投击势。史噤不敢发声,趋而出。后常流涕述其事以语人,曰:"吾师肺肝,皆铁石所铸造也。"

左光斗发"怒"的动作和语言,饱含着这位正直的爱国者对奸人的憎恨和锄奸救国的急迫感,对后继者寄予的厚望以及对无谓牺牲的焦虑。个人的生死置于度外,一心以天下事为念。为了救国,他必须斩断私情,因此,骂得越重,爱得越深,所望越是迫切。在语言、动作和神态的背后,是人物坚强不屈、大义凛然的动机所在。

描写用以刻画人物形象,可以是正面进行,也可以"烘月托月",从侧面予以表现。侧面描写,是叙述中的衬笔的细致化,上两例中,秦王的"不怿,为一击缻"和"左右皆靡",都是对蔺相如的智勇慑人的反证。史可法说的:"吾师肺肝,皆铁石所铸造也",进一步表现了左光斗锄奸救国的坚强意志。《苏武》中,李陵劝降未成,"喟然叹曰:'嗟乎,义士!陵与卫律之罪上通于天'!因泣下霑衿,与武决去",也从另一个角度写出了苏武可杀身不可夺志的浩然正气。侧面描写,是对人格主体的社会价值的一种"取证"。

描写作为人物品质和事件性质的手段,其审美要求就是"突出特征,绘声绘色绘形;以形传神,新颖精妙逼真"①,白描、工笔画、细节描写,都是达到这些审美要求的最有效的技法。

"传神"是语言表现的追求目标。宋人黄庭坚就提出过,"事须钩深入神"。所谓"神"就是指人或事物内在的本质特征。状物写人,若能抓住内在的精神特质,就可以说达到了传神的地步。传神写照关键在于抓住对象的个性特点,即写其精神"独至"之处,因为"人之为人有一端独至者即生平得力所在……人精神聚于一端,乃能独至,吾之精神亦必聚于此人之一端,乃能写其独至。"(清·魏际端语)中学纪实文学所写到的历史人物和当

---

① 朱佰石主编:《现代写作学》,人民日报出版社,1986 年版,第 410 页。

代英雄,莫不是执着于某一个方面,意志和生命力都聚焦在一个信念上,宁折不弯,从而成为意识主体的观照对象。作家对他们的内在精神品质,往往用生动的细节予以表现。蔺相如"张目叱之,左右皆靡"和"相如请得以颈血溅大王矣"的动作和语言描写,雕像般地呈现了他的英勇精神。左光斗"奋臂以指拨眦,目光如炬",骇目惊人,人物的内在精神能量放出灼目光彩。《殽之战》里,先轸听说文嬴出主意放了秦囚,当着襄公的面发怒,"不顾而唾"的细节,极富个性化地表现了这位军人的耿直以及对军情国事的预见能力。

"白描"是最见功力的传神写意手法。它用最少的笔墨,不加渲染地勾勒出事物的特征和形貌,表现事物的内在神韵。它通常不设喻,不藻饰,只是以质朴的文字抓住描写对象的特征,以叙代描,淡淡几笔,简明生动地勾画出形象来,以少胜多,平中见奇。汉语文言是一种极精练的表达工具,所以白描是中国叙事文的传统。鲁迅先生很提倡这种写法,他说自己力避行文的唠叨,只要觉得能将意思传达给别人了,就宁可什么陪衬拖带也没有。这一创作原则,在他的作品中得到了体现。例如《从百草园到三味书屋》中写下读书那段:

> ……先生自己也念书。后来我们的声音便低下去、静下去了,只有他还大声朗读着:——
>
> "铁如意,指挥倜傥,一座皆惊呢～～,金叵罗,颠倒淋漓噫,千杯未醉嗬……"
>
> 我疑心这是极好的文章,因为读到这里,他总是微笑起来,而且将头仰起,摇着,向后面拗过去,拗过去。

极简洁的文字勾勒出了一位沉醉在古文的韵律之中的老先生的神态,令人忍俊不禁。又如《为了忘却的纪念》写柔石对社会的看法:"他相信人们是好的。我有时谈到人会怎样的骗人,怎样的卖友,怎样的吮血,他就前额亮晶晶的,惊疑地圆睁了近视的眼睛,抗议道,'会这样的么?——不至于此罢'?"廖廖几笔,就画出了一个心地纯朴天真而又带着几分迂气的青年知识分子形象。

　　跟工笔细描的精雕细刻、体物入微相比,白描不在于对象在画面上的纤毫毕现,穷形尽相,而是摄其精要,留下空白,让读者调动意识经验去填补。

1991 年 1 月 11 日—14 日

语言:纪实文学的美学风貌 *
——以中学语文教材为中心

一、作为工具的语言和作为本体的语言

语言是文学创作之旅的最后一站。对纪实文学来说,从选择题材、提炼主题、设计结构方式,到以叙述和描写呈现在作家的头脑里已十分真切的世界,这时候,语言就被推到了前台,它是意识中的世界图像返回它的本源、走向读者的不可逾越的一道屏幕。它挡住了作家通向读者心灵的道路,又帮助作家呈现他内心生活不平静的不可按捺的一幕。语言,仿佛到了具体写作时,它才显得重要起来,格外地富有质感,充满生机,驯顺而又诡谲。它处处给作家以便利,任其驱遣,却又不时地躲藏得无影无踪,任你搜肠刮肚也捉不住一字半句。写作成了与语言的嬉戏、默契与追逐过程。语言成了写作活动的真正的劳绩,它使作家表达思想、创造形象、评价生活成为不会落空的可能。其实作家一开始就在运用语言,从第一个形象印入脑际,或是第一缕感情在胸中涌起,引起他的创作冲动,他就在同语言打交道;对于他的每一刻思维活动,语言都寸步不离。然而直到写作开始,语言才披上文字、声音、词语的外衣,引起作家格外的注目、重视,作家把他的感受、印象、思想和感情,对生活的见解、内心隐秘、审美趣味乃至个人性格、气质,都统统交给了它。语言从而不只是折射出生活的客观形态

---

* 本文应邀为《中学语文美育》(海南摄影美术出版社,1991 年 5 月出版,熊忠武主编)一书所撰,为《中学纪实文美育》编第七章。此处题目有改动。

及某些本质方面,它首先呈现出作品的美学风貌。

然而,纪实文学为其体性所规定,对生活真实、反映的客观性,对现实性、史料性乃至某种程度上的新闻性的注重或耦合,它的写作不可能像纯文学那样,可以走主观表现的极端,而要受社会意识形态、现实任务和创作意图、读者面等方面的约制,因此,它的语言运用因个别的应急功能抑或主体素质的差异,对叙述语体有差别较大的选择,而在语体意识上亦有强弱、自觉与不自觉之分。作家对语言的美学态度,首先说明语言自身有巨大的弹性。文学语言只是弹性的两极之间最富于张力的一段。

对此,在 20 世纪的西方人文科学"语言革命"的基础上发展起来的现代文艺理论,有令人耳目一新的研究。文学语言的功能质,在同其他语体的区分中得以明确。从本质上说,"语言是纯粹人为的,非本能的,凭借自觉制造出的符号系统来传达观念、情绪和欲望的方式。"①语言作为人类的生存方式,它以符号建立人同世界的关系,又归为三种范式,即日常生活语言、科学语言和文学语言。它们各有其功能、作用对象和价值。日常语言的功能是传达,科学语言的功能是认识,而文学语言则是诗化功能大于认知功能。瑞恰慈就对科学语言和文学语言作了区分,指出科学语言是"真陈述",用于指物、传达客观,而文学语言是"伪陈述";科学语言要求读者认识和理解,载负着理性信息,而文学语言则旨在唤起读者的审美联想和升华,载负着的是情感信息;科学语言具有"参证价值",语言本身无独立性,而文学语言无"参证价值",但具有审美价值,符号本身的音韵、节奏、组合方式等都具有独立的意义。以文学语言与日常语言比较,担负传达功能的日常语言,其符号化是稳定的,而文学语言常以表达功能为主。可见,文学语言同非文学语言最重要的区别是一为表现性,一为工具性。

作为表现的文学语言,是高度性格化的。最富动态感的是对日常语言和科学语言的有意偏离,用罗曼·雅各布逊的话说,就是"对于普通言语的系统歪曲"。俄国形式主义者富有启发性地研究出了文学语言的特性,有如伊格尔顿转述的:

---

① 〔美〕爱德华·萨丕尔:《语言论》,商务印书馆,1985 年版,第 7~8 页。

　　文学语言的特殊之处，即它有别于其他话语的东西是，它以各种方法使普通语言"变形"。在文学手段的压力下，普通语言被强化、凝聚、扭曲、缩短、拉长、颠倒。这是受到"陌生化"的语言；由于这种疏离，日常世界也突然陌生化了。在日常语言的俗套中，我们对现实的感受和反应变得陈腐、迟钝，或者——如形式主义者所说——被"自动化"了。文学则迫使我们对语言产生强烈的意识，从而更新那些习惯反应，而使对象更加"可感"。由于我们必须更努力更自觉地对付语言，这个语言所包容的世界也被生动地更新了。①

　　从中可以看出文学语言确证文学本质、生长文学性的手段及其效果："文学话语疏离或异化普通言语；然而它在这样做的时候，却使我们能够更加充分和深入地占有经验"。②

　　文学语言从日常用语或科学语言中分离出来，它就成了一种非实用的"指涉自我的语言"，"谈论自我的语言"，也就获得了如雅各布逊所说的"具有自觉的内在关系"的"诗性功能"，它"提高符号的可感性"，③吸引人注意符号的物质性，使人不把它仅仅作为交际的筹码来使用。它是一种"能动的语言构造"（特尼亚诺夫语），是"自主的符号"（穆卡洛夫斯基语）。

　　语言的表现性，与其说是所有文学作品的特征，而毋宁说是纯文学，主要是抒情文学的特征。语言挣脱传达工具的地位，如同动作之于舞蹈一样，本身就是目的，这一语言态度不过是文学态度的外露而已。然而这里的语言又确确实实是一种有特殊功能的本体显现。这是一种更富于精神性的，在人类的生存活动中有着更高价值的文学，它不是告诉人们什么，

---

①〔英〕特雷·伊格尔顿：《二十世纪西方文学理论》，伍晓明译，陕西师范大学出版社，1986 年版，第 5 页。

②同上。

③同上。

而是迫使人们去看什么，干什么；它不是让人们回到现实，而是引导人们从现实界超离出来，趋向更高、更有意义的境界；它不是对因袭的惯例的顺从，而是有意地打破它、瓦解它，煽动重新组织的欲望。伊塞尔的观点就是："最有效的文学作品是迫使读者自己对于自己习以为常的密码和期待产生一种崭新的批判意识的作品。作者质问和改变我们带去的固有信条，'否证'我们墨守成规的习惯，从而迫使我们第一次承认它们的本来面目。有价值的文学作品不仅不加强我们的既成认识，反而侵犯或僭越这些规范的认识方式，从而教给我们新的理解密码。……它使我们产生更深刻的自我意识，促使我们更加批判地观察自己的身份"。[①]在诗人那里，诗更是由于同现实拉开距离而获得它的绝对价值。诺贝尔奖获得者佩斯就说："诗能够得到荣誉并不是寻常的。我想大概是因为诗与隶从于物质的社会活动之间的距离加大的缘故。……精神所有的创作于语言本来的意味里，首推'诗般'的语言。……诗之伟大的冒险精神一点也不亚于近代科学之剧的天幕。……诗人依据成为媒介的心象遥远的照明、反作用与奇异观念联合所产生的无数连锁反应，总之是凭借着存在运动本身所传达语言的力量，要将自己托付科学所不能及的某种超现实中。对人类而言，还有比这个更具说服力，能让人类更深入参加的吗？……诗包括了所有的过去与未来，容纳了人类以及超人的事物，囊括了地球的空间与宇宙的空间。"[②]所以，照他看来，"所谓诗人便是为我们打破习惯的人。诗是伟大而新鲜的，在此接受新的感动。"诗由于不在意模写可见的外部现实而向心灵中走得更远，产生超现实主义的所谓"无意愿诗歌"，"变成诡谲的、难以控制的、情不由己的无意识的语言爆发。"[③]

对纯文学，特别是抒情诗的主观性的极端的发挥和语言的"恣意妄为"，纪实文学自然只能瞠乎其后。第一，纪实文学的任务就是"告知"，它

---

① 〔英〕特雷·伊格尔顿：《二十世纪西方文学理论》，伍晓明译，陕西师范大学出版社，1986年版，第99页。

② 诗刊社编：《诺贝尔文学奖获得者诗选》，中国文联出版公司，1986年版，第235~239页。

③ 陈焜宇、何永康：《外国现代派小说概观》，江苏人民出版社，1985年版，第102~104页。

必须把现实生活中的有关客观事实不加篡改地转告或自诉给读者。从获取材料到作品完成投放到社会,文学活动的全过程,都不能与现实脱节,而不像纯文学那样,有意同现实拉开间距,担心"一旦艺术与现实的缝隙完全弥合,艺术就是毁灭"①。第二,纪实文学多半反映生活中的正面事物,为人们提供示范,而不是像纯文学家所说,"于一个诗人言,最重要的有利条件不是有一个美丽的世界供描绘,而是要能够看到美和丑下面,看到那厌烦,那恐惧,和那光荣。"②第三,在纪实文学里,作者即使可以对他描绘的生活原型加以主观评价,但他在做价值评判时还要考虑到将会发生的社会评价,要与之保持基本一致,不可越出社会的许可,而不像纯文学那样,可以"自言自语",甚至公开宣布"一首诗必须有其独立的个性,诗人的声音必须与别的人,别的诗人不同"③。第四,纪实文学是以叙述、描写为基本表达手法,而不像纯文学那样可以故意打乱其间的联系,进行不寻常的组合,创造"令人惊愕的意象"(阿拉贡语)。由于这些文章体性的规定,纪实文学,具体说,传记、回忆录、报告文学等,不能一概享受纯文学的语言的自由和殊荣。它不是飞在天上的轻盈飘逸的风筝,而是离不开地面的舟车,抹不掉工具性的戳记。

二、在边缘上滑动的语言

然而,纪实文学是文学的纪实,它不是社论、调查报告、年终总结、先进人物的材料或自我鉴定,它是以文学手法来反映既有现实的社会意义又有一定的历史价值的生活事件,形象可感是它创造出来的书面事件的特点,它也就必须程度不同地富有艺术性。而作者为此做出的每一丝审美努力,都要在叙述语言中引起颤动,而不同程度地打破纯然以传达为目的的工具性语言的平板性,作品的语言由此带上深浅不同的文学色彩。

---

① 〔美〕W.C.布斯:《小说修辞学·译序》,华明等译,北京大学出版社,1987年版,第11页。

② 〔英〕艾略特:《诗的功能和批评的功能》。转引自《诗探索》,1981年第2期。

③ 叶维廉:《秩序的生长》,台湾志文出版社,1971年版,第260页。

由于"写实—再现"的文体规范,纪实文学语言的文学性,又很难靠近纯表现的一极。而社会意识形态临时加诸的宣传任务,或作者自身文学素质虚弱,又常常将纪实文学拉向功利的一端,语言也就剔去活性而剩下陈述的功能,就是说,纪实文学的语言,是在文学与纯文学,甚至文学与非文学之间摇摆、滑动、挣扎的,其辐度之大,正是这一文体的总体风貌。对文学作品的审美感知,只能从语言的肌肤开始,它的色泽、质地鲜活或是沉静,柔滑或者粗糙,生动或者呆板……

中学纪实文学语言的两极分化非常明显。一类偏重于传达性,体现在一些具有文献性或宣传教育价值、主要以革命回忆录和英模人物侧写为主的作品中。例如《红军鞋》、《九个炊事员》、《人民的勤务员》、《一件珍贵的衬衫》等。这类作品不可替代的价值不在于表达的艺术性,而在于它所要反映的对象在整体的社会生活中所占有的政治意义。这一"题材优势"给作者以限制也提供了方便。作品必须真实地复现它;作家也只需将它如实地写出,就有了存在价值。因此,透明性是这类作品语言的根本要求。只要能撤除事实与读者之间的障碍,它的任务也就完成了。语言背后的事实交到了读者的手里,语言这个壳也就可以抛弃了。以《人民的勤务员》中的一段话为例:

> 一天,雷锋因公出差,踏上了从抚顺开往沈阳的列车。他看到旅客很多,把自己的座位让给一位老人。他帮助列车员扫地板,擦玻璃,收拾桌子,给旅客倒水,帮妇女抱孩子,给老年人找座位,帮助中途下车的旅客拿东西。一些旅客看他累得满头大汗,不住地招呼他歇歇,他总是说:"我不累。"

在这里,语言只是单一的指陈功能,类同大白话。它只负责"转告"主人公在某一场所所做的事,此外不包含更多的意思,是一种平面的、单薄的、纯客观的语言。它作用于读者的是单向度的联想和想象,是理性的认识,而不是情感上的牵动。它除了告知所要告知的事实,没有任何"自我表现"的企图。跟日常语言,并未发生什么偏位,严格地说,算不上文学语言。

另一类,带有表现性。这在叙写人物命运、咂摸生活、带有人生况味,相对个体化,或者说"私人性"的作品中最为常见。例如《从百草园到三味书屋》中的一段:

> 三味书屋后面也有一个园,虽然小,但在那里也可以爬上花坛去折腊梅花,在地上或桂花树上寻蝉蜕。最好的工作是捉了苍蝇喂蚂蚁,静悄悄的没有声音。

这里也写到人物的活动,但用社会观点来看,它是没有意义的行为,是真正的"儿戏"。然而,它却很有意思。用令人熟悉而亲切的一连串"意象":腊梅花,桂花树,蝉蜕,花坛……唤起人对儿时的情景、快乐的游戏和种种"恶作剧"的回想。纷至沓来的联想和想象,激发了人们的情感活动,暂时地忘记了现实关系而获得精神上的漫游和休憩。语言在这里不是合乎现实逻辑地在事件和常理之间正常接通,而恰恰是悖反着习见和惯例,因为社会不会认为"捉了苍蝇喂蚂蚁"是"最好的工作"。然而这里仍然合乎逻辑,它遵从的是情感生活的逻辑,而排除了现世的功利观念,或者说,有意与之对立,成规被戏剧化而产生谐趣,因此,语言在这里获得了多层含意,在"能指"与"所指"之间也加大了张力,变得饶有趣味,也增加了厚度。阅读者不可能径直穿过它直达深处的意义,而需要在这里逗留,流连。它不是可以从事件的"意味"上揭去的一张皮,相反,它们是灵魂和躯体的关系。这段语言,还带有很强的主观性,儿童视角对成人世界的"疏离",表明了作家对生活和现实的评价。造语的机智,也极有个性。语言向读者传送得更多的是情趣,"意味",作者自己也从中自娱。总之,审美压倒了实用,因它是纯文学的而非功利的。

中学纪实文学作品的语言,大致在上述的两极之间摆动。更多的是处于一种中间状态,为了达到"寓教于乐"的目的,有意识地强化文学手段,以提高作品的可读性和吸引力。《普通的人,伟大的心》、《生命的支柱》、《同志的信任》等等,就属于这种情况。文学性的强弱,不仅受题材重心、现实要求和读者对象的接受能力的限制,跟作家的美学思想、艺术表现能力尤有关系。同样的题材内容,由不同的作家去写,其文学品位肯定有高低之分,从而带来美学风貌上的差异。例如《包身工》,就其反映对象内容本身而言,是无美可言的,毋宁说叫人惨不忍睹,毛骨悚然。因此作品不是用普通书面语言来报告令人触目惊心的事实,而是用精心打磨过的、富有立体感的坚实的词语,将人类生活中可怕的剧目,打在时代和历史的坐标架上,引起不同的社会力量的注意,并思索其间的意义。例如在《叙述与描写:纪实文学的美学表现》里引用的描写女工早上起床的一段。急促的、长短交错的语句,将一幅令人闻所未闻的场面,推到了读者的面前,声色交错的形象感仿佛是词语本身造成的,《包身工》的语言经常超越单纯指标性,而使其带上诗性功能,表现在以新奇的比喻扩大事物存在的意义域。例如用"船户养墨鸭捕鱼"来比喻那"饲养小姑娘谋利的制度",在人与动物相比,后者犹胜前者的对比中揭示现实的本质,就是一种诗的手法。意象派诗人休姆就说过,"语言总是在灭绝的边缘上,语言中必须不断注入新的比喻"[1]。此外,情感色彩、主观评价也避免了对事件的单一陈述:

> 黑夜,静寂得像死一般的黑夜!但是。黎明的到来,毕竟是无法抗拒的。索洛警告美国人当心枕木下的尸首,我也想警告某一些人,当心呻吟着的那些锭子上的冤魂!

用这样的语言,表达了对非人制度的否定,也就肯定了人道主义,描写对象的丑在作品的"语言界"就转化为美了。

作者在写作中对语言的审美把握,除了主体能力的规限外,还要受创作"期待视野"的影响,即运用语言时要考虑到接受群体的要求,有时候难免牺牲个性而迁就阅读面上的需求、习惯、趣味和能力。这在时代要求文学大众化、群众化、民族化的境遇里,情况尤为突出。在文学语言的超常本性同文学的通俗化任务之间,作家必须做并非易事的平衡工作。魏巍作品

---

① 〔英〕彼德·琼斯编:《意象派诗选》(原编者导论),裘小龙译,漓江出版社,1986年版,第28页。

颇有代表性。魏巍是一个富有诗性的激情的作家,也善于从生活中发现诗意。但是,在主要以普通群众为阅读对象的报道性作品里,他只能用明白易懂的语言向读者做告白,把描写对象的内涵,一览无余地披露给读者,写出 "他们的品质是那样的纯洁和高尚, 他们的意志是那样的坚韧和刚强,他们的气质是那样的淳朴和谦逊,他们的胸怀是那样的美丽和宽广" 这样的不需要读者再费任何思索的句子。他的诗情不是凝缩在耐人咀嚼的语句里,而是靠用排比句造成气势,或呼告式拽住读者而倾泻出来。魏巍这类作品的魅力,不是来自语言的"陌生化",而是记述对象的"超常"。倒是在有"自我相关"性,表现个人的温情梦想的作品里,他的语言才变得不那么一目了然起来,例如《我的老师》。

文学语言与非文学语言,并无明确的界限,犹如黑夜和白天,找不出一条绝然划开两者的线,而有黄昏和清晨的模糊地带。而纪实文学的语言,更多的就是在边缘上移动。实际上,文学语言的超常性只是相对而言,它同日常语言是水和酒的关系,而不是水和油,二者不相溶合。文学语言既要保持对日常语言的偏离姿态,但又要以日常语言(包括文化语言)为规范。文学语言在这种矛盾中形成维姆斯特和布鲁克斯所说的 "张力结构"。正如张首映研究指出的,在这种张力结构中,规范语言起诱导作用,让读者走进文学语言。若是一味地"陌生化",语言就不可能被认识、被理解,审美也就无从谈起。亦如钱中文在区别文学语言和科学语言时论及的文学语言与非文学语言的相对性:"当作品偏重于语言的指称性、陈述性的一面时,它们往往是历史、哲学、伦理著作;当它偏重于非指称性和表现性的一面时,它们就文学作品。如果加以综合考察,它们可以称作历史,或哲学著作,也可称作文学作品,如《左传》。"[①](《论文学形式的发生》)要是仍然从俄国形式主义的术语引申来说, 文学语言是一种置于最近背景上的"前景"语言。中学纪实文学中的作品,它在产生时,不一定在文学家族中取得了户籍,因为作者并无明确的文学意识,而是在写史或记事,例如选自《左传》、《史记》、《汉书》、《资治通鉴》或个人笔记中的作品。我们已经

---

① 钱中文:《论文学形式的发生》,《文艺研究》1988 年第 4 期。

无法知道它们跟当时的口语有多大的偏离，而今天我们仍然视其为文学语言，一个重要的理由是，汉语文言的精炼，以少胜多，它的具象化与音乐性，别致的句法结构以及含带的作者的情感色彩，在当今的口语和书面语的背景上，反而是能给人以新鲜感的"前景"，对为陈词滥调所磨钝、僵化了的我们的感觉来说，它更能引起"诧异"，而"诧异是最伟大的新动力"（阿波利奈尔语）。

三、思维莽原上的植被色

语言伴随着思维的全过程。语言是思维的材料、内容，又是思维物化的工具、形式和结果，从一定的意义上来说，语言也就是思维本身。作为思维结果的语言，必定反映出单个主体的思维方式、特点及个性。语言运用上的可以感知到的独特之处，就是在后台排演着思维戏剧——不论是形象的还是抽象的——的主角的性格，换言之，思维主体从生活中将客观对象吸引到自身，形成观念，或者对通过文化形式承传下来并被阅读到的观念进行新的处理，可能会因为自我精神能量的激射，而带上主观性（也就是个人性，尽管它在总体的人类思维活动中会归于某一类型），这种主观性在思维外化为书面语言后，势必会保留其中，让人感觉到它的与众不同或异于其他的色调。整体地、共时地看，人类都是以同样物质构造的思维机制，和一概被称作"语言"的工具，对意识到的材料进行辨认、取舍、编排组合或再创。然而，由于不同的思维主体有时代、环境、个人经验、先在语言的掌握和特定情境的差别，因此就会出现差异的思维机器同需要加工的原材料之间的千差万别的"遭遇"情景。思维对象对每一个思维主体而言都是互动的，以概念语言对其命名又要受言语主体的语言规定的制约。所以，人类的思维原野，对思维果实的生长，具有无限可能性，并形成种属之别。不同的种子，吸收不同的养料、水分、地温，长出不同的茎叶，开出不同的花朵，以繁复多样装扮着地表，气候的变化又改变着整体的色彩和风貌：语言和思维就是这种关系，书面语言同思维活动互为表里，不同的思维方式反映为语言运用的不同形式。这种主客观相互作用的个性化的形式，通常又叫做"风格"。威克纳格就说:"风格是语言的表现形态,一部分被表现者的心理特征所决定,一部分则被表现为内容和意图所决定。"①

文学创作从来就是追求独创和个性的,正如史达尔夫人所说,"从来没有哪一个作家在表达他亲身感受的情感,阐发真正属于他个人的思想时,他的文风能不带点独创性——只有这种独创性才能吸引并维系读者的兴趣和想象。"②纪实文学也不例外。尽管纪实文学是以客观叙写生活事实为主,作用也偏于教诲,在文学家族里,也只能归于较为质朴的叙事散文,诗的无羁束的想象,求异创新的语言和强烈的主观色彩对它只能是神话。但是,作为思维成品的散文,也拥有这一文体的风格规定性。因为语言的表现形态,不只是被题材所表现的内容和意图所规定。"内容和意图会由于这样或那样的精神机能在内容的创作中所具有的优势主动性,由于这些机能化内容(这是作为一切表现的最初意图)的再创作中所发挥的能动性,而发生相应的变化。"作为创作思维的内容构成的精神机能,无非包括智力、想象和感情。智力的经验和判断,或想象的意念,或感情的冲动,无论偏重哪一方面,同摄取进思维中的客体形象一起构成语言表现的内容,那就同时也包含着一个意图,即"以同样的方式在读者或听众中间唤起并呈现那些可以理解的知识,或那些想象的意境,或那些感情的活动,而且使它们像出现在作者心中一样在读者或听众心中再现出来"③,风格就得以孕育、形成。自然,纪实文学中"精神机能"偏重于智力和感情,既符合文体的写实特性,又能达到感染、教导读者的目的。

例如鲁迅写《纪念刘和珍君》,并不纯是为了悼念一个遇难的学生,他的真正目的在于再揭开那快要被时间的流水所淹没的一幕,让人们记住反动派的残暴,记住血的教训,继续同非人间的社会作斗争。所以,他不可

① 〔德〕威克纳格:《诗学·修辞学·风格论》,《文学风格论》,王元化译,上海文艺出版社,1982年版,第18页。

② 〔法〕史达尔夫人:《论文学》,徐继曾译,人民文学出版社,1986年版,第2页。

③ 〔德〕威克纳格:《诗学·修辞学·风格论》,《文学风格论》,王元化译,上海译文出版社,1982年版,第24页。

能就事论事地记叙"三·一八"惨案经过，而是从惨案的制造同遇难者的关系中生发开来，抨击反动势力的令人发指、令人愤怒的凶残和卑劣。在内容表现中，必然要融进鲁迅对旧文化制度的本质的比谁都深刻的洞见，和革命民主主义者、人本主义者处在令人窒息的黑暗环境里的强烈的忿郁，以及一个现代启蒙者以世界文化进程为背景的对寻求民族出路的策略的理性的分析。这些，就形成了作品的沉郁、凝重、冷峻、激越、峭拔的风格。以事实为基础，智性和感情得以充分表现。全篇作品的节奏沉郁顿挫，回环往复，层层推进。写事简洁，议论和抒情都是高度精警凝练的诗化语言。作为一个"历史中间物"，鲁迅将它身上笼罩的封建文化的阴暗面，以及意识到自己的历史使命，要掮住黑暗的闸门的沉重感，都投射到他的这类作品中去了，比如《为了忘却的记念》、《范爱农》等，呈现出一种近乎浓黑的基调。

再如魏巍，他是以被称作"文艺轻骑兵"的文艺通讯形式，来及时报道新时代里，人民改写了历史、创造了历史，并且还在用忘我、献身的热情撰写"史诗"的激动人心的情景。作为伟大时代和历史的主体力量的一分子，集体力量的影响、胜利者的感情，都成为作家的创作动力，表现为热烈、奔放的语言风格。在社会主义高潮中产生的作品，大时代的气氛和作者的情感认同，都融合成这种明朗、高迈的作风，同鲁迅时代的阴郁形成鲜明对比。

在一些记述代表正义的个人，跟暗昧的、是非不分的社会性环境或邪恶的、倒行逆施的政治势力发生冲突，而作者又感同身受或情感被激动的作品里，语言表现的特点是，语气密促，语调苍硬，给人以悲慨之感。文言作品如《屈原列传》。司马迁在为屈原作传时，不会不联想到他自己的不幸遭遇、蒙受的人生耻辱，还不得不将他所做的选择同屈原相对比，再一次引起激烈的内心冲突，为了找到一种价值依据和心理的平衡，因而从自我经验和感受出发，必不可少地分析屈原创作《离骚》的动机：

> 屈平疾王听之不聪也，谗谄之蔽明也，邪曲之害公也，方正之不容也，故忧愁幽思而作《离骚》。"离骚"者，犹离忧也。夫天者，人之始也；父母者，人之本也。人穷则反本，故劳苦倦极，未尝

不呼天也;疾痛惨怛,未尝不呼父母也。屈平正道直行,竭忠尽智,以事其君,谗人间之,可谓穷矣。信而见疑,忠而被谤,能无怨乎? 屈平之作《离骚》,盖自怨生也。

司马迁跟屈原非同时代人,也不见得读到过屈原的"创作谈",屈原写离骚时的心情未始不是司马迁的"推己及人"的想象产物。至于屈原行吟泽畔、欲以身殉志前同渔父的对话,更有理由看做是司马迁曾经有过的内心冲突的"移嵌"。显然,作者拥抱了、内化了描述对象,将想象、感情同历史人物的行事溶为一体,形成有个性的语言表现形态。

白话作品如《为了周总理的嘱托……》写于刚刚粉碎"四人帮"之后。农民科学家吴吉昌为完成种出不落桃棉花的庄严使命,而遭受残酷的迫害,历经荆棘和坎坷,很有代表性地揭露了极左年代毁灭科学、扼杀人才的反常和邪恶。从恶梦中刚刚醒来的人们莫不对记忆犹新的悖谬现实感到愤恨,也为主人公受到残酷迫害感到不平、悲慨。这样的情绪,在叙述语言中表现了出来,例如在第六章引到过的描写吴吉昌在"文革"开始受到令人发指的残酷迫害后的情景的一段文字。

以局外人的视角,写身外的人、事、景、物,主观性需要"植人"。而若是同自我密切相关,或是纯属自我经历的叙写,并且是真实地记述,语言的表现就容易获得难以同他人混淆的特色。例如《回忆我的母亲》、《幼学纪事》、《藤野先生》、《老哥哥》等篇。《老哥哥》是诗人臧克家为怀念一个在他家里做过几十年长工、耗尽了一生的善良而敦厚的老农而写的。作品浸透了浓厚的真情,毫不矫作,毫不讳饰,充满了乡土气和人生情味。作者满怀同情地叙写"老哥哥"痛苦酸辛的凄惨生活,也照直指责了祖父对老哥哥的无情无义,还剖白了自己对老哥哥真情厚感中包含的歉意。真实的人生和真挚的情感,决定了作品的凄婉情调。例如写到老哥哥被榨干血汗之后被驱逐出门,此时情辞哀切,充满同情:"他,辞别了他为之劳动了一生的别人的家,辞别了给了他温暖也给他闯了祸的热炕头,辞别了我这个孩子,在夕阳西下的时候,一步一步地、艰难地移动着老迈的双腿,走上往焦家庄子去的小土径。"而写到老哥哥下世,"我"跑到老哥哥的坟墓上,哀婉中又增添了悲愤：

> 在荒凉的阡头上，一抔黄土，坟前连棵小树也没有，也没有一只鸟儿来这儿唱歌。老哥哥在人间活了七十多个年头，受了七十多个年头的罪，活着的时候，孤零零一个人，死了，孤零零一口坟。

作品的叙述语言，切合描写对象，活用口语，形容确切。例如写老哥哥"壮年的时候是一条铁汉子，干起活来像条牛。秋收季节，四斗布袋在他的肩头打挺"；他耳背，说句话像打雷，身子一沾炕便打起鼾来，夜间咳嗽，睡不宁贴"；"他的工作就是赶赶集，喂喂驴，扫扫院子，七十多岁了，精力已经用尽，像一棵甘蔗，甜水给人家吮哑尽了，而今只剩一点残渣了"，都质朴而生动。这正是这位"乡土诗人"作者的审美旨趣、审美表现能力之所在。

于是之的《幼年纪事》，从中也能闻到一股辛酸味，但在艺术的戏台也是生活的舞台中见惯了人生的悲喜剧的作者，用亲切、豁达的态度，回顾穷困的少年时代的遭际。一系列的意外（丢失和得到）、阴差阳错同向上求好的生存愿望，生活的重负与稚嫩的年纪，亲族的世故与师友的热心明理，物质的贫乏与精神上的不断据有和雅与俗，苦与甜，在不协调中趋向内在和谐，生动地展现了底层人的生活，也表现了超越人生窘境之后的"智力上的优越感"：作品呈现出掺和着苦味的幽默。例如写"我"得到"天赐的机缘"，读上"简直是一座法兰西文学的殿堂"的夜校后的情景：

> 赶到上夜校时，就需带上晚餐了。把窝头带进法兰西文学的殿堂，已经很不协调，更何况"殿堂"里只烧暖气而不生炉火的。到了冬天，暖气烤不了窝头，冷餐总不舒服。幸好，"殿堂"之外的院子里有一间小厕所。为了使上下水道不至于受冻，那里面安着一个火炉。于是这厕所便成了我的餐厅。把窝头掰成几块，烤后吃下，热乎乎的，使我感到了棒子面原有的香甜。香甜过后，再去上课，听的偏是菩提树，夜莺鸟这样的诗情。

幽默感体现为一种诙谐、调侃的叙述语态。

由纯文学家客串写作的纪实文学作品，给纪实文学的语言表现注入了新机，为风格的多样化拓宽了文学背景。善写儿女情长，从生活激流中撷取浪花以小见大的茹志娟，在报告文学《离不开你》里保留了她五六十年代独具一格的委婉、细腻、清新动人的风格，又带进了她"复出"后时空交错的叙述方法。以抒写公民感情著称的柯岩，写作《汉堡港的变奏》，语调依然宽宏圆润。老作家徐迟的报告文学《地质之光》，是他在粉碎"四人帮"后首拓知识分子题材和科学领域，一口气创作出来，被称为"科学的诗篇"的系列报告文学中的一篇。作者站在知识本位立场，又处于风云际会的历史新时期，因此把他的诗人气质，注入笔下的人物和叙述中，语言高华儒雅，情思飞动。为了用有限的语言凝固澎湃的感情，而又不失其动感，他往往采用古典语言的骈偶句法，同现代散行文句相交错，为感情和想象创造"声响"，为宽宏大量的时代作赋。兹撷几片：

开国之初，生机蓬勃。虽然百废待兴，但已是万紫千红的局面。各种景象，新鲜而又庄严，使他目不暇给，驰魂夺魄。许多老友闻讯赶来，叙旧话新。……

飞雪过去，春天来临。雪融冰消的一九五三年的一天，毛主席在中南海的客厅里接见了李四光。接见时，周总理在座。海水溢浪，映上晴窗。

这时，中南海上，轻尘不飞，勤政殿前，纤萝不动。毛主席作了关于地质和石油的一系列指示，李四光听了心潮澎湃……

以上不同作家作品的不同语言风格，共同构成了中学纪实文学的美学风貌。也应指出，还有不少作品是苍白无个性的，用的是报章体，无风格可言。风格不是轻易可以获得的，正如歌德所言，风格"奠基于最深刻的知识原则上面，奠基在事物的本性上面，而这种事物的本性应该是我们可以看得见触得到的形体中认识到的"①。风格不是表面(语言与技法)上形成的东西,它意味着通过特有的标志在外部表现中显示自身的内在特性。威克纳格说得很明白:

> 风格并不仅仅是机械的技法,与风格艺术有关的语言形式大多必须被内容和意义所决定。风格并非安装在思想实质上面的没有生命的面具,它是面貌的生动表现,活的姿态的表现,它是由含蓄着无穷意蕴的内在灵魂产生出来的。或者,换言之,它只是实体的外服,一件覆体之衣;可是衣服的褶襞却是起因于衣服所披盖的肢体的姿态;灵魂,再说一遍,只有灵魂才赋予肢体以这样或那样的动作或姿势。②

1991 年 1 月 7 日—10 日

---

① 〔德〕歌德:《自然的单纯模仿·作风·风格》,《文学风格论》,王元化译,上海译文出版社,1982 年版,第 4 页。

② 〔德〕威克纳格等:《文学风格论》,王元化译,上海译文出版社,1982 年版,第 15~16 页。

后 记

　　这本书是我和内人姜岚的第二本论文合集,主要收录了前一本书《虚构的力量:中国当代纯文学研究》出版后所写的文章,但也收有几篇写于20世纪八九十年代的旧作。跟第一部论文合集不同的是,本书的内容超出了当代文学思潮和作家作品评论研究的范围,而涉及与文学相关的教育或学术活动。这主要是由我个人的工作经历和思想兴趣决定的。从1982年开始在大学从事中国现当代文学专业,迄今整整30年。在这30年里,我的主要身份就是一名教育工作者,更具体一点说,是一个文学教员。受学科设置和个人爱好的影响,走上教学岗位后,就把自己定位在当代文学这个专业方向上了,做研究则专注于审美价值更高的纯文学。教学与研究其实是二位一体的。研究纯文学,私心是在文学史的知识传授和作家作品的评价中,找到一个相对稳定的价值标准,以提高文学活动改变受教育者心智的效力。在我投身文学教学与研究的30年里,正是中国当代文学持续繁荣的阶段,在层出不穷的文学创作成果面前,作为文学从业者,兴奋之余应该做的和能够做的,就是与同行们一道,发现优秀作品,发掘其思想艺术价值,推动文学杰作的传播,目的是让纯文学活动在时代精神的建设中发挥应有的作用。纯文学的命运与时代的精神状况息息相关。进入市场经济时代以来,纯文学的创作盛况依旧,而读者对它的接受却每况愈下,这不是正常现象。纯文学遭受冷遇,表明人文精神在民族生活中的地位下降。这不能不引起人文工作者的极大关切。关注国民的精神现实,自然会建立起人文教育——文学教育——语文教育的逻辑联系。这就是为什么以纯文学为主业，还要对中学语文教育、大学通识教育加以关注的原因。至于书中的几篇关于谈论高校学报的短文，则是我在兼职担任学报主编，主持教育部高校哲学社会科学学报名栏建设首批入选栏目"20世纪中国文学研究"建设活动时对高校学报改革的一些看法，也是为把自己打理的学报办成文学专刊所造的舆论，出发点还在作为当今显学的中国现当代文学研究，无非是想为全国的文学研究同仁保住一块阵地。

本书不仅在内容上相对驳杂，在形式上也不统一，有洋洋数万言的长文，也有寥寥数语的短章，两千字左右的短论占了相当的比重，反映的是我在大学工作30年来深深浅浅的屐痕。近3万字的《象征诗的新突起及其发展变异——80年代的现代诗潮》一文，是1985年夏天与樊洛平一起在北京大学参加谢冕、洪子诚两位老师主持的《中国当代诗歌艺术群落研究》课题合写的作业，由我执笔，它是我初涉文学研究的写照。当中有部分文字经改写曾以《北岛和他的诗歌》、《顾城：一种唯灵的浪漫主义》为题在正式刊物上发表过，此次是全文第一次面世，在整理时不免唤起对80年代热闹的文学现场的许多回忆。两千字左右的文章，缀集起来，竟有近30篇之多，它们是我近十年来主编海南师范大学(原为海南师范学院)学报和担任中国小说学会的中国小说年度排行榜评委的产物。我是2001年被喻大翔兄拉去学报编辑部担任兼职副主编的。大翔兄是当代散文研究专家，还写得一手好散文，他主编学报时，在每一期的学报封二上都写有一篇两千字以内的"编前小语"，内容其实与学报无关，乃是对现实世界的人文关照，文学、艺术、文化无所不谈，实为学报编制的一项创举。大翔兄去同济大学高就后，学报交给我来主编，不仅着力打造20世纪中国文学研究名栏的编辑思路不能变，写编前小语的传统也得延续下来，可我没有他那样的辞采，只能写成略微带有随笔色彩的短论，内容多是我关心的文学、学术与教育问题，学报封二因而成为一个人文工作者表达现实关切的平台，而现实关怀正是我从事文学批评的最重要的支点。想不到的是，写过几期后，"编前小语"就有了反响，经常有文学同行表示赞赏，给了我莫大的鼓励。参加中国小说年度排行榜评议活动的收获，是置身于一个小说评论研究的学术群体，在艺术思想的砥砺中提高了对小说艺术价值的判断力,而一个看得见的成果是,每次排行榜出炉后作为评委都要为上榜作品写一两篇点评文字。篇幅是规定的,不超两千字,于是自 2003 年以来,就有了十多篇小说排行榜的短篇评论文章。因为是为当代小说杰作做评点,所以从来不敢随意,而总是尽心打磨,力求发扬原作的精妙之处。著名文学评论家、小说学会常务副会长雷达先生不止一次表扬了我写的评论短文,使我受到很大的激励。如果评论文章的学术价值并不由篇幅的长短来决定,那么,这类两千来字一篇的作品评论,是我近十年批评生涯中更能体现自己文学性情和学术兴趣的成果。

书名《批评的支点》,表达的是我们对从事文学批评与研究工作的性质和要求的一种理解。文学批评应该以什么作为支点,书中的同名文章已讲到一个方面。作为专业的文学研究工作者,文学批评对于我们来说是广义的批评,即以文学史研究为背景和具有理论指导的研究性文学批评。让我们感到庆幸的是,这正是著名学者、文学史家程光炜先生所首肯的文学批评,即"以'研究'为视野的'文学批评'",而不是"盲目的、一般性的时评性的文学批评"。光炜指出,"我发现他们对这些作品的讨论和分析,一直放在具体的历史语境之中来进行,不是简单地把作品看成是'作家的创造',同时又兼顾到这种'创造'与当时社会思潮和文学思想的关系",这正是我们从事文学批评研究时有意识的做法。光炜的肯定,无疑是我们今后坚持这一学术选择的动力。这次以《批评的支点》为书名,还含有我们学术选择的另一重含义,即当代文学批评与研究理所当然地建立于历史批判的基础之上。对于我们来说,选择纯文学批评,一方面是着眼于未来推动当代文学的艺术进步,一方面是与现实社会意识形态保持距离,通过作品阐释发现当代文学对 20 世纪中国历史问题的反思和清理,具体说是革命造成的偏颇。中国革命对现代民族国家建立的历史作用是不应被否定也否定不了的,但 20 世纪的激进的社会革命带给中国人的灾难性后果也不应回避。我的《〈生死疲劳〉:对历史的深度批判》一文,或许是批评者与作家的历史批判意识的耦合。姜岚的《阳光下的剥夺——〈两位富阳姑娘〉的深层意蕴》、《禁语:权力对人生的败坏——〈说话〉解读》等小说评论文章,揭示专制主义对人的戕害,在文本分析里贯穿的也是文学研究的批判精神。这意味着,文学

后记

批评是一种审美判断,也是一种社会批评和文明批评,学院派的文学批评家,越是追求思想的独立,越是对社会历史怀有深切的关注。

这部论文集几年前就已编好,我把书稿发给了程光炜教授,央求他给本书赐序,他在百忙中很快写好了序言,我们非常感激。光炜兄是我多年的老朋友,这些年他在当代文学史研究上取得的巨大成就,令我不能望其项背,尽管如此,他也从来没有忘记给落后了的朋友以扶持和帮助。无论是我个人治学搞文学批评和研究,还是我为所在的海南师范大学主持中国现当代学科建设和主编学报"20世纪中国文学研究"教育部高校学报名栏建设,他都始终如一给予大力支持。《海南师范大学学报》能成为中国当代文学研究界的一个公共平台,他和他的学术团队及复印资料编辑同仁给予的支持最大。这里用语言是表达不尽我们的感谢之意的。

本书能在天津人民出版社出版,首先要感谢藏策先生。藏策兄是我在中国小说年度排行榜评议会上见到的"黑马",他的敏捷而富有创造力的理论思维让我惊叹,现在已是相交数年的好朋友。他原在天津人民出版社供职,2008年我请他帮我联系出书的事,他立即就跟社里谈妥,让我发去电子版的书稿,通过选题评审后,立马签订了出版合同。没想到因为我做事拖拉,加上2008年我所主持的中国现当代文学学科得到申报新增博士点立项建设的机会,并于2009年获得教育部国务院学术委员会的批准,从此就把建设博士点当做大事全力以赴,自己出书的事反而搁置了下来,竟然一拖就是几年。其间藏策兄也催促过几次,可我还是迟迟未做完书稿的自校工作,给他添了很大的麻烦。在此,不仅要向他表示衷心的感谢,也要表达深深的歉意。

最后,感谢责任编辑伍绍东先生。本书总算得以印行,并且有令人满意的编校质量,都是由他的高度的敬业精神和高超的业务水平带来的。经过他的心血和汗水的浇灌,一把撒出去几年却不见发芽的种子,终于泛出一片鹅黄的颜色,没有比这更让耕耘者开心的了。

毕光明

2012年3月10日